Make me a
Sinner

Nala Layden

Impressum

Nala Layden
c/o AutorenService.de
Birkenallee 24
36037 Fulda
nalalayoc@web.de

Bibliografische Information der Deutschen
Nationalbibliothek:
Die Deutsche Nationalbibliothek verzeichnet diese
Publikation in der Deutschen Nationalbibliografie;
detaillierte bibliografische Daten sind im Internet über
http://dnb.dnb.de abrufbar.

Korrektorat: C. Heinen
Cover: Alexander Kopainski

Herstellung und Verlag: BoD – Books on Demand,
Norderstedt

ISBN: 978-3-750-481022

FÜR »MEINEN« LIAN.

EINS

—Lian

MEINE LISTE von Dingen, die ich hasse, hat sich soeben um eine Sache erweitert: Fluglärm. Selbst meine geräuschunterdrückenden Kopfhörer und *Thirty seconds to mars* auf voller Lautstärke schaffen es nicht, das ohrenbetäubende Geräusch gänzlich verschwinden zu lassen.

Wer hätte gedacht, dass ich Fliegen nicht ausstehen kann? Ich meine, Höhenangst, ich? Niemals. Ich würde einen Bungee-Sprung machen, Achterbahn fahren, Berge erklimmen. All das. Aber zwei Stunden in einer Metallkiste gefangen zu sein, ohne Entkommen, ohne Sicherheitsnetz, mit hundert anderen Leuten ist schlichtweg eine Qual.

»Menschen hätten niemals die Lüfte erobern sollen«, murmle ich zu mir selbst und reiße mir die Kopfhörer herunter. *Closer to the egde* ist definitiv kein flugzeugtaugliches Lied.

»Du sagst es, Unbekannter«, pflichtet mir meine Sitznachbarin bei. Überrascht sehe ich zu der Frau, schätzungsweise Mitte vierzig, die sich krampfhaft in die Lehne krallt. Schweißperlen stehen auf ihrer Stirn. »Ich glaube, ich kollabiere gleich.«

»Oh, ganz toll«, meine ich trocken. »Es würde mir besser gefallen, neben jemand zu sitzen, der mir sagt:

Hey, mach dir nicht ins Hemd, du bist ein 24-jähriger junger Mann, hab Vertrauen in die Wissenschaft und Technik, die uns ermöglicht, quer über den Pazifik zu segeln, ohne nass zu werden.«

»Vierundzwanzig? Du siehst keinen Tag älter als achtzehn aus«, presst die Unbekannte hervor. »Und du solltest dringend Geografiestunden nehmen. Weißt du überhaupt, wo der Pazifik liegt?«

Ich grinse, zumindest glaube ich, dass ich es tue, aber alles an mir ist so angespannt, dass es vermutlich nur eine verzerrte Grimasse ist.

Das Flugzeug steigt endgültig in die Lüfte, geht in die Schräglage und mein Magen sackt in die Kniekehlen.

»Ich mag Sie, Fremde«, presse ich zwischen zusammengepressten Zähnen hervor. »Aber ich hoffe, nicht mit Ihnen sterben zu müssen.«

Sie kichert nervös, doch verstummt sofort wieder.

»Es wird schlimmer, wenn wir richtig hoch sind. Und die Landung erst …«

»Oh, vielen Dank. Da habe ich ja etwas, worauf ich mich freuen kann.«

Tatsächlich sitze ich mit meinen vierundzwanzig Jahren das erste Mal in einem Flugzeug, das mich nicht wirklich über den Pazifik bringt. Stattdessen nur knapp zweihundertfünfzig Meilen von meinem Wohnort entfernt und ich verfluche mich dafür, dass ich nicht doch mit dem Auto gefahren bin.

Fliegen ist keine große Sache, hat Mom mir gesagt.

Das macht sogar Spaß!, hat meine angeblich beste Freundin Blair mir mit auf den Weg gegeben. Aber ich kann nicht nur den beiden die Schuld geben. Ein wichtiger Punkt für die Flugreise war die Zeit. Wenn dieses Ding uns sicher und pünktlich zum Zielort bringt, schaffe ich es noch gerade so rechtzeitig zur Beerdigung.

Da die nette Dame mir weisgemacht hat, dass der Abflug und die Landung der gefährlichste Teil sind, bin ich durchgehend nervös, bis ich endlich aus diesem Höllending raus bin und im Flughafentrubel von Chicago untergehe.

Tief atme ich durch und danke Gott, dass ich unbeschadet hier unten gelandet bin. Und auch, ohne zu kotzen.

Endlich kommt mein Koffer an dem Fließband vorbei und ich greife ihn mir schnell, bevor er eine weitere Runde dreht. Mein Magen fühlt sich immer noch flau an, weshalb ich am nächsten Stand halte und mir eine Flasche Wasser hole, bevor ich den Flughafen verlasse.

Zum Glück stehen davor reihenweise gelbe Taxis bereit und ich nehme mir das nächstbeste. Der Fahrer schnippt seine Zigarette weg und hilft mir, mein Gepäck im Kofferraum zu verstauen.

»Ich mach schon«, sagt er mit einem breiten Lächeln hinter seinem Schnauzer.

»Sie sind ja ein echter Gentleman.« Ich kriege sogar ein müdes Grinsen zustande, obwohl mir nicht danach ist.

Er zieht seinen imaginären Hut vor mir und deutet eine Verbeugung an, bevor wir beide einsteigen. Der Mann weiß, wie man sein Trinkgeld verdient.

Als ich in das Polster des Taxis zurücksinke, kann ich endlich durchatmen. Ich habe es fast geschafft und werde sogar pünktlich da sein.

Meine Euphorie bleibt jedoch nur so lange, bis es auf halber Strecke laut kracht und das Auto unkontrolliert schwenkt. Der Fahrer hält sofort am Seitenstreifen und checkt die Lage.

»Reifen geplatzt«, kommentiert er, während ich nur ratlos vor dem Taxi stehe und gespielt fachmännisch den kaputten Reifen begutachte. Autos waren noch nie mein Spezialgebiet. Ich weiß, wie ich mein Scheibenwischwasser auffülle, aber dann hört es auch schon wieder auf mit dem Fachwissen. Dad war da nie eine große Hilfe, er meinte immer, für solche Sachen gibt es »einen überteuerten Kerl, der das macht«.

»Ich wechsle ihn schnell, dauert nur ein paar Minuten«, informiert mich der nette Taxifahrer, greift aber nach seiner Zigarettenpackung, anstatt Werkzeug zu holen.

Eilig werfe ich einen Blick auf mein Handy. »Wie lange noch, bis wir in Grand Lake City sind?«

Er zieht genüsslich an seiner Kippe und pustet den Rauch aus. »45 Minuten. Vielleicht etwas länger.«

Scheiße! Die Beerdigung von Tante Louise ist schon in knapp einer Stunde. Ich schaffe es niemals, mich vorher noch in ihre alte Wohnung einzuquartieren und umzuziehen.

»Mist, Mist, Mist«, fluche ich und laufe zum Kofferraum, um mein Gepäck herauszuhieven.

»Entschuldigung, ich muss jetzt etwas Verrücktes tun.«

»Tu dir keinen Zwang an«, murmelt mein Chauffeur mit der Fluppe zwischen den Lippen und beginnt endlich, den Ersatzreifen herauszuholen.

Ich öffne den Koffer, krame die Anzughose, das weiße Hemd und das passende schwarze Jackett heraus. Alles ist zerknittert, aber darauf kann ich im Moment keine Rücksicht nehmen. Lieber ein zerknitterter Anzug als zerrissene Bluejeans und ein T-Shirt, das definitiv schon bessere Zeiten gesehen hat.

Der Taxifahrer benutzt einen Wagenheber, weshalb ich mich schlecht auf die Rückbank setzen kann. Also schäle ich mich einfach auf dem Seitenstreifen aus den verschwitzten Klamotten und ersetze sie durch die frischen. Bei der Krawatte mühe ich mich zwei Minuten lang vergeblich ab.

»Ach, scheiß drauf«, fluche ich schließlich und werfe sie mit meinen dreckigen Klamotten zurück in den Koffer, bevor ich ihn verschließe.

Inzwischen ist der Taxifahrer fertig mit dem Reifen und erlaubt mir, mich wieder hineinzusetzen. Noch eine dreiviertel Stunde bis Grand Lake City. Und die Beerdigung fängt in einer halben Stunde an. Ich werde es definitiv nicht schaffen.

Frustriert seufze ich und lehne den Kopf gegen das Polster. Wir haben so kurzfristig von Louises Tod erfahren, dass ich keinen früheren Flug hätte nehmen können, und ich kann nichts an der Situation ändern, trotzdem ärgert es mich. Die Nachricht, dass sie an einem plötzlichen Herzinfarkt gestorben ist, hat uns erst vor wenigen Tagen erreicht, zusammen mit dem

Datum ihrer Beerdigung. Meine Eltern konnten sich kurzfristig keinen Urlaub mehr nehmen, da blieb nur noch ich. Meinen Job kann ich von überall aus machen.

Ich greife nach meinem Rucksack und will eigentlich mein Handy herausholen, aber stattdessen fällt meine Aufmerksamkeit auf etwas anderes. Vorsichtig ziehe ich die Postkarte heraus. Die letzte, die ich von Tante Louise bekommen habe.

Januar 2015. Unglaublich, dass das Ganze schon vier Jahre her ist. Als Tante Louise vor über zehn Jahren von Detroit nach Grand Lake City gezogen ist, haben wir uns ständig Briefe geschrieben, meistens seitenlang. Am Ende waren es nur noch vollgeschriebene Postkarten wie diese. Bis irgendwann gar nichts mehr von ihr kam.

Lieber Lian,

danke, dass du an meinen ersten Tag im neuen Job gedacht hast. Es lief tatsächlich viel besser, als ich es mir erträumen könnte. Hier im Blumenladen sind alle supernett …

Ich spüre, wie mir die Tränen in die Augen schießen, und höre auf zu lesen. Stattdessen drehe ich die Karte um und betrachte die Motive von Chicago, die darauf abgebildet sind.

»Wir sind in fünfzehn Minuten da«, erklärt der Fahrer von vorne und ich packe die Karte endgültig wieder weg. Zurück an ihren sicheren Platz.

»Setzen Sie mich direkt vor dem Friedhof ab«, bitte ich ihn.

Zwanzig Minuten zu spät kommen wir endlich an. Hastig drücke ich dem Taxifahrer das Geld in die Hand, schultere meinen Rucksack und laufe los.

Meine Schuhsohlen knirschen unter dem Kies und mein Herz wird schwer, als ich in weiter Entfernung die vielen Leute sehe. Sie sind alle gekommen, um meine Tante zu verabschieden. Mit einem Mal fühlen sich meine Füße bleischwer an und ich würde am liebsten wieder umdrehen. Ich meine, wie kann ich plötzlich auf Tante Louises Beerdigung stehen? Vier Jahre Funkstille, fast elf Jahre haben wir uns nicht mehr gesehen. Nun bereue ich, nicht viel früher in ein Flugzeug gestiegen zu sein, um sie zu treffen.

Ich blinzle die Tränen weg und stelle mich möglichst unauffällig in die Menge. Ganz vorne steht ein Mann mit Anzug und Krawatte, der eine Trauerrede hält. Er trägt nicht das übliche Kollar, das ich von einem Pastor kenne, aber ich schätze mal, dass er einer ist.

Er hat eine ernste Miene aufgelegt und wirkt sichtlich betroffen. Sein Schmerz ist echt, das hört man in jedem seiner Worte. Kurz bleibt sein Blick an mir, dem Neuankömmling, heften. Er nickt mir freundlich zu und setzt dann seine Rede fort.

Ich höre ihm nur mit halbem Ohr zu, stattdessen male ich mir aus, was für ein Leben Tante Louise hier hatte. Sie hat mir oft von ihren Freunden geschrieben, von den gemeinsamen Abendessen und den Grillfesten. Es tut gut zu wissen, dass sie hier nie alleine war.

Der Pastor endet mit seiner Rede und die Menschen machen Platz, um einen Mittelgang zu bilden.

Eine ältere Frau dreht sich neugierig zu mir herum, sie trägt eine dicke Perlenkette um den Hals.

»Waren Sie ein Bekannter?«, fragt sie mit brüchiger Stimme.

»Ich bin ihr Neffe«, sage ich und korrigiere mich innerlich. *War ihr Neffe.*

Sie legt mir großmütterlich eine Hand auf die Schulter und tätschelt sie. »Es tut mir so furchtbar leid. Louise war so eine wundervolle Persönlichkeit. Aber wir werden sie wiedersehen, dessen bin ich mir sicher.«

»Danke. Vielen Dank.«

Dann verstummt sie, denn der Sarg wird von mehreren Grabträgern aus der Kapelle getragen. Erneut bildet sich ein Kloß in meinem Hals. Das war es also. Das letzte, was von Tante Louise übrig geblieben ist, liegt in dem mit feinen Schnitzereien versehenen Holzsarg.

Die Trauergemeinde folgt den Grabträgern schweigend, bis wir an einem frisch ausgehobenen Grab angekommen sind. Langsam wird der Sarg hineingelegt und gleichzeitig sackt etwas in meiner Brust zusammen. Es ist vorbei. Und plötzlich so real.

Bis auf leises Weinen und Schniefen ist eine ganze Weile lang nichts mehr zu hören. Dann beginnen die Leute, sich flüsternd zu unterhalten, die Menge lockert sich etwas auf. Ich nutze die Gelegenheit und laufe auf den Pastor zu.

»Hallo«, sage ich, um seine Aufmerksamkeit zu erlangen. Er sieht freundlich hoch. »Mein Name ist Lian Cantial, ich bin … war Louises Neffe. Danke für die bewegende Rede, Reverend.«

Ein trauriges, aber durchaus gütiges Lächeln zeichnet sich auf seinen Zügen ab. Er schüttelt mir die Hand.

»Mein herzliches Beileid zum Verlust, Lian. Ich bin kein Reverend oder Ähnliches, einfach Alan Archer.«

Etwas verwirrt nicke ich diese Information ab. »Wissen Sie, wer diese Beerdigung geplant hat? Es müssten Freunde von Tante Louise gewesen sein.«

»Oh, das waren wir alle. Entschuldige bitte, dass wir euch nicht früher informiert haben, es ging alles so plötzlich.«

Es ist mir unangenehm, dass er sich bei mir entschuldigt, obwohl er hier anscheinend alles in die Hand genommen hat, während ich die Hälfte verpasst habe.

»Ich …«, setze ich an, doch dann wird meine Aufmerksamkeit abgelenkt. Ein junger Mann tritt zu uns, etwa in meinem Alter, der ebenso einen Anzug trägt und Mr. Archer wie aus dem Gesicht geschnitten wirkt. Das gleiche dunkelbraune Haar und derselbe ernste Blick.

»Ah, Junge, du kommst genau richtig«, sagt Alan Archer und legt seinem Sohn eine Hand auf die Schulter. Sofort fällt ein neugieriges Augenpaar auf mich.

»Das ist Lian Cantial, Louises Neffe. Ich bin sicher, mein Sohn kann dir alle weiteren Fragen beantworten.«

»Hallo, ich bin Calvin«, stellt er sich im Gegenzug vor. Mr. Archer lächelt mich noch mal an, dann lässt er uns alleine.

»Mein Beileid. Es tut mir sehr leid um deinen Verlust«, sagt Calvin, als wir uns einfach nur anstarren. Meine Musterung muss ihm unangenehm sein, denn er weicht meinem Blick nach einem kurzen Augenkontakt aus.

»Danke. Ich habe meine Tante lange nicht mehr gesehen … und jetzt ist es zu spät.«

Calvin schabt unruhig mit den Füßen im Kies herum, scheint um Worte zu ringen. »Du hast die Möglichkeit, sie wiederzusehen«, sagt er schließlich. Darauf erwidere ich nichts und sehe stattdessen auf das noch offene Grab. Ehrlich gesagt glaube ich nicht an Himmel und Hölle, ich bin nicht sehr religiös.

»Gibt es einen … Leichenschmaus?« Das Wort kommt mir schwer über die Lippen, es klingt so makaber. Zum Glück schüttelt Calvin den Kopf.

»Nein, darauf haben wir verzichtet.«

Gut. Diese Tradition fand ich schon immer furchtbar. Außerdem möchte ich mich noch nicht von dem Grab entfernen. Ich wende mich endgültig von Calvin ab, erwarte, dass auch er geht, doch er bleibt neben mir stehen.

Einige Leute sprechen mich an und unterhalten sich kurz über meine Tante mit mir. Obwohl es schön ist, so viele ihrer Freunde zu treffen, strengt mich jedes Gespräch mehr an. Calvin bleibt die ganze Zeit an meiner Seite und schweigt. Wenn ihm das unangenehm ist, so lässt er es sich nicht anmerken. Ich bin froh, dass er da ist. Seine stumme Anwesenheit spendet mir in gewisser Weise den Trost, den ich im Moment so dringend brauche.

ZWEI

−Lian

»HAST DU einen Platz, an dem du schlafen kannst?«, fragt Calvin mich, nachdem die meisten Leute bereits gegangen sind. Nur noch vereinzelte stehen abseits von uns und unterhalten sich. Die Sonne neigt sich immer weiter dem Horizont entgegen.

»Hm?«, frage ich aus den Gedanken gerissen und sehe ihn an.

»Ich habe gefragt, ob du schon weißt, wo du übernachten kannst«, stellt er die Frage erneut.

»Tante Louise hat meinen Eltern ihr altes Haus vermacht. Dort werde ich für ein paar Tage unterkommen.«

Wir haben seit Jahren schon den Ersatzschlüssel, auch wenn ich nie verstanden habe, warum sie ihn uns übergeben hat. Immerhin wohnen wir zweihundertfünfzig Meilen voneinander entfernt. Vielleicht fühlte es sich für sie sicher an, ihn bei der Familie zu lagern. Dieser Gedanke macht mich unendlich wehmütig.

»Ach so, ja klar.«

»Hey.« Mr. Archer stößt wieder zu uns und lächelt traurig, aber freundlich. »Weißt du schon, wo du schlafen kannst, Lian?«

Sie müssen wirklich gute Freunde von meiner Tante gewesen sein, wenn sie sich so um mein Wohlergehen kümmern. Auch ihm erkläre ich, dass ich in Louises Haus übernachten werde.

»Gut, dann können wir morgen oder übermorgen noch mal reden.« Er reicht mir erneut die Hand, seine Augen sind voller Güte. »Calvin wird dich zum Haus fahren.«

»Nur keine Umstände«, bitte ich. »Ich nehme mir ein Taxi.«

Mr. Archer schmunzelt, wirkt aber immer noch traurig. »Bis du hier ein Taxi herbekommst, bist du zu Fuß schneller. Calvin fährt dich.«

»Das ist kein Problem, liegt quasi auf dem Weg«, versichert auch Calvin, der hinter seinem Vater steht. Nach meinem ersten Flug, der überlangen Taxifahrt und der Beerdigung bin ich froh, das Angebot annehmen zu können.

Calvin führt mich von dem Friedhof herunter zu einem alten Honda. An dem Wagen lehnt ein junges Mädchen, das trotzig die Arme vor der Brust verschränkt hat.

»Da bist du ja endlich«, murrt sie und wirft ihre hellbraunen Haare zurück.

»Phoebe, das ist Liam, er ist Louises Neffe«, stellt Calvin vor und lässt einen warnenden Tonfall in der Stimme mitschwingen. Phoebe trägt ein schwarzes Kleid, aber Turnschuhe dazu.

»Oh. Hallo«, sagt der Teenager und presst die Lippen zusammen. »Ich bin Phoebe, Cals Schwester.«

»Lian«, sage ich und korrigiere damit ihren Bruder. Sie lässt mir den Vortritt auf den Beifahrersitz und steigt selbst hinten ein.

Schweigen kehrt ein, als Calvin den Wagen startet und losfährt.

»Woher kommst du?«, fragt Phoebe mich von hinten interessiert.

»Detroit«, antworte ich ihr knapp. Sie staunt.

»Da ist es sicher interessanter als in diesem öden Kaff.«

»Phoe«, maßregelt ihr großer Bruder, auch wenn ich nicht so recht verstehe, wofür. Für ein geschätzt sechzehnjähriges Mädchen ist das doch ein natürliches Gefühl.

»Das ist es definitiv«, sage ich. »Aber ihr habt es schön hier. So beschaulich.«

»Du meinst langweilig!«

Calvin schnaubt und Phoebe wird still. Das bringt mich immerhin zum Schmunzeln. Phoebe hat nicht unrecht, doch der Kontrast zu Detroit hilft mir, wieder einen klaren Kopf zu bekommen. Wir fahren an vielen Wäldern vorbei, in der Ferne kann ich einen See glitzern sehen. Vielleicht habe ich die nächsten Tage Zeit, dieses Örtchen – Louises Heimat – zu erkunden.

Schließlich hält Calvin vor einem kleinen Häuschen an. »Da wären wir. Die Schlüssel hast du?«

»Ja.« Ich suche seinen Blick, aber wieder blinzelt er an mir vorbei. »Danke für alles, Calvin. Das war sehr nett von dir.«

»Gern geschehen. Man sieht sich bestimmt noch?«

Irre ich mich oder klingt seine Stimme hoffnungsvoll?

»Ganz bestimmt.« Ich steige aus und winke den Geschwistern zum Abschied zu. Mit einem Seufzen auf den Lippen laufe ich durch den gepflegten Vorgarten und bleibe vor der rot gestrichenen Haustür stehen. Tante Louises Haus. Ihr Zuhause. Mit einem mulmigen Gefühl benutze ich den Schlüssel und öffne die Tür. Abgestandene Luft kommt mir entgegen, ein heller Strahl der Abendsonne scheint direkt durch das gegenüberliegende Fenster und blendet mich.

Blinzelnd trete ich ein paar Schritte vor und betrachte die urige Einrichtung. Erinnerungen schießen hoch. Blueberry-Pancakes bei Tante Louise um sieben Uhr in der Früh, bevor ich zur Schule musste. Leseabende bei ihr auf der Couch, die kuscheligste Decke aller Zeiten, die sie extra für meine Übernachtungsbesuche aufbewahrt hat. Wach bleiben bis Mitternacht, Root Beer trinken und so viele Süßigkeiten essen, bis mir schlecht wird.

In ihrem kleinen Häuschen hier bin ich nie gewesen, trotzdem kommt es mir so vor, als würde an jedem Möbelstück Erinnerungen kleben. Ich schließe die Tür hinter mir, trete weiter in das Haus hinein und im selben Moment fällt mir etwas Wichtiges auf.

Mein Koffer fehlt. Meine Gedanken überschlagen sich, als ich überlege, wo ich ihn zuletzt gesehen habe. Mist! Er liegt noch im Kofferraum des Taxis, das ich in Eile Hals über Kopf verlassen habe.

»Fuck«, stoße ich aus und presse die Lippen sofort wieder zusammen. In dem Haus meiner verstorbenen Tante zu fluchen, kommt mir irgendwie verboten vor.

Genervt stöhne ich, knipse das Licht an und beschließe, erst einmal die Einrichtung zu begutachten.

Von dem breiten Flur führt direkt eine Treppe nach oben, ebenso eine Tür nach links und rechts. Links befindet sich die Küche. Auf dem Küchentisch steht noch eine dreckige Tasse, Brotkrumen liegen auf dem Tisch. Ich bringe es nicht übers Herz, das wegzuräumen. Louises letzten Kaffee, ihr letztes Frühstück in diesem Haus.

Mit einem Kloß im Hals kehre ich der Küche den Rücken und erkunde die anderen Räume: Ein gemütliches Wohnzimmer, ein Gäste-WC und oben befindet sich noch mal ein Badezimmer und Tante Louises Schlafzimmer. Da ich dieses nicht anrühren will, gehe ich zurück ins Wohnzimmer. Eine dicke Wolldecke liegt fein säuberlich über der Lehne gefaltet und Kissen gibt es auch genug, das reicht mir als Nachtlager.

Seufzend lasse ich mich darauf sinken und ziehe den Rucksack auf den Schoß. Zumindest habe ich den nicht vergessen. Dort habe ich meinen Laptop und das Zeichen-Pad verstaut, ebenso wie mein Handy. Wenn diese Geräte weg wären, wäre das eine Katastrophe, immerhin muss ich auch von hier aus arbeiten.

Im Internet informiere ich mich über die Taxigesellschaft vom Flughafen und beginne, herumzutelefonieren. Es dauert eine geschlagene halbe Stunde, bis ich der übermüdeten Frau am anderen Ende der Leitung erklärt habe, dass ich tatsächlich meinen Koffer vergessen habe und er mir nicht entwendet wurde. Wir klären, zu welcher Zeit ich gefahren bin, sie notiert sich meine Kontaktdaten und verspricht, sich wieder zu melden.

Ihr Tonfall klingt nicht sehr hoffnungserregend.

Vielleicht ist sie auch genervt von dem Idioten, der seine Sachen im Taxi vergisst. Passiert das nicht öfter? Oder bin ich der einzige Vollpfosten?

Müde lehne ich mich ins Sofa zurück. Obwohl es noch nicht allzu spät ist, fühle ich mich ausgelaugt. Am besten gehe ich jetzt schlafen und arbeite morgen früh meine angestauten Mails ab. Vorher aber rufe ich Mom auf dem Handy an. Im Gegensatz zu meinem Vater verweigert sie sich nicht der *neuen Technik* und geht auch mal ran.

»Ja, hallo?« Ihre vertraute Stimme gibt mir sofort ein gutes Gefühl.

»Hey Mom, hier ist Lian.«

»Oh mein Schatz, endlich meldest du dich! Jay, komm schnell, dein verlorener Sohn ist am Telefon! Warte Lian, ich stelle dich auf Lautsprecher.«

Automatisch schleicht sich ein Lächeln auf meine Lippen. Gott, ich liebe meine schräge Familie.

»Junge, wir haben uns Sorgen gemacht«, dröhnt die dunkle Stimme meines Vaters nun auch durch den Hörer. »Wir dachten schon, es gab einen Flugzeugunfall.«

»Ihr habt mir gesagt, es sei sicher!«, protestiere ich.

»Na ja …«

Lächelnd verdrehe ich die Augen. »Der Flug verlief ohne Komplikationen. Danach hatte das Taxi eine Panne und ich bin zu spät zur Beerdigung gekommen.«

»Wie war sie denn?«, fragt Mom mitfühlend.

»Schön, obwohl ich leider die Hälfte verpasst habe. Aber es waren viele Leute da, sie waren alle supernett und hilfsbereit.«

»Das freut mich zu hören. Scheint, als hätte Louise gute Freunde gehabt. Es ist so traurig, dass wir nicht dabei sein konnten«, meint Mom bedauernd, Dad brummt nur etwas Unverständliches. Er hat Tante Louise den Streit vor zehn Jahren nie wirklich verziehen. Ich weiß nicht einmal, wovon er gehandelt hat, aber er war der Grund, warum sie aus Detroit weggezogen ist. Und vermutlich auch, warum sie nie mehr zu Besuch gekommen ist.

Kurz unterhalten wir uns noch, bis mir fast die Augen zufallen.

»Gut, ich gehe dann schlafen. Mom, vergiss nicht, Dad von dem fettigen Essen fernzuhalten. Keine Pancakes mehr zum Frühstück.«

Meine Mutter kichert, Dad beschwert sich. Obwohl ich es scherzhaft gesagt habe, meine ich es ernst. Tante Louise war nur fünf Jahre älter als ihr Bruder, mein Vater, und sie ist an einem plötzlichen Herzinfarkt gestorben. Das gibt einem zu denken.

Wir legen schließlich auf, ich ziehe mich bis auf die Boxershorts aus und mache es mir auf dem Sofa gemütlich. Was für ein Tag.

DREI
—LiaN

AM NÄCHSTEN MORGEN stehe ich schon um kurz vor sieben auf, bleibe aber auf der Couch und ziehe mir den Laptop auf den Schoß. Selbstständig zu sein bedeutet, von überall aus arbeiten zu können, und ich liebe es, mein eigener Chef zu sein. Manchmal lade ich mir zu viel auf, ich habe nie Pausen oder Urlaub und auch niemanden, auf den ich die Arbeit abwälzen kann. Trotzdem würde ich nichts anderes tun wollen.

Zuerst checke ich meine Mails und arbeite die Anfragen nacheinander ab. Gerade, als ich damit fertig bin, kommt ein Anruf via Facetime rein.

»Blair-Bär!«, begrüße ich meine beste Freundin mit ihrem verhassten Spitznamen, als ihr hübsches Gesicht auf meinem Bildschirm auftaucht.

»Hey du Arschge…, Oh, hallo, Brustmuskeln. Dieser Anblick gefällt mir.«

»Frag nicht«, seufze ich. »Ich habe meinen Koffer im Taxi vergessen und habe nichts zum Anziehen außer einem Anzug.«

Sie lacht auf. »Wie kann man seinen Koffer im Taxi vergessen? Du bist so ein Chaot.«

»Gar nicht wahr, aber ich war spät dran und habe nicht daran gedacht. Ich hoffe nur, ich bekomme ihn wieder. Könnte die Anwohner hier verschrecken, wenn ich die ganze Zeit halb nackt herumlaufe.«

Calvin kann mir schon jetzt kaum in die Augen sehen …

»*Go for it*, aber ich will Fotos.« Ihr Grinsen verblasst und sie wird schlagartig ernst. »Wie geht es dir? Wie war die Beerdigung?«

»Wie Beerdigungen nun mal sind. Ich finde es schade, dass ich sie so lange nicht gesehen habe. Was auch immer zwischen meinen Eltern und ihr passiert ist, das hätte nicht zwischen uns stehen dürfen.«

Blair nickt verständnisvoll. »Soll ich dich aufmuntern?«

»Ja, bitte.«

Sie greift an ihren Hinterkopf und zieht das Haargummi heraus, sodass ihre blonde Mähne über die Schultern fällt. An den Spitzen prangen nun feuerrote Akzente. Mir bleibt der Mund offen stehen.

»Hast du nicht gemacht!«

Sie beißt sich auf die Unterlippe. »Was soll ich sagen? Devon und ich haben was getrunken, sind nostalgisch geworden und jeder hat etwas Verrücktes gemacht. Devon hat jetzt einen Bling-Bling-Ohrring.«

Ich muss so heftig lachen, dass mir die Tränen kommen. Devon und Blair sind meine besten Freunde und beide tun immer die schrägsten Sachen. Vor allem, wenn ich nicht dabei bin, um sie aufzuhalten.

»Du musst schnell wieder zurückkommen«, jammert Blair. »Sonst überrede ich Devon zu noch mehr Schwachsinn.«

Ein schrilles Klingeln durchfährt das Haus und lässt mich zusammenzucken. »Warte kurz, da ist jemand an der Tür«, sage ich zu meiner Freundin, lege den Laptop zur Seite und stehe auf.

Vielleicht ist es nur der Postbote oder Nachbarn, die wissen wollen, wer das Haus einer Toten besetzt. Doch als ich die Tür öffne, bin ich überrascht, Calvin und Mr. Archer davor zu sehen.

»Guten Morgen«, grüßt Mr. Archer freundlich. Sie beide tragen Anzüge, sehen frisch und ausgeruht aus. »Wir hoffen, wir haben dich nicht geweckt.«

Mein Blick gleitet automatisch zu Calvin, der ein wenig verschreckt aussieht. Mir entgeht nicht, wie er mich mustert. Oder besser gesagt: Meinen halb nackten Oberkörper scannt.

»Nein, ich war schon wach und habe gearbeitet …« Okay, das zu sagen, während man nur mit Boxershorts bekleidet ist, klingt irgendwie falsch. »Ich meine, ich habe über den Computer gearbeitet.« Jetzt klingt es, als wäre ich ein Webcam-Boy.

»Wir wollen dich nicht stören«, sagt Mr. Archer, weiterhin freundlich. »Wir wollten nur schauen, wie es dir geht.«

»Den Umständen entsprechend. Ich habe meinen Koffer im Taxi vergessen und hoffe seitdem, dass das Taxiunternehmen ihn wieder auffinden kann.« Diese Erklärung hätte ich wohl ganz an den Anfang schieben sollen.

»Kann man dir irgendwie behilflich sein?«

Höflichkeit scheint bei den Archers großgeschrieben zu werden. Aber ich möchte nicht fast fremde Leute mit meinen Problemen belasten.

»Schon gut, ich werde später einen Klamottenladen suchen und mir was holen. Möchtet ihr reinkommen?«

»Wir wollen dich nicht von deiner Arbeit abhalten«, meldet sich nun Calvin zu Wort. »Wir waren nur in der Nähe und wollten vorbeischauen.«

»Wie wäre es, wenn ihr in ein paar Stunden noch mal vorbeikommt? Dann können wir zusammen frühstücken und ich verspreche, dass ich mir etwas anziehe.«

Cal zieht einen Mundwinkel nach oben, seine Augen funkeln belustigt und ich kann mit Mühe ein scharfes Einatmen verhindern. Er hat Grübchen, wenn er lächelt. Das lässt ihn irgendwie heiß und süß zugleich aussehen. Ich beiße die Zähne zusammen und versuche, mir meine unanständigen Gedanken nicht am Gesicht ansehen zu lassen. Oder an meiner Boxershorts.

Mr. Archer räuspert sich. »Sehr gerne. In etwa zwei Stunden?«

»Perfekt. Danke für den Besuch.«

Wir verabschieden uns und ich gehe zurück zu Blair, um mir die ganze Geschichte von gestern Abend anzuhören. Das ist genau die Ablenkung, die ich gebrauchen kann.

Zu meinem Leidwesen muss ich das Hemd und die Anzughose erneut anziehen, um nach draußen zu gelangen. Ich laufe ein wenig in dem Örtchen herum und entdecke einen kleinen Supermarkt. Dort kaufe ich für die nächsten Tage ein, finde aber keine Klamotten oder Hygieneartikel. Da Mr. Archer und Cal gleich kommen wollen, habe ich keine Zeit mehr für weitere Entdeckungstouren.

Als ich zurück am Haus bin, entdecke ich Tante Louises Nachbarin, die nebenan im Garten arbeitet.

»Hallo«, grüßt sie misstrauisch.

»Hi«, sage ich, bleibe stehen und drehe mich zu ihr. »Ich bin Lian, Louise Cantials Neffe.«

»Ah. Sie hat mir von dir erzählt. Mein herzliches Beileid zu deinem Verlust, Jungchen.«

Fast muss ich schmunzeln bei dem »Jungchen«.

»Danke. Ich werde für ein paar Tage bleiben.«

»Gehörst du auch zu ihrer Gemeinde?«, fragt sie mich mit misstrauischem Blick.

»Welche Gemeinde?«, hake ich nach.

»Na, diese religiösen Fanatiker.«

Nun lache ich doch auf. »Ich bin vieles, aber nicht religiös.«

»Gut, gut.« Ihre Stirn glättet sich wieder. »Gehört das Haus jetzt dir?«

»Meinen Eltern«, informiere ich.

»Wenn ihr verkaufen wollt, wendet euch an mich. Mein Mann und ich hätten Interesse.«

»Ja. Ich rede mit meinen Eltern und komme dann auf Sie zu.«

Sie lächelt mir zu, doch bevor ich zurück ins Haus verschwinden kann, hält sie mich noch mal auf.

»Ich habe sie heute vor deiner Tür gesehen«, sagt sie und ich gehe davon aus, dass sie Alan und Calvin Archer meint. »Lass dich von ihnen nicht einlullen. Du bist denen nichts schuldig.«

Stirnrunzelnd nicke ich diese Information ab und laufe zurück ins Haus.

Schweren Herzens räume ich die Küche, die Tante Louise zurückgelassen hat, auf und bereite Frühstück für die Archers vor. Gerade als ich fertig geworden bin, klingelt es wieder an der Tür.

»Ihr kommt genau richtig«, begrüße ich sie und schwinge die Tür auf. Beide tragen immer noch ihre Anzüge, doch über Calvins Schulter baumelt nun eine große Sporttasche. Diese hält er mir statt einer Begrüßung entgegen.

»Ich habe ein paar Klamotten von mir eingepackt, außerdem eine neue Zahnbürste und Duschgel, damit du das Nötigste hast, falls es mit deinem Koffer länger dauert.«

Ich bin so gerührt von der Geste, dass ich keinen Ton rausbekomme. Verblüfft sehe ich erst zur Tasche, dann in sein Gesicht.

»Du musst natürlich nichts von mir anziehen, wenn es dir nicht gefällt«, schiebt Calvin nervös hinterher und ich schüttle den Kopf, um mich wieder zu besinnen.

»Nein! Gott, nein, Cal, das ist nur das Netteste, was ein Fremder für mich getan hat.« Ich nehme die Sporttasche entgegen. »Danke! Kommt rein.«

Cal lächelt und sein Vater ebenso. Ich stelle die Tasche im Flur ab und führe die Männer in die Küche, wo der gedeckte Tisch schon wartet.

»Kaffee oder Tee?«, frage ich und beide nehmen einen Kaffee, ich bevorzuge schwarzen Tee mit Milch und Zucker.

Cal blickt etwas angewidert auf meine Tasse, in die ich erst zwei Löffel Zucker kippe und dann noch Milch hinzugebe.

»Das schmeckt wirklich gut«, teile ich ihm mit und sofort legt er einen neutralen Gesichtsausdruck auf.

»Bestimmt, ja.«

Bei dem Sarkasmus in seiner Stimme muss ich grinsen und sehe beide nacheinander an.

»Wart ihr arbeiten?«

»Wir waren im Predigtdienst«, antwortet Mr. Archer mir und ich verenge fragend die Augen. Was meint er damit? In der nächsten Sekunde macht es klick. Auch, was die Nachbarin vorhin über religiöse Fanatiker gesagt hat. Das kenne ich aus Detroit: Sie gehen von Tür zu Tür und erzählen den Leuten von Gott.

»War meine Tante Teil Ihrer Gemeinschaft?«, frage ich interessiert. Ich erinnere mich verschwommen daran, dass sie jedes Mal vor dem Essen und Zubettgehen ein Gebet gesprochen hat, doch in den Briefen hat sie nie ihre Religion erwähnt.

»Ja, genau.«

»Wir hatten leider in den letzten Jahren keinen engen Kontakt«, gestehe ich. »Seit sie aus Detroit weggezogen ist, haben wir uns nicht mehr gesehen, nur noch Briefe geschrieben.«

»Verständlich«, meint Mr. Archer, klingt dabei aber nicht verurteilend, sondern einfach nur sanft. Trotzdem habe ich das Gefühl, meine Eltern verteidigen zu müssen.

»Mom und Dad sind leider in der Arbeit so eingespannt, dass es ihnen nicht möglich war, herzukommen.«

»Was arbeitest du denn?«, fragt Calvin mich interessiert.

»Natürlich nur, wenn du darauf antworten möchtest«, schiebt sein Vater hinterher und wirft seinem Sohn einen Blick zu, den ich nicht deuten kann.

»Schon gut. Ich bin freiberuflicher Grafikdesigner. Hauptsächlich mache ich Buchcover, Werbematerial, auch mal Speisekarten oder dergleichen. Eigentlich alles, wofür ich angefragt werde. Ich kann von überall aus arbeiten, wo ich Internetverbindung habe.«

»Das klingt interessant«, meint Mr. Archer, höflich wie immer.

Wir essen weiter und unterhalten uns über oberflächliche Sachen. Cal fragt, wo ich in Detroit wohne, und Mr. Archer erzählt mir von seiner Frau und seiner jüngeren Tochter, die ich gestern bereits kennengelernt habe. Nachdem wir gegessen haben, räume ich den Tisch schnell ab und stelle alles in die Spülmaschine.

»Lian, wir wollten dir noch ein paar aufmunternde Bibelstellen zeigen«, sagt Mr. Archer dann und holt seine Bibel heraus.

Eigentlich möchte ich ihnen sagen, dass ich daran nicht glaube, aber sie waren so nett zu mir, dass ich es nicht übers Herz bringe. Ich setze mich wieder hin und versuche, interessiert zu wirken. Calvin hat ebenfalls seine Bibel aufgeschlagen. Er zögert kurz, rutscht dann näher an mich heran, sodass ich bei ihm hereingucken kann. Sein frischer Duft nach Waschmittel kommt mir entgegen.

Mr. Archer liest eine Stelle vor, in der es um die Auferstehung von Toten geht.

»Glaubt ihr nicht, dass Tote in den Himmel kommen? Oder die Hölle?«, frage ich. Das zumindest kenne ich aus dem Christentum.

»Nein, die Bibel besagt, dass die Menschen auf der Erde leben sollen«, erzählt Mr. Archer und zeigt mir die entsprechende Stelle. »Nur eine ausgewählte Zahl von Menschen kommt in den Himmel.«

Ich schätze, da hat jede Religion eine andere Antwort darauf. Mr. Archer zieht eine dünne Broschüre aus seiner Tasche und schiebt sie mir herüber. *Tod. Abschied für immer?*, lautet der Titel.

»Vielleicht hilft dir etwas davon. Wenn du Fragen hast, kannst du jederzeit zu uns kommen. Ich lasse dir meine Nummer da, wenn du möchtest.«

»Gerne, ja. Danke, Mr. Archer.«

»Nenn mich Alan«, bittet er und zieht eine Karte heraus, auf die er seine Telefonnummer kritzelt. Mr. Archer und Calvin verabschieden sich endgültig und lassen mich alleine.

Höchste Zeit, sich wieder an die Arbeit zu machen.

VIER

−CALVIN

AM NACHMITTAG habe ich eine Schicht im *Rooftop*, einem Café mit dazugehöriger Konditorei. Elena, meine Arbeitskollegin und Managerin des Ladens, bittet mich, eine Stunde länger zu bleiben, da so viel zu tun ist. Danach muss ich mich abhetzen, um zu duschen und mich umzuziehen. Wie jeden Donnerstagabend haben wir Gottesdienst in North Chicago, was mit dem Auto zehn Minuten entfernt liegt. Uns bleibt eigentlich noch eine dreiviertel Stunde, aber wir sind gerne früher da, weshalb ich nun auch spät dran bin.

»Calvin, Schatz?«, fragt Mutter und klopft zögerlich.

»Bin so weit!«, rufe ich zurück und öffne ihr die Tür. Während ich mich mit der Krawatte abmühe, trete ich in den Flur.

»Ich musste länger arbeiten«, erkläre ich ihr. »Zum Glück habe ich vorher alles für heute Abend vorbereitet.«

Mom lächelt sanft. »Wir sind noch pünktlich.«

Endlich habe ich es geschafft, einen ordentlichen Knoten in meine Krawatte zu machen, und bücke mich, um meine Schuhe anzuziehen. Dad steht schon bereit und sieht auf seine Uhr.

»Wo ist Phoebe? Ist sie etwa noch nicht fertig?«, frage ich, da meine Schwester nirgends zu sehen ist.

»Phoe geht es nicht gut, sie hat Magenkrämpfe. Sie bleibt heute lieber daheim«, erklärt Dad.

Oh nein. Ich weiß, wie sehr Phoe es hasst, sich übergeben zu müssen.

»Ich mache ihr noch schnell einen Tee«, sage ich und laufe noch mal in die Küche. Als ich Kamillentee aufsetze, muss ich unwillkürlich an Liam zurückdenken. Er hat schwarzen Tee mit Milch und Zucker getrunken. Abartig. Trotzdem lächle ich in mich hinein, als ich die heiße Tasse zu Phoebes Zimmer trage.

»Hey Kleine, ich hab dir Kamillentee gemacht.«

Phoebe liegt in ihrem Bett, das Handy in der Hand. Ihre Augen werden groß, als sie mir entgegenblickt.

»D-danke.«

»Das hilft gegen die Magenkrämpfe. Ich weiß doch, wie sehr du sie hasst.« Ich stelle die dampfende Tasse auf ihren Nachttisch.

Phoebe richtet sich auf. »Das ist so süß von dir. Danke, Calvin.«

Nur kurz sieht sie mir in die Augen, aber dieser Blick voller Reue reicht aus, um sie zu durchschauen. Sie hat Schuldgefühle. Weil sie lügt. Sie hat keine Bauchschmerzen und ihr ist auch nicht schlecht. Ich sage nichts mehr dazu, streiche ihr nur über den Kopf und lasse sie dann alleine.

Wir fahren mit dem großen Familienauto los, machen aber einen Umweg, um eine ältere Frau abzuholen, die ebenfalls den Gottesdienst besuchen will. Trotzdem sind wir noch zehn Minuten zu früh dran.

Ich begrüße alle und unterhalte mich kurz mit den Gemeindemitgliedern. Jeder fragt, wo Phoe ist, und ich muss ihre Lüge wieder und wieder erzählen. Überall ernte ich Mitgefühl für ihre Fake-Krankheit und jeder gibt mir Genesungswünsche für sie mit.

Der Gottesdienst an sich geht anderthalb Stunden, aber danach ist noch mehr Zeit, um sich mit den Glaubensbrüdern und -schwestern auszutauschen. Mein Vater ist einer der insgesamt vier Ältesten, die für unsere Gemeinde verantwortlich sind, sodass wir immer bis zum Schluss bleiben, um den Versammlungssaal aufzuräumen und abzuschließen.

Gina kommt mit einem Lächeln auf mich zu – sie habe ich heute vor dem Gottesdienst noch nicht gesehen.

»Hallo Calvin. Wo steckt denn deine Schwester?«

»Ihr ging es heute nicht so gut. Wahrscheinlich ein Magen-Darm-Infekt.«

Ich hasse diese Lüge langsam, aber Gina nickt verständnisvoll.

»Die Arme. Sag ihr gute Besserung von mir.«

»Danke.«

Schweigen kehrt zwischen uns ein. Sie flicht nervös die Hände ineinander und sieht zu Boden.

»Wie läuft die Arbeit?«, frage ich, um ein Gespräch anzukurbeln. Gina ist einundzwanzig, genauso alt wie ich, und hilft in der Schule in der Nachmittagsbetreuung aus. Oft erscheint sie mir mit den kupferfarbenen Haaren und den feinen Gesichtszügen viel jünger und ich weiß, dass sie

Probleme hat, sich bei den älteren Schülern durchzusetzen.

»Ach, ganz gut eigentlich«, sagt sie beiläufig und beißt sich auf die Unterlippe. »Und bei dir?«

»Nichts Neues, alles beim Alten. Du solltest mal vorbeikommen, wenn ich Dienst habe, dann spendiere ich dir einen Kaffee.«

Ihre Wangen färben sich rot und sie nickt euphorisch. Meine Mutter tritt zu uns und begrüßt Gina ebenfalls. Die beiden unterhalten sich sofort angeregt und ich bin froh, mich an dieser Stelle zurückziehen zu können.

Die ganze Autofahrt nach Hause über denke ich daran, wie ich Phoebe am besten mit ihrer Lüge konfrontieren kann. Ich weiß, dass sie in letzter Zeit heftig reagiert, wenn man ihr irgendetwas vorhält, und ich will keinen Streit vom Zaun brechen. Damit würde ich nur das Gegenteil bewirken. Aber warum wollte sie sich vor dem Gottesdienst drücken?

Wir kommen kurz vor elf daheim an und ich beschließe, das Gespräch auf morgen zu verschieben. Heute habe ich dafür keinen Kopf mehr. Außerdem ist ihre Zimmertür geschlossen, vermutlich schläft sie bereits.

Ich wünsche meinen Eltern eine gute Nacht und verschwinde in meinem Reich. Meine Augen fallen mir fast zu, als ich mich bettfertig mache und kaum, dass ich die Augen geschlossen habe, bin ich schon eingeschlafen.

Etwas holt mich aus dem Schlaf. Müde lecke ich mir über die Lippen und werde sofort von dem angenehmen Ziehen in meiner Lendengegend abgelenkt.

»Scheiße«, fluche ich und beiße die Zähne zusammen. Wie lange bin ich nicht mehr mit einem Ständer aufgewacht?

Mein Becken drückt sich automatisch nach oben, gegen den Stoff der Decke, um dem Druck Erlösung zu verschaffen. Sofort halte ich inne und atme tief durch.

Es ist stockdunkel draußen und mein Wecker verrät mir, dass ich noch ein paar Stunden Zeit habe, bis ich aufstehen muss. Fest kneife ich die Augen zusammen und versuche, an etwas anderes zu denken.

Leicht gebräunte Haut über festen Muskeln. Der Ansatz eines Fourpacks. Dunkelblonde, zerzauste Haare, grüne Augen, volle Lippen, die vor Überraschung ein wenig offen stehen.

Ich reiße die Augen wieder auf und schrecke hoch. Nein. Bloß nicht daran denken! Nicht an Liam, wie er heute halb nackt im Türrahmen stand. Eilig springe ich aus dem Bett und laufe auf und ab. Anstatt mir auszumalen, wie es wäre, ihn zu berühren, rufe ich mir in Erinnerung, was wir vorhin im Gottesdienst gehört haben. Mein Vater hat eine Rede über Glauben und Verantwortungsbewusstsein gehalten. Darüber, dass wir unsere Gedanken kontrollieren müssen, nicht nur unsere Taten. Wie passend. Dann denke ich an Gina und ihr zartes Gesicht, wie es errötet. Ironischerweise hilft mir das, mich von meiner Erektion abzulenken.

Ein zögerliches Klopfen an meiner Zimmertür lässt mich zusammenschrecken, aber dann fällt mir auf, dass genau das mich erst wach gemacht hat. Ich laufe zur Tür, öffne sie und bin überrascht, Phoe zu sehen. Nein, eigentlich bin ich eher überrascht, *wie* sie aussieht.

Sie trägt zwar ihren Pyjama, aber ihre Haare sind offen und ungewohnt glatt, ihre Augen schwarz umrandet und wenn ich das richtig erkenne, trägt sie eine Tonne Make-up im Gesicht.

Wortlos trete ich zur Seite und lasse sie herein. Hinter ihr schließe ich leise die Tür, bleibe aber an Ort und Stelle stehen und drehe mich zu meiner Schwester. Sie läuft unsicher auf mein Bett zu, hält auf halber Strecke inne und dreht sich zu mir herum.

»Dir war nicht schlecht«, stelle ich argwöhnisch fest.

Ihre Augen füllen sich mit Tränen. »Es tut mir leid.«

Seufzend gehe ich auf sie zu und drücke sie sanft zu meinem Bett, wo wir uns nebeneinander hinsetzen.

»Wo warst du?«

»Zoeys Eltern waren nicht daheim und sie hat eine Party geschmissen. Es waren alle da und sie hat mich auch eingeladen.«

»Zoey? Ein Mädchen aus deiner Klasse?«, frage ich fassungslos. »Du hast vorgegeben, krank zu sein, um dich auf eine Party zu schleichen?«

Phoe presst sich die Faust auf den Mund und nickt langsam. Ich weiß nicht, was ich dazu sagen soll, starre sie nur ungläubig an.

»Aber Phoe … warum? Du weißt doch, dass solche Partys nichts für uns sind. Diese Leute trinken Alkohol und haben Sex, sie könnten alles Gute in dir zerstören und dich zu etwas bringen, das du sonst niemals machen würdest.«

»Ich weiß! Das weiß ich, Calvin.« Inzwischen laufen ihr die Tränen über die Wangen. Sanft streiche ich sie weg.

»Warum hast du es dann gemacht?«

»Ich war immer die komische Außenseiterin. Die religiöse, verklemmte Tussi. Ständig wurde ich fertiggemacht und geärgert.«

Natürlich weiß ich, was Phoe in der Highschool durchmacht. Bei mir war es damals nicht anders. Aber ich habe gedacht, sie steht da drüber. Sie wirkt so unerschütterlich.

»Als Zoey neu in die Klasse kam, hat sie angefangen, mich zu verteidigen, und mir gesagt, ich sei cool. Und irgendwie hat sie mich zur Party überredet.«

»Ach, Phoe«, seufze ich und nehme sie in die Arme. Sie weint an meiner Brust weiter.

»Es waren ältere Jungs da und ich habe Bier getrunken«, gesteht sie mir.

»Zoey ist ein schlechter Umgang für dich, das weißt du.«

Phoebe löst sich wieder von mir und wischt sich die Tränen weg. »Eigentlich ist sie cool. Sie fragt mich immer über unsere Religion aus und nennt es nicht wie alle anderen Sekte. Sie interessiert sich dafür.«

Skeptisch sehe ich sie an.

»Wirklich! Und seit sie da ist, halten mich die anderen nicht mehr für verklemmt, komisch oder für eine Amish.« Sie wischt sich über die Nase und schnieft. »Eigentlich ist das gut, oder? Dann sehen sie, dass wir ganz normale Leute sind. Du weißt, was für Vorurteile die meisten hier in GLC haben. Beim Predigtdienst schmeißen die euch doch immer sofort die Tür vor der Nase zu, einfach weil sie so viel Schlechtes gehört haben.«

Sie hat recht, aber Party zu machen und unsere Prinzipien zu vergessen, ist nicht der richtige Weg. Uns wird gepredigt, dass es gut ist, sich abzuheben und nicht wie alle anderen zu sein. *Die Menschen werden euch hassen, weil sie wissen, ihr seid nicht wie sie*, steht in der Bibel geschrieben. All das weiß Phoebe selbst, daran muss ich sie nicht erinnern.

»Bitte sag Papa nichts«, flüstert sie dann leise.

»Phoebe, du musst mit ihm reden. Danach wird es dir besser gehen.«

»Nein! Bitte, Calvin. Ich will ihn nicht enttäuschen. Ich verspreche auch, dass so etwas nie wieder vorkommt.«

Sie sieht mich so flehend an, dass ich mich erweichen lasse. Das hatte meine kleine Schwester schon immer drauf.

»Na gut, ich sage nichts«, seufze ich. »Aber lüg unsere Eltern nicht mehr an. Und mich erst recht nicht.«

»Versprochen«, wispert sie und drückt mich noch mal fest. Ich küsse sie aufs Haar und lasse sie gehen.

Gedankenverloren sehe ich ihr nach und weiß selbst, dass ich einen Fehler gemacht habe. Sie muss es unseren Eltern sagen, sonst wird es nur schlimmer. Aber ich bringe es nicht übers Herz, sie zu verraten.

Nachdem Phoe gegangen ist, habe ich kein Auge mehr zugetan und fühle mich dementsprechend gerädert, als ich frühmorgens im *Rooftop* stehe. Heute geht meine Schicht von fünf Uhr früh bis zwölf Uhr mittags, da ich Elena dabei helfe, die frischen Sachen zu backen und die ersten Kunden am Morgen zu bedienen.

Gegen neun Uhr taucht ein bekanntes Gesicht auf. Eigentlich sind alle Gesichter hier in GLC mir bekannt, aber bei diesem rutscht mir fast das Herz in die Hose.

Liam hat eine dunkle Sonnenbrille auf der Nase und trägt ein Poloshirt sowie eine Jeans von mir. Irgendwie macht es etwas in meinem Inneren, ihn in meinen Klamotten zu sehen. Ein aufregendes Pochen durchfährt mich.

Er grinst breit, als er mich erblickt, doch ich stehe am Ende des Tresens und Elena vorne. Deshalb fragt sie ihn: »Was darf es sein?«

»Gibt es den süßen Barista auch zum Mitnehmen?«, fragt er lässig und nimmt die Sonnenbrille ab, ohne den Blick von mir abzuwenden. Elena sieht zwischen uns hin und her, dann grinst sie.

»Nur für einen Stundenlohn von 8,50«, meint sie trocken. Liam lacht und läuft zu mir herüber.

»Hey.«

»Morgen«, grüße ich und schaffe es, ihm in die Augen zu sehen, ohne rot zu werden. Und ohne, dass mir die Bilder von gestern Nacht in den Kopf schießen. Oh, Mist …

»Ich möchte hier gerne ein bisschen arbeiten. Kannst du mir was Heißes und Süßes geben?«

Sein Blick ist so offensiv, dass ich nun doch wegschauen muss. Ich tue so, als ob ich mir die Auswahl ansehe und überlege.

»Caramel macciato und Schokocroissant?«, schlage ich vor.

»Perfekt. Ich mache es mir da hinten gemütlich.« Er deutet mit dem Daumen zu den Sitzecken und sucht sich einen kleinen Tisch aus. Ich bereite sein Getränk vor, während er Laptop und iPad ausbreitet.

Mit dem Caramel macciato und dem süßen Stückchen balanciere ich ein Tablett zu seinem Platz und stelle beides vorsichtig ab. Dabei bemerke ich, dass er etwas auf seinem Tablet zeichnet.

»Danke, Cal«, sagt er abwesend. Ich komme nicht umhin, stehen zu bleiben und auf den Bildschirm zu starren. Was zeichnet er da? Es sieht aus wie ein Tattoo.

Liam bemerkt, dass ich ihn beobachte, und sieht zu mir hoch. Sofort trete ich ertappt einen Schritt zurück, doch er lächelt. Sein dezentes Parfüm kommt mir in die Nase, das ich schon gestern am Frühstückstisch gerochen habe.

Er greift nach seinem Becher, dreht ihn herum und sein Lächeln entwickelt sich zu einem Grinsen. Ich habe seinen Namen auf den Becher geschrieben, wie es bei uns üblich ist.

»Es ist süß, dass du meinen Namen immer falsch aussprichst, aber nur fürs Protokoll: Es heißt Lian. Mit N am Ende.«

»Oh«, entkommt es mir. Mehr bringe ich nicht heraus.

Lian. Ich erinnere mich daran, dass mein Vater ihn so angesprochen hat, doch ich habe gedacht, er hat ihn falsch verstanden.

»Ist notiert, Lian«, murmle ich.

»Schon besser«, meint er, zwinkert mir zu und konzentriert sich dann wieder auf seine Arbeit. Nun schleicht sich auch ein Lächeln auf meine Züge, als ich zurück zum Tresen laufe.

Bis zu meinem Schichtende um zwölf bleibt er sitzen und es kostet mich immer mehr Mühe, ihn zu ignorieren. Ständig schweift mein Blick zu ihm, gleitet über sein Profil, zu seinen Händen oder alternativ auch über sein Kreuz, die Schultern, die kurzen Haare im Nacken …

Keine Ahnung, warum. Vermutlich ist er einfach interessant, weil er neu ist.

Oder weil er in deinen schmutzigen Fantasien aufgetaucht ist.

Ich vertreibe die kleine, fiese Stimme in meinem Inneren, bin aber froh, als ich Feierabend habe.

»Bis morgen, Elena«, verabschiede ich mich von meiner Chefin, bevor ich gehe.

In einer guten Stunde bin ich mit Ernest zum Predigtdienst verabredet. Viel lieber würde ich mich eine Runde schlafen legen, aber da ich nicht so kurzfristig absagen möchte, muss ich es durchziehen.

Es wird Spaß machen, wenn wir erst mal angefangen haben, denke ich. Und Ernest ist ein treuer Glaubensbruder. Vielleicht helfen seine Anwesenheit und die Gespräche mit ihm, mich von meinen Grübeleien abzulenken.

FÜNF
—Lian

ICH BIN den ganzen Vormittag vertieft in meine Arbeit. Eine Kundin wollte für ihr Cover spezielle Tattoos auf dem nackten Oberkörper des Helden, was mir Gelegenheit gab, mich selbst wieder ans Zeichnen zu setzen. Es ist zeitaufwendig, aber es macht Spaß.

Am Nachmittag habe ich einen ersten Entwurf, den ich ihr schicken kann. Sobald das erledigt ist, brauche ich erst mal eine Pause. Da ich sonst nichts zu tun habe, beschließe ich, Grand Lake City zu erkunden.

Tante Louises Nachbarin ist so nett, mir das Fahrrad ihres Mannes zu leihen. »Er selbst bricht sich damit nur den Hals«, hat sie gemeint.

Mein erster Weg führt mich in den einzigen Blumenladen, den das Städtchen zu bieten hat. Soweit ich weiß, hat meine Tante hier gearbeitet. Diese Information ist allerdings schon mehrere Jahre alt.

Ich stelle das Rad ab und betrete den Laden. Der Duft von frischen Sonnenblumen erfüllt den Raum, direkt neben dem Eingang plätschert ein kleiner Brunnen und durch natürlich wirkende Lichter wird der ganze Raum mit Licht geflutet. Ich fühle mich, als wäre ich im Paradies angekommen.

»Hallo«, grüßt eine Frau mittleren Alters, die hinter einem Verkaufstresen steht.

»Hi« sage ich und steuere auf sie zu. »Mein Name ist Lian Cantial und ich wollte fragen …«

Meine Frage erübrigt sich, als das Gesicht der Floristin sich schlagartig trübt.

»Lian, wie schön, dich endlich persönlich kennenzulernen.« Sie läuft um den Tresen und nimmt mich in den Arm. »Es tut mir so leid um deinen Verlust.«

»Louise hat also hier noch gearbeitet?«, hake ich nach, nachdem sie wieder einen Schritt zurückgetreten ist.

Sie nickt traurig. »Ja, sie hat den Job hier geliebt. Und sie war gut darin. Sie hat die schönsten Sträuße gebunden.«

Ein wehmütiges Lächeln huscht über mein Gesicht. Ich kann mir bildlich vorstellen, wie meine Tante zwischen den vielen Blumen herumgeschwirrt ist, auf der Suche nach der passenden Kombination für einen wunderschönen Strauß. Sie war schon immer perfektionistisch veranlagt und hat es geliebt, alles zu verschönern. Das war der ideale Beruf für sie.

Wieder einmal bereue ich, dass zwischen uns so lange Funkstille geherrscht hat. Nachdem auf meine Briefe keine Antworten mehr kamen, habe ich es auf die lange Bank geschoben, mich bei ihr zu melden. Immer habe ich mir gedacht, ich solle sie mal anrufen und nachhören, wie es ihr geht. Seitdem sind vier Jahre vergangen und ich werde niemals wieder die Gelegenheit haben, mit ihr zu sprechen.

Ich blinzle die Tränen weg. »Waren Sie eine Freundin meiner Tante?«, frage ich die Verkäuferin.

Sie nickt. »Du hast bestimmt bereits meinen Mann kennengelernt, Alan Archer. Ich hatte leider auf der Beerdigung keine Gelegenheit, persönlich mit dir zu reden.«

Nun werden meine Augen groß. Das ist Calvins Mutter?

»Ja, ich habe auch mit Ihrem Sohn und Ihrer Tochter geredet. Sie haben eine wahnsinnig nette Familie.«

Das bringt Mrs. Archer zum Lächeln. »Danke, Lian.«

Ich sehe mich in dem Laden um. »Können Sie mir ein paar schöne Blumen für ihr Grab aussuchen?«, bitte ich die Verkäuferin. Auch sie hat sichtlich mit den Tränen zu kämpfen.

»Natürlich. Ich habe gleich Feierabend. Wollen wir zusammen zum Friedhof gehen? Wir können es gemeinsam aufhübschen.«

»Danke, das wäre wundervoll.«

Gemeinsam mit Mrs. Archer suche ich passende Blumen aus, um Louises noch kahles Grab zu verschönern. Wir legen bunte Tulpen auf die frische Erde und platzieren einen großen Strauß an die Stelle, an die ihr Grabstein geliefert werden soll.

Die Arbeit macht mich traurig und glücklich zugleich. Danach möchte ich mich einfach nur auf die Couch legen und ein Skype-Date mit Blair und Devon veranstalten, um mich aufzumuntern, doch Mrs. Archer besteht darauf, mich zum Essen einzuladen.

»Du gehst mir nicht hungrig nach Hause«, sagt sie mit gespielter Strenge und ich protestiere nicht länger. Irgendwie freue ich mich auch, Calvin wiederzusehen.

»Mein Mann hat schon etwas vorbereitet«, erklärt Mrs. Archer, als wir vor ihrem Haus ankommen. »Wir haben noch Freunde von uns eingeladen. Keine Sorge, wird ganz zwanglos.«

Zugegeben knurrt mein Magen bereits, weshalb ich froh bin, ihr nun ins Innere folgen zu können. Mrs. Archer führt mich in die Wohnung herein und direkt im Flur treffe ich auf Phoebe. Sie trägt ein unschuldiges Kleid und ein Haarband, das nicht zu ihrem genervten Gesichtsausdruck passen will.

»Sieh mal, wen ich gefunden habe«, sagt Mrs. Archer feierlich und drückt mütterlich meine Schultern.

»Hi Lian«, grüßt Phoe.

»Hi Phoebe«, erwidere ich und zwinkere ihr zu. »Hübsches Haarband.«

Sie zieht eine Grimasse, lächelt dann und verschränkt die Hände hinter dem Rücken.

»Danke. Hübscher Dreck in deinen Haaren.«

»Phoebe!«, maßregelt Mrs. Archer schockiert, aber ich lache laut los.

»Danke, du Goldstück. Kann ich mal das Badezimmer benutzen?«

»Geh einfach rechts und dann die zweite Tür hinten«, erklärt ihre Mutter und ich streife die Schuhe ab, bevor ich dem Weg folge.

Ich wasche mir die Hände und zupfe Erde aus meinen Haaren, wie auch immer die da hingekommen ist. Danach laufe ich zurück in den Flur und folge dem Stimmgewirr, das mich in die Küche führt.

Die Einrichtung ist stilvoll, aber in die Jahre gekommen. Nicht so modern wie die Wohnungen in Detroit, doch durchaus gemütlich.

In der Küche herrscht reger Trubel, weshalb ich im Türrahmen stehen bleibe.

»Hallo«, grüße ich in die Runde. Neben Calvin und Alan sind noch zwei Frauen anwesend, die eindeutig Mutter und Tochter sind. Sie haben dasselbe kupferfarbene Haar.

»Lian, wie schön, dass du da bist«, sagt Alan gutmütig und erhebt sich von seinem Platz, um mir die Hand zu reichen. Ich fange Calvins überraschten Blick auf und lächle ihn an. Seine Verwirrung legt sich und als er zurücklächelt, sehe ich wieder die Grübchen aufblitzen. Oh mein Gott. Es sollte verboten gehören, dabei so gut auszusehen.

»Setz dich, Lian«, bittet Alan »Das sind Gina und ihre Mutter Tanja. Sie sind beide ebenfalls Teil unserer Gemeinde. Gina, Tanja, das ist Lian, Louises Neffe.«

»Ich habe ihn im Blumenladen entdeckt und wir haben Louises Grab ein wenig verschönert«, schiebt Mrs. Archer als Erklärung hinterher.

»Hallo!« Gina strahlt mich an, ihre Mutter lächelt verhalten.

Ich nehme mir den freien Platz neben Phoebe, gegenüber von Calvin.

Mrs. Archer stellt die restlichen Schüsseln mit köstlich riechendem Essen auf den Tisch und setzt sich als Letztes. Wie ich es erwartet habe, wird ein Tischgebet gesprochen. Alan dankt mit kurzen, aber aussagekräftigen Worten dem Herrn für die Speisen.

»Das sieht superlecker aus«, lobe ich und tatsächlich gibt es alles, was das Herz begehrt. Gebratener Fisch, Entenfleisch, dazu Kartoffeln und diverse Salate. Ich lege mir von allem ein bisschen ein.

»An was hast du heute im Café gearbeitet?«, fragt Calvin interessiert.

»An einem Cover für eine Kundin, die speziell angefertigte Zeichnungen darauf haben wollte.«

»Lian ist freiberuflicher Grafikdesigner«, erklärt Alan in die Runde, mustert mich dann wieder. »Aber auch Künstler, nehme ich an?«

»Früher habe ich viel gezeichnet und gemalt, bis sich bei mir ein chronisches Karpaltunnelsyndrom entwickelt hat. Grafikdesign ist ein guter Ausgleich«, erzähle ich.

»Ich zeichne auch gerne«, wirft Gina ein.

»Sie ist gut«, meint Cal und Gina lächelt ihn schüchtern an.

»Was ist denn dein liebstes Malwerkzeug?«, hake ich interessiert nach.

»Früher nur Bleistift und gewöhnliche Buntstifte, Aquarell finde ich mittlerweile auch toll.«

»Studierst du etwas in die Richtung?«

Gina sieht auf ihren Teller. »Nein, ich studiere nicht.«

Irgendwie habe ich das Gefühl, in ein Fettnäpfchen getreten zu sein. »College war auch nie was für mich«, schiebe ich daher noch hinterher. »Die haben mich nach drei Wochen rausgeschmissen.«

Phoebe kichert leise, Cal mir gegenüber hebt fragend eine Augenbraue. Das ist keine Geschichte für einen Esstisch … Zumindest nicht für diesen.

»Wir konzentrieren uns eher auf die Bindung zu Gott statt weltlichem Erfolg«, sagt Ginas Mom, scheinbar bemüht um einen neutralen Tonfall, der ihr aber misslingt.

»Kann man nicht beides haben?«, frage ich salopp, ohne wirklich darüber nachgedacht zu haben. Für mich ist ein College-Abschluss nicht wichtig, man kann auch ohne erfolgreich sein. Aber bei Ginas Mom klingt es so, als wäre es eine Todsünde, sich auf seinen Job zu konzentrieren.

»Doch, sicher«, sagt Alan kurz angebunden, aber niemand vertieft das Thema mehr. Die anderen unterhalten sich über einen Vortrag, der scheinbar in ihrem Gottesdienst gestern zu hören war. Wie ich heraushöre, hat Alan ihn gehalten.

»Wie läuft das denn bei Ihnen ab?«, frage ich an Alan gewandt. »Sie sind ja kein Priester, aber gibt es nicht einen Leiter?«

»Unsere offizielle Leitstelle liegt in Washington. Von dort aus werden Informationen und dergleichen über die ganze Welt gesandt«, erklärt Alan geduldig. »Jede Gemeinde hat mehrere Älteste, bei uns sind es insgesamt vier. Wir halten Predigten, kümmern uns um die allgemeine Organisation, sind aber auch für geistliche und seelische Belange der Brüder und Schwestern da.«

»Hättest du Lust, am Sonntag den Gottesdienst mit uns zu besuchen?«, fragt mich Mrs. Archer offen heraus und ich stocke kurz. Ich war noch nie in einer Kirche und hatte es eigentlich auch nicht vor. Andererseits … warum nicht? Es ist bestimmt schön, Tante Louises Kirche zu erkunden und die

Gemeindemitglieder – ihre Freunde – näher kennenzulernen.

»Ja, klar. Das ist sicher interessant«, stimme ich zu. Mrs. Archer strahlt und auch Calvin lächelt wieder, sodass seine Grübchen zum Vorschein kommen. Ich bin dezent hingerissen.

»Hast du viele Freunde in Detroit?«, fragt Phoe mich, nachdem ein kurzes Schweigen entstanden ist.

»Na ja, ich habe zwei beste Freunde, aber in der Community findet man immer Leute, mit denen man ausgehen kann. Irgendwie mag man die gleichen Locations.«

»Es ist bestimmt cool, in einer Großstadt zu wohnen«, schwärmt Phoebe, woraufhin ich grinsen muss.

»Komm mich mal für eine Woche besuchen und finde es heraus.«

Es war scherzhaft gemeint und Phoebe kichert auch, aber ihre Mutter wirkt kurz schockiert. Gut, vielleicht hätte ich das nicht zu ihrer minderjährigen Tochter sagen sollen. Womöglich glaubt sie sogar, dass ich mit ihr flirte. Vermutlich wissen sie nicht, dass ich schwul bin, ich kann mir zumindest nur schwer vorstellen, dass meine Tante es ihnen erzählt hat. Vor ihr habe ich mich damals auch geoutet, aber sie hat nie wieder ein Wort darüber verloren. Kurz frage ich mich, ob das mit ihrer Religion zusammengehangen hat. Das haben die meiste Religionen immerhin gemeinsam – sie halten Homosexualität für eine Sünde.

»Gibt es schon Neuigkeiten zu deinem Koffer?«, möchte Cal wissen und reißt mich damit aus meinen Grübeleien.

»Jap, ich habe heute eine Nachricht bekommen. Er wurde aufgefunden und soll mir morgen Mittag geliefert werden. Dann kann ich dir auch deine Klamotten zurückgeben. Frisch gewaschen, natürlich. Sobald ich herausfinde, wie eine Waschmaschine funktioniert.«

Calvin lacht auf, räuspert sich und belässt es bei einem Grinsen. »Schon gut, du kannst sie mir auch ungewaschen zurückgeben.«

Ich ziehe eine Augenbraue nach oben. *Warum? Weil du daran riechen willst, wenn du es dir selbst besorgst?*

Diesen Spruch kann ich mir nur mit Mühe verkneifen. Damit würde ich ihn bestimmt in Verlegenheit bringen.

»Calvin weiß ebenfalls nicht, wie man eine Waschmaschine benutzt«, erklärt seine Mutter gutmütig. »Genauso wenig wie Phoe. Muss das deine Mutter auch noch regelmäßig machen?«

»Ja, der wöchentliche, verzweifelte Sonntagsbesuch.«

Ich würde meine Eltern auch so besuchen, die Wäsche ist nur ein praktischer Vorteil.

»Hast du eine eigene Wohnung?«, fragt Phoe mich weiter aus.

Ich nicke. »Vierzig Quadratmeter nur für mich.« Und eine streunende Katze, die mich manchmal besuchen kommt. Hoffentlich vermisst Red mich während meiner Abwesenheit nicht.

So allmählich haben alle zu Ende gegessen und ich bin wirklich pappsatt.

»Vielen, vielen Dank für das Essen«, sage ich in die Runde. »Und auch für Ihre Hilfe, Mrs. Archer.«

»Bitte, nenn mich Rica«, schlägt sie vor.

»Wir wollen uns einen Film ansehen und danach einen Spieleabend veranstalten«, erklärt Alan. »Es wäre uns eine Freude, wenn du bleibst.«

Eigentlich klingt das nett, aber ich will die befreundete Familie nicht stören. Außerdem habe ich für diesen Abend etwas anderes geplant.

»Danke für das Angebot, doch ich wollte heute Abend noch mal in die Stadt«, sage ich wahrheitsgemäß.

»Schade. Vielleicht beim nächsten Mal.«

Alan und Rica begleiten mich zur Tür und ich bedanke mich noch einmal bei beiden.

»Wir holen dich am Sonntag um neun zum Gottesdienst ab, ist das in Ordnung?«, fragt Mrs. Archer zum Abschied.

»Das ist perfekt«, sage ich. »Ich bin ohnehin ein Frühaufsteher.«

Schon nachdem ich das Haus verlassen und mich auf mein Rad geschmissen habe, bekomme ich einen Anruf von Blair.

»Vergiss nicht, es ist Ausgeh-Abend«, sagt sie anstelle einer Begrüßung. Ihre Stimme und den gebieterischen Unterton darin zu hören, versetzt mich sofort in gute Laune.

»Ja, Ma'am. Ich muss mich nur noch in tauglichere Klamotten werfen.«

SECHS

—Lian

ICH HABE absolut nichts zum Anziehen.

In Cals Sporttasche liegen total viele nützliche Klamotten, sogar neu gekaufte Unterwäsche und Jeans sowie Jogginghosen, doch nichts zum Ausgehen. Eigentlich verschwende ich nie viele Gedanken an meine Anziehsachen, normalerweise habe ich auch meine Lieblingsteile und weiß, was mir steht.

Aber ich bin fest entschlossen, heute noch wegzugehen. Grand Lake City hat genau einen Club und eine Bar zu bieten, die allerdings auf den Bildern im Internet nicht sehr berauschend aussah. Trotzdem will ich das spärliche Nachtleben hier unsicher machen. Mit Blair und Devon gehe ich freitags immer weg, das ist unsere Tradition. Meine beiden besten Freunde gehen heute auf ein Konzert und ich musste ihnen versprechen, ebenfalls wegzugehen. Wir sind zusammen feiern im Geiste, sozusagen.

»Ach, scheiß drauf«, beschließe ich und ziehe ein blaues Poloshirt an. Zusammen mit der dunklen Jeans wird das schon klappen. Aufreißen werde ich hier sowieso niemanden. Außerdem ist es inzwischen nach Mitternacht und ich glaube nicht, dass in der Kleinstadt bis in die Morgenstunden gefeiert wird.

Ich nehme das ausgeliehene Fahrrad, eine Hand am Lenker, mit der anderen halte ich das Handy umklammert, das mich zum Club führt. Die nächtlichen Straßen sind so gut wie leer, fast schon unheimlich. Überhaupt kein Vergleich zu Detroit, wo es jeden Abend vor Leben nur so sprüht, erst recht am Wochenende.

Vor dem Club lehne ich das Fahrrad gegen die nächste Straßenlaterne und streiche meine Klamotten zurecht. Bereits hier kann ich die Musik wummern hören und in der Nähe stehen ein paar Leute, die rauchen oder sich unterhalten.

Gemächlich laufe ich an dem Türsteher vorbei, zahle fünf Dollar Eintritt und bin überrascht, nicht nach dem Ausweis gefragt zu werden. Von dem Eingangsbereich muss ich eine große Flügeltür passieren, dann bin ich im Club. Und schon mitten auf der Tanzfläche. Er ist so winzig, dass Tanzfläche, Bar und Sitzgelegenheit fast fließend ineinander übergehen. Es ist tatsächlich mehr los, als erwartet. Vielleicht sieht es aber auch nur so voll aus, weil es so klein ist. Zumindest ist die Tanzfläche gut besucht und die Musik sagt mir zu. So schlecht kann es ja nicht werden.

Ich laufe an die Bar und bestelle mir einen Mojito. Sobald er vor mir steht, zücke ich mein Handy und schieße ein Beweisfoto, um es an Blair und Devon zu schicken. Kurz darauf kommt ein Video zurück. Es braucht ewig, um zu laden, und weil ich Blair kenne, wenn sie betrunken ist, stelle ich die Lautstärke im Vorhinein leiser.

Das Bild flackert, dann erkenne ich Blair und Devon inmitten tanzender Menschen. Blair trägt einen kurzen

Rock mit einem meiner alten Shirts, das sie zerschnitten und zerfranst hat. Das Ergebnis kann sich sehen lassen. An Devons Handgelenk prangen ein paar orangefarbene Bänder, die auf seiner dunklen Haut zu glühen scheinen. Ich weiß, dass das einzige Auffällige ist, zu dem Blair ihn überreden konnte. Na ja, bis auf den Blinker, der in Devons rechtem Ohr prangt. Sofort muss ich grinsen.

»Wir lieben dich, Liiaaaaan!«, grölt Blair in dem Video, Devon wirft mir eine symbolische Kusshand zu und legt einen Arm um Blair. Das Video stoppt und ich sehe einen Moment länger auf das Bild meiner Freunde. Scheiße, ich vermisse die Idioten, auch wenn es erst wenige Tage her ist. Im Moment würde ich alles dafür geben, um bei ihnen zu sein. Ich tippe eine Nachricht.

Lian, 21:24
    Dev, ich liebe dein neues Bling-Bling, aber das ist die schwule Seite.

Devon, bester Freund, 21:27
    Fuck Klischees!

Das ist so typisch Devon. Lächelnd nippe ich an meinem Getränk und lasse den Blick erneut schweifen. Dabei bleibe ich unwillkürlich an einer Gruppe Teenager hängen. Anders kann ich die jungen Gesichter nicht beschreiben, sie sind vermutlich kaum sechzehn Jahre alt. Wird denn hier gar keine Ausweiskontrolle durchgeführt?

Aber das ist es gar nicht, was mich stört. Sie lachen laut, doch nicht miteinander. Stattdessen machen sie sich über ein anderes Mädchen lustig, das torkelnd auf einem Tisch tanzt.

»Woho!«, macht ein Mädchen mit lockigen Haaren und hält ihre Handykamera drauf. »Gib es uns, Phoebe!«

Bei dem Namen werde ich hellhörig und sehe noch mal genauer hin. Tatsächlich. Unter dem übertriebenen Make-up und den offenen, glatten Haaren habe ich sie auf Anhieb nicht erkannt. Umso mehr trifft mich die Erkenntnis. Die brave Phoebe Archer tanzt, offensichtlich betrunken, auf den Tischen. Oh, verdammt!

SIEBEN
—Lian

PHOEBE ARCHER. Was macht sie hier? Warum zur Hölle ist sie betrunken?!

Ich überlege nicht lange, lasse mein halb volles Glas stehen und laufe auf die Gruppe zu. Das Mädchen mit den Locken bemerkt mich erst, als ich ihr das Handy aus der Hand reiße.

»Hey!«, ruft sie empört aus. »Gib das sofort her! Das ist meins!«

Mit einer Hand drücke ich sie von mir, mit der anderen stoppe ich das Video und verwerfe es, ohne es zu speichern.

»Warum filmst du meine Freundin?«, frage ich knurrend und sie hört einen Moment lang auf, mich zu attackieren. Das gibt mir genug Zeit, die Bilder zu löschen, die sie vom heutigen Abend hat. Sicherheitshalber auch die, in denen Phoebe noch lächelnd in die Kamera guckt.

»Gib es sofort wieder her!«, fängt sie erneut an und nun erhebt sich einer der Jungs, um seine Freundin zu beschützen.

»He, du Wichser«, schimpft er.

»Dasselbe könnte ich euch auch fragen«, gebe ich zurück und drücke dem Mädchen ihr Handy in die Hand. »Wissen eure Eltern, dass ihr hier seid?«

»Das geht dich gar nichts an!«, baut sich der Möchtegern auf.

»Ach ja? Vielleicht geht es aber die Polizei was an, die ich gleich rufen werde.«

Stille.

»Lian!« Phoebe hat mich bemerkt und strahlt. »Hi!«

Ich mache einen Schritt auf sie zu. Was hat sie überhaupt an? Der Jeansrock ist so kurz, dass man ihre Unterwäsche sehen kann und das Top reicht ihr knapp bis zum Bauchnabel. Vorsichtig lege ich die Hände an ihre Hüften und hebe sie vom Tisch. Sie quiekt, als ich sie zurück auf den Boden stelle.

»Wir gehen«, entscheide ich energisch.

»Nein!«, protestiert sie. »Zoey!« Sie streckt die Arme nach dem aufmüpfigen Mädchen mit den lockigen Haaren aus, doch ich halte sie fest an meine Brust gepresst.

»Tolle Freunde seid ihr«, meine ich trocken. »Wer hat zugelassen, dass sie so viel trinkt?«

»Chill mal«, meint Zoey. »Ich sorge nur dafür, dass die verklemmte Bibeltante ein bisschen Spaß hat.«

Kopfschüttelnd wende ich mich ab und dränge Phoe zum Ausgang. Sie wehrt sich, schreit, protestiert und läuft schließlich bockig neben mir her, als wir nach draußen treten.

»Phoe, was hast du dir nur dabei gedacht?«, frage ich sie tadelnd. Ich lasse sie los, um mein Fahrradschloss zu öffnen, woraufhin sie leicht torkelt.

»Ich hatte Spaß«, lallt sie. Schweigend greife ich wieder nach ihrem Arm und laufe los. Das Fahrrad auf der einen, Phoebe auf der anderen Seite.

»Jap, ich wollte heute eigentlich auch Spaß haben«, sinniere ich. Phoebe hakt sich vollends bei mir unter und fröstelt.

»Du bist süß«, teilt sie mir mit. »Ein echter Gentle… Genteeeel… Mann.«

»Danke«, schmunzle ich. »Ist dir kalt?«

»Ja«, jammert sie. Ich habe keine Jacke, die ich ihr geben kann, und in ihrem Zustand kommen wir nur langsam voran.

»Hast du dein Handy dabei?«, frage ich kurz entschlossen. Sie bleibt stehen, kramt umständlich in ihrer kleinen Handtasche und übergibt mir schließlich ihr Mobiltelefon.

»Ruf nicht meine Eltern an!«, fleht sie und krallt ihre Nägel in meinen Arm.

»Mache ich nicht«, verspreche ich ihr.

»Gut«, seufzt sie erleichtert. Ich ziehe an ihrer Hand, um sie zu zwingen, weiterzulaufen. Sie macht es nur sehr widerwillig.

Phoebe brabbelt etwas vor sich hin, während ich ihre Kontakte durchgehe. Ah, Bingo.

Calvin, großer Bruder.

Bei der Bezeichnung muss ich schmunzeln. Ich selbst bin da genauso praktisch veranlagt und speichere die Leute dementsprechend ein. *Devon, bester Freund. Claire, Mutter, Alan Archer, Typ vom Friedhof (kein Reverend).* Blair hat mir vorgeworfen, das sei gefühllos. Unter »Blair-Bär« wollte sie dann aber auch nicht gelistet sein.

Ich klicke auf Anrufen und halte das Handy ans Ohr.

»Ja?«, geht Cal nach dem vierten Tuten ran. Seine Stimme ist rau, verschlafen.

»Hi Calvin«, grüße ich.

»Lian?«, fragt er verwirrt, was irgendwie süß ist.

»Ja, ich bin es. Was tust du gerade?«

»Im Bett liegen«, antwortet er mir immer noch verdutzt.

In meinem Gehirn verschieben sich ein paar Synapsen und ein Teil von mir schaltet auf Autopilot. In meinen Gedanken spielt sich eine andere Szene ab.

Was tust du gerade?

Ich liege im Bett und denke an dich.

Was denn genau?

Wie du meinen Nacken küsst. Tiefer gehst.

Hmh, dein Nacken. Aber weiter unten gefällt es mir auch. Stell dir vor, ich umschließe deinen Schwanz mit meinen Lippen.

Lian …

Wie gefällt es dir, meinen Mund zu ficken, Calvin?

»Lian?«

Sofort schüttle ich den Kopf und konzentriere mich aufs Hier und Jetzt. Eine betrunkene Phoebe, die an meinem Arm hängt und mit der ich in der Nacht durch eine Stadt laufe, die ich nicht kenne.

»Warum hast du Phoebes Handy?«, fragt Calvin endlich das Offensichtliche.

»Ich habe sie in der Stadt aufgegabelt. Wir haben hier eine … Situation.«

»In der Stadt?«, echot er ungläubig. »Sie sollte doch im Bett liegen … scheiße! Wo seid ihr?«

Ich sehe mich um. Öffne den Mund. Schließe ihn wieder. »Keine Ahnung«, gestehe ich. »Meinst du, du könntest uns holen?«

»Ja! Natürlich. Schick mir deinen Standort, okay? Ich bin so schnell wie möglich da. Geht es euch gut?« Er klingt gehetzt.

»Ja, alles gut. Bis gleich, Cal.«

Wir legen auf und ich schicke ihm den aktuellen Standort. Ja, Google Maps zu benutzen, wäre gar nicht mal so eine schlechte Idee gewesen. Aber ehrlich gesagt habe ich keine Lust, weiter durch die Stadt zu torkeln. In diesem Tempo kommen wir nie an.

»War das mein Bruder?«, fragt Phoebe leicht panisch.

»Komm her«, sage ich, ohne ihr zu antworten. Stattdessen ziehe ich sie in eine feste Umarmung, um sie zu wärmen. Phoebe seufzt zufrieden. Jetzt muss nur noch Calvin kommen.

Es dauert nur etwa zehn Minuten, bis die Scheinwerfer eines Autos auf uns zukommen. Calvin parkt den Wagen und springt heraus.

»Phoebe! Was tust du hier?«

»Caaaal!«, meint sie euphorisch, löst sich von mir und fällt stattdessen ihm in die Arme. Er rümpft die Nase.

»Hast du getrunken?«

»Nein«, lügt sie nuschelnd. Ich laufe zum Wagen und öffne die hintere Tür für sie.

»Rein mit dir, Phoe.«

Sie folgt meiner Anweisung, wobei sie fast stolpert und hinfällt, dabei kichert sie die ganze Zeit. Ich schließe ihre Tür und sehe zu ihrem schockierten großen Bruder.

»Wo hast du sie gefunden?«, fragt er fassungslos.

»In dem Club hier um die Ecke. Anscheinend haben die keine strenge Alterskontrolle.«

»Sie war feiern? Etwa mit ihren Highschool-Freunden?«

»Ich schätze schon.«

Cal reibt sich überfordert über die Stirn, schüttelt dann den Kopf.

»Steig ein«, bittet er mich und geht selbst zurück zum Fahrersitz. Ich verstaue das Fahrrad im Kofferraum, bevor ich mich auf den Beifahrersitz sinken lasse.

Keiner sagt ein Wort, als das Auto sich in Bewegung setzt. Wir fahren ein Stück geradeaus, dann links und noch mal links, als Phoe murmelt: »Mir ist schlecht.«

Ich blicke über die Schulter und merke, wie sie krampfhaft das Gesicht verzieht. »Halt hier an«, weise ich Calvin an und er stoppt sofort. Weit und breit sind sowieso keine anderen Autos zu sehen.

Schnell schnalle ich mich ab, steige aus und öffne Phoebes Tür. Sie kommt mir entgegen, hat das Gesicht schon verzogen. Ich helfe ihr auf die Füße und führe sie an den Straßenrand zu dem Grünstreifen.

»Oh Gott«, jammert sie. Im nächsten Moment beugt sie sich vor und übergibt sich. Einen Arm schlinge ich um ihre Brust, mit der freien Hand streiche ich ihre

Haare zurück. Damit habe ich genug Erfahrung. Blair hat früher gerne über die Stränge geschlagen.

»Scheiße.« Calvin tritt hinter mich. »Soll ich sie halten?«

»Ist in Ordnung«, meine ich, sowohl zu ihm als auch zu seiner Schwester. »Sie muss sich nur auskotzen, dann geht es ihr besser.«

Phoebe spuckt, bleibt noch einen Moment länger zitternd in meinen Armen hängen.

»Ich glaube, das war's«, keucht sie. Ich helfe ihr hoch und drehe sie gleich von ihrem Erbrochenen weg. Calvin reicht ihr ein Taschentuch und sie wischt sich über den Mund.

»Willst du dich setzen, Süße?«, frage ich sanft und schiebe sie Richtung Beifahrersitz. Sie nickt dankbar. Cal streicht sich überfordert durchs Haar.

»Wie viel hast du getrunken, Phoe?«

»Schon gut«, murmle ich und lächle ihn an. »Wir waren doch alle mal sechzehn, oder?«

Cal wendet den Blick ab, sein Kiefer mahlt. Tröstend lege ich ihm eine Hand auf die Schulter und drücke leicht zu. Ich bemerke, wie er hart schluckt.

»Ich denke, wir können weiterfahren.« Phoe hat die Augen geschlossen und atmet ruhiger. »Kommt beide mit zu mir. Du willst sie sicher nicht in diesem Zustand bei deinen Eltern absetzen.«

Cal sieht aus, als wolle er protestieren, lässt es dann aber bleiben.

»Lass uns fahren«, sagt er lediglich.

ACHT
-CALVIN

ICH BIN völlig überfordert und froh, dass Lian die Führung übernimmt. An Louises Haus angekommen, hilft er Phoebe aus dem Auto heraus, aber sie stolpert die ganze Zeit gegen ihn, weshalb er sie kurzerhand auf die Arme hievt. Ich öffne die Tür mit seinem Schlüssel und Lian murmelt, dass er sie nach oben ins Schlafzimmer trägt.

Obwohl ich schon öfter in Louises Haus war, fühlt es sich heute merkwürdig an. Vielleicht weil ich das Gefühl habe, ihr abgestandenes Parfüm hängt noch in der Luft. Oder weil es mitten in der Nacht ist und ich mit Lian alleine bin. Einen Moment stehe ich einfach nur im Flur und starre ins Leere.

Zwei Sekunden später schüttle ich die Lethargie ab und folge den beiden nach oben. Ich kann Lian nicht die ganze Arbeit machen lassen, immerhin ist sie meine Schwester. Es ist nett genug, dass er sie aufgegabelt und mich verständigt hat.

Ich finde die beiden in Louises Schlafzimmer, wo Lian gerade dabei ist, eine frische Bettdecke zu beziehen. Phoebe liegt schon im Bett, sie blinzelt träge, als würde sie gleich einschlafen. Ich trete zu ihr.

»Hey, willst du die Klamotten ausziehen?«, frage ich und zupfe an ihrem viel zu kurzen Top.

Sie stöhnt verneinend und dreht sich auf die Seite.

»Ach, lass sie«, schlägt Lian vor. »Hier, wir decken sie einfach zu.«

Er reicht mir das frische Bettzeug und ich breite die Decke über Phoe aus.

»Hast du einen Eimer oder so, falls sie sich noch mal übergeben muss?«, frage ich.

»Ich kotze nicht mehr, versprochen«, nuschelt Phoebe, aber Lian nickt mir zu und verschwindet. Als er wiederkommt, ist meine Schwester bereits eingeschlafen.

Lian gibt mir mit einem Kopfnicken zu verstehen, dass ich ihm folgen soll. Wir laufen die Treppe wieder herunter ins Wohnzimmer.

»Danke«, sage ich schließlich, als ich mich auf die Couch fallen lasse.

»Nicht dafür«, winkt Lian ab. »Ich hole uns was zum Trinken.«

Eigentlich rechne ich damit, dass er etwas Hochprozentiges bringt, aber er kommt mit zwei Gläsern Saft zurück. Darüber muss ich schmunzeln, auch wenn mir nicht danach ist.

»Was?«, fragt er und setzt sich neben mich.

»Nichts. Wird sie morgen einen Kater haben?«

Lian prustet los. »Ziemlich, ja. Der erste ist immer der Schlimmste.«

Es ist nicht so, dass ich noch nie Alkohol getrunken habe, ich trinke sogar gerne, aber nur bis zu einem gewissen Maß. Bis das unbeschwerte Gefühl einsetzt, das schnell in etwas Hässliches umschwenken kann.

Seufzend lasse ich den Kopf in den Nacken fallen. »Warum hat sie das nur getan? Diese Highschool-Kids sind kein guter Umgang für sie.«

»Da stimme ich dir zu«, meint Lian ungewohnt ernst. »Eine, ihr Name war Zoey, hat Phoe aufgenommen und Bilder geschossen. Ich habe ihr das Handy aus der Hand genommen und alles gelöscht.«

Wut kribbelt in meinem Nacken bei den Worten. Warum tun sie meiner Schwester so etwas an? Sie ist ein guter Mensch. Sie hat das nicht verdient.

»Ich weiß nicht, was sie an denen findet«, gestehe ich und sehe Lian von der Seite an. Seine Miene ist ernst und er legt scheinbar unbewusst Daumen und Zeigefinger an die Unterlippe, um sie zu massieren. Fasziniert beobachte ich ihn dabei, kann meinen Blick nicht davon lösen, obwohl es nur so eine einfache Geste ist.

»Irgendwie wollen wir doch alle dazugehören, oder?« Er dreht den Kopf zu mir und ich fühle mich beim Starren ertappt. Aber ich will auch nicht wegsehen.

»Was wirst du euren Eltern erzählen?«, fragt er mich.

Unsicher zucke ich mit den Schultern. »Keine Ahnung. Vorgestern erst hat sie vorgegeben, krank zu sein, einen Gottesdienst sausen lassen und sich auf eine Party geschlichen. Da habe ich sie schon gedeckt. Jetzt hat sie sich betrunken. Ich habe das Gefühl, es wird immer schlimmer.«

»Was …« Lian zögert, was ich sonst nicht von ihm kenne. Fragend neige ich den Kopf. Er räuspert sich, bevor er weiterspricht. »Also, ich habe gelesen, dass ihr sehr strenge Regeln habt. Was passiert mit Phoe, wenn du es deinen Eltern erzählst?«

Jetzt muss ich doch schmunzeln. »Na, wir werfen sie in den Ofen und veranstalten ein Opferfest.«

Lians Augen weiten sich kurz, dann merkt er, dass ich scherze, und schnaubt. Vorwurfsvoll schlägt er mir gegen die Schulter. »Gemein.«

»Tut mir leid, ich sollte nicht sarkastisch sein.«

Er lächelt. »Ich mag es, wenn du sarkastisch bist.«

Eine Stille entsteht zwischen uns, in der wir uns nur ansehen.

»Also«, setze ich an. »Phoebe wird schon Ärger bekommen, aber ich denke, das wäre auch in einer nicht religiösen Familie der Fall. Vermutlich kriegt sie Hausarrest, vielleicht Handyverbot. Sie wird nicht direkt aus der Gemeinde ausgeschlossen. Immerhin ist sie ein Teenager, sie ist jung und im Übrigen noch nicht getauft. Für Getaufte gelten die Regeln strenger. Wegen eines Alkohol-Fauxpas wird man allerdings nicht sofort ausgeschlossen.«

»Wann wird man denn getauft?«, will Lian wissen. Ich vergesse zu oft, dass er wenig über unsere Regeln und Umgangsformen weiß.

»Wenn man dazu bereit ist. Man muss vorher die Bibel studieren, um sich das Grundwissen anzueignen.«

»Bist du …?«

»Ja, natürlich.«

Lian nickt, erneut entsteht ein Schweigen, aber jetzt blickt er auf seine Hände.

»Im Internet gab es einige Berichte von Leuten, die erzählt haben, dass sie aus der Gemeinde ausgeschlossen wurden und seitdem kein Kontakt zu Freunden und Verwandten haben dürfen. Was ist damit?«, fragt er schließlich.

Bei dem Thema fühle ich mich sofort schlecht, denn ich muss automatisch an Theo denken. Obwohl er zehn Jahre älter als ich war, haben wir uns auf Anhieb gut verstanden. Was mit Sympathie angefangen hat, ist zu Freundschaft geworden. Wenn ich so darüber nachdenke, war er mein erster und einziger bester Freund. Nachdem er ausgeschlossen wurde, musste ich den Kontakt zwangsläufig abbrechen. Mir ist damals nichts schwerer gefallen.

Ich weiß, dass das nur zu meinem Schutz ist, aber … manchmal finde ich das alles einfach furchtbar ungerecht.

»Na ja, in gewisser Weise stimmt es. Man wird beispielsweise ausgeschlossen, wenn man einen falschen Lebensstil annimmt, oder …« Sofort beiße ich mir auf die Zunge. Ich wollte nicht *falsch* sagen. »Also, ich meine einen unchristlichen Lebensstil.«

Lian hebt eine Braue, jegliche aufrichtige Neugier ist aus seinem Gesicht verschwunden. »Was ist denn ein *falscher Lebensstil*, Calvin?«

Ich öffne den Mund, schließe ihn dann aber wieder. »Wenn man Alkohol- und Drogenprobleme hat, nicht mehr die Zusammenkünfte besucht, sich auf weltliche, statt geistliche Dinge konzentriert. Das war falsch von mir ausgedrückt, entschuldige.«

Seine Gesichtszüge werden weicher. »Oder?«, hakt er nach, weil ich bei diesem Wort gestoppt habe.

»Oder man bricht eines von Gottes Geboten.«

Lian kneift die Augenbrauen zusammen und neigt den Kopf zur Seite. »Wie nicht stehlen, nicht töten?«

»Ja, genau.«

Mir wäre es lieber, wenn wir das Thema wechseln. Um ehrlich zu sein, fühle ich mich immer unwohl damit, es Ungläubigen zu erklären. Dann klingen wir wie verklemmte Spießer, die keine Freude im Leben haben dürfen. So ist das allerdings gar nicht.

»Stimmt es, dass man ausgeschlossen wird, wenn man Sex vor der Ehe hat?«, will Lian weiter wissen, woraufhin ich nur nicke. »Ernsthaft? Du musst eine Person erst heiraten, um sie fi… na ja, um sie ins Bett zu bekommen? Woher weißt du denn, ob er oder sie die Richtige ist, wenn du ihn nicht ausprobiert hast?«

Er klingt wirklich schockiert.

»Aus… ausprobiere?«, wiederhole ich unsicher, Lian hebt nur eine Augenbraue. »Na, Liebe baut sich auf anderen Dingen auf. Das Körperliche ergibt sich schon.«

Er kneift die Augen zusammen. »Aber bevor man heiratet, verbringt man oftmals mehrere Jahre in einer Partnerschaft. Man muss sich ja sicher sein. Und in all der Zeit ist Sex verboten? Was ist mit Blowjobs?«

»Ich schätze, da gibt es keine Grauzonen.«

»Puh!« Lian lehnt sich sichtlich fassungslos im Sofa zurück. »Dann wäre mein Karpaltunnelsyndrom ja noch schlimmer, wenn ich es mir die ganze Zeit selbst besorgen müsste.«

Daraufhin schweige ich lieber.

»Sorry«, schiebt Lian versöhnlich hinterher.

»Schon gut. Aber du hast mich genug ausgefragt. Jetzt schuldest du mir eine Geschichte.«

Ich rutsche ebenfalls weiter zurück und lege den Kopf auf der Lehne ab, sodass ich auf die Decke blicken kann.

»Was willst du hören?«, fragt er. Er hat den Kopf in meine Richtung gedreht, sein Atem kitzelt meine Wange.

»Die Geschichte, wie du vom College geflogen bist.«

Lian lacht überrascht auf. »Okay, das hörst du dir auf eigene Gefahr an. Also gut. Ich war erst ein paar Wochen da, aber ich wusste bereits, dass es nichts für mich ist. Eigentlich bin ich nur meiner Mutter zuliebe hin. Zu der Zeit war ich schon gut ausgebucht, was die Grafikaufträge anging, und durch das College habe ich einige ablehnen müssen, da ich das sonst zeitlich nicht hinbekommen hätte. Ich war also ziemlich angepisst.«

Dabei muss ich schmunzeln. Ich höre ihm gerne zu.

»Aber dann dachte ich mir: Hey, genieß dein College-Leben. Ich wurde ständig zu Partys eingeladen und habe die nächstbeste Einladung angenommen. Ehrlich, ich habe keinen Schluck Alkohol angerührt und auch kein Gras geraucht, ich fand es total lahm dort. Irgendwie bin ich in eine Runde Flaschendrehen geraten und ehe ich mich versah, war ich mit einem Mädchen im Wandschrank eingesperrt. Das Spiel nennt sich *7 Minuten im Himmel*, aber sie war high und ich bin nicht auf sie abgefahren.«

»Was ist danach passiert?«, will ich wissen.

»Niemand hat uns rausgelassen. Denn dann kam die Polizei und die meisten sind geflüchtet. Außer wir. Natürlich habe ich gesagt, dass ich nichts mit allem zu tun habe, aber ich konnte dem Direktor des Colleges auch keine Namen nennen. Er hat es für falsche

Loyalität gehalten. Das Ende vom Lied war, dass ich mich wieder auf meine Grafikaufträge konzentriert habe.«

Erneut lache ich auf. »Du bist ja ein richtiger Bad Boy.«

Lian grinst frech. »Ich bin, was immer du willst.«

Seine Worte bringen mich einen Moment aus dem Konzept. Zum Glück erwartet er darauf keine Antwort, sondern will stattdessen von mir wissen: »Und warum bist du nicht auf dem College?«

Da wären wir wieder bei diesem Thema. »Es ist niemandem verboten, aufs College zu gehen. Aber wir sind der Auffassung, dass wir uns besser auf unseren Glauben und den Predigtdienst konzentrieren. Mein Ziel ist es, irgendwann in Washington in der Hauptfiliale zu arbeiten.«

»Und im Café arbeitest du, weil du dir etwas dazuverdienen willst?«

»Hauptsächlich, ja. Ich mag es dort. Es macht Spaß.« Elena hat mir vor einigen Monaten die Stelle als Manager angeboten, da sie selbst kürzertreten wollte. Aber ich habe schweren Herzens abgelehnt. Es wäre zu viel Verantwortung und meine Eltern hatten die Sorge, dass es mich vom Wesentlichen abgelenkt.

Wir schweigen erneut eine Weile und ich sinniere, wie es wohl wäre, wenn ich den Posten damals angenommen hätte.

Lian gähnt herzhaft. »So langsam bin ich müde.«

»Ich gehe mal nachsehen, wie es Phoebe geht. Am besten bleibe ich gleich oben, dann kannst du hier unten schlafen«, schlage ich vor.

»Klingt gut.«

Er steht auf, greift schon nach dem Saum seines T-Shirts und zieht es über den Kopf. Schnell sehe ich weg und verlasse das Wohnzimmer. Ich will meinen nächtlichen Fantasien nicht noch mehr Stoff geben.

Leise schleiche ich in Phoebes Zimmer und stelle fest, dass sie tief und fest schläft. Wie sie so daliegt, sieht sie aus wie ein Engel mit zu viel Make-up. Ich hoffe, morgen wird es ihr nicht allzu schlecht gehen. Aber der schlimmste Teil ist ohnehin die Konversation mit meinen Eltern.

NEUN

–CALVIN

AM NÄCHSTEN MORGEN steht Phoebe mit einem Stöhnen auf und will sich sofort wieder zum Schlafen hinlegen, aber ich lasse es nicht zu.

»Hey«, grüße ich und stupse sie an. »Bleib wach, Phoe. Wir müssen gleich los.«

Ich habe unseren Eltern bereits mitgeteilt, dass ich mit Phoebe unterwegs bin und ihnen später Bescheid sage. Sie haben erst mal nicht weiter nachgefragt.

»Oh, nein. Mir ist schlecht«, jammert Phoe. »Mein Kopf brummt. Was ist das?«

»Ein Kater«, meine ich trocken.

»Es tut mir so leid, Cal«, schluchzt sie. Ich weiß, dass es ihr leidtut. Ich weiß, dass sie sich scheiße fühlt. Ich weiß, dass es ihr peinlich ist. Aber all das ändert nichts daran, dass ich sie kein zweites Mal bei unseren Eltern decken kann.

Mit Mühe kann ich Phoebe zum Aufstehen bewegen. Ich weise sie an, sich leise zu verhalten, wobei das gar nicht nötig ist, da Lian ohnehin schon wach ist. Er sitzt vor seinem Laptop und arbeitet scheinbar.

»Danke noch mal, Lian«, sage ich zum Abschied. Dass er gestern im gleichen Club wie Phoebe war, war reine Glückssache. Es hätte deutlich schlimmer enden können. Phoebe murmelt ebenfalls ein Danke, aber sie kann Lian nicht ansehen.

»Gib ihr viel Wasser«, rät Lian lächelnd, bevor wir zur Tür hinaus verschwinden.

Die ganze Autofahrt über schweigen wir. Sie sagt kein Wort und blockt meine Versuche ab, mit ihr zu reden. Stumm laufen ihr einige Tränen über die Wangen. Als wir an unserem Haus ankommen, steigt sie als Erste aus. Mom und Dad erwarten uns schon an der Haustür und Mutter schnappt nach Luft, als sie Phoebe sieht. Das verschmiertes Make-up und ihre kurzen Klamotten sprechen Bände.

»Phoebe«, keucht sie und zieht sie hinein ins Haus. Ich folge ihr schweigend.

»Was ist passiert?«, fragt Dad sofort besorgt, aber auch leicht verärgert.

»Ich habe mich aus dem Haus geschlichen, mich mit Freunden aus der Highschool getroffen und wir haben Alkohol getrunken.«

Mom schlägt sich die Hand vor den Mund, ihr Blick gleitet zu mir, als würde sie erwarten, dass das alles nur ein Scherz ist.

»Phoe.« Dad schüttelt fassungslos den Kopf. »Das enttäuscht uns sehr. Wir haben dir vertraut. Geh auf dein Zimmer, wir reden später mit dir.«

Er klingt so ruhig und beherrscht. Dad weiß immer, was er sagen muss, selbst in so einer Situation. Phoebe schnieft und läuft eilig in ihr Zimmer. Mutter lehnt sich an Vaters Schulter, ihre Augen sind weit aufgerissen. »Wie konnte das nur passieren, Alan? Sie ist doch unser kleines Mädchen.«

Dad streicht ihr tröstend über den Arm, sieht mich dabei an. »Können wir kurz im Wohnzimmer reden, Junge?«

Ich nicke und folge ihm. Da ich die Nacht über kaum geschlafen habe, fühle ich mich erschlagen, aber um das Gespräch werde ich nicht drum herumkommen. Ich erzähle ihnen, dass Lian sie aufgegabelt und mich angerufen hat. Schließlich muss ich ihnen auch von Phoebes Herausschleichen von vor zwei Tagen berichten.

»Du hättest gleich damit zu uns kommen sollen«, meint er bedauernd. Schuldbewusst ziehe ich die Schultern ein.

»Ich weiß, es tut mir leid.«

»Sie zu decken, bringt euch beiden nichts. Deiner Schwester hätte heute sonst etwas passieren können.« Vater rutscht ein Stück näher an mich heran und legt mir eine Hand auf die Schulter. Er sieht mich eindringlich an. »Ich weiß, dass du nur ein guter großer Bruder sein wolltest. Und das bist du, Calvin. Aber du kannst mit uns über alles reden, gut? Du musst nichts verschweigen.«

Wärme erfüllt mich. »Danke, Dad. Was macht ihr jetzt mit Phoebe?«

Zweifelnd sieht Dad zu Mutter, die immer noch traurig und erschüttert aussieht. »Wir werden uns gemeinsam etwas überlegen, um Phoe wieder auf den rechten Pfad zu führen.«

Dad geht immer besonnen und gefasst an solche Sachen heran. Ich weiß, dass das Gespräch mit ihm Phoebe helfen wird.

Ich bin einfach nur froh, entlassen zu sein und ein paar Stunden Schlaf nachholen zu können.

−LiaN

Es ist Sonntag und ich habe nicht vergessen, dass die Archers mich heute um neun zu ihrem Gottesdienst mitnehmen. Samstags habe ich Tante Louises Unterlagen durchgesehen und sortiert, doch kaum die Hälfte geschafft. Die eintönige Arbeit hat meine Kreativität wieder aufgeladen, sodass ich die halbe Nacht vor dem Laptop hing. Am liebsten würde ich den neuen Aufschwung nutzen und durcharbeiten, aber absagen kommt nicht infrage. Zumindest aber die verbleibende Zeit will ich noch nutzen.

Mit Hemd, Sakko und Anzughose sitze ich im Wohnzimmer vor dem Laptop und arbeite, als es an der Haustür klingelt. Ich seufze frustriert, da ich mitten in einem Auftrag stecke.

Meine leichte Gereiztheit vergeht aber augenblicklich, als ich Calvin vor meiner Haustür sehe. Er trägt einen Anzug mit Krawatte, den ich schon von ihm kenne, aber ich habe vergessen, wie gut er darin aussieht. Als auch noch seine Grübchen erscheinen, habe ich das Gefühl, zu hyperventilieren.

»Bist du so weit?«

»Brauche ich eine Krawatte?«, frage ich ihn und fasse mir an meine leere Brust. »Ich habe eine, kann sie aber nicht binden …«

Seine Grübchen vertiefen sich, als sein Lächeln eine Spur ehrlicher wird. »Du brauchst nicht unbedingt eine, aber ich kann sie dir binden, wenn du willst.«

»Perfekt! Komm rein.« Ich laufe noch mal zurück ins Wohnzimmer, wo mein Koffer steht. Der wurde mir von meinem Taxifahrer gestern endlich vorbeigebracht und ich hätte ihm die Füße küssen können. Die Krawatte liegt ganz oben auf dem Klamottenstapel und ich schnappe sie mir.

Calvin steht im Flur und wartet auf mich. Als ich vor ihm stehen bleibe, tritt er einen Schritt näher und beginnt mit seiner Tätigkeit. Seine Finger streifen dabei immer wieder federleicht über meine Brust. Zwischen seinen Augenbrauen hat sich eine Furche gebildet, seine Hände sind geschickt und schnell.

»So«, vollendet er sein Werk und seine Stirn glättet sich wieder. »Perfekt.«

Ich lächle ihn an, er zurück.

Perfekt.

Ihre Kirche ist schlicht, aber schön eingerichtet. Merkwürdigerweise gibt es hier nirgends Kreuze oder pompöse Wandbilder, es ist eher ein normales Gebäude. Vorne steht ein Rednerpult mit Bühne, davor einige Dutzend Stuhlreihen.

Es sind viele Menschen da, der Saal ist fast voll. Zum Glück weicht Calvin nicht von meiner Seite, stellt mich vor und bezieht mich in die Konversationen ein. Jeder fragt nach meinem Namen und erkundigt sich, wie mir Grand Lake City gefällt.

Pünktlich um zehn fängt der eigentliche Gottesdienst erst an. Die Stühle werden gesittet besetzt, ich nehme zwischen Cal und Phoebe Platz. Letztere ist blass, schweigsam, aber sie zwingt sich immer wieder ein Lächeln auf die Lippen. Mit mir hat sie bisher kein Wort gewechselt. Vermutlich ist es ihr peinlich.

Es wird ein Lied gesungen, ein Mann spricht ein Gebet und danach gibt es verschiedene Predigten. Das Programm dauert anderthalb Stunden, die vollgepackt sind mit Informationen und mir vorkommen wie eine Ewigkeit. Irgendwann kann ich mich nicht mehr konzentrieren. Das ist einfach nicht meine Welt. Meine Eltern haben mich nie mit in die Kirche genommen, sie waren selbst nicht religiös. Außerdem konnte ich der Bibelgeschichte nie etwas abgewinnen. Von der Heiligen Jungfrau bis hin zu Abraham, der seinen Sohn opfert, ist mir alles nicht geheuer.

Auch Phoebe gähnt am Ende, versteckt es aber schnell unter einer Hand. Ich stehe von dem Platz auf und lockere meine Muskeln.

»Wie hat es dir gefallen?«, will Alan wissen.

»Ziemlich viele Informationen«, gestehe ich. »Aber es wurden durchaus interessante Punkte angesprochen.«

In einigen Sachen kann ich sogar zustimmen. Auch ich bin der Meinung, dass Hilfsbereitschaft und Nächstenliebe einen weiter bringen als Missgunst und Hass. Für mich bedeutet das aber auch, jeden Lebensstil zu akzeptieren, egal, wie wenig man ihn versteht. Ob Alan mir da zustimmen würde?

»Verständlich, am Anfang wirkt alles vielleicht etwas verwirrend. Wenn du Fragen hast, kannst du dich jederzeit an Calvin oder mich wenden«, bietet er an.

»Gerne.« Vielleicht ist das die perfekte Gelegenheit, um nach Calvins Nummer zu fragen, um … Na ja, wieso eigentlich? Um mit ihm über religiöse Themen zu quatschen? Eher weniger. Aber irgendwie macht mich der Gedanke traurig, dass ich keinen Kontakt mehr zu Cal haben werde, wenn ich zurück in Detroit bin.

»Du kannst dich jederzeit melden, auch telefonisch«, schiebt Alan hinterher und klopft mir freundschaftlich auf die Schulter, bevor er sich einer älteren Dame zuwendet, die schon darauf wartet, seine Aufmerksamkeit zu erlangen.

Die Archers bleiben noch eine ganze Weile, unterhalten sich, während der Saal sich langsam leert. Schließlich fahren auch wir wieder nach Hause.

»Vielen Dank, dass ich dabei sein durfte«, bedanke ich mich.

»Du bist jederzeit willkommen«, meint Mr. Archer großzügig. »Wir freuen uns immer über Besucher. Wie lange bleibst du in GLC?«

Darüber habe ich mir ehrlich gesagt noch keine Gedanken gemacht. Aber allzu lange wird es nicht mehr sein. »Vermutlich ein paar Tage, ich will noch Tante Louises restliche Unterlagen durchsehen und warte auf einen günstigen Flug, der mich wieder nach Detroit bringt.«

»Warst du hier schon am See?«, fragt Rica.

»Nein, noch nicht. Ich habe ihn nur aus der Ferne bewundert.«

»Wir veranstalten heute Nachmittag eine Grillparty mit der Gemeinde«, erzählt Alan. »Komm doch mit, wir würden uns freuen.«

Fragend sehe ich zu Calvin, der neben mir auf der Rückbank sitzt.

»Es ist immer lustig. Man kann dort baden, nimm also Schwimmsachen mit. Für Essen und Trinken ist schon gesorgt.«

»Das klingt gut. Ja, warum nicht«, stimme ich zu. Ich mag es, Zeit mit Calvin zu verbringen. Auch wenn wir so unterschiedlich sind, glaube ich doch, dass wir einiges gemeinsam haben.

»Ich hole dich um drei mit dem Auto ab, okay?«, schlägt Calvin vor. Ich nicke.

»Dann haben wir ja ein Date«, sage ich spaßhaft. Calvin lächelt, wendet aber den Blick ab. Irre ich mich oder wird er rot? Vermutlich ist das nur Einbildung.

Jedenfalls freue ich mich auf den Nachmittag mit Cal.

ZEHN

—Lian

NACHDEM DIE ARCHERS mich abgesetzt haben, nutze ich die freie Zeit, um zu arbeiten. Als Calvin an meiner Tür klingelt, bin ich eigentlich noch gar nicht fertig.

»Ist offen!«, rufe ich, kann mich aber nicht vom Laptop losreißen. Kurz darauf späht Cal ins Wohnzimmer.

»Bist du so weit?«

Ich sehe zu ihm, zurück auf meinen Bildschirm, doch dann schnellt mein Blick wieder zu ihm. Er trägt keinen Anzug mehr, sondern Badeshorts und ein T-Shirt sowie eine Sonnenbrille in den Haaren. So gefällt er mir fast noch besser.

Hör auf, ihn anzustarren, Lian.

Ich schüttle über mich selbst den Kopf und wende den Blick von ihm ab.

»Ja, gib mir zwei Minuten.« Schnell speichere ich mein neustes Projekt, klappe den Laptop zu und springe auf. Zum Glück habe ich in meinem Gepäck auch Schwimmsachen mitgenommen. Diese krame ich jetzt heraus und klemme mir alles unter den Arm.

»Was hast du in der Zwischenzeit gemacht?«, fragt Calvin gut gelaunt.

»Gearbeitet.« Ich nicke zu meinem Laptop. »Meine Kreativität kommt immer dann, wenn ich eigentlich keine Zeit dafür habe.«

Calvins Lachen begleitet mich ins Bad. Automatisch muss ich auch lächeln, während ich mich in Windeseile umziehe.

Vor dem Haus wartet schon Calvins alter Honda mit laufendem Motor auf uns.

»Umweltverschmutzer«, meine ich scherzhaft entrüstet, als ich mich auf den Beifahrersitz schwinge.

»Zu meiner Verteidigung: Ich dachte, du bist pünktlich«, erwidert Calvin. Grinsend schiebe ich mir meine Sonnenbrille auf die Nase. Die Wolkenfront von heute Morgen hat sich aufgelöst und beschert uns strahlenden Sonnenschein. Das perfekte Wetter, um zum See zu fahren.

»Wer wird alles da sein?«, frage ich.

»Fast die ganze Gemeinde. Aber auch Interessierte oder Freunde von Gemeindemitgliedern.«

»Ah. Also bin ich nicht der einzige Ungläubige.«

Calvin schmunzelt und schüttelt den Kopf.

»Wie geht es Phoebe? Hat sie großen Ärger bekommen?«

Jetzt verzieht er das Gesicht. »Jein. Eigentlich war es eher ein Gespräch. Seitdem ist sie total still und verschlossen. Ich glaube, sie denkt über vieles nach. Aber ich habe auch bemerkt, dass Mom jeden Abend Phoebes Zimmer kontrolliert, ob sie noch da ist.«

»Kann ich verstehen. Als ich das erste Mal betrunken nach Hause gekommen bin, hat meine Mutter eine Woche nicht mehr mit mir geredet. Das war die Hölle und schlimmer als jeder Hausarrest.«

Calvin sieht mich kurz von der Seite an. »Wie habt ihr euch wieder versöhnt?«

»Ich habe ihr einen Blumenstrauß gekauft und ihr Lieblingsessen zubereitet. Sie hat lächelnd jeden Bissen heruntergewürgt. Zwei Jahre später hat sie mir verraten, dass es furchtbar geschmeckt hat.« Bei der Erinnerung daran muss ich lächeln. »Aber sie wollte nicht länger sauer auf mich sein und hat es angenommen.«

Calvin lacht. »Deine Mom ist sicher toll.«

»Das ist sie. Was ist mit dir? Gibt es eine Kater-Geschichte oder warst du schon immer der brave Mustersohn?«

Er zuckt etwas verlegen mit den Schultern. »Es gibt keine. Mir war es nie wichtig, in der Highschool dazuzugehören. Eigentlich war es mir egal, was sie gedacht haben.«

»Das ist eine gute Einstellung. Mir ging es genauso. In der Highschool habe ich nie Freunde gefunden, meine besten Freunde Blair und Devon waren beide auf Privatschulen.«

»Warum? Du passt doch perfekt in eine Highschool«, meint Calvin.

»Hmh.«

Sag es ihm einfach. Sag: Ich bin schwul und habe nach meinem Outing nie ein Geheimnis draus gemacht. Es Calvin zu sagen, hat sich nur noch nicht ergeben. Ich meine, es ändert nichts. Wäre ich hetero, hätte ich es ihm genauso wenig unter die Nase gerieben. Auch wenn ich mir so eine Konversation lustig vorstelle.

»*Also, bevor wir uns näher kennenlernen, wollte ich dir noch sagen, dass ich ein heterosexueller cis-Mann bin. Ich hoffe, du hast kein Problem damit.*«

»*Puh, ganz schön viel zu verdauen. Aber ich denke, das kann ich akzeptieren.*«

Es ist aber nun mal so, dass es bei Homosexualität etwas anders ist, auch wenn es nicht so sein sollte. Jetzt gerade wäre ein guter Zeitpunkt, es ihm zu sagen. Aber ich bringe es nicht über die Lippen. Das ist mir lange nicht mehr so schwergefallen. Er ist streng gläubig und ich weiß, welche Einstellung religiöse Leute dazu haben.

Mir bleibt eine Antwort erspart, da wir an unserem Ziel ankommen. Durch die Windschutzscheibe kann ich schon die vielen Menschen sehen, die es sich auf der Wiese gemütlich gemacht haben. Ich entdecke sogar ein paar vertraute Gesichter.

Calvin steigt als Erster aus und ich folge ihm hinaus. Wir werden von den anderen herzlich begrüßt und ich bin überrascht, wie viele sich noch an meinen Namen erinnern.

»Alle haben sich meinen Namen gemerkt, nur du nicht«, flüstere ich Calvin spielerisch empört zu, als er auf einen Kasten Bier zusteuert. Er schlägt blind nach mir und trifft meine Seite.

»Hey! *Lian* und *Liam* sind aber auch schwer zu unterscheiden.«

Ein Teil von mir würde gerne seine Hand zurück auf die Stelle nehmen, um den Körperkontakt ein wenig länger zu halten, aber das ist lächerlich. Calvin spielt so was von nicht in meiner Liga. Es ist dumm, überhaupt darüber nachzudenken.

»Willst du?« Er reicht mir ein kühles Bier, welches ich dankend entgegennehme.

Wir bleiben stehen und trinken, während ich mich umsehe. Ein paar sind schon im Wasser, andere unterhalten sich auf der Wiese oder sind damit beschäftigt, den Grill anzuzünden. Abseits von unserer Gruppe sind auch andere Menschen, die heute mit dem gleichen Ziel hergekommen sind, aber der Platz ist groß genug für alle.

»Es dauert noch ein bisschen, bis das Essen fertig ist«, setzt Calvin an. »Möchtest du ins Wasser?«

»Lass uns da runter springen.« Ich deute auf den Felsen, der aus dem See ragt. Er ist nicht hoch, etwa drei Meter, hat aber die perfekte Ausgangslage. Einige Jüngere haben ihn schon erklommen und hüpfen kreischend ins Wasser.

»Lieber nicht«, weicht Calvin aus.

»Wieso?«

»Ach …«

»Wenn du Calvin da runterspringen sehen willst, hast du schlechte Karten«, tönt Phoebes Stimme, da taucht sie auch schon neben uns auf. Belustigung glitzert in ihren dunklen Augen, aber ansonsten wirkt ihr Gesicht zu blass und ihre Augenringe frisch. »Er ist ein kleiner Schisser.«

»Gar nicht wahr. Spring du doch da runter«, schnaubt Calvin.

»Tue ich!« Sie hat schon ihren Bikini an und läuft zielstrebig auf den Felsen zu. Ich beginne ebenfalls, die Schuhe und mein T-Shirt auszuziehen. Beides lasse ich achtlos ins Gras fallen. Zögerlich folgt Calvin meinem Beispiel.

»Willst du echt springen?«

»Na klar! Und du auch.«

»Nein!«, protestiert er.

»Du willst dich doch nicht von einer Sechzehnjährigen herausfordern lassen?« Ich deute mit dem Kinn zu Phoebe, die schon ein gutes Stück zurückgelegt hat. »Na los!«

Voller Tatendrang marschiere ich los. Cal folgt mir zwar, doch er sieht immer noch nicht begeistert aus.

»Wovor hast du Angst?«, frage ich ihn.

»Was, wenn ich ertrinke?«

»Dann tauche ich unter und hole dich.«

Ein leichtes Lächeln zupft an seinen Lippen. »Sicher?«

»Zu hundert Prozent.«

Wir sind inzwischen am Anfang des Felsens angekommen und ich bleibe noch mal stehen.

»Wenn du wirklich nicht willst, musst du nicht«, biete ich ihm an. »Dann werde ich dich für den Rest meines Aufenthaltes aber damit aufziehen und Phoebe vermutlich für den Rest deines Lebens.«

Calvin zieht eine Grimasse. »Danke für die aufbauende Rede. Na gut, bringen wir es hinter uns.«

»Yeah!« Euphorisch erklimme ich den glitschigen Felsen. Bei einer Stelle rutsche ich zurück und drohe einen Moment lang, das Gleichgewicht zu verlieren. Calvin, der hinter mir steht, legt sofort eine Hand auf meinen unteren Rücken. Seine Berührung gerade an dieser Stelle jagt mir einen elektrisierenden Schauer durch den Körper.

»Danke«, murmle ich und schließe zu Phoe auf, die an der Klippe auf uns wartet.

»Er macht es ja doch nicht«, ärgert sie ihren großen Bruder.

»Sei kein Biest!«, tadelt er. Sie lacht auf.

»Ich zeige dir, wie es geht, Bruderherz.« Damit nimmt zwei Schritte Anlauf und springt, wenige Sekunden später hört man das Platschen im Wasser.

»Oh Gott«, murmelt Calvin.

»Augen zu und durch.«

»Das sagt sich so einfach.«

»Soll ich dich schubsen?«, biete ich an.

»Nein! Scheiße, Theo wollte auch immer da runterspringen«, murmelt er.

Bei dem fremden Namen werde ich hellhörig. »Wer ist denn Theo?«

Calvin wirkt fast ertappt. »Ein alter Freund von mir. Jetzt wohnt er in Chicago.«

Chicago ist nur eine Dreiviertelstunde von hier entfernt, das ist kein Grund, eine Freundschaft nicht aufrecht zu erhalten. Aber ich frage ihn nicht weiter aus.

»Okay.« Ich lecke mir über die Lippen und suche seinen Blick. »Ich springe als Erster. Du wirst mich doch nicht alleine im Wasser lassen, oder? Wenn ich ertrinke, musst du mich retten.«

»Lian …«, protestiert er, aber da habe ich mich schon herumgedreht und bin gesprungen. Ein Adrenalinkick flutet meinen Bauch, dann empfängt mich das kühle Nass. Tosend überschlägt sich das Wasser über mir, hüllt mich ein wie ein Kokon. Einige kräftige Schwimmbewegungen später habe ich die Oberfläche wieder durchbrochen und sauge die frische Luft in meine Lungen.

Calvin muss kurz nach mir gesprungen sein, denn er taucht nur Sekunden später aus dem Wasser.

»Du hast es getan!«

»Ich hatte ja keine Wahl«, keucht er und stößt mir eine Welle Wasser ins Gesicht. »Das war gemein.«

Kurz bin ich so perplex darüber, dass ich die volle Ladung von seiner Fontäne abbekomme. Aber innerhalb von zwei Sekunden habe ich mich gefangen und räche mich an ihm, indem ich ihn ebenso Wasser entgegenspritze. Phoebe taucht hinter ihrem Bruder auf und versucht, ihn unterzutauchen. Calvin ist so damit beschäftigt, mit seiner Schwester zu rangeln, dass er nicht auf mich achtet. Das wird ihm zum Verhängnis, als ich ihn nach unten drücke.

Er taucht ab, Phoebe lacht siegessicher und ich grinse sie an. Cal schlägt im Wasser wild um sich und ich habe das Pech – oder das Glück –, dass ich in seiner unmittelbaren Nähe schwimme. Seine Finger streichen über meinen Oberkörper, seine Nägel schaben leicht über meine Haut, was mir eine irre Gänsehaut beschert.

Ich lasse ihn los und er taucht wieder auf. »Unfair!«, keucht er. »Zwei gegen einen!«

Phoe schwimmt von ihrem Bruder weg, ehe er seine Rache planen kann. Er greift nach ihr, aber ich bin schneller und ziehe sie zu mir. Sie krallt sich an meinem Oberkörper fest und schlingt die Beine um meine Taille.

»Ha!«, macht sie. »Ich habe meinen eigenen Bodyguard. Komm doch, Calvin.«

Er versucht, an sie heranzukommen, aber ich spritze ihm Wasser entgegen und stoße ihn zurück. Es gibt ein scherzhaftes Gerangel, ich schlucke zu viel Seewasser und irgendwann verbünden sich die Geschwister gegen mich.

Obwohl wir kaum eine halbe Stunde im Wasser waren, bin ich danach total kaputt. Wir gehen nach draußen und ich setze mich, pitschnass wie ich bin, einfach ins Gras. Calvin tut es mir gleich, auch er atmet schwer. Ein paar Minuten lang sitzen wir nur da, genießen die Sonne und kommen langsam zur Ruhe.

Im Hintergrund höre ich Gelächter, angeregte Gespräche und Kinderlachen. In diesem Moment vermisse ich meine Freunde am meisten. So lange war ich noch nie von Blair und Devon getrennt. Unwillkürlich frage ich mich, ob sie sich mit Cal verstehen würden. Irgendwie kann ich sie mir gut zusammen vorstellen.

»Calvin?«

Alans Stimme reißt mich aus Gedanken. Cal steht mit einem leisen Seufzen auf und läuft herüber zu seinem Vater. Dieser flüstert ihm etwas zu, woraufhin Cals Miene schlagartig ernst wird. Zu gerne würde ich wissen, worüber sie reden.

Rica lenkt meine Aufmerksamkeit jedoch von Vater und Sohn ab, indem sie sich in mein Blickfeld schiebt. »Essen ist fertig«, verkündet sie lächelnd. »Kommt, wir setzen uns alle zusammen.«

Obwohl ich noch triefend nass bin, ziehe ich das T-Shirt über und folge ihr. Es formen sich kleine Grüppchen, die verstreut auf großen Picknickdecken auf der Wiese hocken. Neben den Archers sitzen auch Gina und ihre Mutter bei uns. Calvin und Alan stoßen kurz nach uns dazu.

Es gibt Steak, Würstchen und frischen Salat, an dem sich jeder bedienen kann. Ich habe so Hunger, dass ich alles in Rekordgeschwindigkeit herunterschlinge.

Phoebe hat sich neben mich auf die Unterarme gestützt, sie wirkt zufrieden und glücklich. Jedenfalls glücklicher als heute Morgen während des Gottesdienstes. Calvin sitzt mir schräg gegenüber und lächelt, als er meinen Blick auffängt.

Etwas flattert in meinem Magen auf. Etwas, das dort definitiv nicht hingehört.

Gina, die neben ihm hockt, redet aufgeregt mit ihm. Dabei spricht sie so leise, dass ich es nicht verstehe. Doch Calvin lauscht ihr interessiert und zupft scheinbar unbewusst an seiner Serviette herum. Ab und zu sieht er ihr in die Augen und nickt, was bei ihr jedes Mal die gleiche Reaktion auslöst: rote Wangen.

Eine Weile beobachte ich sie dabei, kann mir das dann aber nicht länger mit ansehen und blicke weg. Flirten die beiden etwa? Na ja, in Calvins Welt wird es wohl so aussehen, dass sie bald heiraten, Sex haben und Kinder kriegen. Vielleicht gehen sie auch gemeinsam nach Washington, was ja sein Plan war.

Keine Ahnung, warum dieser Gedanke in mir ein bitteres Gefühl auslöst.

ELF
—Lian

NACH DEM ESSEN, als die Sonne sich immer mehr gen Horizont neigt, wird ein großes Lagerfeuer angefacht.

»Lass uns Feuerholz suchen«, schlägt Calvin vor, nachdem wir zusammen unseren Platz aufgeräumt haben.

»Okay, dann los.« Direkt neben der Wiese grenzt ein Wäldchen, auf das wir nun zusteuern.

»Gibt es nicht genug Holz?«, frage ich und blicke zurück zu dem Feuer, das sich immer höher züngelt.

Calvin sieht sich um, um sich zu vergewissern, dass wir außer Hörweite der anderen sind. »Eigentlich wollte ich nur weg von Gina.«

»Warum das?«, frage ich amüsiert. Wir betreten den Waldabschnitt und Cal reißt einen kleinen Ast aus, um daran herumzupulen.

»Sie redet manchmal so viel.«

»Frauen, was?«, lache ich. Calvin wirft mir einen leidenden Blick zu.

»Eigentlich ist sie wirklich nett.«

»Das klingt ja romantisch. Wann ist die Hochzeit?«

Für den sarkastischen Kommentar schlägt er mir gegen die Schulter.

»Sehr witzig, Lian. Ich schätze, einige erwarten, dass wir zusammenkommen.«

Ich bücke mich, um nach einer Holzscheibe zu greifen, aber sie ist feucht, weshalb ich sie wieder sinken lasse und mir den Schmutz am T-Shirt abwische. »Und ist das dein Ding? Erwartungen zu entsprechen?«, frage ich Calvin.

Darauf antwortet er eine Weile nicht, er scheint darüber nachzudenken.

»Irgendwie, ja«, lautet seine Antwort. Das habe ich mir fast gedacht.

»Was wollte dein Vater vorhin von dir?«, wechsle ich das Thema. Calvin wirkt ertappt.

»Äh …«

»Sag schon«, dränge ich ihn.

»Also, er meinte, ich soll ein wenig aufpassen.« Mein Herz krampft sich plötzlich zusammen Aufpassen? Weil ich seinem Hetero-Sohn sonst zu nahe komme? Meine Hände ballen sich wie automatisch zu Fäusten.

»Was hat er gemeint?«

»Damit Phoe und du, na ja, ihr nicht flirtet. Er hat gesehen, dass du sie im Wasser auf deinen Schultern hattest.«

Meine geballten Fäuste entspannen sich wieder. »Ernsthaft?«, frage ich überrascht. Wir bleiben stehen und ich drehe mich so, dass ich ihn direkt ansehen kann.

»Es liegt einfach nur daran, dass du älter als sie bist und Phoe gerade im Hormonrausch … ach, keine Ahnung.« Er fährt sich nervös durchs Haar. Ich neige den Kopf etwas.

»Na ja, dein Vater braucht sich keine Sorgen darum machen, dass ich mich an deine Schwester ranmache. Sie ist nicht mein Typ.«

»So war das auch gar nicht gemeint«, wendet Cal ein.

Obwohl ich mich vor wenigen Stunden noch davor gedrückt habe, es ihm zu sagen, kann ich es plötzlich nicht mehr für mich behalten.

»Das Problem ist eher, dass sie *kein* Typ ist. Ich bin schwul, Calvin, falls es dir nicht aufgefallen ist.«

Der letzte Teil des Satzes klingt selbst in meinen Ohren gemein. Wie hätte er es auch wissen können? Es ist ja nicht so, dass es mir auf dem Rücken klebt. Aber ich weiß nicht, wie ich den Satz anders beenden soll. Es sollte beiläufig klingen, lässig, doch die ausgesprochenen Worte bleiben zwischen uns in der Luft hängen. Calvin wirkt überrascht, fast schon schockiert.

Sag etwas dazu. Irgendetwas. Bitte.

»Oh … Also das … wusste ich nicht.«

Okay, sag noch etwas, das nicht dämlich klingt!

»Oh, okay.«

Das macht es nicht besser.

Fragend hebe ich eine Augenbraue. »Und jetzt?«

Er schiebt die Hände in die Hosentaschen und zuckt mit den Schultern, vermeidet aber jeden Blickkontakt. »Das ist also … ich … wir … Gott verurteilt dich nicht wegen deiner Homosexualität. Nicht dich als Menschen, nur, wenn du deine Neigung auslebst. Also, und … Gott kann dir helfen, wenn du möchtest.«

Ist das gerade sein Ernst? Schlägt er mir als Nächstes eine Therapie vor?!

»Ich will nichts ändern«, stelle ich kühl klar. »Ich lebe meine *Neigung* gerne aus.«

»Ach so. Okay. Gut. Wir sollten zurück, wir finden hier sowieso kein Holz.«

Er schlägt schon den Weg zurück ein.

»Ach so, okay, gut. Ist das alles, was du dazu sagen möchtest?«, hake ich nach.

Calvin beißt sich auf die Unterlippe, streift kurz meinen Blick, sieht dann aber wieder geradeaus.

»Das hat mich einfach überrascht. Es ist dein Leben und du kannst bestimmen, was du daraus machst.«

Er hätte mich auch beleidigen können, angewidert sein oder mich bitten können, sofort zu gehen. Aber er tut nichts davon. Die Reaktion ist besser, als ich sie mir vorgestellt habe. Und gleichzeitig um so vieles schlimmer.

Wir laufen schweigend zurück zum Lagerfeuer. Ich merke auf Anhieb, dass sich etwas zwischen uns verändert hat. Es gibt keine flüchtigen, normalen Berührungen mehr. Cal versteift sich jedes Mal, wenn ich ihm zu nahe komme. Er sieht mir nicht in die Augen. Und in mir verändert sich auch etwas. Ich fühle mich furchtbar unwohl unter all den Menschen, mit denen ich nicht das Geringste gemeinsam habe. Das sind Leute, die glauben, man könnte Homosexualität mit einem Gebet heilen. Als wäre es eine Krankheit. Als wäre es etwas Schlechtes.

Am liebsten möchte ich nur noch weg, aber trotz allem waren sie sehr gastfreundlich zu mir, weshalb ich nicht einfach gehen kann. Ich höre ihnen zu, wie sie ihre Kirchenlieder singen, Geschichten und Anekdoten erzählen, lachen, sich amüsieren und mit jeder Minute fühle ich mich mehr fehl am Platz.

Als die Gemeinschaft sich endlich auflöst, bin ich mehr als froh. Calvin möchte noch beim Aufräumen helfen, aber Gina und ihre Mutter Tanja schlagen vor, mich mit nach Hause zu nehmen.

»Danke für alles«, sage ich noch mal an die Archers gewandt und folge Gina zum Parkplatz. Im Auto ist es still, was mir nur recht ist. Noch mehr Gespräch ertrage ich nicht. Als wir an Tante Louises Haus ankommen, bedanke ich mich und gehe hinein. In mir ist nichts als Resignation. Ich bin müde, aber nicht körperlich.

Seufzend schleife ich mich zur Couch und lasse mich darauf fallen. Calvins Worte und seine Reaktion kommen mir wieder in den Sinn und ich schließe kurz die Augen. Das macht mich so krank.

Ich greife nach meinem Handy und rufe Mom an.

»Ja?«, geht sie fröhlich ran.

»Hi Mom. Hast du noch ein paar Flugmeilen übrig? Meinst du, du könntest mir den nächsten Flug von Chicago nach Detroit sichern?«

»Was ist los?«, fragt sie besorgt. Ich möchte wirklich nicht darüber reden.

»Ich habe Heimweh und dieser Ort ist furchtbar langweilig«, weiche ich aus. »Ich habe die Hälfte von Tante Louises Unterlagen durchgesehen, aber nichts Wichtiges gefunden. Den Rest lasse ich einfach per Post nachschicken.«

»Lian, Honey, du klingst bedrückt«, stellt Mom fest und auch in ihrer Stimme schwingt plötzliche Traurigkeit mit.

»Höre ich da den Namen meines verschollenen Sohnes?«, klingt die Stimme meines Vaters durch den Hörer durch. Dabei muss ich lächeln.

»Richte Dad einen schönen Gruß aus.«

»Lian grüßt dich. Er kommt bald nach Hause«, sagt Mom zu ihrem Ehemann. Kurz darauf wird das Handy herübergereicht, es rauscht kurz in der Leitung.

»Lian!«, meint Dad erfreut. »Wie geht es dir?«

»Gut. Ich langweile mich nur und vermisse euch alle. Mom wollte mir einen Flug nach Hause buchen.«

»Das ist toll! Mir hat dein wöchentlicher Wäsche-Besuch heute gefehlt, mein Junge.«

Mir wird warm ums Herz und ich glaube, all die negativen Gefühle lösen sich langsam auf. Genau das habe ich gebraucht: Akzeptanz. Liebe. Verständnis. All das, was ich von Calvin niemals bekommen würde.

ZWÖLF
—Lian

MOM HAT mir einen kurzfristigen Flug für Montagmittag gebucht. Ich verbringe den Morgen damit, die Kartons mit Tante Louises Sachen zur Post zu bringen und meine Klamotten zu packen. Calvins Sachen falte ich ordentlich in die Sporttasche, einzig die dreckige Unterwäsche und das halb aufgebrauchte Duschgel nehme ich mit.

Die gepackte Tasche stelle ich einfach auf die Veranda vors Haus. Sobald ich am Flughafen bin, werde ich Alan Archer eine Nachricht schreiben.

Gegen zehn Uhr vormittags soll mein Taxi kommen, aber zuvor will ich etwas erledigen. Ich klingle bei der Nachbarin, die an meinem ersten Tag hier Interesse an dem Erwerb der Immobilie geäußert hat. *Kerschbaum* steht auf dem Klingelschild. Mrs. Kerschbaum öffnet mir sogleich die Tür und sieht mich von oben bis unten an.

»Wenn du hier einziehen willst, muss ich dich leider enttäuschen«, meint sie trocken, woraufhin ich ungewollt grinsen muss.

»Eigentlich reise ich ab. Aber ich wollte mir vorher Ihre Kontaktdaten notieren, falls Sie noch Interesse an dem Haus haben.«

Sie ist sehr erfreut darüber und ich schreibe mir den Namen sowie eine Telefonnummer auf.

»Wir sind auch bereit, etwas mehr zu bezahlen«, versichert sie mir. »Wir wollen das Haus unbedingt.«

In dem Moment fährt mein Taxi vor und ich verabschiede mich endgültig.

Die Fahrt aus GLC über verspüre ich leichte Wehmut, die in meiner Brust zerrt. Ich starre aus dem Fenster, sehe mir die vorbeiziehenden Häuser und Landschaft an. Es war schön hier, trotz des bitteren Endes. Es fühlt sich gut an, zu wissen, dass Tante Louise in ihren Gemeindemitgliedern gute Freunde gefunden hat. Auch wenn wir grundlegend verschieden sind, waren sie doch immer nett zu mir.

Als ich endlich in Detroit ankomme, schwöre ich mir, nie wieder in eine fliegende Metallkiste zu steigen. Wer will schon weg aus Detroit? Das ist Irrsinn. Meine Hände zittern noch leicht, als ich mit meinem Koffer die Rolltreppe nach oben steige.

Als ich fast oben angekommen bin, erkenne ich meine Freunde. Weder Blair noch Devon wussten von mir, dass ich heute um diese Uhrzeit landen werde. Meine Eltern müssen es ihnen mitgeteilt haben. Auf meinem Gesicht erscheint sofort ein Grinsen. Blair hat ein Pappschild gebastelt, auf dem »*Hottest Guy on Earth*« geschrieben steht. Sie lehnt gelangweilt gegen Devon, aber als sie mich erkennt, richtet sich sie kerzengerade auf und schwenkt euphorisch das Schild.

»Ich glaube, mein Typ wird gefragt!«, rufe ich, sobald sie in Hörweite sind. Blair rennt auf mich zu und ich breite die Arme aus, um sie zu empfangen. Stürmisch springt sie mich an und drückt mich fest an sich.

»Du tust so, als hätten wir uns zwei Jahre nicht mehr gesehen«, raune ich ihr amüsiert zu. Aber ich habe sie mindestens genauso sehr vermisst.

»Halt die Klappe! Lass mich meinen Moment haben!«

Sie vergräbt das Gesicht in meiner Schulter und drückt mich noch etwas fester.

»Ist gut jetzt, Blair.« Devon ist hinter uns getreten und er zupft an Blairs Kleid. Widerwillig löst sie sich von mir und ich schließe Dev in eine kurze, brüderliche Umarmung.

»Hab dich vermisst, Alter«, sagt er und klopft mir auf den Rücken.

»Gleichfalls. Ich kann nicht glauben, dass ihr mich vom Flughafen abholt. Ihr seid so süß.«

»Das war meine Idee, Devon wollte erst gar nicht«, plappert Blair aus. Devon pikst ihr in die Seite.

»Gar nicht wahr. Sag ihm so was nicht. Das stimmt nicht, Lee-Lee.«

Ich verdrehe grinsend die Augen. »Lasst uns raus aus diesem elenden Flughafen. Ich kann keine Flugzeuge mehr sehen.«

Da mein Magen langsam knurrt, beschließen wird, in ein Burgerrestaurant in der Nähe zu gehen.

»Erzähl uns alles von Chicago«, bittet Blair mit leuchtenden Augen, als wir auf unser Essen warten.

Mein Mojito steht schon vor mir auf dem Tisch und ich stochere im Eis herum.

»Von Chicago habe ich nicht viel gesehen, ich bin ja vom Flughafen direkt mit dem Taxi nach Grand Lake City gefahren, die Kleinstadt, in der Tante Louise gewohnt hat«, setze ich an. Da Blair jedes Detail wissen will, erzähle ich ihr von der Beerdigung und den religiösen Leuten, die ich dort kennengelernt habe. Calvins Name fällt öfter, als ich es beabsichtige, und Blairs Augen leuchten dabei immer wieder auf.

»Ich kann nicht glauben, dass du in der Kirche warst«, kommentiert Devon mit hochgezogener Augenbraue, als ich an dem Punkt in der Geschichte angekommen bin.

»Vergiss die Kirche! Wir ging es mit Calvin weiter?«, möchte Blair wissen und stützt das Kinn in die Hände.

»Die Archers haben mich danach zu einem Grillfest am See eingeladen, Cal hat mich mitgenommen. Wir haben geredet und irgendwann im Auto kam der Moment, an dem ich ihm hätte sagen können, dass ich schwul bin. Ich habe es aber nicht getan.« Ich beiße mir auf die Unterlippe, blicke gedankenverloren an Blair vorbei und überlege einen Moment, was passiert wäre, wenn ich es ihm damals gesagt hätte. Dann wären wir garantiert nicht gemeinsam im Wasser gewesen. »Jedenfalls haben wir uns unter die Leute gemischt und waren im See schwimmen. Seine Schwester Phoebe war auch da und wir haben herumgealbert …«

»Und dann habt ihr euch geküsst!«, rät Blair aufgeregt.

»Mensch, Blair«, seufzt Devon und wirft mir einen besorgten Blick zu. Im Gegensatz zu unserer Freundin kann er sich vermutlich denken, was als Nächstes passiert ist.

»Erzähl mir jede Einzelheit«, verlangt Blair unbeirrt. »Ich möchte alles wissen.«

»Wir haben uns *nicht* geküsst«, stelle ich klar. »Am Abend gab es ein Lagerfeuer und Calvin hat mich gebeten, mit ihm Feuerholz im Wald suchen zu gehen.«

Blair schnappt nach Luft. »Jetzt passiert es, ich spüre es«, flüstert sie.

»Lass das«, verlangt Devon.

»Warum denn? Lian erzählt uns eine romantische Geschichte, da darf ich doch mitfiebern.«

»Es ist aber keine romantische Geschichte«, knurrt Devon. »Sonst wäre Lian jetzt ja nicht schon wieder da.«

Blair verstummt, zieht schuldbewusst die Schultern ein und beide sehen mich an.

»Ich habe ihm gesagt, dass ich schwul bin«, erzähle ich ruhig weiter. »Und er hat mir mitgeteilt, dass Gott mir helfen könnte, wenn ich das ändern wollte.«

Das Gesicht meiner Freundin wird bleich, sie klappt den Mund ungläubig auf und in ihrem Blick spiegelt sich Schmerz wider, als wäre es ihr selbst widerfahren. Sie war schon immer eine der mitfühlendsten Personen, die ich kenne. Unwillkürlich frage ich mich, ob der gleiche Schmerz sich in meinem Gesicht widergespiegelt hat, als Calvin mir die Worte gesagt hat.

»Das klingt so gar nicht nach Calvin«, meint Blair schließlich.

»Du kennst ihn doch gar nicht«, brummt Devon.

»Aber nach Lians Erzählungen habe ich das Gefühl, ihn zu kennen. Und das passt nicht zu ihm. Wo ist das Happy End deiner blöden Geschichte, Lian?!«

»Ach Blair, verhalte dich nicht wie ein Kind. Im wahren Leben gibt es keine Happy Ends.«

Irgendwie liebe ich es, den Streitigkeiten der beiden zuzusehen. Vor allem weil ich weiß, dass sie sich am Ende des Tages nicht böse sind, egal, was gesagt wurde.

»Mein Happy End ist, dass ich zurück bei meinen Freunden bin und gleich den besten Burger meines Lebens esse«, meine ich lächelnd. Blair seufzt theatralisch.

»Hat er wenigstens noch etwas zum Abschied gesagt?«, will sie wissen.

»Ich habe mich nicht verabschiedet. Obwohl alle nett und zuvorkommend waren, habe ich mich dort danach nicht mehr wohlgefühlt. Ich meine, das sind Leute, die glauben, Homosexualität sei schlecht und etwas, das man loswerden sollte. Dabei haben die keine Ahnung, wie befriedigend es sein kann, einem Kerl einen Blowjob zu geben.«

Devon schmunzelt, aber sein Blick bleibt weiterhin sanft. Unser Essen wird gebracht und ich bin froh, erst mal nicht mehr reden zu müssen. Am liebsten will ich gar nicht mehr über Calvin nachdenken. Jetzt bin ich wieder unter Leuten, die mich verstehen und akzeptieren. Das ist es, was ich brauche.

DREIZEHN
-CALVIN

AM MONTAG arbeite ich in der Frühschicht im *Rooftop* und da Elena mit einer Erkältung zu kämpfen hat, bleibe ich länger als gewöhnlich. Der erste, morgendliche Ansturm ist vorbei und ich habe eine kurze Verschnaufpause, bevor es mittags wieder losgeht. Ich kümmere mich um die anstehenden Großbestellungen und darum, dass die Hochzeitstorte der Flanells pünktlich geliefert wird. Elena hat tagelang daran gearbeitet und das Ergebnis kann sich wirklich sehen lassen. Zwischen der ganzen Arbeit komme ich kaum zum Nachdenken, was mir heute gelegen kommt. Um fünfzehn Uhr schließe ich den Laden, schreibe Elena kurz und fahre dann direkt in den Supermarkt. Dort kaufe ich alles für Mrs. Pastanek ein. Sie ist eine ältere Dame aus unserer Gemeinde und kann dank eines Bandscheiben-Vorfalls vieles nicht mehr alleine machen. Wir teilen uns die Arbeiten auf und sorgen dafür, dass sie jeden Tag Hilfe und Besuch hat.

Meine Mom hat mir einen genauen Einkaufszettel geschrieben, den ich nach und nach abarbeite. Mrs. Pastanek freut sich riesig über meine Hilfe und weist mich an, wie ich alles in den Kühlschrank einzuräumen habe. Außerdem besteht sie darauf, mich nicht ohne eine warme Mahlzeit gehen zu lassen.

»Ich habe gestern den jungen Mann gesehen, der bei euch saß«, meint sie beiläufig. »Ist er ein Interessierter?«

»Lian? Nein, ich glaube nicht …«

Das schlechte Gefühl, das ich heute während der Arbeit erfolgreich verdrängt habe, nistet sich erneut in meinem Bauch ein. Immer wieder stelle ich mir die gleiche Frage: Habe ich mich falsch verhalten? Die Stimmung danach war komisch, das kann ich nicht leugnen. Ich sollte noch mal zu ihm und mit ihm reden. Wäre es nur nicht so schwer, die richtigen Worte zu finden.

Ich verbringe den ganzen Nachmittag bei Mrs. Pastanek, bis es draußen allmählich dämmert.

Der Wunsch, einfach zu Louise zu fahren, und Lian gegenüberzutreten, wird immer größer. Doch was soll ich zu ihm sagen? Will er mich überhaupt sehen? Ich verwerfe das Vorhaben und fahre direkt nach Hause, wo mich schon der Duft nach Essen erwartet.

»Hey, bin wieder da!«, rufe ich in die Wohnung hinein, gehe aber vorher noch mal in mein Zimmer, um mich umzuziehen.

Überrascht stelle ich fest, dass meine Sporttasche auf dem Bett steht. Diejenige, die ich Lian gegeben habe. Mein Herz klopft mit einem Mal schneller. Hat Lian sie hier abgestellt? War er in meinem Zimmer?

Ich glaube, sein Parfüm hängt in der Luft und ich verspüre ein Kribbeln auf meiner Haut. Vorsichtig spähe ich in die Tasche und erkenne meine Klamotten, die fein säuberlich zusammengelegt wurden. Ich ziehe das T-Shirt heraus, das er gestern am See anhatte.

»Calvin?«, ruft Mom von der Küche aus. »Essen ist fertig!«

»Komme«, rufe ich zurück, lasse die Klamotten liegen und gehe in die Küche. Dad und Phoebe sitzen schon am Tisch, Mom serviert gerade noch das Essen.

»Das riecht wirklich gut, Mom«, teile ich ihr mit und setze mich. Sie lächelt und streicht mir liebevoll über den Hinterkopf, bevor sie sich zu uns setzt. Dad spricht ein Tischgebet, dann darf ich meinen Teller füllen.

»Wie war die Schule, Phoe?«, fragt Dad meine Schwester. Sie weicht aus, erzählt von einem Test und Hausaufgaben, aber nicht davon, was uns wirklich interessiert. Später muss ich noch mal mit ihr reden, wenn wir zu zweit sind. Ich hingegen erzähle von meinem Tag auf der Arbeit und bei Mrs. Pastanek.

»Wie war dein Tag, Dad?«, wechsle ich das Thema.

»Ich war mit Regina im Predigtdienst und wir sind bei Lian vorbeigefahren, um deine Klamotten zu holen. Wir haben …«

Der Rest seiner Erzählung geht in einem Rauschen unter, da ich erneut an Lian denke. Ungeduldig warte ich, bis er zu Ende erzählt hat, damit ich ihm meine Frage stellen kann.

»Hast du mit Lian gesprochen?« Ich versuche, die Worte beiläufig klingen zu lassen, aber es misslingt mir.

»Nein, er hat mir nur kurz geschrieben, dass er beruflich zurück nach Detroit musste und er deine Sachen vor der Tür abgestellt hat. Leider konnte ich nicht mehr persönlich mit ihm reden.«

Lian ist … weg? Das Blut rauscht in meinen Ohren. Er ist weg. Ich habe keine Chance mehr, mit ihm zu sprechen, noch nicht einmal, ihm zu schreiben, da ich seine Nummer nicht habe. Mir vergeht schlagartig der Appetit, doch ich versuche, mir nichts anmerken zu lassen. Das Essen scheint sich endlos zu ziehen, bis ich endlich erlöst bin. Dad schlägt einen gemeinsamen Spieleabend vor, aber ich verziehe mich mit der Ausrede, müde zu sein, in mein Zimmer.

Leider rechne ich nicht mit Phoebe, die sich an meine Fersen heftet.

»Was ist zwischen Lian und dir passiert?«, fragt sie flüsternd und schlüpft noch in meinen Raum, bevor ich die Tür schließe.

»Was?«

»Gestern Abend wart ihr beide komisch drauf, heute ist er weg. Dein Gesichtsausdruck, als Dad das gesagt hat, hat Bände gesprochen.« Sie verschränkt die Arme vor der Brust und sieht mich fordernd an. Ich öffne den Mund, schließe ihn wieder. Wir sehen uns an.

»Und was ist mit dir und deinen Highschool-Freunden?«, stelle ich eine Gegenfrage. Phoebe weicht meinem Blick aus.

»Dann haben wir wohl beide etwas, worüber wir nicht sprechen wollen.«

Phoebe seufzt tief, streicht sich das Haar zurück und wendet sich ab.

»Na gut.«

»Wenn du reden willst, bin ich da«, biete ich ihr an, bevor sie mein Zimmer verlässt.

»Dito«, flüstert sie und schließt die Tür hinter sich. Seufzend wende ich mich meinem Bett zu, nehme die

Tasche und stelle sie auf dem Boden ab. Das T-Shirt, das er gestern getragen hat, halte ich nach wie vor fest, lege mich in mein Bett und rieche daran. Sein Parfüm und der sandige Duft vom See hängen noch daran. Der männlich-herbe Geruch löst etwas in mir aus, das von einem Kribbeln in meinen Eingeweiden ausgeht und bis in meinen Unterleib strömt.

Schnell nehme ich das Shirt weg und schiebe es unter mein Kopfkissen. Ich sollte die Klamotten waschen. Nicht mehr an ihn denken. Vergessen, was ich die letzten Tage gefühlt habe. Dieses Gefühl des Verlustes kenne ich schon. Damals, als Theo der Gemeinde und mir den Rücken gekehrt hat, war es genauso schlimm. Aber Theo war jahrelang mein bester Freund, Lian kenne ich erst wenige Tage.

Es ist gut, dass er weg ist, rede ich mir ein. Jetzt kann ich ihn vergessen und weitermachen. Genauso, wie er es tut.

−Lian

Den Montag verbringe ich wie üblich vor dem Laptop und erst spätabends gehe ich vor die Tür, um meinen Eltern einen Besuch abzustatten. Diese schließen mich freudig in die Arme, als haben sie mich jahrelang nicht mehr gesehen. Meine Mutter hat groß gekocht, es gibt mein Lieblingsessen und jede Menge Kuchen zum Nachtisch. Bei Mama schmeckt es immer noch am besten!

»Wusstet ihr, dass Tante Louise Mitglied einer religiösen Gemeinschaft war?«, frage ich, sobald wir am Tisch sitzen und ich die ersten Bissen des köstlichen Essens probiert habe.

Die Miene meiner Mutter wird schlagartig düsterer. »Haben sie dich belästigt?«

»Nein, sie waren alle freundlich. Auf der Beerdigung habe ich Alan Archer und seinen Sohn Calvin kennengelernt. Alan ist der Leiter der Gemeinde. Sie haben mich zum Essen eingeladen, zum Grillen am See und in ihre Kirche.«

»Du warst in einer Kirche?«, echot Dad amüsiert. Ich ziehe eine Grimasse.

»Es war Tante Louises Kirche. Ich wollte einfach sehen, wo sie ihre Zeit verbracht hat. So schlimm war es auch gar nicht.« Ich konzentriere mich wieder auf meinen Teller.

»Warum bist du dann so schnell abgereist?«, fragt Mom forschend. »Du klangst so traurig am Telefon.«

»Es ist nichts«, winke ich ab. Als ihr Blick weiterhin unnachgiebig bleibt, seufze ich und lege das Besteck zur Seite. »Sie waren alle sehr freundlich. Aber an einem Punkt habe ich mich nicht mehr wohl unter ihnen gefühlt. Deshalb wollte ich zurück nach Hause, zumal mich nichts weiter an dem Ort gehalten hat.«

»Was ist genau passiert?«, will Dad nun wissen, der ebenfalls ernst geworden ist.

»Na, es gab da diesen Jungen«, fange ich an und mein Blick schweift in die Ferne. »Calvin. Irgendwie haben wir uns auf Anhieb gut verstanden. Obwohl wir so unterschiedliche Ansichten haben, konnten wir uns unterhalten und scherzen. Ich hatte das Gefühl, es könnte sich eine Freundschaft entwickeln. Dann habe ich ihm gesagt, dass ich schwul bin. Für mich ist das ja kein Geheimnis, aber ich habe es auch nicht sofort herausposaunt.«

»Wie hat er reagiert?«, fragt Mom kritisch.

»Er war überrascht und hat etwas davon geredet, dass Gott mir helfen könnte, meine *Neigungen* zu unterdrücken. Als ich ihm gesagt habe, dass ich mich nicht ändern will, meinte er nur: *Oh. Okay. Gut.* Das war's dann.« Ich zucke mit den Schultern.

»Das ist unerhört«, regt Dad sich auf. »Solch eine Aussage … Wie kommt er dazu, so etwas zu behaupten? Im 21. Jahrhundert? Da bin ich ja fortschrittlicher!«

»Hast du dich in den Jungen verguckt?« Moms Frage überrascht mich. Ich starre sie an und versuche, herauszufinden, woran sie das gemerkt hat. Ich habe weder sein sexy Grübchen-Lächeln noch seine unbeholfen-süße Art erwähnt.

Grundsätzlich vergucke ich mich nicht in Heteros. Erst recht nicht in verklemmte, religiöse Jungs, die vermutlich noch nie Sex hatten. Aber die Heftigkeit, mit der mich seine Reaktion verletzt hat, lässt auf etwas anderes schließen.

Als ich weiterhin schweige, seufzt Mom. Dad murmelt nur: »Oh.«

»Wir haben dir nie erzählt, warum wir so großen Streit mit deiner Tante Louise hatten, richtig?«, sagt Mom plötzlich. Der Themenwechsel verwirrt mich, weshalb ich nur stumm mit dem Kopf schüttle.

»Das ist doch kein Thema fürs Essen«, beschwert sich Dad, aber Mutter winkt ab.

»Ich möchte es ihm jetzt erzählen«, beharrt sie. »Wir wussten immer, dass deine Tante religiös ist. Als du damals dein Outing hattest, haben wir uns schon gedacht, dass sie nicht gut darauf reagieren würde, und haben sie vorgewarnt, damit sie sich daran gewöhnen kann, bevor du es ihr persönlich beichtest.«

»Ihr habt mir mein Outing vorweggenommen?«, frage ich eher verwirrt als empört. Die ganze Sache ist schon zu lange her, um deswegen noch sauer zu sein.

»Wir wollten es dir leichter machen. Aber deine Tante hat total abwehrend reagiert und auch nicht eingelenkt. Sie hat uns sogar gedrängt, dass wir mit dir ihre dämlichen Gottesdienste besuchen, um deine Homosexualität – ich benutze jetzt ihre Worte – abzuwenden und dich auf den richtigen Weg zu führen. Daraus entwickelte sich ein riesiger Streit und schlussendlich ist sie weggezogen. Sie war diejenige, die den Kontakt zu uns abgebrochen hat, nicht anders herum.«

Fassungslos schüttle ich den Kopf und schiebe meinen halb vollen Teller von mir weg. Diese Information muss ich erst einmal verarbeiten.

»Aber nachdem sie weggezogen ist, haben wir doch noch mehrere Jahre Briefe ausgetauscht«, sage ich. »Warum hat sie das getan, wenn sie mich nicht akzeptiert hat?«

Mein Blick rutscht zu Dad, der traurig und betrübt aussieht. »Meine Schwester hat hauptsächlich uns die Schuld daran gegeben. Dich hat sie geliebt, Lian. Vergiss das nie.«

»Warum sagt ihr mir das jetzt?«, frage ich mit gerunzelter Stirn.

»Weil sie dort drüben alle so sind«, erklärt Mom. »Egal, ob Louise, Alan Archer oder dein Calvin. Es ist besser, sich nicht mit solchen Leuten zu umgeben. Sie tun dir nicht gut.«

Ihre Worte hinterlassen einen bitteren Beigeschmack bei mir. »Das habe ich auch nicht vor. Ich werde ihn nie wiedersehen und er kann sein Leben weiterführen.«

Wahrscheinlich wird er Gina heiraten, alle Erwartungen erfüllen und ein glückliches, langweiliges Leben mit Blümchensex führen.

Wenn es das ist, was er will, wünsche ich es mir für ihn.

VIERZEHN
—LiaN

EINE WOCHE ist vergangen, seitdem ich zurück in Detroit bin, und ich habe mich wieder voll in meinen Workflow eingelebt. Was bedeutet, dass ich die Nächte durcharbeite, zu viel Koffein zu mir nehme und zu viel Geld beim Auswärtsessen lasse. In den freien Zeiten zeichne ich auf dem Grafiktablet. Es ist nur ein Spaßprojekt, eine Art Comic, angelehnt an meine Lieblingsmarvelfiguren. Es macht solch einen Spaß, dass es mir schwerfällt, die Pausen einzulegen, die mein Handgelenk benötigt.

Am Freitag habe ich mich mit Blair und Devon getroffen und wir sind feiern gegangen, aber schon am Samstag sind beide wieder zurück zum College. Blair studiert an der *Wayne University* Medizin und steht kurz vor ihren Semesterprüfungen, Devon hingegen studiert in Yale und hatte irgendeine wichtige Veranstaltung am Wochenende. Das bedeutet für mich, dass ich mich noch tiefer in die Arbeit vergraben kann.

Als ich am Sonntag bei meinen Eltern bin, wir essen und quatschen, während meine Wäsche im Trockner ist, fühlt es sich an, als gäbe es die kurze Episode in GLC gar nicht.

Zumindest bis zu dem Zeitpunkt, an dem Mom es wieder anspricht.

»In Louises Haus gab es einen Wasserschaden«, sagt sie, als wir gerade gemeinsam den Abwasch machen.

Überrascht sehe ich sie an. »Woher weißt du das?«

»Die Nachbarin Leesa Kerschbaum hat mich angerufen und es mir mitgeteilt. Sie hat einen Sachverständigen eingeschaltet, der den Wert des Hauses ermitteln sollte, und dabei ist es herausgekommen. Es gab ein Leck im Leitungswasserrohr, es hat das komplette obere Stockwerk getroffen, überall Schimmel.«

»Scheiße. Und jetzt?«, frage ich und stelle die sauberen Teller zurück an ihren Platz.

»Wir haben alle Unterlagen durchgesehen, die du via Post übersandt hast, leider stand dort nichts über eine Versicherung. Aber ich bin mir sicher, dass Louise für diesen Fall vorgesorgt hat. Vermutlich befinden sich noch Unterlagen im Haus, die du übersehen hast.«

»Hmh«, mache ich nachdenklich und sehe sie misstrauisch an. »Was willst du von mir?«

Mom verdreht die Augen. »Gar nichts, Honey. Ich teile es dir nur mit.«

»Okay. Gut. Hey Dad, noch ein Bier für dich?« Ich greife schon in den Kühlschrank, weil ich mir vorstellen kann, wie seine Antwort lautet.

»Es sei denn …«, setzt Mom an, bevor ich zu Dad ins Wohnzimmer verschwinden kann. Sie sieht mich unschuldig an. »Es sei denn, du willst noch mal nach Grand Lake City fahren, um nach Louises Dokumenten zu sehen.«

»Ernsthaft?«, seufze ich.

»Du bist der Einzige mit flexiblen Arbeitszeiten. Es würde auch ganz schnell gehen«, versichert sie mir. Alles in mir sträubt sich bei dem Gedanken, noch mal in ein Flugzeug zu steigen und Tante Louises Heimat zu erkunden.

»Ich überlege es mir«, weiche ich aus. Damit gibt sie sich vorerst zufrieden.

Als ich Blair am nächsten Tag von der Bitte meiner Mutter erzähle, ist sie ganz aus dem Häuschen.

»Am Mittwoch schreibe ich meine letzte Prüfung, danach brauche ich dringend eine Auszeit. Lass uns gemeinsam fahren und ein verlängertes Wochenende dort verbringen«, schlägt sie vor.

»Wirklich?«, frage ich zweifelnd. »Du willst in dieses Kaff, wenn du hier in Detroit feiern kannst?«

»Ja! Ich muss raus aus Detroit. Oder willst du nicht hin wegen Calvin?« Die letzte Frage klingt provozierend genug, um mich ertappt zusammenzucken zu lassen.

»Ach, Quatsch«, wehre ich ab. »Der ist mir egal. Ich will nur nicht wieder in ein Flugzeug steigen.«

»Dann machen wir einen Roadtrip draus und fahren mit dem Auto. Sind doch nur etwa fünf Stunden.«

Jetzt habe ich keine Wahl mehr.

»Na schön«, stimme ich widerwillig zu. »Lass uns Urlaub in Grand Lake City machen.«

Am Donnerstag machen wir uns schon um sechs Uhr morgens auf den Weg. Blair hat versucht, Devon zu überreden, zwei Tage lang die Uni sausen zu lassen, um mit uns zu fahren, aber er war mit nichts zu überzeugen. Wären wir nach Vegas geflogen, hätte er sicher alles stehen und liegen gelassen.

So sind es nur Blair und ich, die die Straßen unsicher machen. Da wir gut durchkommen, kommen wir bereits am frühen Nachmittag am Hotel an. Tante Louises Haus scheidet aufgrund des Schimmels aus. Zum Glück gibt es in GLC Übernachtungsmöglichkeiten, sogar ein 4-Sterne-Hotel. Obwohl es von außen unscheinbar aussieht, ist die Inneneinrichtung schön und unser Zimmer groß und geräumig.

»Yay, Doppelbett!«, freut sich Blair und schmeißt sich auf die weiche Matratze. »Das bedeutet, wir können kuscheln.«

»Vergiss es, du hast eine Körpertemperatur von mindestens vierzig Grad«, schnaube ich und öffne meinen Koffer, um mir Wechselklamotten herauszusuchen. Die Autofahrt war anstrengend, aber alles ist besser, als zu fliegen.

»Ich glaube, das Hotel hat einen Wellnessbereich«, klärt Blair mich auf, die sich gleich die Broschüre von der Kommode geschnappt hat. »Den können wir ausnutzen, es regnet sowieso draußen.«

Das stimmt. GLC hat uns mit einem heftigen Sommergewitter begrüßt.

»Dann können wir direkt in der Sauna bleiben, das Wetter soll die nächsten Tage nicht besser werden«, kommentiere ich und lasse mich neben sie aufs Bett fallen.

»Hör auf, vermies mir nicht meinen Urlaub.« Blair zwickt mich in die Seite. »Es wird tolles Wetter und du zeigst mir den See, Louises Haus und alles andere. Ich gehe als Erste duschen.«

Nach dem letzten Teil des Satzes springt sie auf und hopst Richtung Badezimmer.

»Hey!«, rufe ich empört, als mir klar wird, was sie meint. »Tu mir das nicht an, ich brauche eine Dusche, sonst sterbe ich.«

»Du Drama-Queen«, flötet sie und schmeißt die Tür hinter sich zu. Kurz schließe ich die Augen und spüre sofort die bleierne Müdigkeit. Ein Besuch in der Sauna kommt mir plötzlich sehr verlockend vor. Oder einfach ein paar Stunden im Bett …

Ein Klopfen an der Tür reißt mich aus meinem Halbschlaf. Ich schrecke auf und reibe mir über die Stirn. Vermutlich ist das die Putzkraft oder ein Hotelmitarbeiter. Aber als ich die Tür öffne, werde ich überrascht.

Calvin steht vor mir.

Sein Anblick verschlägt mir kurzzeitig die Sprache. Vollkommen unerwartet. Er ist klatschnass, Wasser tropft von seinen Haaren auf den Boden, er atmet schwer, als wäre er gerannt.

»Ich habe gehört, du bist wieder in der Stadt«, keucht er.

Ich hebe eine Braue. »Diese Nachricht hat sich aber schnell verbreitet.«

Mit einer Schulter lehne ich mich gegen den Türrahmen, während Calvin nervös auf seiner Wange kaut. Einen Moment herrscht Schweigen zwischen uns.

»Es tut mir leid«, platzt er heraus. »Ich habe mich falsch verhalten. Es tut mir so leid.«

Fragend neige ich den Kopf.

»Du bist okay … nein, vergiss das, du bist *verdammt gut* so, wie du bist. Verändere dich nicht. Es tut mir leid, wenn ich danach komisch zu dir war. Aber in meinem Hirn waren so viele Gedanken, die ich nicht sortiert bekommen habe …« Er holt tief Luft, bevor er weiterspricht. »Ich habe dir nur gesagt, was ich dir sagen sollte, und nicht, was ich wirklich denke.«

Ich bin überwältigt. Glaube kaum, was er gerade alles gesagt hat.

»Cal …«, setze ich an, aber meine Stimme bricht. Dann ziehe ich ihn einfach ruckartig zu mir und schließe ihn in eine feste Umarmung. Calvin schlingt seinerseits die Arme um mich und vergräbt sein Gesicht an meiner Schulter, meine Hand liegt in seinem Nacken. Es ist mir egal, dass er nass ist, ich will ihn noch näher bei mir haben. Gefühlte Minuten stehen wir so da. Seine Wärme dringt durch die Klamotten zu mir, sein Atem beruhigt sich allmählich, aber mein Herz pocht, als würde ich einen Marathon laufen. Gott, warum fühlen sich seine weichen Haare nur so gut an? Ich muss das hier dringend beenden. So sollte ich definitiv nicht an ihn denken.

Ich löse mich langsam von ihm. Cal räuspert sich und tritt verlegen einen Schritt zurück.

»Okay, das war's schon, ich muss wieder zur Arbeit.«

Er will sich wegdrehen, aber ich packe sein Handgelenk und ziehe ihn in das Zimmer herein. »So einfach verschwindest du jetzt nicht. Woher zur Hölle wusstest du, dass ich hier bin? Ich habe vor zehn Minuten eingecheckt.«

Cal kratzt sich verlegen am Hinterkopf. »Na ja, Elena hat von Mrs. Kerschbaum gehört, dass ein Wasserschaden entdeckt wurde, und Elena ist auch mit dem Besitzer des Hotels befreundet. So bin ich zu der Neuigkeit gekommen, dass du die nächsten Tage hier schläfst. Das *Rooftop* liegt direkt die Straße gegenüber.«

»Ihr habt in diesem Kaff nichts Besseres zu berichten, oder?«, schmunzle ich. Calvin grinst verlegen.

»Wann hast du Feierabend?«, frage ich ihn. »Wir sollten reden.«

»In zwei Stunden.«

»Gut, dann treffen wir uns in zwei Stunden an Louises Haus, okay?«

»Ich werde da sein.«

»Hey Lian«, tönt plötzlich Blairs Stimme vom Badezimmer und Calvin schaut überrascht von mir zu der Tür. Diese fliegt im nächsten Moment auf und Blair kommt heraus, nur in Unterwäsche bekleidet.

»Findest du, ich habe zugenom… oh, wir haben einen Gast.«

Blair bleibt stehen und mustert Calvin, dieser sieht Blair im Gegenzug an.

»Er wollte gerade wieder gehen«, meine ich, aber Cal sagt im selben Moment: »Hallo, ich bin Calvin.«

Blairs Mund klappt auf und sie starrt ihn an, als wäre er nicht real. »Du bist Cal!«, stellt sie dann erfreut fest, macht einen Satz und stürmt auf ihn zu. Halb nackt wie sie ist, schmeißt sie sich in seine Arme und er ist so überfordert davon, dass er sich nicht rührt.

»Du bist ja noch attraktiver, als ich dich mir vorgestellt habe. Man, Lian, guck doch mal, wie gut er aussieht!«, staunt Blair. An dieser Stelle muss ich einschreiten.

Sanft, aber bestimmt schiebe ich Blair von Calvin weg und bringe Abstand zwischen die beiden. »Erstens, zieh dir was an, zweitens, hör auf, ihn zu belästigen. Gott Blair, du bist schlimmer als ein unerzogener Welpe.«

Calvin versteckt sein Lachen in einem Räuspern. »Ich muss jetzt wirklich gehen. Wir sehen uns später, Lian. Nett, dich kennengelernt zu haben, Blair.«

Blair strahlt ihn an und winkt zum Abschied. »Er ist süß«, formt sie mit den Lippen, als die Tür hinter ihm zugefallen ist.

»Ach, plötzlich kannst du flüstern?!«

Sie schlägt mir lachend in die Seite. »Beantworte mir jetzt meine Frage: Habe ich zugenommen?«

»Nein, hast du nicht«, erwidere ich nach einem kurzen Seitenblick auf sie.

»Dann lügt die Waage da drin. Diese Theorie gefällt mir. Danke, auf dich ist immer Verlass.«

FÜNFZEHN
–CALVIN

DIE ZWEI STUNDEN im *Rooftop* bringe ich nur mit Mühe herum.

»So ungeduldig gefällst du mir fast«, lächelt Elena. »Aber nur, weil du die Arbeit zügig machst, geht die Zeit nicht schneller um.«

Ich beiße mir auf die Zunge und lasse die Nussschnecken langsamer auf ihre Plattform herabsinken.

»Du kannst gleich zu deinem Freund. Nur noch fünfzehn Minuten.«

»Ich will nicht …«

Elena winkt ab. »Geht mich ohnehin nichts an.«

In meinem Magen setzt ein flatterndes Gefühl ein. Aufregung gepaart mit Angst. Dabei weiß ich selbst nicht, was ich hier tue. Eigentlich weiß ich, dass ich mich von Lian fernhalten sollte. Er ist schwul, lebt in Sünde und hat eindeutig nicht vor, das zu ändern. Definitiv ein schlechter Umgang, wie Dad sagen würde.

Aber ich bin machtlos gegen seine Wirkung auf mich. Es ist unmöglich, ihn zu vergessen und zu ignorieren, wenn er so nah bei mir ist.

Die nächsten fünfzehn Minuten vergehen im Schneckentempo, bis ich meine Schürze an den Haken hänge und Feierabend mache. Ich schwinge mich in mein Auto und fahre zu Louises Haus, das nur zehn Minuten entfernt liegt. Die Tür steht einladend offen, weshalb ich direkt hineingehe.

»Lian?«, rufe ich.

»Bin oben!«, kommt es zurück. Mit schnellen Schritten jogge ich die Treppe hoch und entdecke Lian im Schlafzimmer. Er hockt auf dem Boden, vor ihm eine große braune Umzugskiste.

Als ich eintrete, sieht er auf und lächelt.

»Jetzt muss ich mich bei dir entschuldigen«, meint er. »Ich habe dich aus einem selbstsüchtigen Grund hergelockt. Leg dich ins Bett und zieh dich aus.«

»Was?«, frage ich ungläubig. Er lacht.

»War doch nur ein Spaß. Ich brauche dich aber, um diese ganzen Ordner durchzusehen.«

Er klopft neben sich auf den Boden und ich lasse mich zögerlich nieder.

»Wonach genau suchen wir?«

»Wir haben ja einen Wasserschaden und ich suche nach einer Versicherung, die Tante Louise für solche Fälle abgeschlossen haben könnte. Diesen Karton habe ich in der letzten Ecke ihres Kleiderschranks gefunden. Wenn dort nichts zu finden ist, haben wir Pech.«

»Ah, verständlich.«

Lian schiebt den Deckel auf und wir spähen hinein. Genau vier schwarze Ordner stehen dicht aneinandergepresst. Ich ziehe den ersten heraus und schlage ihn auf.

»Blair schien nett«, sage ich beiläufig, während ich die Unterlagen durchblättere.

Lian sieht mich prüfend an, ich spüre quasi seinen bohrenden Blick. »War das die erste Frau, die du in Unterwäsche gesehen hast? Bademode oder Familienmitglieder zählen nicht.«

Kurz denke ich darüber nach und muss schmunzeln. »Nein. Fiona aus der 12. hat vor allen Jungs in der Umkleide blank gezogen.«

Lian prustet los. »Okay, das gilt auch nicht.«

»Wie viele Frauen hast du denn nackt gesehen?«, stelle ich die Gegenfrage. Er schaut nachdenklich in die Luft und zählt mit den Fingern ab. Am Ende hält er eine drei hoch.

»Blair, meine erste Freundin Teresa und Robyn, die ich im Fitnessstudio kennengelernt und klargemacht habe. Frag mich, wie viele Männer ich nackt gesehen habe.«

»Wie viel … nein, das ist eine Falle.«

Lian lacht erneut. »Kluger Junge.«

Das Rascheln von Blättern ist einige Zeit lang das einzige Geräusch zwischen uns.

»Wie findest du Blair denn so?«, fragt Lian dann beiläufig.

»Wie gesagt, sie schien nett.«

Er lacht leise. »Das meine ich nicht. Ist sie dein Typ? Stehst du auf dünne Blondinen mit großen Brüsten?«

»Darauf habe ich nicht so wirklich geachtet«, weiche ich ihm aus. Ich habe den einen Ordner inzwischen durch – leider erfolglos – und stelle ihn beiseite, um mir einen weiteren zu schnappen.

»Kann ich dich noch was fragen?«

»Das tust du doch sowieso«, murmle ich, Lian übergeht das.

»Warum hast du deine Meinung plötzlich geändert? Warum standst du heute vor meinem Hotelzimmer?«

Ich blinzle zu ihm hoch. »Ich fand es einfach schade, wie wir auseinandergegangen sind. Das war nicht, was ich wollte.«

Er mustert mich weiterhin mit schief gelegtem Kopf, sodass ich weiter aushole.

»Also, du weiß ja, wie unsere Gemeinde zu Homosexualität steht. Aber, na ja, das ist nicht unbedingt das, was ich davon halte.«

Lian runzelt die Stirn. »Ich weiß nicht, was du damit sagen willst.«

»Als die Bibel geschrieben wurde, war Homosexualität nicht das, was sie heute ist. Es wird eher im Zusammenhang mit Hurerei, Habgier und Unzucht gleichgestellt.« Nervös massiere ich mir den Nacken und sehe an ihm vorbei an einen Punkt an der Wand. »Ich glaube nicht, dass man seine sexuelle Orientierung ändern kann. Unterdrücken, vielleicht. Aber … das klingt jetzt total dämlich.«

»Erzähl es mir trotzdem«, bittet Lian sanft.

»Ab und zu gibt es bei uns Änderungen. Neuinterpretationen von Bibelstellen, Anpassungen und so weiter. Irgendwie habe ich die irrationale Hoffnung, dass wir uns auch in diesem Punkt umorientieren und man sagt: Schwul oder lesbisch zu sein, ist keine Sünde, nicht, wenn man sich aufrichtig liebt.« Kurz wage ich, ihm in die Augen zu sehen, kann seinem bohrenden Blick jedoch nicht standhalten. »Tut mir leid, für dich klingt das sicher total bescheuert.«

»Das tut es nicht. Aber eine Sache muss ich noch wissen.« Er beugt sich zu mir vor und sucht meinen Blick. »Bist du schwul?«

Verunsichert, was ich darauf erwidern soll, schweige ich einfach nur und kaue auf der Innenseite meiner Wange.

»Es ist okay«, versichert Lian mir. »Mir kannst du es sagen.«

»Ich weiß es nicht«, gestehe ich ihm. »Manchmal habe ich so Fantasien.«

Keine Ahnung, warum ich ausgerechnet mit ihm darüber spreche. Aber bei ihm fühle ich mich merkwürdig verstanden. Es ist das erste Mal, dass ich die Worte laut ausspreche und es fühlt sich an, als wäre ein Teil der Last von mir genommen.

»Okay.« Lian lehnt sich wieder zurück und leckt sich über die Lippen. »Was für Fantasien?«

Sein Blick ist so intensiv, dass ich wegsehen muss. Hitze sammelt sich in meinem Bauch, als Bilder in meinen Kopf schießen. Lian, halb nackt im Türrahmen. Lian, halb nackt in meinem Bett …

»Darüber will ich wirklich nicht reden«, bitte ich ihn.

»Ist okay. Sorry, ich wollte dich nicht drängen.«

Ich blicke auf die Unterlagen vor mir und versuche, mich auf diese zu konzentrieren. Vergeblich. Dass Lian gar nichts mehr sagt, macht mich nur noch nervöser. Erst ein Handyklingeln zerreißt die Stille, wofür ich fast dankbar bin. Ich ziehe mein Telefon aus der Hosentasche und gehe ran.

»Ja?«

Es ist mein Vater, der mich darum bittet, bei Mrs. Pastanek vorbeizuschauen. Er selbst wäre heute für den Wocheneinkauf verantwortlich, steckt aber in der Arbeit fest.

»Ist kein Problem, ich übernehme das«, verspreche ich ihm, doch sehe im selben Moment, wie sich Enttäuschung auf Lians Miene abzeichnet.

»Du musst weg?«, rät er, als ich aufgelegt habe.

»Ja. Tut mir leid, ich hätte dir gerne weiter geholfen.«

»Schon gut.«

Ich lächle wehmütig. »Gibst du mir deine Nummer? Dann können wir uns für morgen oder so verabreden. Wie lange bleibt ihr?«

»Bis Sonntag. Gib mir dein Handy, ich speichere sie ein.«

Ich reiche es ihm und er tippt seine Nummer ein. Als ich mich erhebe und den Ordner zurück an seinen Platz schieben will, fällt mir ein Briefumschlag auf, der am Grund des Kartons liegt. Stirnrunzelnd ziehe ich ihn heraus und sehe ihn mir genauer an. Der Brief ist an Lian adressiert und schon frankiert, aber nicht abgestempelt.

»Sieh mal, ich schätze, der ist für dich«, sage ich und reiche ihn Lian. Er sieht ihn sich verwirrt an.

»Komisch«, murmelt er, dann glätten sich seine Züge wieder und er legt den Umschlag zur Seite.

»Egal, ich will dich nicht länger aufhalten. Wir sehen uns. Cal.«

Zu gerne würde ich wissen, was in dem Brief steht, aber ich verkneife mir meine Neugier. Außerdem wird es höchste Zeit für mich, zu gehen.

SECHZEHN
—Lian

NACHDEM CALVIN gegangen ist, fühlt sich die Stille erdrückend an. Ich starre auf den verschlossenen Briefumschlag, der an mich adressiert ist. Er ist nicht abgestempelt, was bedeutet, dass er niemals zur Post gelangt ist. Aber warum hat Tante Louise ihn dann aufbewahrt?

Vorsichtig reiße ich ihn an der Seite auf und schüttle den Inhalt heraus. Ein einfaches kariertes Papier, auf dem ich die schnörkelige Handschrift meiner Tante wiedererkenne. Aber es ist das Verfassungsdatum, das mir die Sprache verschlägt.

14.06.2016. Ein Jahr und fünf Monate nach der letzten Postkarte, die Tante Louise mir geschickt hat. Warum hat sie diesen Brief nie abgeschickt?

Ein mulmiges Gefühl breitet sich in meiner Brust aus, als ich anfange zu lesen.

Lieber Lian,

es tut mir leid, dass ich mich nicht mehr gemeldet habe. Lange Zeit habe ich mit mir gehadert. Eigentlich sollte ich den Kontakt mit deinen Eltern und dir abbrechen. Du führst ein Leben in Sünde und deine Eltern tun nichts, um dich wieder auf den richtigen Weg zu führen.

Ich habe dich nie zu mir eingeladen, weil ich Angst hatte, der Kontakt mit dir könnte zu intensiv werden. Nicht umsonst heißt es in Sprüche 13:20 »Wer seinen Weg mit Weisen geht, wird weise werden, aber wer sich mit Unvernünftigen einlässt, dem wird es schlecht gehen«.

Doch die Wahrheit ist, dass ich dich furchtbar vermisse. Wenn du mir die lange Funkstille verzeihst, können wir uns vielleicht mal treffen. Bist du schon zu alt für Pyjamapartys mit deiner Tante?

Alles Liebe
Louise

Minutenlang starre ich auf die letzten Worte meiner Tante, lese wieder und wieder die wenigen Zeilen. Das leise Glücksgefühl, das diese letzte Botschaft in mir auslöst, verfliegt schnell. Sie hat den Brief nie abgesendet. Sie hat ihn in den hintersten Karton verstaut und vermutlich keinen Gedanken mehr daran verschwendet.

Letztendlich hat sie sich doch gegen mich entschieden.

Ich falte das Papier und verstaue es in meiner Hosentasche. Kopfschüttelnd verwerfe ich die Grübeleien und konzentriere mich auf die Ordner vor mir. Etwa zwanzig Minuten später finde ich endlich, wonach ich gesucht habe: den Versicherungsschein der Hausratversicherung.

Nachdem ich alles wieder verstaut habe, verlasse ich das Gebäude. Draußen hat Nieselregen eingesetzt und die grauen Wolken passen zu meiner Stimmung. Ich blicke noch mal zu dem Haus meiner Tante. Das war vermutlich das letzte Mal, dass ich es betreten habe.

Ich wünschte, sie hätte den Brief damals abgeschickt. Vielleicht hat Mom recht und alle Leute hier sind gleich.

Wird Calvin mich auch nie wiedersehen wollen, wenn er merkt, dass ich ein *schlechter Umgang* für ihn bin?

Tief durchatmend schließe ich die Augen.

Manchmal habe ich so Fantasien.

Ein unsicherer Blick aus seinen dunklen, weichen Augen.

Du bist verdammt gut so, wie du bist.

Sein Grübchen-Lächeln.

Als ich die Augen öffne, muss ich trotz meiner Traurigkeit lächeln. Ich will, nein, ich muss Calvin einfach wiedersehen. Auch wenn das bedeutet, ein zweites Mal enttäuscht zu werden.

SIEBZEHN
−Lian

FREITAGMORGEN HAT CALVIN Dienst im *Rooftop* und anschließend ist er zum *Predigtdienst* verabredet, wie er selbst sagt. Ich weiß nicht, ob sein Terminkalender wirklich so voll ist oder ob er mir aus dem Weg geht. Bereut er es, sich mir geöffnet zu haben?

Am Abend gehe ich mit Blair zusammen in GLCs einzige Bar, die rege besucht ist. Als der Barkeeper meine beste Freundin in ihrem kurzen Kleid und den Netzstrümpfen entdeckt, mixt er uns zwei Cocktails aufs Haus und weist uns einen Fensterplatz zu.

Ich habe Cal getextet, dass er dazukommen soll, und gucke seitdem alle zwei Sekunden auf mein Handy. Als ich den ersten Schluck von meinem Mojito nehme, kommt endlich seine Antwort.

»Wir haben heute einen Familienabend, aber ich versuche, danach zu kommen.«

Weder eine Zu- noch eine Absage. Oh Gott, ich will ihn so dringend wiedersehen. Dass Calvin schwul sein könnte, hat einige Synapsen in meinem Hirn falsch laufen lassen. Obwohl seine Eltern nett sind, sind sie auch streng. Er könnte sich niemals ausprobieren, könnte nie herausfinden, ob er auf Männer steht, nie wirklich glücklich sein mit der Frage im Hinterkopf:

Was wäre, wenn? Dieses Gefühl sollte keiner verspüren, egal unter welchen Umständen.

»Devon ist so anstrengend«, seufzt Blair und knallt ihr Handy auf den Tisch. Sie versucht schon den ganzen Tag, Devon davon zu überzeugen, dass er heute auch ausgeht, um unsere Tradition zu wahren. Devon findet es lächerlich, dass er – zweihundertfünfzig Meilen von uns entfernt – feiern gehen soll, anstatt zu lernen. Mir ist das Ganze nicht halb so wichtig wie Blair, aber die beiden sollen ihre Streitigkeiten ruhig austragen. Das tun sie immer und haben sich danach wieder lieb.

»Schmeckt dein Cocktail?«, frage ich sie, um ein möglichst unverfängliches Thema anzuschneiden.

»Er kann doch nicht einfach unseren Abend sausen lassen«, jammert Blair und greift nach ihrem Handy. Na gut, sie ist also noch in der Trotzphase. Irgendwann wird die Akzeptanz kommen. Da sie nicht mit mir reden will, versinke ich wieder in meinen Gedanken und nippe an meinem Getränk.

»Egal, dann haben halt nur wir beide Spaß«, ereifert sich Blair nach einigen Minuten und schaltet ihr Handy endgültig aus. »Kommt Calvin auch vorbei?«

Ich zucke nur mit den Schultern und trinke den Rest von meinem Cocktail.

»Holst du uns noch eine Runde?«, frage ich sie unschuldig.

»Klar.« Blair steht auf und als sie nach zwei Minuten wiederkommt, strahlt sie.

»Die hat uns der ältere Herr da hinten spendiert. Du hast recht, die Leute hier sind nett.«

Ich grinse in mich hinein. Blairs gutes Aussehen ist in einer Kleinstadt wie Grand Lake City wirklich von Vorteil.

Die Stunden vergehen und je mehr Alkohol wir trinken, desto befreiter fühle ich mich.

»Der Typ war echt für die Tonne«, schneidet Blair lachend ihre letzte Sexgeschichte an. »Ich meine, der hatte mehr Sexspielzeug als ich und wollte alles an mir ausprobieren.«

»Aber hast du nicht …« Der Rest des Satzes geht in meinem Kopf verloren, als ich aufsehe und ihn über Blairs Kopf hinweg erblicke.

Calvin betritt gerade die Bar, schaut sich suchend um und entdeckt uns schließlich. Ein ehrliches Lächeln schleicht sich auf seine Züge, als er auf uns zu schlendert. Mein Herz macht einen Satz. Er trägt heute eine für ihn untypische Lederjacke, die ihn wahnsinnig heiß aussehen lässt.

»Hey, ihr«, grüßt er und ich rutsche zur Seite, damit er sich zu mir auf die Bank setzen kann.

»Hi Cal!«, meint Blair erfreut.

»Wie geht es euch?«

»Super!«

»Seid ihr angetrunken?«

»Nein«, versichere ich ihm. Er sieht mir in die Augen und schmunzelt.

»Dann glaube ich dir das mal.«

Ich beuge mich ein Stück vor, ohne den Blickkontakt zu unterbrechen. Calvins Pupillen sind geweitet und zum ersten Mal erkenne ich in seinen Augen die gelben Sprenkel in dem sanften Braun. Für eine Millisekunde gleitet sein Blick tiefer zu meinen Lippen, schießt jedoch sofort wieder hoch.

»Du hast braune Augen mit gelben Sprenkeln«, stelle ich fest.

»Ach ja? Danke für die Info.«

»Ich hole was zu trinken«, beschließt Blair. »Cal, was möchtest du?«

»Ein Bier, danke«, antwortet er, sieht Blair kurz lächelnd an, dann wieder mich.

»Phoebe war mehr als erfreut, zu hören, dass du zurück bist. Sie will dich unbedingt sehen«, teilt er mir mit.

»Sie ist so süß. Richte ihr schöne Grüße aus.«

»Mache ich.«

»Gut, da wir das nun abgehakt haben, kommen wir zu der wichtigsten Frage.« Ich neige interessiert den Kopf zur Seite. »Was für Fantasien hast du so?«

Calvin beißt sich auf die Wange und wendet den Blick ab. »Darüber sollten wir nicht reden.«

»Wenn du mir eine von dir verrätst, verrate ich dir eine von mir.« Gott, habe ich das wirklich gesagt? Ich sollte definitiv weniger Alkohol trinken.

»Mehr Alkohol!«, flötet Blair und stellt drei Cocktail vor uns ab. Sie hat auf dem Weg zur Bar wohl vergessen, dass Calvin nur ein Bier wollte. Dieser beschwert sich nicht, sondern nimmt sich einen *Touch Down* und nippt daran. Fast rechne ich damit, dass er meine vorherige Aussage nicht mehr kommentiert, doch er überrascht mich.

»Gut. Du fängst an.«

Jetzt bin ich sprachlos, fange mich aber schnell. Fragt sich nur, wie ich meine Gedanken möglichst in nicht versauter Sprache rüberbringe. Ich drehe mich vollends zu ihm, greife in seinen Nacken und ziehe ihn näher zu mir heran. Kurz lasse ich die Finger durch seine weichen Haare fahren, einfach, weil sich das zu gut anfühlt.

»Ich stehe darauf, gut aussehenden Kerlen einen zu blasen«, flüstere ich ihm zu. Wir sehen uns in die Augen, in seinem Gesicht liegt ein Ausdruck, den ich als neugierig, aber vorsichtig deute. Ich lecke mir über die Lippen und weiß, dass sein Blick automatisch tiefer wandert. »Und du *bist* ein gut aussehender Kerl.«

Das reicht, um seine Fantasie anzukurbeln, da bin ich mir sicher. Er dreht den Kopf weg, schluckt merklich und nippt an seinem Cocktail. Langsam lasse ich meine Hand sinken.

»Jetzt bist du dran«, erinnere ich ihn nach einer Schweigeminute.

Calvin verzieht das Gesicht, trinkt einen Schluck, seufzt, trinkt. Dann lehnt er sich zurück und sieht mich wieder an.

»Okay. Weißt du noch, als du uns das erste Mal die Tür geöffnet hast?«

Stirnrunzelnd versuche ich, mich daran zurückzuerinnern, aber erkenne nicht, was das mit unserem Thema zu tun hat.

»Du hattest nur Boxerbriefs an«, erinnert er mich. Mir wird schlagartig bewusst, was er damit sagen will.

»Denkst du daran, wenn du es dir besorgst?«, frage ich leise. Darauf unterbricht Cal den Blickkontakt und schluckt merklich.

»Ich kann mich jederzeit auch in natura für dich ausziehen«, biete ich ihm an und beuge mich wieder ein Stück vor, sodass meine Lippen fast seine Wange berühren. Ich spüre die Hitze, die durch meinen Körper strömt. Dabei hat er mich nicht einmal berührt, noch nicht einmal viel gesagt. Aber seine Nähe, sein Geruch und die Fantasie reichen aus, um mich verrückt zu machen.

»Hört auf zu flüstern«, beschwert sich Blair argwöhnisch. »Außerdem habe ich meine Geschichte nicht zu Ende erzählt.«

Ich schüttle den Kopf, um meine Gedanken zu sortieren. »Stimmt. Der schräge Typ mit dem vielen Sexspielzeug?«

»Genau. Also er hat mich mit seinem Spielzeug fünf Mal kurz vor den Orgasmus getrieben und mir versichert, dass es gleich umso intensiver wird. Dann hat er mich endlich gevögelt und ist innerhalb von gefühlt fünf Sekunden gekommen. Das war für uns beide ein Flop.«

Ich lache laut los. »Du bist halt scharf, Baby.« Vielsagend sehe ich zu ihren Brüsten, die durch das Kleid nach oben gedrückt werden. Blair grinst.

»Jedenfalls war es uns beiden total unangenehm und ich habe mir ein Taxi nach Hause genommen.«

»Ich glaube, ich bin in der falschen Konversation gelandet«, murmelt Calvin und will verschwinden, doch ich greife nach seiner Jacke und halte ihn fest.

»Genug von Blairs Sexgeschichten. Willst du meine hören?«, frage ich spielerisch.

»Oh ja, ich will!«, ruft Blair aus.

»Du bist ein Idiot«, wirft Cal mir vor, aber er wirkt amüsiert.

»Hab ich dir je erzählt, wie ich herausgefunden habe, dass ich schwul bin?«, frage ich an ihn gewandt. Calvin schüttelt mit dem Kopf.

»Ich hatte so eine Vermutung. Und dann habe ich ein Mädchen geküsst.«

»Wie war es?«, fragt er plötzlich wieder ernst.

»Es war fantastisch. Ich dachte mir: Hey, ich bin hetero! Geil! Zwei Jahre später habe ich das erste Mal einen Jungen geküsst und seitdem gab es keine Zweifel mehr. Weil es so viel besser war.«

Cal blinzelt nachdenklich, er sieht eher durch mich hindurch.

»Ich habe eine fantastische Idee«, setze ich an und sein Blick fokussiert sich augenblicklich wieder.

»Mir gefällt nicht, worauf das hinausläuft.«

»Lass mich ausreden, es ist ganz anders, als du denkst«, bitte ich und hebe die Hände. »Du küsst erst Blair und dann mich. Danach weißt du, ob du schwul bist oder nicht.«

»Das ist exakt, was ich dachte«, kommentiert Calvin trocken.

»Das ist eine super Idee. Machen wir einen Dreier!«, flötet Blair euphorisch.

»Was sagst du?«, frage ich an Cal gewandt.

Er hebt eine Braue. »Zu dem Dreier? Ja, warum nicht. Das wollte ich schon immer mal machen.«

Mir klappt der Mund auf und mein vernebeltes Hirn reagiert verspätet auf den Sarkasmus.

»Das ist gemein. Mach mir doch keine falschen Hoffnungen.« Ich trinke den Rest meines Cocktails und schiebe das Glas dann zurück.

»Weißt du, Calvin.« Blair beugt sich vor und zieht ein ernstes Gesicht. »Ich mag dich, weil du mit Lian umgehen kannst.«

»Ich glaube nicht, dass irgendjemand mit Lian umgehen kann«, murmelt Calvin und lächelt unschuldig, als ich ihn vorwurfsvoll ansehe.

»Letzte Runde, wir schließen gleich!«, ruft der Barkeeper, was hauptsächlich an uns gerichtet ist. Blair bläst empört die Wangen auf.

»Jetzt schon? Wir haben erst ein Uhr.«

»Ich kann euch heimbringen«, schlägt Calvin vor. Gut, vermutlich hätten wir Probleme, den Weg zurückzufinden.

Blair jammert, dass sie weiter feiern will, aber ich ignoriere das und bugsiere sie auf den Rücksitz von Cals Honda. Sobald wir im Hotelzimmer sind, wird sie sowieso als Erste einpennen.

Calvin bringt uns die 10-minütige Fahrt bis zum Hotel.

»Ich gehe schon mal hoch«, meint Blair und ist schneller herausgeschlüpft, als ich es ihr in ihrem Zustand zugetraut hätte. Cal schnallt sich ebenfalls ab und dreht sich zu mir um.

»Schaffst du es alleine in dein Bett?«, fragt er amüsiert.

»Schaffen? Ja. Aber du bist gerne eingeladen, kannst mir beim Ausziehen helfen und …«

Ich beiße mir auf die Zunge, um meine unsittlichen Gedanken nicht laut auszusprechen. Calvin sieht mich mit einem Blick an, der Sehnsucht verheißt. Womöglich ist das auch nur Wunschdenken.

Er senkt halb die Lider. »Steht dein Angebot von vorhin noch?«

»Der Blowjob? Ja. Jederzeit, wann immer du willst. Du musst nur …«

Cal beugt sich vor und küsst mich. Ein einfacher, unschuldiger Kuss. Lippen auf Lippen, nur ein kurzer Kontakt. Aber das reicht aus, um ein Feuer in mir zu entfachen.

Calvin lehnt sich wieder zurück, die Augen noch geschlossen. Ich sehne mich nach mehr, nach seinem Geschmack, davor, meine Hände in seinen Haaren zu vergraben, ihn zu berühren. Vor allem, ihn zu berühren. Aber er rührt sich nicht.

»Danke fürs Nach-Hause-Bringen, Cal.«

Er öffnet die Augen wieder und wendet sofort den Blick ab. »Kein Problem.«

Stille. Ich ertrage die Spannung zwischen uns nicht mehr, wenn daraus nichts entsteht. Deshalb öffne ich die Tür und steige aus.

Kurz bevor ich die Tür zur Lobby aufstoße, drehe ich mich noch mal um. Mit laufendem Motor und gedimmten Lichtern steht der Honda noch an Ort und Stelle. Das flatternde Gefühl in meinem Magen verstärkt sich.

Ich bin verwirrt, angespannt, kribbelig. Dabei war es nur ein einfacher Kuss. Ohne Zunge. Ohne Berührungen. Warum zur Hölle fühlt es sich dann so bedeutend an?

ACHTZEHN
–CALVIN

WIE AUF AUTOPILOT fahre ich den Weg nach Hause und versuche, keinen Lärm zu machen, als ich die Wohnung betrete. Nach dem gemeinsamen Spieleabend sind meine Eltern früh zu Bett gegangen, Phoe hat sich in ihr Zimmer verkrochen und ich habe mich auf den Weg zur Bar gemacht, ohne jemandem Bescheid zu geben.

Eigentlich schulde ich meinen Eltern keine Rechenschaft darüber, wann ich mit wem ausgehe. Trotzdem komme ich mir schlecht dabei vor, mich rausgeschlichen zu haben.

Leise schließe ich die Tür zu meinem Zimmer und lege mich in Anziehsachen aufs Bett. Ich habe das Gefühl, meine Lippen kribbeln immer noch; dass mein ganzer Körper unter Strom steht. Ein Satz klingt immer wieder in meinem Kopf.

Ich habe Lian geküsst. Ich habe Lian geküsst. Ich habe Lian geküsst.

Es war nur ein Kuss, sagt ein Teil von mir. Trotzdem war es falsch, flüstert der andere.

Das schlechte Gewissen nagt an mir und kämpft mit dem leichten Gefühl des Glückes, das die Berührung in

141

mir ausgelöst hat. Ein fortwährendes Wechselbad der Gefühle.

»Es war ein Fehler«, murmle ich in die Stille hinein.

Aber was, wenn nicht?

Küssen ist nicht verboten. Wenn man sich kennenlernt und beschließt, in einer festen Partnerschaft zu sein, sind Zärtlichkeiten normal. Alles im grünen Bereich.

Aber er ist ein Mann.

Frustriert seufze ich auf und drehe mich auf den Rücken, vergrabe das Gesicht im Kissen. Meine Finger fassen automatisch nach dem T-Shirt, das über die Woche den Duft verloren hat. Trotzdem bringe ich es nicht über mich, es in die Waschmaschine zu werfen. Es erinnert mich an Lian.

Lian. Ständig blinkt sein Name in meinem Kopf auf, bis ich schließlich zu müde bin und einschlafe.

Am Samstag klingelt mein Wecker bereits frühmorgens. Zwar muss ich heute nicht arbeiten, aber ich bin mit Gina, Enrico und Sara für den Predigtdienst verabredet. Wir gehen um neun Uhr morgens in der Gruppe los, wobei wir uns dann zu zweit aufteilen. Gegen elf Uhr kriege ich eine Nachricht.

Lian, 11:05 Uhr
    Frühstück?

Am liebsten würde ich zusagen, obwohl ich schon längst gegessen habe.

Calvin, 11:08 Uhr

Geht leider nicht

Nachdem ich die Nachricht abgeschickt habe, konzentriere mich wieder auf Enrico. Wir stehen mit einem Aufsteller in der Innenstadt. Hierbei sprechen wir nicht aktiv Leute an, sondern verteilen Flyer und Heftchen an Interessierte. *Was lehrt die Bibel wirklich?*, steht groß auf unserer Werbetafel. Ehrlich gesagt erreichen wir hier in GLC die wenigsten damit. Die meisten kennen uns und laufen einfach vorbei, blicken möglichst in eine andere Richtung. Es ist … zäh, um nicht langweilig zu sagen.

»Ich habe Sara geküsst«, vertraut Enrico mir leise an. Die Mädels sind zu zweit losgezogen und seitdem haben wir kein Wort miteinander gewechselt. Irgendwie schaffen wir es nie, ein Gespräch am Laufen zu halten.

»Oh, ich wusste gar nicht, dass ihr euch trefft«, sage ich. Enrico zuckt mit den Schultern.

»Ja, irgendwie.«

Es muss schön sein. Sara und er teilen eine Religion, sie wissen, wo die Grenzen des jeweils anderen liegen. Sie können sich küssen, umarmen, eine gemeinsame Zukunft ausmalen. Sie können einander genießen, ganz ohne schlechtes Gewissen. Ich beneide ihn darum.

»Aber es war nicht so, wie ich es mir vorgestellt habe. Ist es falsch, dass ich plötzlich zweifle?«

Überrascht blinzle ich ihn an. »Vielleicht solltest du dir deiner Gefühle klar werden und mit Sara reden«, schlage ich vor. Es ist ein Allerweltsrat, doch mir fällt im Moment nichts anderes ein. Es fällt mir schwer, mich in seine Situation zu versetzen.

Hätte ich für Gina die gleichen Gefühle wie für Lian … nun, dann gäbe es keine unangebrachten Witze, kein freches Grinsen, kein Lian-Parfüm, keine Herausforderung …

Unvorstellbar.

Am Nachmittag schreibt Lian mir, dass er mit Blair in der Stadt shoppen geht und ob ich nicht Lust hätte, mitzugehen. Ich würde so gerne zusagen, aber Enrico, Gina, Sara und ich gehen in einer Pizzeria essen und danach wollen wir zu Mrs. Pastanek, um ihr beim Wohnungsputz zu helfen. Vermutlich dauert das bis in die Abendstunden. Deswegen muss ich erneut absagen. Die nächste Nachricht von ihm lässt nicht lange auf sich warten.

Lian, 15:45

Dann kommst du heute Abend mit uns an den See. Das ist keine Einladung, das ist ein Befehl.

Bei den Worten muss ich laut auflachen, verstecke es in einem Husten, trinke einen Schluck Cola und verschlucke mich fast daran.

Die Stunden bis heute Abend können gar nicht schnell genug vergehen.

Es ist achtzehn Uhr, als ich endlich durch bin mit den Verpflichtungen für heute und nach Hause stürme. Ich muss fix duschen, mich umziehen und dann …

»Calvin?«, kommt es vom Wohnzimmer.

»Ja, ich bin es, Mom«, rufe ich zurück. Hoffentlich will sie nicht mit mir sprechen. Hoffentlich will sie …

»Kommst du kurz?«

Ich verkneife mir ein Augenrollen und laufe ins Wohnzimmer. Mom sitzt in ihrem Sessel, Phoebe neben ihr und offensichtlich mit ihrem Handy beschäftigt. Sie blickt aber auf, als ich hineinkomme.

»Dein Vater und ich sind heute Abend zu den Taverns eingeladen«, berichtet sie mir. Die Taverns sind Freunde der Familie aus Chicago.

»Cool. Viel Spaß euch. Ich muss dringend unter die Dusche.« Damit will ich mich schon aus dem Staub machen, aber Mom hält mich erneut auf.

»Komm doch mit uns«, schlägt sie vor. »Daniel ist in deinem Alter und ihr habt euch damals so gut verstanden.«

Bitte nicht. Ich will nicht zu den Taverns. Sie sind nette Leute und Daniel ist tatsächlich in Ordnung, aber ich will zu Lian und Blair an den See. Das kann ich meiner Mutter jedoch unmöglich sagen, das würde zu weiteren Fragen führen. Natürlich weiß ich, dass die Taverns ein besserer Umgang für mich sind. Erst recht, weil Lian eine verbotene Versuchung bedeutet. Besonders nach dem Kuss gestern.

Gerade öffne ich den Mund, weiß selbst noch nicht, was ich sagen soll, aber Phoebe kommt mir ohnehin zuvor.

»Calvin sollte mich heute Abend zum Reiten bringen und er hat versprochen, dass er mir zusieht«, wirft Phoe schmollend ein. Einige Gleichaltrige aus unserer Gemeinde nehmen gemeinsam Reitunterricht auf dem kleinen Reiterhof hier im Ort. Phoebe hat die letzten Stunden ausfallen lassen, weil sie mit den anderen Mädchen nicht klarkommt. Es stimmt, dass ich ihr versprochen habe, ihr das nächste Mal zuzusehen und moralische Unterstützung zu leisten. Ehrlich gesagt habe ich aber nicht geglaubt, dass sie heute Lust hat, hinzugehen. Damit wäre ein Abend mit Lian und Blair ohnehin unmöglich.

»Oh«, macht Mom und sieht mich bedauernd an.

»Genau. Ich muss nur noch kurz duschen und mich umziehen. Wann müssen wir los, Phoe?« Ich versuche wirklich, mir meine Enttäuschung nicht ansehen zu lassen.

»In einer halben Stunde.«

»Dann beeile ich mich lieber.«

Innerhalb von einer Viertelstunde bin ich geduscht und ziehe mir gerade etwas an, als ich höre, wie Mom und Dad das Haus verlassen.

»Fahrt vorsichtig!«, rufe ich ihnen durch die Tür hinweg zu und greife nach meiner Jacke. Vermutlich wird es frisch heute Abend.

»Ich bin so weit«, sage ich und trete in den Flur. Meine Schwester wartet schon auf mich, sie hat ihre Reithose an sowie ihren Helm unter den Arm geklemmt.

»Du brauchst mir nicht wirklich zusehen«, sagt sie, als ich meine Schuhe anziehe.

»Was meinst du?«, hake ich nach und sehe zu ihr hoch. Phoebe grinst.

»Na, ich habe deinen Gesichtsausdruck gesehen, als Mom das angesprochen hat. Da du ohnehin nicht Nein gesagt hättest, dachte ich, helfe ich dir.«

»Machst du Witze?«, frage ich verwirrt und richte mich wieder auf. Phoe schlägt mich spielerisch mit dem Helm.

»Nein, du Idiot. Du kannst mir aber ruhig danken. Und fahren musst du mich trotzdem.«

»Du willst nicht, dass ich dableibe und dir zusehe?«, frage ich ungläubig, als wir nach unten zu meinem Honda laufen.

»Jahaa«, meint Phoe gedehnt. »Was sollst du denn da machen? Mich anfeuern?«

»Danke«, sage ich überrascht, als mir endgültig klar wird, dass meine Schwester mir den Abend gerettet hat. Sie schmunzelt und schwingt sich auf den Beifahrersitz.

»Bist du mit Lian verabredet?«

»Nicht so richtig. Aber wenn du mich wirklich nicht dabeihaben willst«, prüfend sehe ich sie dabei von der Seite an, doch sie zeigt keine Reaktion, »dann gehe ich zu Blair und ihm. Sie sind zusammen am See.«

»Immerhin hast du einen schöneren Abend vor dir als ich«, seufzt Phoe theatralisch. Das habe ich bestimmt. Wäre da nur nicht das schlechte Gewissen, das zentnerschwer auf meiner Brust lastet. Habe ich Phoebe nicht vor Kurzem erst gepredigt, sie solle sich von schlechtem Umgang fernhalten?

Aber Lian ist nicht Zoey, er möchte mir nicht absichtlich schaden.

Egal, wie sehr ich es durchdenke. Am Ende kann mich nichts davon abhalten, Lian noch einmal zu sehen. Vielleicht zum letzten Mal, bevor er morgen zurück nach Detroit reist.

NEUNZEHN
-CALVIN

AUFREGENDE VORFREUDE kribbelt in meinem Bauch, als ich auf den Parkplatz vor dem See zusteuere. Wie immer sind einige Grüppchen da, es riecht nach Barbecue und Holzkohle.

Ich muss ein gutes Stück am See entlanglaufen, bis ich Lian und Blair erkenne. Sie sitzen zusammen auf einer großen Picknickdecke und albern rum. Wenn ich es nicht besser wüsste, würde ich sie für ein verliebtes Pärchen halten.

»Cal!« Blair erkennt mich als Erste und springt auf. Dass sie dabei eine Packung Kekse umwirft, scheint sie nicht zu kümmern. Lian flucht und sammelt sie schnell wieder auf, während Blair mir in die Arme fällt. Sie löst sich etwas von mir, hält mich aber noch fest. Ihre blauen Augen funkeln, als sie sich auf die Zehenspitzen stellt und mir einen Kuss auf die Lippen drückt. Ich bin so perplex, dass ich nicht reagieren kann.

»So, jetzt hast du auch deinen Mädchen-Kuss hinter dich gebracht«, sagt sie amüsiert und zwinkert mir zu. Daraufhin muss ich doch lachen und lecke mir über die Lippen.

»Du schmeckst nach Erdbeeren«, stelle ich fest. Blair kichert und schiebt mich Richtung Picknickdecke, wo ich mich neben Lian sinken lasse. Dieser ist ungewohnt ernst.

»Ich dachte schon, du gehst mir aus dem Weg.«

Nervös fahre ich mir durch die Haare. Am liebsten würde ich ihm sagen, dass ich den ganzen Tag nur daran gedacht habe, ihn wiederzusehen, aber ich bringe es nicht über die Lippen. »Der Tag war so verplant. Tut mir leid.«

»Und das macht dir Spaß?« Die Frage hätte gemein klingen können, doch nicht bei Lian. Ich weiß, dass ihn das wirklich interessiert.

»Manchmal.« Ich mag es, so viele Freunde in der Gemeinde zu haben. Es sind immer Leute da, wenn man etwas unternehmen will, man wird oft eingeladen und hilft sich gegenseitig. Aber all das ändert nichts daran, dass ich mich meistens fehl am Platz fühle. Als könnte ich nicht frei atmen.

»Hier mit dir zu sitzen, macht mir mehr Spaß«, gestehe ich. Endlich lächelt Lian und bringt damit etwas in meiner Brust zum Ziehen. Ich glaube, es ist mein Herz.

Da es doch wärmer als gedacht ist, ziehe ich die Lederjacke aus und werfe sie hinter mich auf den Boden. Lian rückt kaum merklich näher an mich heran und als er sich ein Stückchen zurücklehnt, drückt sein Kopf gegen meine Schulter.

»Weißt du eigentlich, dass du der einzige Kerl bist, der süß und heiß zugleich aussieht, wenn er lächelt?«, sinniert er.

Verlegenheit kriecht meine Wangen entlang, was nicht zuletzt an dem intensiven Blick liegt, den er mir schenkt.

»Das liegt an den Grübchen«, murmelt Blair gedankenverloren. »Als ich klein war, war ich neidisch auf meine beste Freundin. Meine Mutter hat dann gesagt, Grübchen sind Gottes Entschuldigung für Hässlichkeit. Aber sie hat mich belogen. Calvin ist der Beweis.«

Lian richtet sich wieder auf, was zur Folge hat, dass der leichte Körperkontakt sich löst. »Deine Mutter ist genauso schlimm wie du«, lacht er.

»Sie ist die Beste«, protestiert Blair und streckt ihm die Zunge heraus.

Lian geht nicht darauf ein, nimmt stattdessen meine Jacke und zieht sie über. Dabei grinst er mich vielsagend an.

»Ich mag es, wenn du meine Klamotten trägst«, vertraue ich ihm an.

Er lacht auf. »Na, sieh mal an, in dir steckt ja ein echter Macho.«

Ich ziehe eine Grimasse und schlage spielerisch nach ihm, aber er fängt meine Hand auf und verschränkt seine Finger mit meinen. Wie hypnotisiert starre ich auf unsere Hände. Seine sind fast genauso groß wie meine, sein Griff ist fest.

Wie selbstverständlich streiche ich mit dem Daumen über seine weiche Haut, genieße das Kribbeln in mir, gepaart mit dem warmen Gefühl in meinem Bauch.

Mir entgeht nicht, wie Lian mich intensiv mustert, als wolle er keine meiner Regungen verpassen.

»Ich gehe noch mal ins Wasser«, sagt Blair und erhebt sich. Obwohl sie uns möglichst subtil alleine lassen will, sorgt der Klang ihrer Stimme dafür, dass ich zusammenzucke und meine Hand wegziehe.

Mit grazilen Schritten läuft Blair über die Wiese bis zum Ufer. Ihr Kleidchen zieht sie erst kurz davor aus und legt es ins Gras ab.

»Gefällt dir, was du siehst?«, fragt Lian mich leise.

»Was meinst du?«, frage ich, ohne ihn anzusehen.

»Ihre Kurven. Ihre Brüste. Ihre Weiblichkeit.«

Unwohl rutsche ich zurück und wende den Blick von Blair ab. »Ich bespanne deine Freundin nicht, wenn du das meinst.«

Lian lacht leise. »Du darfst aber gerne. Mir kannst du die Wahrheit sagen. Immer.«

Seufzend lockere ich meine Muskeln und suche mir die Worte heraus, die nicht falsch oder total dämlich klingen. Es gelingt mir nicht. »Blair ist hübsch. Sehr sogar. Das weiß sie selbst. Sie ist nicht nur deswegen attraktiv. Auch ihre Art, ihr Selbstbewusstsein, ihr Lächeln. Aber ihr Aussehen alleine löst nichts in mir aus.«

»Und was löst mein Anblick in dir aus?«, fragt Lian.

»Zieh dich aus und dann gucken wir mal«, erwidere ich trocken. Auf Lians Gesicht erscheint ein verspieltes Grinsen.

Als er aufsteht, weiß ich nicht, was er als Nächstes tut, obwohl es logisch ist. Er zieht sich aus.

Mit großen Augen sehe ich ihm dabei zu, wie erst meine Lederjacke und dann sein T-Shirt neben der Decke im Gras landen. Die Sporthose folgt sogleich. Nur mit Badeshorts bekleidet legt er sich zurück neben mich, den Oberkörper auf den Ellenbogen abgestützt.

»Und?«, fragt er auf diese lockere Lian-Art. Vielleicht lasse ich mich deswegen hinreißen. Ich beuge mich über ihn, bringe mein Gesicht nur Millimeter vor seines. Als sein Atem stockt, fühle ich mich unbesiegbar. Mit federleichter Berührung streife ich mit den Fingerkuppen über seine Seite, seine nackte Haut, bis zu seinem Bauch. Lian beißt sich auf die Unterlippe und in seinem Blick steht der Wunsch nach mehr.

Das schlechte Gewissen, das mich plötzlich überfällt, ist wie eine kalte Dusche. Ich ziehe die Hand zurück, als hätte ich mich verbrannt, und entferne mich von ihm. Was tue ich hier überhaupt? *Flirte* ich mit Lian? Flirte ich mit *Lian*?

Ich vergrabe das Gesicht in den Händen und reibe mir über die Stirn.

»Ist schon gut, Cal«, murmelt Lian und legt vorsichtig eine Hand auf meine Schulter.

»Tut mir leid«, flüstere ich.

»Hey. Sieh mich an.«

Er rüttelt an mir und ich hebe den Kopf. »Dir muss nichts leidtun«, versichert er mir. »Absolut nichts.«

Das sagt er so einfach. Bei ihm sieht alles so furchtbar leicht aus.

Nachdenklich sehe ich auf den See, der in der untergehenden Sonne immer mehr glitzert.

»Ich hatte mal einen besten Freund. Theo«, fange ich an. Ich weiß selbst nicht, warum ich ihm das jetzt erzähle. Ich will nur, dass er mich versteht. Zumindest ein klein wenig.

»Was ist passiert?«, fragt Lian.

»Er ist älter als ich, aber wir haben uns auf Anhieb gut verstanden. Bis er vor zwei Jahren mit einer Frau geschlafen hat und ausgeschlossen wurde. Danach ist er nach Chicago gezogen und ich habe den Kontakt mit ihm abgebrochen.«

»Wieso?« Lian klingt nicht anklagend, einfach nur interessiert. Das hilft mir, weiterzusprechen.

»In unserer Gemeinde dürfen wir keinen Kontakt zu Ausgeschlossenen haben. Man sagt, sie können einen ebenfalls auf den … falschen Pfad führen.«

»*Wer seinen Weg mit Weisen geht, wird weise werden, aber wer sich mit Unvernünftigen einlässt, dem wird es schlecht gehen.* Sprüche 13:12.«

Überrascht hebe ich die Augenbraue. Ich habe nicht damit gerechnet, dass ausgerechnet Lian aus der Bibel zitiert.

»Genau.«

Er lächelt nur. »Und weiter?«

»Na ja, ich habe meinem besten Freund den Rücken zugedreht, obwohl er es schon schwer genug hatte, weil ich der festen Überzeugung war, das Richtige zu tun. Und jetzt … jetzt schlage ich selbst einen falschen Weg ein und ich weiß es, aber ich kann auch nicht aufhören, an dich zu denken.«

Tief hole ich Luft und sehe ihn bittend an. Hoffe so sehr, dass er mich versteht.

»Woher weißt du, dass der Weg falsch ist, wenn du ihn nicht gegangen bist?«, fragt Lian nach einer Weile des Schweigens. Diese Worte bringen mich zum Nachdenken.

»Erinnerst du dich an den Brief, den du bei meiner Tante gefunden hast?«

Als ich nicke, kramt Lian in seiner Hosentasche und zieht ihn heraus. Zögernd nehme ich ihn an und beginne, die wenigen Zeilen zu lesen.

»Louise hat ihn nie abgeschickt«, erklärt Lian weiter. »Ich frage mich, ob sie es jemals bereut hat. Ich jedenfalls wünschte, sie hätte es getan. Aber jetzt ist sie tot und es ist zu spät.«

Er klingt so traurig, dass ich erneut nach seiner Hand greife. Lian streicht mit dem Daumen über meinen Handrücken und lächelt leicht. Einen Moment lang ist nur die Stille zwischen uns. Seine Hand in meiner, seine Nähe, seine Wärme.

»Komm mit mir nach Detroit«, sagt Lian plötzlich. Zweifelnd hebe ich eine Braue.

»Ich meine es ernst. Für zwei Wochen, nur du und ich in meiner Heimat«, konkretisiert Lian und sein ernster Blick verrät mir, dass er keine Scherze macht.

»So einfach geht das nicht«, setze ich an. »Ich habe einen Job.«

»Nimm dir frei. Du musst nicht einmal den Flug bezahlen, wir nehmen dich mit dem Auto mit. Und in Detroit wohnst du bei mir. Also hast du keine Kosten. Und Elena wird doch die paar Tage ohne dich überleben.«

»Lian, das ist …« Ich bringe meinen Satz nicht zu Ende, weil ich ernsthaft darüber nachdenke. Aber das ist verrückt. Was soll ich meinen Eltern sagen? *Hey Mom, hi Dad, ich fahre mit Lian nach Detroit, weil wir herausfinden wollen, ob ich schwul bin?* Das ist utopisch.

»Bitte denk darüber nach«, bittet Lian. »Ich will dich noch nicht gehen lassen. Morgen fahren wir zurück und dann sehen wir uns nie wieder?«

»Nein!«, sage ich sofort, auch wenn es das Falsche ist. Es wäre besser, wenn Lian aus meinem Leben verschwindet, ich diese Episode als aufregende Zeit

154

verbuchen kann und zurück in meinen geregelten Alltag zurückkehre.

Aber es ist eben nicht das, was ich will. Nicht das, wozu mein verräterisches Herz mich antreibt.

Die Wahrheit ist, dass ich mit ihm nach Detroit will. Ich will zwei Wochen mit ihm erleben. Und vor allem will ich ihn küssen. Ich will ihn so sehr küssen, dass es wehtut.

»Sag Ja«, bittet er mich flüsternd. »Sag einfach Ja und der Rest wird sich ergeben.«

Ich bin machtlos gegen seine Bitte. Es gibt nichts anderes, das ich sagen kann.

»Ja.«

ZWANZIG
-CALVIN

TEIL EINS meines Detroit-Plans lautet, eine E-Mail an einen alten Freund zu schreiben.

Walter ist ein Glaubensbruder, den ich vor ein paar Jahren in Chicago kennengelernt habe. Er war einige Male bei uns zu Besuch und hat in unserem Haus übernachtet. Ich mag ihn, er ist Mitte dreißig und hat sein Leben ganz dem Glauben und der Religion verschrieben. Er ist ein sehr stiller, zurückgezogener Typ, immer nett und zuvorkommend.

Walter habe ich schon fast sechs Monate nicht mehr gesehen, aber nun schreibe ich ihm erneut eine E-Mail, denn er ist vor einem Jahr nach Detroit gezogen. Mit knappen Sätzen teile ich ihm mit, dass ich in den nächsten zwei Wochen in seiner Stadt sein werde, und frage an, ob wir uns nicht treffen wollen.

Seine Antwort kommt keine fünfzehn Minuten später. Ich wäre jederzeit willkommen, er hat sogar noch ein freies Zimmer, nachdem sein Mitbewohner mit seiner Frau zusammengezogen ist. Er gibt mir seine Handynummer und Adresse.

Am Frühstückstisch, als wir alle zusammensitzen, sage ich betont gelassen: »Ich überlege, nach Detroit zu gehen.«

»Was?«, fragt Vater überrascht und auch Mom sieht mich skeptisch an.

»Lian hat mir seine Stadt schmackhaft gemacht«, erzähle ich. Das ist kein Geheimnis. Mom und Dad wissen, dass ich viel mit ihm geredet habe. »Außerdem hat Walter mich zu sich eingeladen. Er hätte noch ein freies Zimmer.«

Auch die Wahrheit, oder na ja, fast. Walter hat mich nicht zu sich eingeladen, ich habe mich vielmehr aufgedrängt.

»Ich habe schon lange nichts mehr von Walter gehört«, erinnert sich Mutter. »Wie geht es ihm?«

»Gut.« *Bestimmt.*

»Wie lange willst du denn wegbleiben?«, fragt Dad immer noch skeptisch.

»Keine Ahnung, ich muss mit Elena reden, wie viel Urlaub sie mir gewährt. Vielleicht zwei Wochen?«

Meine Stimme klingt nicht mehr so locker wie gewollt, vielmehr angespannt, so wie ich mich fühle.

»Zwei ganze Wochen?«, fragt Mom. »Muss das sein?«

»Calvin, was ist los?«, will Dad nun wissen in seinem üblich väterlichen Ton, der mir bisher jedes Geheimnis entlockt hat.

Seufzend lasse ich die Gabel sinken und suche mir meine Worte zurecht. »Es ist sehr viel Druck in letzter Zeit«, gestehe ich. »Und viel Arbeit. Ich habe einfach das Gefühl, eine Pause zu brauchen.«

Dad nickt verständnisvoll und greift über den Tisch hinweg nach meiner Hand. »Junge, warum redest du denn nicht mit uns darüber?«

»Tue ich doch gerade.«

Mom lächelt schwach. Sie steht auf, läuft um den Tisch herum und drückt mich von hinten. »Wir lieben dich, Cal.«

»Und wir sind sehr stolz auf dich«, fügt Dad hinzu. In mein Innerstes brennt sich ein Loch aus Schuld. Ich habe meine Eltern noch nie so offensichtlich angelogen. Nein, eigentlich verschweige ich ihnen nur einen Teil der Wahrheit, wobei das kaum besser ist.

»Du bist gerade in einem guten Rhythmus drin«, fängt Dad wieder an, Mom bleibt weiterhin hinter mir stehen. »Aber ich kann verstehen, wenn du davon eine Auszeit brauchst. Wenn du nach Detroit gehen willst, dann halte ich dich nicht auf.«

»Versprich, dass du zu allen Zusammenkünften gehen wirst«, fügt Mom hinzu.

»Natürlich.« Das habe ich tatsächlich vor. »Ich habe mich schon informiert. Walt wird mich sicher mitnehmen. Vielleicht freunde ich mich dort auch mit anderen in meinem Alter an.«

»Überleg es dir aber noch mal gut«, bittet Dad. Eifrig nicke ich.

»Mache ich. Außerdem muss ich sowieso noch Elenas Zustimmung holen.«

Mom drückt meine Schultern und setzt sich dann wieder hin. Der erste Schritt wäre getan.

Wie jeden Sonntag fahren wir gemeinsam zur Zusammenkunft. Doch heute bin ich unkonzentriert und hibbelig. Meine Gedanken schweifen immer wieder ab, besonders zu einer bestimmten Person. Er hat mir schon am frühen Morgen geschrieben.

Lian, 07:42
  Und???

Sein Name auf meinem Display hat mir sofort ein Lächeln aufs Gesicht gezaubert.

Calvin, 08:37
  Muss noch mit Elena reden. Wann fahrt ihr los?

Lian, 08:42
  Heute Nachmittag. Aber nicht ohne dich. Bis später!

Bis später. Zwei Worte, so viel Verheißungen. Wie können so wenige Buchstaben nur so lange meine komplette Gedankenwelt beherrschen?

Nachdem ich am frühen Nachmittag wieder daheim bin, ziehe ich mich rasch um und nehme den Wagen, um zu Elena zu fahren. Heute arbeite ich eigentlich nicht, aber sie wirkt nicht überrascht, als ich den Laden betrete.

»Hi Elena«, grüße ich und gehe wie selbstverständlich zur Theke. Da ich schon da bin, greife ich mir die Zange und beginne, die verbliebenen süßen Stückchen zu sortieren.

»Du weißt, dass ich dir freiwillige Arbeitsstunden nicht vergüte?«, fragt meine Chefin amüsiert. Ich grinse sie an, höre aber nicht mit meiner Tätigkeit auf.

»Eigentlich bin ich gekommen, um dich was zu fragen.«

»Schieß los.«

»Kann ich die nächsten zwei Wochen freibekommen?«

Schweigen. Vorsichtig sehe ich zu ihr auf. Elena steht an die Theke gelehnt, eine Hand in die Hüfte gestützt, die Augenbrauen skeptisch nach oben gezogen.

»Warum?«

»Ich will in Detroit einen Freund besuchen.«

»Kenne ich den Freund?«

»Ich glaube nicht, er ist ein Glaubensbruder, der ab und zu bei uns zu Besuch war.«

»Nein, du kriegst nicht frei«, sagt Elena. Obwohl Enttäuschung sich in mir breitmacht, versuche ich, es mir nicht anmerken zu lassen.

»Okay, aber vielleicht …«, setze ich an, werde jedoch von Elena unterbrochen.

»Du kriegst nicht frei, es sei denn, du sagst mir die Wahrheit.«

Überrascht lasse ich die Zange sinken und starre sie an. Ihr Blick ist herausfordernd. Kann sie mich so leicht durchschauen?

»Ich will *auch* diesen Freund besuchen«, konkretisiere ich. »Aber hauptsächlich hat Lian mich zu sich eingeladen.«

Mit einem Mal lächelt Elena. »Habe ich dir erzählt, dass meine Tochter lesbisch ist?«

Sie schneidet das Thema so unverwandt an, dass ich stocke. Glücklicherweise kommt in dem Moment ein Kunde, den Elena bedienen muss, was mir Zeit zum Nachdenken gibt. Ich kenne Elenas Tochter Tessa. Sie ist vier Jahre älter als ich und war hier schon öfter zu

Besuch. Soweit ich mich erinnere, reist sie gerade durch Europa.

»Als sie mir das erste Mal davon erzählt hat, war sie fünfzehn«, setzt Elena wieder an, nachdem der Kunde sich mit seinem Kaffee zu den Sitzecken verzogen hat. »Und ich war vollkommen außer mir. Ich konnte und wollte es nicht glauben. Wir haben heftig gestritten. Ziemlich oft sogar.«

Elena seufzt wehmütig und zupft, fast verlegen, an ihrer Schürze. Davon zu erzählen, scheint ihr unangenehm zu sein. »Weißt du, ich hatte immer eine bestimmte Vorstellung, wie Tessas Leben laufen sollte. Ihr Vater hat uns früh verlassen und ich habe mir gerne ausgemalt, dass meine Tochter den besten Mann der Welt bekommt. Er würde sich um die Autoreparatur kümmern, um Klempnerarbeiten und natürlich würde er meine Tess auf Händen tragen.« Sie lächelt wehmütig und schüttelt den Kopf. »Total dämlich, ich weiß. Als Tessa mir diese zierliche Blondine vorstellte und sagte, sie stehe auf Frauen, zerbrach das Bild. Über ein halbes Jahr lang hatten wir ein sehr schwieriges Verhältnis.«

»Das letzte Mal, als sie da war, scheint ihr euch gut verstanden zu haben«, sage ich vorsichtig. Elena nickt mit einem seligen Lächeln.

»Ja. An einem Punkt hat es Klick bei mir gemacht. Ich habe begriffen, dass ich Tessas Zukunft nicht planen oder gar bestimmen kann. Aber ich konnte selbst entscheiden, ob ich Teil davon sein möchte. Und ab da war die Antwort ganz klar. Es war mir egal, ob Tess eine Frau oder einen Mann oder sonst jemand an ihrer Seite hat. Sie ist immer noch mein Kind, das ich so sehr liebe.«

»Das ist eine schöne Geschichte«, seufze ich. Es war sicher nicht leicht für Tessa, so im Clinch mit ihrer Mutter zu liegen. Und das über ein halbes Jahr lang.

»Du scheinst Lian zu mögen«, setzt Elena an. »Mach es wie Tessa. Entscheide dich für deine Zukunft und nicht für die Zukunft, die andere für dich ausgesucht haben.«

Hart schlucke ich und kann einen Moment nichts dazu sagen. Aber das muss ich auch nicht, denn Elena redet unbeirrt weiter.

»Die nächsten zwei Tage brauche ich dich noch. Ab Mittwoch kriegst du bis einschließlich nächste Woche frei.«

Die Freude über ihre Worte überwiegt die Verwirrung. »Wirklich? Du gibst mir frei?«

»Ja. Und jetzt hau ab, bevor ich dich zwinge, zu arbeiten.«

»Danke, Elena, das bedeutet mir viel.« Ich laufe zum Ende der Theke, bleibe aber dann doch noch mal stehen. Stirnrunzelnd drehe ich mich zu ihr herum. »Woher wusstest du, dass ich nicht die Wahrheit über Detroit gesagt habe?«

Sie lacht leise. »Dein Lian war heute Morgen schon da und hat mich quasi auf Knien angefleht, dich gehen zu lassen. Was soll ich sagen? Bei hübschen Jungs wie ihm werde ich schwach.«

Das Grinsen ist auf meinem Gesicht festgetackert, als ich die Straße überquere und das Hotel betrete, in dem Lian und Blair übernachten. Ihre Zimmernummer kenne ich noch vom letzten Mal, weshalb ich die Treppen nehme und vor ihrer Tür stehen bleibe.

Sie wird mir nach dem ersten Klopfen geöffnet und Lian steht vor mir. Sein Gesicht erhellt sich. Ohne etwas zu sagen, tritt er einen Schritt vor und schließt mich in eine feste Umarmung. Dabei läuft er rückwärts in sein Zimmer hinein und zieht mich mit. Lachend schließe ich einen Arm um ihn und sehe über seine Schulter auf der Suche nach Blair, aber sie scheint nicht da zu sein.

»Was wird das?«, frage ich ihn.

»Na, ich entführe dich«, meint Lian und schlägt die Tür zu, nachdem wir endgültig im Zimmer sind. Er löst sich von mir, sein Blick wird ernst.

»Sag mir, dass deine Klamotten in deinem Auto sind.«

»Ich kann jetzt nicht einfach mit euch fahren«, erkläre ich ihm sachlich.

»Aber?«, fragt er hoffnungsvoll.

»Aber am Mittwoch?«, schlage ich vor.

Auf Lians Gesicht erscheint ein Lächeln. Er schließt mich wieder in die Arme, dieses Mal noch fester und ich erwidere sie genauso intensiv. Er drückt einen federleichten Kuss auf meinen Hals, als er sich von mir löst, wobei ein Schauer durch meinen ganzen Körper geht.

Lian umfasst mein Gesicht mit beiden Händen und sieht mich fest an. »Und was mache ich die restlichen zwei Tage ohne dich?«

»Die gehen schnell rum«, versichere ich ihm.

»Versprochen?« Er hebt skeptisch eine Augenbraue. »Soll ich dir jeden Tag eine versaute Nachricht schreiben, damit du mich nicht vergisst?«

Darüber muss ich lachen, doch Lian bleibt ernst. »Es ist unmöglich, dich zu vergessen, auch ohne versauter Textnachrichten.«

Er drückt seine Lippen auf meine. Ein kurzer, flüchtiger Kuss, wie wir ihn bereits einmal geteilt haben. Aber als er sich zurückziehen will, scheint er es sich anders zu überlegen und küsst mich erneut. Ich lege eine Hand in sein Kreuz und neige etwas den Kopf. Lian intensiviert den Kuss, streicht mit der Zunge federleicht über meine Unterlippe, fast zaghaft. Ich komme ihm entgegen, schmeck ihn. So intensiv, so viel Lian.

Als er mich loslässt und zurücktritt, will ich ihn noch nicht gehen lassen. Ein letztes Mal küsse ich ihn auf die Lippen und öffne seufzend die Augen.

»Versprich es«, bittet er mich flüsternd.

»Was versprechen?«, frage ich verwirrt.

Er schmunzelt. »Du bist aber leicht abzulenken. Versprich mir, dass du mich nicht vergisst. Dass du am Mittwoch kommst.«

»Es sind nur zwei Tage, Lian«, erinnere ich ihn. »Und ich kann es kaum erwarten.«

Ich weiß nicht, ob das eine gute Idee ist, ob ich das Richtige tue. Ich weiß nur, dass ich nicht anders kann. Allein die Vorstellung, dass er gleich in ein Auto steigt und wegfährt, bringt mich fast um. Einzig die Aussicht, ihn bald wieder zu sehen, hilft mir.

Das werden definitiv die längsten zweiundsiebzig Stunden meines Lebens.

EINUNDZWANZIG
—Lian

ES IST endlich Mittwoch.

Ich stehe ungeduldig an der Rolltreppe und recke den Hals, um nach Calvin Ausschau zu halten. Seit er mir geschrieben hat, dass sein Flug startet, bin ich unruhig. Minütlich habe ich im Internet seine Flugdaten gecheckt und obwohl es hieß, sie sind sicher und pünktlich gelandet, entspanne ich mich nicht. Nicht bevor er vor mir steht und ich ihn in die Arme nehmen kann.

Ungeduldig trete ich von einen Fuß auf den anderen. Warum braucht er so lange? Es ist schon über eine halbe Stunde her, seit der Flieger gelandet ist.

»Wartest du auf jemanden?«

Heftig zucke ich zusammen und fahre herum. Cal steht vor mir, eine Tasche über die Schulter geworfen und einen Koffer neben sich.

»Du lebst!«, rufe ich aus und falle ihm in die Arme. So stürmisch, dass er Mühe hat, sich selbst auf den Beinen zu halten.

»Ich lebe? Ernsthaft?«, fragt Cal amüsiert. »Deine Autofahrt hierher war gefährlicher als mein Flug.«

»Klappe.« Ich löse mich etwas von ihm, umfasse sein Gesicht und küsse ihn sanft. Nur kurz, bevor ich mich wieder zurücklehne, aber er behält seine Hände an meinem Rücken, die Lider noch halb geschlossen.

»Ich habe dich auch vermisst«, haucht er und dieses Mal beugt er sich nach vorne, um mich erneut zu küssen. Er ist hier. Wohlauf. Und er küsst mich mitten im Flughafen unter Hunderten von Menschen.

»Ich dachte, du kommst da runter«, sage ich und deute auf die Rolltreppe hinter uns. Calvin lässt mich los und greift nach seinem Koffer.

»Ich bin in die falsche Richtung gelaufen und habe gefühlt den Flughafen einmal umrundet«, erzählt er murrend. »Aber jetzt habe ich dich endlich gefunden.«

Als er mir sein Grübchen-Lächeln schenkt, fühlt sich alles endlich wieder vollständig an.

»Was ist die letzten Tage bei dir so passiert?«, frage ich.

»Es war viel los auf der Arbeit, ich habe meine Sachen gepackt, Phoe tausendmal erklärt, warum sie nicht mitkann«, zählt er auf. Darüber muss ich lachen.

»Meinetwegen hättest du sie mitbringen können.«

Wir laufen einmal quer durch den Flughafen, um in die Tiefgarage zu kommen. Ich bin mit meinem eigenen Auto da und helfe Calvin, seine Sachen in dem winzigen Kofferraum zu verstauen.

»Eigentlich sind wir mit Blair und Devon in einem Restaurant verabredet, aber wenn du müde bist, können wir auch direkt zu mir«, sage ich, als wir einsteigen. Calvin schüttelt den Kopf.

»Nein, essen klingt gut. Ich bin am Verhungern.«

»Perfekt.« Nachdem ich ausgeparkt habe, lege ich wie selbstverständlich meine Hand auf seine. Er dreht sie und verschränkt unsere Finger miteinander.

Normalerweise ist so eine Geste nichts Besonderes zwischen zwei Menschen, die sich gerne haben. War sie für mich zumindest nie. Aber seit ich Calvin kenne, ist alles anders. Bei ihm fühlt sich alles neu und bedeutend an.

»Wie war es bei dir?«, reißt Cal mich aus meinen Gedanken.

»Alles wie immer. Ich habe viel gearbeitet und meine Wohnung geputzt. Frische Bettwäsche für dich besorgt. Dir Nachrichten geschrieben.«

Ich habe ihm *viele* Nachrichten geschrieben.

»Du hast mir Nachrichten geschrieben? Ist mir gar nicht aufgefallen.«

Spielerisch strecke ich ihm die Zunge raus. »Na, es hat funktioniert. Immerhin bist du hier.«

»Ich konnte so oder so nicht aufhören, an dich zu denken«, sagt er mit leiser, rauer Stimme. »Weißt du eigentlich, dass du ein sehr erinnerungswürdiger Mensch bist?«

Mir wird warm ums Herz. »Ich hoffe zumindest, dir in Erinnerung zu bleiben«, murmle ich so leise, dass ich nicht sicher bin, ob er mich überhaupt gehört hat. Aber er lächelt daraufhin.

Wir brauchen im Feierabendverkehr nur etwa eine halbe Stunde, bis wir an meinem Lieblingslokal angekommen. Das *Locanda* bietet die besten Pizzen in ganz Detroit.

Leise Jazzmusik und der Geruch nach Essen empfängt uns. Der Kerzenschein und die moderne Holzeinrichtung tun ihr Übriges, um diesen Ort zu einer Wohlfühloase zu machen.

An unserem Lieblingsplatz entdecke ich Devon und Blair, die wie immer streiten.

»Da sind sie«, informiere ich Cal und steuere auf meine Freunde zu. »Hi!«, sage ich laut, um sie auf uns aufmerksam zu machen.

Blair sieht zu uns auf und ihr Gesicht erhellt sich. »Calvin!«, freut sie sich und steht auf, um ihn zu umarmen. »Ich habe dich so vermisst!«

Ich setze mich schon auf meinen Platz Devon gegenüber. Mir entgeht nicht, wie er Cal interessiert mustert, den Blair noch in Beschlag hat. Sie wuschelt durch seine Haare und redet etwas davon, dass sie ihn größer in Erinnerung hatte.

Devon lächelt und sieht mir direkt in die Augen. *Süß*, formt er mit den Lippen.

»Hi, ich bin Calvin.« Cal hat es geschafft, sich von Blair zu lösen, und reicht meinem besten Freund die Hand.

»Devon«, stellt er sich im Gegenzug vor. »Schön, dass du da bist. Lian war ganz aufgeregt wegen deines Besuchs.«

»Ach, echt?« Cal setzt sich neben mich und wirft mir einen Seitenblick zu. »Habe ich an den zehn Nachrichten täglich gar nicht bemerkt.«

Vorwurfsvoll schlage ich ihm in die Seite, aber Devon lacht überrascht auf. »Das ist nur ein Vorgeschmack. Sicher, dass du Lee-Lee auf Dauer ertragen kannst? Noch kannst du dich aus dem Staub machen.«

Cal mustert mich gespielt abschätzig, ich erwidere seinen Blick standhaft. Seiner wird unwillkürlich weicher.

»Definitiv sicher«, erwidert er schließlich, so leise, dass es nur für meine Ohren bestimmt ist. Ein Kribbeln schießt durch meinen Bauch und am liebsten würde ich mich vorbeugen und ihn küssen. Die kurzen Liebkosungen am Flughafen waren eindeutig nicht genug.

»Bereit zu bestellen?«

Die Kellnerin kommt im unpassendsten Moment überhaupt. Calvin zuckt zusammen, fängt sich aber schnell und dreht sich zu ihr herum.

»Kann ich die Karte sehen?«

»Nicht nötig«, grätsche ich dazwischen. »Wir nehmen zweimal Double, wie immer.«

»Klar, gerne. Kommt sofort.«

»Vertrau mir«, sage ich zu Calvin, als ich seinen skeptischen Blick bemerke. »Das ist gut.«

»Na schön.«

»Wir essen hier andauernd und nehmen immer das Gleiche«, plappert Blair drauflos. »Das ist zu unserem Standardplatz geworden. Nirgends schmeckt Pizza besser als hier.«

»Wir probieren es ja nie woanders«, brummt Devon.

»Warum sollten wir etwas anderes probieren, wenn es hier schmeckt?«, zickt Blair ihn direkt an.

»Na, ich meine ja nur, du kannst nicht sagen, dass es hier die beste Pizza gibt, wenn du sie nicht überall probiert hast.«

»Ach, was weißt du schon, du hast ja auch letzte Woche unseren gemeinsamen Ausgehabend sausen lassen.«

Jap, Blair ist immer noch sauer deswegen. Und ja, sie hält ihm das jedes Mal vor, wenn ihr die Argumente ausgehen.

Calvin scheinen die Streitigkeiten nicht zu stören, er lehnt sich entspannt zurück und beobachtet das Treiben um uns herum. Ich hingegen kann die Augen nicht von ihm lassen. Ihn hier in meiner gewohnten Umgebung zu sehen, löst etwas in mir aus. Eine Mischung aus positiver Aufregung und irrer Glücksgefühle.

»Ach, Blair«, seufzt Devon und rollt mit den Augen.

»Hast du gerade ernsthaft die Augen verdreht?! Du weißt, dass ich recht habe.«

»Sobald das Essen kommt, haben sie sich wieder lieb«, flüstere ich Cal zu. Er beugt den Kopf leicht zu mir, lässt den Blick aber nicht von meinen Freunden.

»Bei uns streitet sich nie jemand«, teilt er mir leise mit. »Alle sind höflich und niemand sagt, was er wirklich denkt, wenn es gemein klingt. Das ist ein ungeschriebenes Gesetz. Es ist erfrischend, wenn das außer Kraft gesetzt ist.«

»Bei mir kannst du immer sagen, was du denkst«, erinnere ich ihn.

»Ich weiß.« Die Worte sind mehr gehaucht als gesagt, aber sie reichen mir.

Unser Essen wird gebracht, zwei Riesenpizzen mit Käserand, auf jedem Stück mit etwas anderem belegt. Wie ich es vorausgesagt habe, stellen Blair und Devon ihre Streitigkeiten ein und sind wieder happy.

Cal wirft mir ein wissendes Lächeln zu. Mir könnte es nicht besser gehen.

Nach dem Essen und einer Runde Cocktails trennen sich unsere Wege. Devon nimmt Blair mit und ich fahre mit Cal zu mir nach Hause. Inzwischen ist es schon dunkel draußen.

»Ich kann nie mehr etwas essen«, schnauft Cal. »Aber Blair hat recht, das ist die beste Pizza.«

»Wir sind süchtig nach dem Laden. Morgen habe ich schon wieder Gelüste nach deren Pizza.«

»Das kann ich mir nicht vorstellen«, seufzt Cal. Ich parke meinen Wagen direkt vor meinem Apartment.

»Da sind wir«, murmle ich und schnalle mich ab. Aus dem Kofferraum hole ich seinen Koffer, Calvin selbst schultert seine Tasche.

»Bist du müde?«, frage ich ihn, als wir nach oben laufen. Der Aufzug ist schon seit Monaten defekt, weshalb ich jedes Mal die Treppe nehmen muss.

»Ja. Ich glaube, ich falle gleich in ein Fresskoma.«

Auf der letzten Treppenstufe bleibe ich stehen und drehe mich schwungvoll herum. Calvin steht noch zwei Stufen unter mir und sieht überrascht zu mir auf. Durch diese Position bin ich größer als er, lege ihm meine Hände auf die Schultern und küsse ihn.

Er umschließt mein Handgelenk und streckt sich in den sanften, innigen Kuss hinein. Hier im Treppenhaus ist keiner, der uns stört oder beobachtet. Meine

Nachbarn sind wie Gespenster, die zwar da sind, aber die man nie zu Gesicht bekommt.

»Ich mag es, wenn du nach meiner Lieblingspizza schmeckst«, hauche ich.

Calvin leckt sich über die Lippen, will mich erneut küssen, doch ich weiche zurück.

»Lian …«

Gott, ich liebe es, wie rau und bittend seine Stimme klingt. Und das löst ganz andere Fantasien bei mir aus. Ich könnte ihn um so viel mehr betteln lassen …

»Komm herein«, bitte ich ihn und vertreibe alle unanständigen Gedanken. Stattdessen schließe ich die Tür auf und lasse ihm den Vortritt.

Fast schon vorsichtig geht Cal hinein und sieht sich um. Ich liebe mein Zuhause, auch wenn es klein ist und auf den ersten Blick zugestopft aussieht. Vom Eingang aus steht man direkt im Wohnzimmer, das von einer riesigen Couch dominiert wird. Außerdem gibt es einen Fernseher und einen Schrank, der mit Büchern, DVDs und Comics befüllt ist. Das Highlight ist das große Nischenfenster mit Blick auf die Stadt.

»Süß«, kommentiert Calvin. »So gemütlich.«

»Geh durch ins Schlafzimmer, da kannst du deine Sachen abstellen«, bitte ich ihn. Das Schlafzimmer ist ein Stück kleiner als mein Wohnbereich und wird durch das Bett fast ganz ausgefüllt. Es gibt einen kleinen Nebenraum, den ich als Kleiderschrank benutze.

Ich bleibe im Türrahmen stehen und sehe Calvin dabei zu, wie er seinen Koffer auf das Bett hievt.

»Schläfst du … auch hier?«, fragt er unsicher.

»Es ist mein Zimmer, wo soll ich sonst pennen?«

Als er sich nervös am Hinterkopf kratzt, fühle ich mich sofort schlecht, da ich so ein unsensibles Arschloch bin.

»Das war nur ein Spaß«, schiebe ich hinterher und grinse. »Ich nehme solange die Couch.«

»Wie ein echter Gentleman, was?«, lacht Calvin und tut etwas, womit ich nicht gerechnet habe. Er schlingt die Arme um mich und drückt mich fest an sich. Automatisch schließe ich die Augen und inhaliere seinen Geruch, der mir so vertraut vorkommt, obwohl wir uns noch nicht lange kennen. Erst jetzt wird mir bewusst, wie sehr ich ihn in den letzten zwei Tagen wirklich vermisst habe.

ZWEIUNDZWANZIG
−CALVIN

SONNENSTRAHLEN DRINGEN durch die zugezogenen Vorhänge, als ich allmählich wach werde. Kurz bin ich verwirrt, weil ich glaube, verschlafen zu haben. Aber dann wird mir wieder bewusst, dass ich bei Lian bin.

Zufrieden strecke ich mich in dem riesigen Bett. Ich habe eine Erektion und die Erinnerungen eines Traums hallen in meinem Körper nach. Zum Glück riecht die Bettwäsche neu und nicht nach Lian, sonst hätte ich ein Problem.

Na ja, ein noch größeres Problem.

Seufzend öffne ich endgültig die Lider und greife nach meinem Handy, um die Uhrzeit zu checken. Es ist schon nach zehn. Ich kann mich nicht daran erinnern, wann ich zuletzt so lange geschlafen habe.

Die Tür geht leise auf. »Bist du wach?«

»Ja. Komm rein«, sage ich und rutsche zur Seite. Lian schlendert herein und legt sich neben mich ins Bett, den Kopf in die Handfläche gestützt. Er trägt eine Jogginghose und ein ausgewaschenes T-Shirt.

»Bist du schon lange auf?«, frage ich ihn gähnend.

»Eine Weile. Ich bin ein Frühaufsteher.«

»Ich eigentlich auch.«

Lian lächelt und streckt eine Hand aus, um mir die Haare aus der Stirn zu streichen. »Hast du gut geschlafen?«

»Wie auf einer Wolke.«

Seine Finger streicheln federleicht über meine Wange bis zu meinem Kinn. Sein Daumen fährt über meine Unterlippe. Sein intensiver Blick dazu löst etwas in mir aus, das ich weder kontrollieren noch unterdrücken kann.

Es hilft auch nicht, meinen Ständer loszuwerden. Eher im Gegenteil. Mein Verstand will ihn bitten, aufzuhören, doch mein verräterischer Mund spricht keinen Ton davon aus.

Stattdessen schließe ich die Augen, genieße seine Berührung, sauge jede Empfindung auf. Seine Hand verschwindet, aber dann spüre ich seine Lippen an meinem Hals.

»Darf ich weitermachen?«, haucht er gegen meine Haut.

Ja. Nein. Frag nicht. Tu es einfach.

Ich reiße die Augen auf und schüttle den Kopf. »Ich muss duschen«, weiche ich aus und hebe den Oberkörper an. »Der Flugzeuggeruch klebt noch an mir.«

Lian hält mich fest, als ich aus dem Bett klettern will. »Mich stört es nicht. Aber du kannst gerne duschen gehen, wenn du dich danach besser fühlst.«

»Ich springe kurz unter die Dusche«, entscheide ich und stehe eilig auf. Hektisch suche ich Klamotten zusammen, möglichst darauf bedacht, dass Lian meine Erektion nicht bemerkt.

Das Badezimmer ist klein, aber modern eingerichtet. Es gibt eine große Duschkabine, eine Waschmaschine, die vermutlich nie benutzt wird, und einen winzigen Platz, auf dem man sich zwischen Waschbecken und Toilette hinstellen kann.

Ich werfe meine Klamotten auf die Maschine, ziehe mich schnell aus und trete hinein. Es braucht nicht lange, bis das warme Wasser meinen Körper hinabprasselt. Mit einem leisen Stöhnen lehne ich mich gegen die Fliesen.

Normalerweise lenke ich mich ab und denke an etwas anderes, wenn ich meine Erregung loswerden will. Aber das funktioniert heute nicht, denn die pure Verführung sitzt im Zimmer nebenan. Auf dem Bett, in dem ich geschlafen habe.

Bilder schießen in meinen Kopf, ich meine schon, Lians Lippen auf meinen zu spüren …

Gequält schließe ich die Augen und lege die flache Hand gegen die kühlen Fliesen. Zum ersten Mal frage ich mich, ob es ein Fehler war, hierher zu kommen. Ihn zu küssen, seine Nähe zu suchen und zuzulassen. Es gibt nichts, was ich lieber tue, als mit ihm zusammen zu sein.

Aber was haben wir schon für eine Zukunft? Wäre es nicht besser gewesen, in GLC zu bleiben und Lian zu vergessen?

Klar, es wäre schmerzhaft, sehr sogar, doch wie wird es mir erst nach den zwei Wochen gehen? Es wird nur schlimmer.

Apropos schmerzhaft … Ich drehe das Wasser kalt und beiße die Zähne zusammen.

Nach der Dusche trete ich aus dem Badezimmer und sehe Lian, der mit seinem Laptop auf dem Schoß auf der Couch hockt.

Wie er so dasitzt zwischen den Kissen und seinem Bettzeug sieht er aus wie die Unschuld in Person und ich bereue sofort wieder meine Gedanken von vorhin.

Ich setze mich zu ihm und lege meine Wange gegen seine Schulter, damit ich auf seinen Bildschirm gucken kann. »An was arbeitest du gerade?«

»Ach, nur an einem Spaß-Projekt«, sagt er. Man erkennt eine junge, dunkelhaarige Frau in Lack und Leder gekleidet, die eine Peitsche in der einen Hand und eine Waffe in der anderen hält.

»Ist das ein Comic?«, frage ich interessiert. »Das sieht krass aus. Hast du das alles selbst gezeichnet?«

»Ja, danke und Ja.« Er legt eine Hand an meine Wange und streicht sanft darüber. Seine Berührung jagt eine Gänsehaut über meinen Körper.

»Ich habe Comics früher geliebt, aber irgendwann durfte ich sie nicht mehr lesen«, erzähle ich ihm. »Hast du noch mehr gezeichnet?«

»Ja, ich habe ihn schon zur Hälfte fertig. Warte mal.« Er streckt sich umständlich, holt ein Tablet und reicht es mir. Ich richte mich etwas auf und Lian tippt kurz darauf herum, bis er eine Datei öffnet, die wie ein Comic gestaltet ist.

»Es ist eine Anlehnung an *Marvels Jessica Jones* und die Serie *Bonding* auf Netflix«, meint er.

Fasziniert blättere ich durch die Seiten und erlebe die Geschichte von Jessica Jones, Detektivin bei Tag und Domina bei Nacht. Lian hat einen ganz einzigartigen Zeichenstil, sehr detailreich, wenn es um die Figuren geht, aber sparsam bei der Umgebung. Die Handlung ist so einnehmend, dass ich nicht aufhören kann. Leider hört die Geschichte mittendrin auf.

»Hey!«, beschwere ich mich. »Wie geht es weiter? Wird Jessica Jones ihren Kunden anpinkeln? Sie braucht definitiv das Geld.«

Lian lacht. »Das interessiert dich? Und nicht, ob sie ganz nebenbei die Welt rettet?«

»Das auch«, meine ich grinsend.

»Ich hab da hinten jede Menge andere Comics.« Lian deutet auf das große Regal neben seinem Fernseher.

»Hast du mehr eigene?«

»Schau im Tablet, da sind welche.«

Ich folge seiner Anweisung und ein Titel weckt besonders meine Aufmerksamkeit. *Gay Shapeshifter Detective* lautet der Titel. Das Cover zeigt einen muskulösen Mann mit einem süffisanten Grinsen auf den Lippen und einen Tiger im Hintergrund.

Roy, halb Tiger halb Mensch, löst Kriminalfälle bei der Polizei und verführt regelmäßig attraktive Männer. Mit frechen Sprüchen, kreativen Zeichnungen und einer rasanten Handlung gefällt mir das fast noch mehr als die Peitsche schwingende Jessica Jones.

Doch auch dieser Comic ist viel zu schnell gelesen und endet mit einem Cliffhanger.

»Wie geht es mit *Gay Shapeshifter Detective* weiter?«, frage ich Lian hoffnungsvoll.

Dieser zuckt mit den Schultern. »Es gibt kein weiter, das ist das Ende.«

»Was?! Aber Roy wurde angeschossen und es ist unklar, ob sein Partner Komplize des Verbrechens war. Das kann so nicht zu Ende gehen«, protestiere ich.

Lian legt den Laptop zur Seite und dreht sich halb zu mir herum. »Na, den Rest kannst du dir denken.«

»Nein! Ich bin nicht so kreativ, dafür brauche ich dich.«

»Vielleicht verrate ich es dir für einen Kuss.«

Darüber muss ich nicht nachdenken, beuge mich vor, lege eine Hand in seinen Nacken und küsse ihn kurz.

»Und?«, frage ich hoffnungsvoll.

»Ich sagte *vielleicht*.«

»Wie kannst du nur so gemein sein?«, meine ich vorwurfsvoll, was ihn aber nur zum Lachen bringt.

»Hast du schon etwas veröffentlicht?«, will ich dann wissen.

»Nein, das mache ich immer nur so nebenbei, zum Spaß, als Ausgleich. Außerdem ist ja alles an Bücher oder Serien angelehnt.«

»Aber du hast Talent. Du solltest was eigenes machen.«

Mein Kompliment scheint ihn verlegen zu machen, was ich so noch nie bei ihm gesehen habe. Das ist eine höchst liebenswerte Seite an ihm.

»Danke«, sagt er, ohne mich dabei anzusehen und am liebsten würde ich ihn noch mal küssen. Aber bevor ich das tun kann, ertönt ein schrilles Klingeln, gefolgt von einem weiteren.

»Ah, das ist entweder Blair oder Devon«, informiert Lian. »Das ist unser spezielles Klingelzeichen.«

»Willst du nicht aufmachen?«, frage ich, als er sich nicht rührt.

»Sie haben beide einen Schlüssel, sie kündigen sich nur an.«

Tatsächlich fliegt kurz danach die Tür auf und Devon tritt herein.

»Hi!«, grüßt er euphorisch und zieht seine Sonnenbrille aus. »Alle angezogen oder soll ich nachher wiederkommen?«

»Jetzt ist es sowieso zu spät«, kommentiert Lian trocken. »Was tust du hier und warum bist du noch nicht zurück in Yale?«

»Ach, ich habe mir Urlaub genommen«, winkt Devon ab. »Und ich will Calvin entführen.«

Überrascht sehe ich ihn an, Lian protestiert sofort. »Nein!«

»Keine Sorge, ich mache dein Spielzeug schon nicht kaputt«, gluckst Devon. »Er will dir sicher nicht den ganzen Tag zusehen, wie du vor dem Laptop hockst.«

Eigentlich erscheint mir das gar nicht als so eine schlechte Idee, aber ich schätze auch Devons Intention.

»Wohin gehen wir? Soll ich was Bestimmtes mitnehmen?«, frage ich ihn und stehe von der Couch auf.

»Nein, lass dich überraschen.«

»Ernsthaft, Dev?«, fragt Lian brummend. »Was hast du mit ihm vor?«

»Geht dich gar nichts an, Lee-Lee. Komm, Cal.«

Ich beuge mich noch mal zu Lian und drücke ihm einen Kuss auf die Lippen. »Bis später.«

»Pass gefälligst auf ihn auf«, sagt dieser an Devon gewandt. »Und sorg dafür, dass er nicht vor ein Auto läuft. Er ist den Großstadttrubel nicht gewohnt.«

Für diesen Spruch kriegt er einen Klaps von mir auf den Hinterkopf. Fest genug, dass er das Gesicht verzieht und sich die Stelle reibt.

»Ich frage dich noch mal. Sicher, dass du es mit ihm aushältst? Blinzle zweimal und ich fahre dich in eine risikofreie Unterkunft, weit weg von Lian«, schlägt Devon gespielt besorgt vor.

»Bring ihn mir ja wieder!«, ruft Lian uns hinterher, als wir nach draußen verschwinden.

DREIUNDZWANZIG
-CALVIN

DEVONS WAGEN steht direkt vor dem Haus, er fährt einen schicken Audi. Draußen ist es, trotz der frühen Uhrzeit, schon viel wärmer als gedacht, weshalb ich froh bin, in das klimatisierte Auto zu steigen.

»Und, wohin fahren wir?«, frage ich erneut.

»Nicht so ungeduldig, Sweetheart. Schnall dich an, ich will ja nicht, dass du verletzt wirst.«

Geduld ist nicht unbedingt meine Stärke, aber ich belasse es dabei.

»Wie hast du Lian eigentlich kennengelernt?«, frage ich ihn.

»Bereits in der Grundschule. Er hat es gehasst, dass ich ihn ständig Lee-Lee genannt habe, und hat mich dafür regelmäßig verdroschen. Als wir älter wurden, mussten wir ziemlich oft gemeinsam nachsitzen und irgendwie ist daraus eine Freundschaft entstanden. Blair hing schon damals an Lian wie eine Klette.«

Bei der Geschichte muss ich schmunzeln. »Und Blair und du, seid ihr ein Paar?«

Zumindest war reichlich Feuer zwischen den beiden.

»Nein, das waren wir nie. Wir streiten andauernd. Wenn dazu noch Sex und Eifersucht hinzukommen, wäre das eine Naturkatastrophe.«

Stimmt auch wieder.

»Und was ist mit dir, hast du eine Freundin?«, fragt Devon betont beiläufig.

»Ja, Lian«, erwidere ich trocken, Devon lacht.

»Okay, richtige Antwort. Jetzt bist du dran.«

»Warum trägst du den Ohrring auf der rechten Seite?«

»Weil das meine Schokoladenseite ist«, gluckst er. »Oder willst du wissen, ob ich schwul bin? Das bin ich nicht. Obwohl ich gerne in Schwulenbars gehe. Könnte zu Missverständnissen führen, oder?«

Ich muss lachen. Kein Wunder, dass Devon und Lian beste Freunde sind.

»Ich bin dran«, ergreift Devon wieder das Wort. »Du bist sehr religiös? Lian hat mir eigentlich gesagt, ich solle das Thema nicht ansprechen …«

»Und, wie funktioniert das so?«, frage ich scherzhaft.

Devon schnalzt mit der Zunge. »Ganz schön frech. Vielleicht irre ich mich und ich sollte mir besser um Lee-Lee Sorgen machen, statt um dich.«

Ich unterdrücke ein Grinsen. »Sorry. Wir können gerne darüber reden, wenn du magst, das stört mich nicht.«

Wir sind inzwischen auf dem Highway angekommen, wo der Verkehr stockend vorangeht.

»Meine Mutter ist auch religiös. Sie geht jeden Sonntag in die Kirche. In so eine, wo sie tanzen und singen und barfuß Gitarre spielen. Sie liebt Lian, aber als er ihr gesagt hat, er sei schwul, hat sie nur gemeint: ›Ich bete für deine Seele.‹ Das hat ihn so geärgert, dass daraus ein riesiger Streit entstanden ist.«

Ertappt ziehe ich den Kopf ein. »Ich habe auch nicht sehr viel besser reagiert, als er es mir gesagt hat.«

»Ach, wenn Lian eins nicht ist, dann ist das nachtragend.«

»Er ist der Beste«, murmle ich. »Aber wurdest du nicht ebenfalls von deiner Mutter religiös erzogen?«

»Na ja, bei uns in der Kirche wurde von Akzeptanz und Liebe gesprochen. Mir war es schon immer egal, ob jemand schwul, lesbisch, bi, trans, pan oder sonst was ist. Jeder kann sein Leben so leben, wie er will, und ich kann es im Gegenzug genauso tun. Es geht doch nur darum, dass ich mit meinem Leben glücklich bin und nicht darum, andere zu verurteilen, wenn sie es sind.«

Seine Worte sind so wahr. Zu oft konzentrieren wir uns auf andere und darauf, wie sie ihr Leben gestalten.

»Damit will ich nur sagen: Wenn du dein Leben in einer religiösen Gemeinde verbringen willst und dich das glücklich macht, dann tu das. Aber wenn du hier bei Lian glücklicher bist – na, du verstehst schon.«

»Danke«, sage ich zu ihm und lasse mir die Worte noch mal durch den Kopf gehen. »Ernsthaft, wohin bringst du mich jetzt?«

»Wir sind gleich da«, schmunzelt Devon.

Wir sind inzwischen in einem ruhigeren Viertel angekommen, die Häuser sehen älter und abgenutzter aus. Wir fahren an einem Gebäude vorbei, das zerbrochene Fenster hat und verlassen aussieht. Das hat nichts mehr von dem vollen, magischen Detroit.

Devon hält an einer Straßenecke an und stellt den Motor ab.

»Wo sind wir hier?«, frage ich stirnrunzelnd, als wir aussteigen.

»Siehst du das Haus da hinten?« Devon deutet auf ein fast zerfallenes Gebäude, das uns schräg gegenüber steht. »Da habe ich mal gewohnt.«

»Ehrlich?«

»Jap. Als ich zehn war, hat meine Mom einen reichen Geschäftsmann geheiratet und wir sind weggezogen. Aber ich komme immer noch gerne her.«

Wir schlendern die Straßen entlang, vorbei an einem Café und einem kleinen Bekleidungsladen.

»Und jetzt studierst du in Yale?«

»Ja. Mein Stiefvater hat nie mit seinem Geld gegeizt. Hierher zu kommen, hilft mir, zurück auf den Boden zu finden. Mich daran zu erinnern, dass das Ganze nicht selbstverständlich ist.«

Vor einem Geschäft bleibt Devon schließlich stehen und stemmt die Hände in die Hüften. »Da wären wir.«

Mit zusammengekniffenen Augen sehe ich auf die Aufschrift. »Du schleppst mich zu einem Friseurladen? Stimmt etwas mit meinem Haarschnitt nicht?«

Devon lacht. »Das, Sweetheart, ist mein Lieblingsladen. Ich gehe hierhin, wenn ich traurig bin, glücklich oder am Zweifeln. Es ist ein besonderer Geheimtipp. Komm, gehen wir rein.«

Die Tür öffnet sich mit einem Bimmeln und ich werde sofort von der Atmosphäre eingenommen. Leichte Sommermusik dringt durch die Boxen, die aber fast von dem Röhren der Ventilatoren übertönt wird. Es gibt insgesamt nur fünf Friseurplätze, um die mehrere Frauen herumwuseln. Sie lachen laut und reden wild durcheinander.

»Devon!« Eine der Frauen kommt mit wippenden Hüften auf uns zu und umarmt Devon herzlich. »Kannst du wieder einen neuen Haarschnitt gebrauchen?«

»Ja, aber vor allem noch eine Umarmung«, witzelt er und sie ist so hingerissen, dass sie ihn noch mal herzt und drückt.

»Wen hast du denn da Süßes mitgebracht?«, fragt sie und lächelt mich an.

»Das ist Calvin. Cal, das ist Rosalia, die Chefin des Ladens.«

Ich reiche ihr die Hand, sie ergreift sie und zieht mich damit in eine feste Umarmung. »Nicht so schüchtern, mein Engel. Kommt, setzt euch, wir haben gerade zwei Stühle frei.«

Rosalia führt uns zu den letzten beiden Plätzen und wir setzen uns. Sie legt mir sogleich einen schwarzen Friseurumhang um und knöpft ihn zu.

»Cecilia, komm, kümmere dich um Devons neuen Freund.«

Cecilia ist eine junge, hübsche Frau, deren wilde schwarze Locken durch die Luft fliegen, als sie zu mir eilt. Ihr Nasenpiercing glitzert in dem Licht.

»Hey du Süßer.« Sie greift mit den Händen in meine Haare und fährt mit den Fingern hindurch. »Wo hast du ihn aufgabelt, Devon?«

»Das ist Calvin, er ist ein Freund von Lian.«

Durch den Spiegel sehe ich, wie Cecilia grinst. »Lian hat wirklich einen guten Geschmack, was?«

Sie greift nach der Schere in ihrem Gürtel. »Ich nehme nur etwas an den Seiten weg. Dann hat Lian noch was, wo er seine Finger drin vergraben kann.«

»Bring ihn nicht in Verlegenheit, Cecilia«, warnt Devon. Bei ihm greift Rosalia persönlich zur Schere.

»Tut mir leid, ich mit meiner vorlauten Klappe«, schmunzelt Cecilia. »Wo kommst du her, Calvin?«

»Aus Grand Lake City. Das liegt bei Chicago«, antworte ich ihr.

»*Grand Lake City*. Und dort trifft man so süße Jungs wie Lian?!«

»Anscheinend«, lache ich.

»Was für ein Pech, dass die besten Männer schwul sind«, seufzt sie und hantiert mit der Schere an meinen Haaren herum.

Irgendwie fühlt es sich gut an, dass alle annehmen, ich wäre schwul. Nein, vielmehr, dass es einfach so angenommen wird, dass ich schwul *bin*. Keine Verurteilungen, keine Erklärungen oder Belehrungen. Es ist fantastisch. Besonders die Tatsache, dass Lian als mein Freund betitelt wird.

»Hey Cecilia, ich bin nicht schwul«, kommentiert Devon brummend. Meine Friseurin kichert.

»Was ist mit deiner College-Studentin, die sich heimlich auf dein Zimmer schleicht?«

»Sie ist doch keine Konkurrenz für dich, mein Schatz.«

»Alter Charmeur.« Die Frauen lachen. Ich fühle mich so wohl wie schon lange nicht mehr.

Nachdem Cecilia mit meinem Haarschnitt fertig ist, rasiert sie mir den Nacken aus und nimmt mir den Umhang ab. Ich betrachte mich selbst im Spiegel und fahre mir durch die kürzeren Haare, die Cecilia noch mit Gel fixiert hat. Es ist nicht viel weg, aber dennoch gefällt mir der neue Look. Sieht alles etwas aufgefrischt aus.

Ich drehe mich in dem Stuhl zu Devon, der ebenfalls gerade fertig ist. Stirnrunzelnd neige ich den Kopf.

»Was hat sich denn bei dir verändert?«

Rosalia lacht laut auf. »Ich darf nie mehr als zwei Millimeter abschneiden. Er ist so pingelig.«

Devon stößt mir empört gegen den Arm. »Siehst du das nicht? Da ist voll viel weg! Fast schon ein bisschen zu viel …« Zweifelnd fasst er sich an seine Haare.

Augenrollend drehe ich mich zu Cecilia. »Was kriegst du von mir?«

»Nur ein Versprechen, dass du wiederkommst. Der erste Haarschnitt geht immer aufs Haus.«

Ein Versprechen, dass du wiederkommst. Obwohl ich mich hier so wohlfühle, wie schon lange nicht mehr, weiß ich nicht, ob ich ihr das geben kann.

VIERUNDZWANZIG
−Lian

DEVON BRINGT mir Calvin erst am Abend wieder, aber zumindest hat er als Entschädigung chinesisches Essen dabei. Mein bester Freund bleibt bis spätabends, wir sehen uns einen Film an und ich schlafe irgendwann auf der Couch ein.

Am nächsten Morgen bin ich pünktlich um 7 Uhr auf und hellwach. Die Vorstellung, dass Cal direkt nebenan schläft, lässt mir keine Ruhe. Er liegt gerade in meinem Bett, mit seinem sexy neuen Haarschnitt – fast hasse ich Cecilia dafür, dass sie ihn noch unwiderstehlicher gemacht hat –, nur mit Boxershorts und T-Shirt bekleidet … Ich schließe die Augen und lecke mir über die Lippen. Nur zu gerne stelle ich mir vor, wie ich ihn küsse, meine Lippen weiter nach unten wandern lasse, damit seine warme Haut liebkose …

»Fuck«, fluche ich und reibe mir übers Gesicht. Das Geräusch einer aufgehenden Tür reißt mich aus den Gedanken. Auf leisen Sohlen tapst Cal durchs abgedunkelte Wohnzimmer in die Küche. Er öffnet den Kühlschrank, eine Wasserflasche geht zischend auf. Ich lausche, wie er ein paar Schlucke trinkt, die Flasche zurückstellt und wieder Richtung Schlafzimmer läuft.

Mein ganzer Körper kribbelt, während mein Hirn neue Fantasien spinnt. Er kommt zu mir aufs Sofa, legt sich über mich. Sein Gewicht fühlt sich angenehm an, genauso wie sein Ständer, der gegen meinen Bauch drückt. Seine Hände streichen über meine Seiten, seine Finger fahren langsam an dem Bund meiner Boxershorts entlang …

Cal verschwindet wieder ins Schlafzimmer und schließt die Tür hinter sich, womit meine Fantasie abrupt abbricht. Vielleicht sollte ich mein Schicksal selbst in die Hand nehmen.

Euphorisch schwinge ich mich aus den Laken und folge Calvin ins Zimmer. Ich klopfe nicht, sondern trete einfach ein. Er sieht überrascht auf und will sich schon aufrichten.

»Bleib liegen«, flüstere ich und lege mich zu ihm ins Bett. Ich schiebe vorsichtig eine Hand unter die Decke, schlüpfe herunter und rutsche näher an ihn heran. Da er auf der Seite liegt, kann ich mich von hinten an ihn schmiegen.

»Guten Morgen«, hauche ich ihm ins Ohr. Cal versteift sich etwas, aber dann lockern sich seine Muskeln und er seufzt zufrieden.

»Morgen Lee-Lee.«

Ich kneife ihn in die Seite. »Wehe.«

Cal lacht. »Ich wollte es nur probieren.« Er dreht sich zu mir herum, was leider zur Folge hat, dass er von mir abrutscht.

»Du solltest nicht so viel Zeit mit Devon verbringen«, brumme ich scherzhaft. »Aber dein neuer Haarschnitt gefällt mir wirklich.«

Ich lasse meine Finger erneut durch seine Haare fahren. Das habe ich gestern den ganzen Abend lang gemacht, bis Cal irgendwann meine Hände weggeschlagen hat. Aber dieses Mal lässt er es zu.

»Cecilia kennt wohl deinen Geschmack«, kommentiert er.

Ich rutsche wieder näher an ihn heran und bemerke, wie er tief einatmet. Noch ein Stückchen näher und seine Lider gehen zu. Halb richte ich mich auf und küsse ihn sanft auf die Lippen. Nur ein kurzer Kuss, ein zweiter, bis Cal eine Hand in meinen Nacken legt und seine Zunge zwischen meine Lippen schiebt.

Es ist so heiß, wenn er die Initiative übernimmt, dass ich mich nicht mehr zurückhalten kann. Ich lege eine Hand auf seinen Bauch und schmiege mich enger an ihn.

Als wir uns voneinander lösen, richtet Cal sich auf und befördert meinen Kopf mit sanftem Druck ins Kissen. Damit schwebt er nun über mir, einen Unterarm neben meinem Kopf abgestützt.

»Das gefällt mir«, murmle ich und schließe die Lider, als er mich wieder küsst.

Die Erregung kriecht langsam, aber immer drängender durch meinen Körper. Wenn er so weitermacht, kann ich mich nicht länger beherrschen. Verdammt, ich will mich auch nicht beherrschen. Ich will gemeinsam mit ihm die Kontrolle verlieren.

Doch schließlich ist es Cal, der sich von mir löst. Er stößt geräuschvoll die Luft aus und rutscht zurück. Ich will noch nicht, dass es vorbei ist, richte mich ebenfalls auf und küsse seine Wange.

»Hör auf«, fleht er, schiebt mich aber nicht weg. Ich verharre in meiner Bewegung.

»Bitte, Lian.«

Okay, jetzt klingt er fast gequält.

»Was ist los?« Fuck, meine Stimme ist ganz rau vor Lust.

»Ich … ich kann nicht. Wir müssen aufhören oder … kurz Pause machen.«

Als mir klar wird, was er meint, muss ich lächeln. »Lass mich dir helfen«, raune ich.

»Du kannst mir nicht helfen«, erwidert er.

»Oh, diese Wette nehme ich an.«

Calvin reagiert schneller als gedacht, indem er meine Hand festhält, mit der ich unter sein Shirt fassen wollte.

»Du *darfst* mir nicht helfen«, konkretisiert er.

»Ich würde nichts lieber tun«, hauche ich.

»Mach es mir nicht noch schwerer, Lian«, stöhnt er. Ich möchte ihn nicht bedrängen. Gott, das ist das Letzte, was ich will.

»Tut mir leid«, schiebt er leise hinterher, woraufhin ich schlagartig ein schlechtes Gewissen bekomme.

»Dir braucht absolut nichts leidtun. Wirklich nicht«, versichere ich ihm und rutsche von ihm ab, um ihm seinen Freiraum zu geben.

»Willst du noch mal schlafen?«

»Eher nicht.«

»Gut. Dann mach dich fertig, ich zeige dir heute Detroit.«

Eigentlich hänge ich ein wenig mit meinem Zeitplan hinterher, aber ich will es mir nicht nehmen lassen, Cal meine Stadt zu zeigen.

Die Stimmung zwischen uns ist zu Anfang leicht angespannt, doch das löst sich schnell. Ich führe ihn durch die Touristenecken, präsentiere ihm meine Geheimtipps und Lieblingsorte. Den Park, in dem ich oft arbeite, das Café um die Ecke, in dem es die besten Cupcakes gibt, und die Straßen, durch die ich täglich laufe.

Da Freitag ist, sind wir am Abend natürlich mit Blair und Devon verabredet. Es war Blairs Wunsch, wieder in *Saints* zu gehen, und da Devon noch was gutzumachen hat, hat er uns einen Tisch reserviert.

Da ich nicht selbst fahren will, bestelle ich einen Uber-Fahrer, der uns pünktlich um halb elf abholt und zum Club bringt.

»*Saints*«, liest Calvin misstrauisch von der Leuchtreklame ab. »Ich weiß nicht, ob ich da rein will.«

»Das ist doch der perfekte Club für dich, mein Schatz. Los, komm mit.«

Ich habe ihm nicht verraten, was für eine Art Club das ist. Ehrlich gesagt hatte ich die Befürchtung, dass er nicht mitgehen würde. Jetzt kann ich nur noch hoffen, dass er nicht sauer sein wird.

Cal stemmt die Hände in die Hüften. »Ist das ein SM-Club? Ist Blair heimlich eine Domina?« Er sieht mich mit großen Augen an. »Das wäre so abgefahren!«

»Ich hätte dich niemals diese Comics lesen lassen sollen.«

Jetzt grinst er mich an. »Du bist selbst schuld.«

Ich packe ihn einfach am Arm und ziehe ihn mit rein. An der Kasse zahlen wir den Eintritt und bekommen einen Stempel aufgedrückt. Die Musik dröhnt schon hier zu uns herüber. Wir müssen noch eine Tür passieren, bis wir im Hauptfloor stehen. Das *Saints* ist riesig, aber die Tanzfläche ist für einen Club eher klein gehalten. Dafür gibt es eine Cocktailbar, viele Tische und Sitzmöglichkeiten. Da heute Abend wieder eine Show stattfindet, sind diese gut besucht.

Ich entdecke meine Freunde und lotse uns dorthin.

»Hey!«, grüßt Blair euphorisch. »Da seid ihr ja endlich. Wir haben schon eine Runde bestellt.«

Es gibt Shots für den Einstieg. Wir alle nehmen einen und trinken. Der Tequila brennt in meiner Kehle und ich will mir eine Zitrone angeln, aber meine Freunde waren schneller als ich. Kurz entschlossen greife ich in Calvins Nacken, ziehe ihn zu mir und küsse ihn, um den Rest Zitronensaft von seinen Lippen zu lecken. Seine Augen leuchten verführerisch, nachdem ich mich von ihm gelöst habe. Kurz fahre ich noch mal durch seine Haare, dann lasse ich von ihm ab.

»Ich mag deinen neuen Haarschnitt«, merkt Blair an. »Hat Devon dich etwa zu Rosalia geschleppt?«

»Ja, stimmt. Devon hat sich ebenfalls die Haare schneiden lassen, auch wenn man das nicht sieht.«

Ich lache leise, Devon verengt die Augen und sieht ihn mahnend an.

»Wen hast du hier nur angeschleppt, Lee-Lee?«

»Devon meint damit, dass er dich schon jetzt liebt«, übersetze ich grinsend. Devon zwinkert mir zu.

»Halt dich besser ran, bevor ich ihn dir wegschnappe.«

»Ich hole noch was zum Trinken«, schlägt Calvin schmunzelnd vor und steht schon auf. Blair entscheidet sich fünf Mal um, Devon bestellt sich einen Gin Tonic und ich wie immer einen Mojito.

Cal verschwindet und ich blicke ihm nach, wie er zur Bar läuft. Der Barkeeper beugt sich sofort interessiert zu ihm vor und ich sehe sein breites Grinsen von hier aus. Das gefällt mir ganz und gar nicht.

»Hast du ihm gesagt, dass das ein LGBTQ+-Club ist?«, fragt Blair amüsiert.

»Noch nicht. Er wird es schon herausfinden.«

»Du meinst, wenn der heiße Barkeeper mit ihm flirtet?«

Das stimmt, der Kerl hinter der Bar scheint ganz besonders viel Interesse an meinem Freund zu haben. Ich bemerke auch, wie er ihm nachschaut, als Calvin mit den Drinks in beiden Händen zu unserem Tisch zurückkommt.

»Danke mein Schatz.« Ich nippe an meinem Getränk und sehe noch mal misstrauisch zu dem Barkeeper, aber der ist bereits mit anderen Gästen beschäftigt.

»Gibt es heute irgendeine Show oder so?«, fragt Calvin interessiert und deutet mit dem Kinn auf die Bühne, auf der schon alles aufgebaut ist.

»Ja, sie müsste jeden Augenblick beginnen.«

»Hey Leute!« Eine bekannte Stimme reißt mich von Cal los. Jonathan kommt mit einem sexy Lächeln auf uns zu geschlendert.

Er sieht gut aus, wie immer. Die enge Jeans, das ausgefallene Hemd mit den abstrakten Mustern, das bis zur Hälfte aufgeknöpft ist, die Haare, die in einem wilden Durcheinander frisiert sind. Der perfekte Jon-Look.

Jon und ich hatten eine komplizierte »Ich will dich/ich will dich doch nicht«-Beziehung. Aber die Gefühle für ihn sind verblasst und inzwischen sind wir gute Freunde, die zusammen im Bett landen, wenn sie zu viel Alkohol getrunken haben.

»Hi Jon«, sage ich beiläufig und die anderen grüßen ihn ebenfalls, eher argwöhnisch. Devon mochte ihn nie und Blair meint, er hätte mir das Herz gebrochen, ergo mag sie ihn ebenfalls nicht. Natürlich fällt sein Blick sofort interessiert auf Calvin.

»Hey, ich bin Jonathan«, stellt er sich vor und streckt ihm die Hand entgegen. Calvin ergreift sie höflich und nennt im Gegenzug seinen Namen.

»Dich habe ich hier noch nie gesehen. Woher kommst du?«, fragt er.

»Ich wohne in Grand Lake City, das liegt bei Chicago«, informiert er und mustert Jon mit schief gelegtem Kopf.

Dieser lehnt sich dann halb zu uns herunter. »Und bist du schwul oder schleppt Lian noch mehr süße Hetero-Jungs an?«

»Warum fragst du?«, stellt Calvin eine misstrauische Gegenfrage. Jon lacht überrascht auf.

»Na, du bist in einem Schwulenclub, da ist die Frage berechtigt, oder?«

Oh, Mist. So hätte er es nicht erfahren sollen. Ich spüre förmlich, wie Calvin mich vorwurfsvoll mustert. Vielleicht hätte ich ihm das doch früher erzählen sollen.

»Dann bin ich wohl schwul«, antwortet er Jon, der immer noch wartet.

»Cool. Kann ich dir einen Drink ausgeben?«

Dieser Bastard. Will er mir wirklich gerade meinen Calvin ausspannen?!

»Er hat noch«, erwidere ich für Calvin und mustere Jon scharf. Dessen Augen funkeln belustigt.

»Also gut. Man sieht sich.«

Cal mustert mich, eine Augenbraue skeptisch in die Höhe gezogen.

»Überraschung?«, versuche ich es. Er öffnet den Mund zu einer Erwiderung, aber in dem Moment passiert etwas auf der Bühne.

Drei auffällig geschminkte Frauen mit wallenden Kleidern und pompösem Kopfschmuck treten auf die Bühne. Lady Marmelade greift zum Mikrofon, begrüßt die Gäste und kündigt die Show an. Die ersten Töne von Lady Gagas *Pokerface* klingen an.

Calvin ist davon so abgelenkt, dass er vergisst, was er sagen wollte. Mit großen Augen sieht er zu.

»Sind das Dragqueens?«, fragt er perplex.

»Ja«, erwidere ich, unsicher, was er davon hält. »Das sind die *Burnin' Babes*. Sie treten jeden Monat hier auf.«

»Komm mit.« Calvin steht abrupt auf und zieht mich am Unterarm mit sich. Ich beiße die Zähne zusammen und sehe schuldbewusst zu meinen Freunden. Blair sieht besorgt aus, Devon mustert mich vorwurfsvoll.

Na schön, es war eindeutig keine gute Idee, Cal einfach hierherzuschleifen, ohne ihn vorzuwarnen.

Ich erwarte, dass Calvin mich nach draußen schleift und mich zur Rede stellt oder mir mitteilt, dass er jetzt gehen möchte. Aber womit ich nicht rechne, ist, dass er mich auf die Tanzfläche zieht. Und definitiv auch nicht damit, dass er meinen Unterarm loslässt und stattdessen meine Hand umschließt, während er uns einen Weg durch die Menge bahnt, um nach ganz vorne zu kommen.

Erst, als wir vorne stehen bleiben, erkenne ich, dass er fasziniert und freudig zu den Drags hochsieht. Mir fällt ein riesiger Stein vom Herzen und ich kann nicht anders, als über mich selbst zu lachen.

Ich lege ihm eine Hand auf die Seite und ziehe ihn näher zu mir. »Gefällt es dir?«, frage ich, wobei ich gegen die lauter werdende Musik anschreien muss.

»Sie sind der Hammer!«, ruft Cal zurück.

Pokerface wird von *Womanzer* abgelöst, die Menge jubelt. Lady Marmelade reißt ihren Mantel auf und zum Vorschein kommt ein glitzernder BH mit spitzen Nieten. Sie lässt das Kleidungsstück achtlos fallen und die weiteren Drags weichen geschickt aus, werfen die langen Haare vor und rekeln sich auf der Bühne. Lichter flackern um uns herum.

Jemand stößt mich mit der Schulter an und ich sehe nach links. Jon grinst mich an und zwinkert mir zu. Dann macht er einen Bogen um mich, um sich neben Calvin zu stellen. Er beugt sich zu ihm und flüstert ihm etwas zu. Cal erwidert etwas, das ich nicht verstehen kann. Daraufhin lacht Jon und streicht meinem Freund über den Oberarm. Lasziv, ganz und gar nicht beiläufig, so wie Jon es immer macht, wenn er flirtet.

Ich schlage seine Hand weg und mustere ihn über Cals Kopf hinweg mahnend. Er streckt mir frech die Zunge heraus und sagt wieder was zu Calvin. Das gefällt mir ganz und gar nicht.

Jon stellt sich auf die Zehenspitzen, legt Cal eine Hand auf die Schulter und flüstert ihm etwas ins Ohr. Als ich sehe, dass er seinen Hals küsst, drehe ich fast durch. Jon grinst noch einmal vielsagend, lässt dann von ihm ab und verschwindet in der Menge. Calvin blinzelt.

Die *Burnin' Babes* kündigen ihren letzten Song an, aber mich interessiert jetzt viel mehr, was das gerade war.

»Was hat er gewollt?«, frage ich ihn.

Calvin beugt sich zu mir, damit er mir ins Ohr flüstern kann. »Er hat gesagt, wenn ich mit ihm auf die Toilette komme, bläst er mir einen. Und dass er ein Zungenpiercing hat.«

Dazu kann ich erst mal gar nichts sagen. Aber in meinem Inneren tobt ein Sturm. Zieht Cal dieses Angebot ernsthaft in Erwägung?

Wenn du einen Blowjob willst, dann lass mich das machen. Ich kann es besser als Jon. Gott, du brauchst mich noch nicht einmal fragen, sag nur ein Wort.

Cal legt plötzlich einen Arm um meine Schulter und zieht mich lachend zu sich heran. »Guck nicht so schockiert. Er ist dein Freund.«

Kopfschüttelnd verwerfe ich die dämlichen Gedanken. Das ist immerhin Calvin. Er würde so etwas niemals tun. Ich meine, heute Morgen waren wir beide scharf aufeinander und er hat uns gestoppt.

Ich schmiege mich in die Umarmung und drücke meine Lippen auf die Stelle, an der Jons eben noch waren. Leider lässt Cal mich viel zu schnell los und konzentriert sich wieder auf die Show.

Weil die Menge nach einer Zugabe schreit, spielen die Drags einen weiteren Song.

Who run the world? Girls!, dröhnt aus den Boxen, wozu die Mädchen im Club natürlich besonders laut singen. Blair steht plötzlich neben mir und feuert Lady Marmelade an. Diese verteilt Kusshände an die Fans und bedankt sich überschwänglich.

Mit einem Abschiedslied ziehen sich die Drags zurück und langsam fängt die Clubmusik an zu spielen. Blair fordert uns dazu auf, Shots zu trinken, bevor sie uns alle wieder auf die Tanzfläche scheucht. Ich bin kein guter Tänzer, ganz im Gegensatz zu Calvin. Verdammt, ich wusste nicht, wie gut er sich bewegen kann.

Ich trete an den Rand der Tanzfläche und lehne mich mit dem Rücken gegen das Absperrgitter, während ich Blair und Cal beobachte. Blair hängt an seinem Hals und reibt ihren Hintern gegen seinen Schritt, Cal lässt seine Hände ihren kurvigen Körper hinabwandern. Zusammen sehen sie wirklich heiß aus, auch wenn Calvin mehr von meiner Aufmerksamkeit auf sich zieht. Devon hat zwei neue Freundinnen gefunden, die ihn von beiden Seiten antanzen.

Mir entgeht nicht, wie ein Kerl unauffällig zu Cal schielt. Immer wieder. Ich schüttle meine Abneigung gegen das Tanzen ab und trete auf die Tanzfläche. Von hinten schlinge ich einen Arm um Calvin und ziehe ihn mit einem Ruck an mich heran.

»Hör auf, mich scharfzumachen«, raune ich ihm ins Ohr. Er umschließt mein Handgelenk, wehrt sich aber nicht gegen meine Umarmung.

»Ich mache doch gar nichts«, erwidert er unschuldig.

»Und ob. Scheiße, du siehst so heiß aus, Cal.« Er dreht sich in meiner Umarmung und verschränkt die Hände in meinem Nacken. »Du weißt gar nicht, was für eine Wirkung du auf mich hast.«

Ich weiß nicht, ob er meine Worte durch die Musik überhaupt versteht, aber sicher entgeht ihm nicht mein lustverhangener Blick, mit dem ich ihn mustere. Er beugt sich nach vorne und haucht mir einen Kuss auf die Lippen.

Ich will mehr. So viel mehr.

Dann gleitet sein Blick zu etwas hinter mir. Kurz darauf spüre ich zwei Hände an meinem Rücken und nehme einen vertrauten Duft wahr.

»Dreier?«

Typisch Jon. Er spricht immer ganz unverblümt seine Gedanken aus. Ich will ihm gerade ebenso unverblümt sagen, dass er sich verpissen soll, doch Calvin kommt mir zuvor. Er beugt sich über meine Schulter, sodass ich jedes Wort hören kann.

»Ich teile vieles, aber Lian gehört nicht dazu.«

Ich liebe ihn für seine Schlagfertigkeit und gerade bei diesen Worten schießt ein warmes, kribbelndes Gefühl in meinen Bauch.

Jon lacht leise, versteht die Abfuhr und lässt von mir ab.

»Das war die perfekte Antwort«, sage ich zu ihm. Und perfekt ist auch der Kuss, den wir danach teilen.

FÜNFUNDZWANZIG
-CALVIN

ICH FÜHLE mich leicht und beschwingt, als wir in den frühen Morgenstunden den Club verlassen. Devon ist bereits vor Stunden mit zwei Mädels verschwunden und Blair wird von ihrer Schwester abgeholt, sodass nur noch Lian und ich übrig bleiben.

»Das war ein schöner Abend«, sage ich, als wir ins Taxi steigen, und ich lehne den Kopf gegen seine Schulter. Ich verschränke unsere Finger miteinander und genieße das aufregende Kribbeln, das mich durchfährt.

»Du bist so anhänglich«, schmunzelt Lian, legt aber einen Arm um mich.

»Ich mag einfach deine Nähe.«

»Ich mag deine Nähe einfach auch«, erwidert er amüsiert.

»Lachst du mich aus?« Ich hebe den Kopf und sehe ihn prüfend an, doch er drückt ihn zurück auf seine Schulter.

»Würde ich niemals tun, mein Schatz.«

Ich mag es, wenn er mich so nennt. Das klingt so vertraut und liebevoll. Als würde ich zu ihm gehören.

Die Taxifahrt über schweigen wir, Lian hört nicht auf, durch mein Haar zu streichen. Ich schlafe fast ein, bin aber wieder hellwach, als wir an die warme Nachtluft treten.

»Seid ihr öfters im *Saints*?«, frage ich Lian, als er uns die Tür zur Wohnung öffnet.

»Mindestens einmal im Monat, tendenziell mehr. Wir mögen den Club.«

»Und triffst du dort hin und wieder andere Typen?«

Lian schmunzelt. »Hin und wieder, ja.« Er wirft die Schlüssel in die Schale und dreht sich vollends zu mir herum. »Interessiert dich mein Sexleben?«

Ich greife nach seinem Hemd und ziehe ihn näher an mich heran. Idiotischerweise gefällt mir seine Antwort ganz und gar nicht, dabei kann ich keine Besitzansprüche vor unserer Zeit stellen.

»Mich interessiert so einiges an dir«, hauche ich und küsse ihn.

Lian legt beide Hände an meine Wangen und intensiviert den Kuss, seine Zunge fährt über meine Unterlippe. Es fällt mir schwerer denn je, mich zurückzuhalten, was vermutlich am Alkohol liegt.

Ich vergrabe die Finger in seinem Haar und versinke in dem kribbelnden Gefühl. Lian drückt mich gegen die nächste Wand, lässt von meinen Lippen ab und küsst stattdessen meine Wange und Hals. Die Erektion drängt gegen meine Jeans und ich weiß, dass ich besser aufhören sollte. Aber ich will nicht. *Noch ein bisschen*. Ein bisschen intensiver, ein bisschen leidenschaftlicher, ein bisschen mehr Lian.

Apropos Lian … Dieser schiebt seine Hände unter mein Shirt und streicht über meinen Bauch, zu meiner Brust. Ein Keuchen kommt über meine Lippen und ich bekomme eine Gänsehaut.

»Zieh es aus«, fordert er mich auf und in seiner Stimme klingt die gleiche Lust mit, die ich verspüre.

»Nein.« Ich umfasse seine Wange und ziehe ihn zu einem weiteren Kuss heran. Noch ist meine Selbstbeherrschung vorhanden. Vielleicht liegt es auch an dem Alkohol, dass ich mich so leicht und unbeschwert fühle, aber ich will nicht, dass die Nacht hier und jetzt endet.

Lian knurrt unzufrieden in den Kuss hinein und lässt von mir ab. Ohne mich aus den Augen zu lassen, läuft er rückwärts zur Couch und lässt sich darauf fallen. In diesem Moment gibt es absolut nichts, das mich davon abringen könnte, ihm zu folgen.

Mit einer Hand stütze ich mich neben seinem Kopf ab und knie mich über ihn. Er grinst selbstzufrieden, legt die Hände an meine Taille und streckt sich für einen langsamen, intensiven Kuss.

Um besseren Halt zu finden, stütze ich ein Knie zwischen seine Beine. Das hat zur Folge, dass ich gegen seine Härte reibe. Als er aufstöhnt, erstarre ich augenblicklich. Ich blinzle auf ihn herunter. Er hat die Augen noch geschlossen, den Kopf in den Nacken gelegt, die Lippen leicht geöffnet.

Er ist so schön, dass sich alles in meinem Inneren verzerrt. Mit dem Daumen streiche ich über seine Unterlippe und als Lian das Becken anhebt, geht ein Schauer durch meinen Körper.

»Gott, ja«, stöhnt er leise. Jetzt ist der Moment gekommen, in dem ich aufhören muss. Noch nie ist mir etwas so schwergefallen, wie mich von Lian loszureißen und mich neben ihn auf das Polster fallen zu lassen. Ich brauche nur zwei Minuten, um klarzukommen, eine kurze Pause, frische Luft.

Leider sieht Lian das als Aufforderung, die Seiten zu wechseln. Es dauert keine zwei Sekunden, da ist er auf meinem Schoß. Da er keine Berührungsängste hat, spüre ich augenblicklich den Druck und die Reibung an meinem Ständer.

»Lian«, keuche ich gequält Dabei weiß ich selbst nicht, worum ich betteln soll. Aufhören? Weitermachen? Gedanken wirbeln wie Blitze durch meinen Kopf, viel zu schnell, um sie zu greifen.

Er bewegt die Hüften und ich glaube, ich sterbe. Einen schönen, grausamen Tod.

Stöhnend lege ich den Unterarm übers Gesicht, um ihn nicht weiter ansehen zu müssen. Das würde es noch schlimmer machen.

»Ich möchte kommen, Calvin«, seufzt Lian. »Es ist doch nichts dabei.« Er beugt sich ein Stück vor zu mir und flüstert: »Ich lasse auch meine Hosen an.«

»Das geht nicht«, presse ich hervor und versuche, an etwas Unerotisches zu denken. Das ist aber ziemlich schwer, wenn ich Lians Atem auf meiner Haut spüre und alles so verführerisch nach seinem Parfüm riecht.

»Warum? Lass mich dir einen runterholen. Das ist doch nicht anders, als wenn du selbst …« Er bringt den Satz nicht zu Ende, sondern streicht mit den Fingerspitzen über meinen Hals.

Jetzt wäre ein guter Zeitpunkt, um ihn aufzuklären. »Das also … das dürfen wir nicht.«

Stille. Seine Finger verharren regungslos an meinem Hals.

»Was meinst du damit?«

»Selbstbefriedigung ist eine Sünde.« Die Worte kommen mir nur schwer über die Lippen. Sie erscheinen mir so unpassend, wo ich doch gerade mit einem heißen Mann auf dem Sofa rummache und einen Ständer habe.

»Scheiße. Du bist noch nie gekommen?!«

Sein Gewicht verschwindet von mir und ich traue mich wieder, ihn anzusehen. Er hockt neben mir und blinzelt mich ungläubig an.

»Nicht bewusst«, antworte ich zögerlich auf die Frage. Es ist schon vorgekommen, dass ein Traum heißer war als gewollt und dann … aber das war nie absichtlich.

»Du …« Lian fährt sich durch die Haare. Er weiß offensichtlich nicht, was er dazu sagen soll. Mit einem Stöhnen legt er sich auf den Rücken und schüttelt den Kopf. »Sorry, das muss ich erst mal verarbeiten.«

Ich stütze mich auf dem Unterarm ab und sehe an ihm herab. Zu seiner ausgebeulten Jeans.

»Nur weil ich nicht kommen kann, gilt das Gleiche ja nicht für dich.« Sind das wirklich meine Worte?

Lians Kopf schießt wieder hoch, auch er kann offensichtlich nicht glauben, was ich gesagt habe.

»Du willst, dass ich mir einen runterhole?«, fragt er sicherheitshalber.

»Ja. Ich will dir zusehen.«

Lust flackert in seinem Blick auf. Einen Moment sehen wir uns nur an, dann verliert er keine Zeit mehr. Ohne den Augenkontakt abzubrechen, öffnet er geschickt seinen Gürtel und schiebt eine Hand in die Jeans. Er leckt sich über die Lippen und stöhnt leise.

Nicht in meinen wildesten Vorstellungen hätte ich mir ausmalen können, wie heiß das ist. Und ich hätte auch nicht gedacht, wie schnell meine Selbstbeherrschung sich in Luft auflöst.

Ich rutsche näher an ihn heran und küsse seine Wange. Drehe seinen Kopf zu mir und drücke meine Lippen auf seine. Mit einer Hand fahre ich über sein Hemd, sehne mich danach, seine Haut darunter zu berühren.

Lian stöhnt in meinen Mund und beißt auf meine Unterlippe. Ich kann nicht mehr. Ich will ihn spüren.

Mit halb geschlossenen Lidern löse ich den Kuss und lecke über seine weiche Haut am Hals. Währenddessen rutscht meine Hand weiter tiefer, folgt dem Weg, den seine eigenen Finger gerade gegangen sind, bis ich seine samtige Härte berühre.

»Oh, scheiße«, murmelt Lian. Abrupt stoppe ich meine Bewegung.

»Nein!«, protestiert er sofort. »Mach weiter. Das war ein gutes *Oh scheiße*. Hör jetzt bloß nicht auf, Cal.«

Zum Ende hin klingt seine Stimme verzerrt, fast verzweifelt. Mit den Fingern umschließe ich seine Erektion und löse seine eigene Hand ab. Vorsichtig reibe ich darüber. Es fühlt sich unglaublich gut an.

»Schneller«, fleht Lian und ich folge seiner Anweisung. Er stößt mir seine Hüften entgegen und stöhnt. Er verschränkt die Arme in meinem Nacken und zieht mich zu einem Kuss heran. Die Art, wie er mich küsst, so leidenschaftlich und voller Hingabe, bringt mich um den Verstand.

»Ich komme gleich«, haucht er und ich erhöhe das Tempo. Ich will, dass er kommt, will ihn noch einmal stöhnen hören, will …

Lian bäumt sich auf, kurz darauf spüre ich warmes Sperma auf meiner Hand. Sein ganzer Körper bebt und sein Kuss wird träger.

Blinzelnd versuche ich, wieder Herr über meine eigenen Gedanken zu werden, die sich wild überschlagen.

Denk an etwas Abtörnendes. Denk an etwas Abtörnendes. Komm schon, du hast doch Übung darin.

Es funktioniert nicht. Vielleicht sollte ich die Hand von seinem Schwanz nehmen.

Benommen ziehe ich die Hand zurück und bemerke wie in Trance, dass ich sein Hemd ruiniere. Mein eigener Herzschlag pocht in meinen Ohren und jede Faser meines Körpers schreit nach Erlösung. Wie habe ich nur denken können, ich wäre stark genug dafür? Das ist die reinste Hölle.

»Calvin?«, fragt Lian unsicher. Ich schüttle den Kopf und richte mich auf.

»Ich muss kurz duschen.«

Lian greift nach meinem Unterarm, aber ich schiebe seine Hände weg und springe auf.

»Es tut mir leid, ich wollte nicht …«, stammelt Lian. Oh nein, er soll sich nicht schlecht fühlen. Das ist das Letzte, was ich will. Deshalb bleibe ich doch noch mal stehen, auch wenn ich das Gefühl habe, innerlich zu zerreißen.

»Alles gut«, versichere ich ihm und beuge mich zu ihm, um ihn auf die Lippen zu küssen. »Du bist der

Wahnsinn.« Noch ein Kuss. »Aber ich muss mich abregen.« *Hör endlich auf, ihn zu küssen, du Sadist.*

Ich reiße mich von ihm los und stürme ins Badezimmer. Dort ziehe ich mich in Windeseile aus und stelle mich unter die Dusche. Das lauwarme Wasser prasselt auf meinen Kopf und ich schließe die Augen. Es war noch nie so schlimm.

Du hast auch nie einen attraktiven, heißen Kerl befriedigt.

Ich stütze beide Hände gegen die Fliesen und kneife die Augen zusammen. Zwei Sekunden, dann stelle ich das Wasser kalt.

Ist das die Lösung? Jeden Abend kalt duschen?

Erstaunlich, wie die hämische Stimme in meinem Kopf Lians Unterton annimmt. Lian …

Stopp, stopp, stopp. So wird das nichts.

Entfernt nehme ich wahr, dass die Tür zum Badezimmer aufgeht, aber realisiere nicht, dass es bedeutet, dass jemand hereinkommt. Deshalb zucke ich zusammen, als Lian hinter mich in die Duschkabine tritt. Ich traue mich nicht, die Augen zu öffnen und erst recht nicht, mich zu ihm umzudrehen. Denn vermutlich ist er ebenfalls nackt. Sehr wahrscheinlich sogar.

»Lass mich dir helfen, Cal«, flüstert er und haucht ein Kuss auf meine Schulter.

»Das geht nicht«, presse ich hervor.

»Es ist nicht schlimm«, versichert er mir. »Das ist doch noch kein Sex.«

Ich schweige. Warte ab, was er als Nächstes sagt.

»Ich hatte schon Sex«, konkretisiert er. »Und sich gegenseitig einen runterzuholen zählt nicht dazu. Echt nicht.«

Na ja … »Wirklich?«, frage ich leise. Kurz herrscht Stille zwischen uns. Nur das Rauschen des Wassers ist zu hören.

Komm schon, Baby. Erzähl mir die Lüge, von der wir beide wissen, dass es eine ist. Lüg mich an, damit ich mich besser fühle.

»Ja, wirklich«, versichert Lian mir schließlich.

Er legt einen Arm um mich, sodass seine Hand auf meiner Brust ruht, und drückt seinen Bauch gegen meinen Rücken. Da ist etwas zwischen uns. Stoff? Er ist tatsächlich angezogen. Mit dem Gedanken im Hinterkopf traue ich mich, wieder die Augen zu öffnen, drehe mich aber weiterhin nicht zu ihm herum.

»Oh-okay.«

Er umschließt meinen harten Penis mit einer Hand und ich gebe den inneren Kampf auf. Entspanne mich und lasse die Lust zu, die wie Wellen durch meinen Körper schießt. Es braucht nur wenige geschickte Handgriffe seitens Lian, um das Feuerwerk in mir explodieren zu lassen.

SECHSUNDZWANZIG

-CALVIN

AM NÄCHSTEN MORGEN wache ich alleine auf der Couch auf. Ächzend drehe ich mich herum und vergrabe das Gesicht im Kissen. Sonnenstrahlen dringen schon durch die geschlossenen Vorhänge, was bedeutet, dass ich wieder mal viel zu lange geschlafen habe.

Obwohl ich mich am liebsten noch einmal herumdrehen würde, stehe ich auf und strecke mich. Wir hätten auch zusammen ins Bett gehen können, aber nachdem Lian auf der Couch eingeschlafen ist, wollte ich ihn nicht alleine lassen.

»Lian?«, frage ich verschlafen und reibe mir übers Gesicht. Ich finde ihn schließlich in der Küche vor dem Laptop, in den er konzentriert starrt. Als er mich sieht, reißt er die Kopfhörer aus den Ohren und grinst mich an.

»Guten Morgen, Dornröschen. Sind wir aus dem hundertjährigen Schlaf erwacht?«

Er hält mir seinen Kaffeebecher hin, den ich dankend entgegennehme.

»Warum bist du eigentlich schon so früh wach?«, frage ich brummend und setze mich auf den Stuhl ihm gegenüber.

»Die Arbeit ruft, mein Schatz.«

»Am Samstag?«

»Samstag ist ein guter Tag zum Arbeiten«, erwidert er gut gelaunt. Definitiv ein Frühaufsteher. Ich denke, in diesem Punkt werden wir uns nicht mehr einig.

Schweigend nippe ich an dem Kaffee und schiele immer wieder zu Lian herüber. Dass er attraktiv ist, ist kein Geheimnis. Aber die Tatsache, dass ich weiß, wie er aussieht, wenn er kommt … ich weiß auch nicht, das macht ihn um ein so Vielfaches schärfer. Ebenso die Tatsache, dass er mich hat …

Tief atme ich durch, um die Gedanken zu verdrängen. Das Gefühl, was er mir bereitet hat, ist mit nichts anderem zu vergleichen. Und es macht süchtig, ab dem allerersten Mal.

Warum Masturbation verboten ist, ist so eine Sache, über die niemand gerne spricht. Mein Vater hat es mir erklärt, sachlich und korrekt, aber Fragen stellen war danach nicht mehr drin. Man sagt, Masturbation schürt das sexuelle Verlangen noch mehr, anstatt ein Ventil dafür zu sein. Dass man dadurch unreine Gedanken bekommt.

Aber ehrlich gesagt fühle ich mich heute besser denn je.

Meine gute Laune hält allerdings nur so lange an, bis ich ein Blick auf mein Handy werfe. Ich habe eine Nachricht von Walter. Er fragt nach, ob ich schon in Detroit bin und mit ihm morgen zum Gottesdienst gehen möchte. Ich erinnere mich an das Versprechen, das ich meiner Mutter gab.

Natürlich werde ich alle Zusammenkünfte besuchen, auch wenn ich in Detroit bin.

Die Wahrheit ist aber, dass ich gar nicht mehr daran gedacht habe. Mein schlechtes Gewissen wird zu einem Inferno, das alle positiven Gefühle zurückdrängt und nur noch Platz für negative lässt.

»Sag mal, hast du für morgen was geplant?«, frage ich an Lian gewandt.

»Nein, aber ich bin offen für alles, was du mit mir vorhast«, antwortet dieser abwesend, ohne von seinem Bildschirm aufzusehen. Nachdenklich beiße ich mir auf die Unterlippe. Anscheinend schweige ich zu lange, denn nun hebt Lian den Blick.

»Was ist?«

»Nichts. Ich dachte nur, ich könnte mich morgen mit einem Freund treffen, der hier in Detroit wohnt.«

Mein Gegenüber faltet sachlich die Hände zusammen und stüzt das Kinn darauf ab. »Nein, das ist verboten. Du bist eingesperrt und darfst nur unter meiner Aufsicht raus. Was denkst du denn, was das hier ist? Urlaub?«

Lächelnd verdrehe ich die Augen. »Also ist es okay?«

»Hast du mir nicht zugehört?«

»Du bist ein Idiot.«

»Gib mir einen Kuss«, verlangt er. Ich strecke ihm die Zunge raus und sehe dann auf mein Handy, um Walter zurückzuschreiben.

Aus dem Augenwinkel bemerke ich, dass Lian aufsteht und zu mir herumkommt. Er zieht meinen Kopf in den Nacken und drückt seine Lippen auf meine.

»Ich hasse es, wenn mir verwehrt wird, was mir gehört.«

Lachend befreie mich aus seinem Griff. »Mach hier nicht auf Mr. Grey, du Softie.«

Entrüstet fasst er sich an die Brust. »Ich weiß nicht, was mich mehr schockiert. Die Tatsache, dass du *Shades of Grey* kennst oder dass du mich gerade Softie genannt hast.«

»Habe ich damit deine Gefühle verletzt?«, ärgere ich ihn weiter. Lian schwingt sich rittlings auf meinen Schoß, mit solch einer Heftigkeit, dass wir fast beide umkippen. In seinen Augen glitzert der Schalk und ich sehe, wie er ein Grinsen unterdrückt.

»Dann musst du eben der dominante Part sein«, meint er. »Ich war auch ein ganz, ganz böser Junge …«

»Hör auf!«, warne ich ihn. »Das gefällt mir ganz und gar nicht.«

Jetzt lacht er doch los und schlingt die Arme um meinen Hals. »Gegen Fesselspielchen hätte ich tatsächlich nichts einzuwenden«, murmelt er. Meine Hände machen sich selbstständig, als sie über seinen Rücken fahren, bis hoch zu seinem Nacken.

Lian erschauert leicht und küsst mich auf die Lippen. Er rutscht ein wenig auf meinem Schoß herum und intensiviert den Kuss, seine Zunge streicht über meine.

Erneut lasse ich eine Hand über seine Wirbelsäule gleiten und genieße, wie er die Schulterblätter durchdrückt und sich enger an mich presst.

Lian lässt von meinen Lippen ab und drückt seine Nase gegen meine Wange. Er atmet geräuschvoll aus.

»Hat es dir gefallen, mich zu befriedigen?«

»Lass uns nicht darüber reden«, bitte ich ihn.

Er reibt seine Nase sanft gegen meine Haut. »Ein einfaches Ja oder Nein genügt.«

»Ja. Sehr«, gestehe ich ihm.

»Würdest du es wieder tun … oder war das nur, weil du betrunken warst?«

»Ich … weiß es nicht.« Würde ich es gerne wieder tun? Unbedingt. Jederzeit. Aber ist das die richtige Antwort auf seine Frage? Eher nicht.

»Okay.« Er drückt mir einen Kuss auf die Wange, lehnt sich dann zurück und mustert mich. Ich kann seinem Blick nicht standhalten, weil ich mir so heuchlerisch vorkomme.

Aber Lian umfasst meine Wangen und dreht meinen Kopf so, dass ich ihm nicht mehr ausweichen kann.

»Ich finde es gerne heraus, Calvin.«

Denn restlichen Samstag verbringen wir faul auf der Couch. Lian macht seine Lieblingsserie an – *Modern Family* – und während sie im Hintergrund läuft, arbeitet er am Laptop.

Wir wechseln alle paar Stunden die Position, bewegen uns ansonsten nicht viel. Am liebsten lege ich meinen Kopf auf seine Knie, damit mir der Laptop warme Luft in den Nacken bläst. Das fühlt sich gut an. Bis Lian sagt: »Das Ding bläst ja direkt in deinen Nacken« und mich zwingt, aufzustehen.

»Wenn dir jemand einen bläst, dann bin ich das, nicht mein Laptop«, fügt er hinzu und konzentriert sich wieder auf seine Arbeit.

Leider fällt es mir danach nicht mehr so leicht, an irgendetwas anderes zu denken.

Wir gucken über eine Staffel, bis ich irgendwann einschlafe. Zum Glück habe ich mir frühmorgens einen Wecker gestellt, sonst hätte ich definitiv verschlafen.

Müde greife ich nach meinem Handy und schalte den Wecker aus. Kurz darauf spüre ich Lians Hände an meiner Seite. Er zieht mich zurück an seine Brust und schlingt einen Arm um mich.

»Ich muss duschen, Lian«, murmle ich schlaftrunken.

»Klingt toll, ich bin dabei«, haucht er. Seine Stimme klingt heiser und verführerisch. Warum bin ich eigentlich der Einzige, der noch mehr halb tot statt wach ist?

»Das geht nicht.« Seufzend gebe ich meinen Widerstand gegen seinen Griff auf und schließe die Augen. Es wäre so schön, jetzt noch mal einzuschlafen …

Lian küsst mich sanft auf die Stelle hinter meinem Ohr. »Auch wenn ich dich wahnsinnig gerne den ganzen Tag in meinem Bett hätte – wenn du die Verabredung mit deinem rein platonischen Freund nicht verpassen willst, solltest du besser aufstehen.«

Mist, er hat recht. Ich muss gehen. Schwerfällig erhebe ich mich und schlurfe ins Badezimmer. Wie benommen mache ich mich fertig, ziehe meinen Anzug an und nehme dankend den Kaffee entgegen, den Lian mir hinhält.

Er steht mit Boxershorts und T-Shirt vor dem Herd, brät sich Eier und Speck und ich hasse es, ihn jetzt verlassen zu müssen.

»Am liebsten würde ich bei dir bleiben«, vertraue ich ihm an. Als Lians Augen daraufhin aufleuchten, habe ich plötzlich Herzrasen.

»Ich will es dir ja nicht schwerer machen, aber … warum ist noch niemandem aufgefallen, wie scheiße heiß du in einem Anzug aussiehst? Es sollte verboten gehören, so in eine Kirche zu gehen.«

Ich weiche verlegen seinem Blick aus. »Danke fürs Nicht-noch-schwerer-Machen.«

»Kuss zum Abschied?«, fragt Lian und macht einen Schritt auf mich zu. Das ist keine ernsthafte Frage, denn er weiß, dass ich ihm nicht widerstehen kann. Das weiß er sicher.

Ich überbrücke den letzten Abstand und hauche ihm einen Kuss auf die Lippen. Er hält mich am Jackett fest und sieht von meinen Lippen zurück zu meinen Augen.

»Bis später.«

»Hör bitte auf, mich so anzusehen.«

»Wieso?«

»Du weißt genau, wieso.« Ein letzter Kuss, dann reiße ich mich wirklich von ihm los und mache mich auf den Weg.

Obwohl ich lieber bei Lian geblieben wäre, freue ich mich, Walt wiederzusehen. Wir treffen uns in einem kleinen Café zum Frühstücken, bevor wir gemeinsam die Zusammenkunft besuchen wollen.

Beim ersten Kaffee erzählt er mir, dass er inzwischen verlobt ist.

»Das Problem ist nur, dass sie in New York lebt. Wir haben noch nicht entschieden, wo wir nach der Hochzeit hinziehen.«

Ich stoße einen Pfiff aus. »Das ist eine weite Strecke. Könntest du dir denn vorstellen, aus Detroit wegzuziehen?«

»Ganz ehrlich? Nein. Mich hält so vieles hier. Liza hat genauso ihre Familie dort, allerdings sind sie alle nicht gläubig und deshalb wäre es vielleicht gut, wenn sie ein wenig Distanz zu ihnen hat.«

Nachdenklich nippe ich an meinem Tee. Es ist eine schwere Entscheidung. Aber wenn Walter das Gleiche für seine Verlobte fühlt wie ich für Lian, sollte die Antwort auf der Hand liegen. Für einen Moment male ich mir aus, dass meine Familie und meine Gemeinde die Beziehung zu Lian akzeptieren würden. Eigentlich hätte ich kein Problem damit, meine Heimat zu verlassen, wenn ich dafür bei ihm sein könnte.

»Was gibt es bei dir denn Neues?«, fragt er mich im Gegenzug, als ich eine Weile schweige. Hier komme ich ins Stocken.

Ich habe den unglaublichsten Mann der Welt kennengelernt, er hat mir den Kopf verdreht, mich zu sich nach Detroit eingeladen und, ach ja, ich bin übrigens schwul.

»Ach, eigentlich alles beim Alten«, weiche ich aus. Er fragt nach meinen Eltern und Phoebe und wir unterhalten uns eine Weile über belangloses Zeug, bis es Zeit wird zu gehen.

Es ist schön, die Leute aus der Detroiter Gemeinde kennenzulernen. Alle sind nett und aufgeschlossen, wie auch bei uns. Ich treffe viele neue Gesichter und versuche, mir eine Menge neuer Namen zu merken. Es sind mehr junge Leute da, ein paar Gleichaltrige, ansonsten bunt gemischt.

Als eine ältere Dame fragt, ob ich drüben in Chicago eine Freundin habe, verneine ich zerknirscht. Obwohl die Atmosphäre friedlich und gelöst ist, kann ich mich nicht entspannen. Es fühlt sich falsch an, hier zu sitzen und so zu tun, als wäre man jemand anders.

Bei Lian und seinen Freunden muss ich mich nicht verstellen. Es hat sich gut angefühlt, geradeheraus sagen zu können, dass ich schwul bin. Mir keine Gedanken darüber zu machen, Lian zu küssen. Mit Blair in einem Schwulenclub zu tanzen. Von dem Barkeeper nach meiner Nummer gefragt zu werden.

So viele Momente, in denen ich mich frei gefühlt habe. Jetzt gerade spüre ich nichts davon. Während ich der Predigt zuhöre, habe ich fast keine Luft mehr zum Atmen. Die Schuldgefühle drücken auf mich herab wie ein Laster.

Du bist so ein Heuchler.

Tue ich das Falsche? Ich weiß genau, dass keiner dieser Leute mich akzeptieren würde, wenn sie wüssten, was ich mit Lian getan habe. Diese Leute – und auch alle meine Freunde und Familie in GLC – würden eine ganz andere Meinung von mir haben.

Aber was ist mit Gott? Mit meiner Verbindung zu unserem Schöpfer, der uns doch alle liebt?

Er hat strenge Grundsätze und Regeln, zumindest nach Ansicht unseres Glaubens. Es ist nicht einfach, sich an alle zu halten, doch nicht unmöglich. Mein Vater sagt immer, jeder trägt nur so viel, wie er ertragen kann. Aber ist Schwulsein wirklich eine Bürde? Wirklich etwas, das man nicht nur unterdrücken kann, sondern auch sollte?

Wie läuft das jetzt zwischen dir und mir, Gott?

Meine Gedanken sind nicht zynisch oder sarkastisch gemeint, es ist nur ein verzweifelter Ruf in den Himmel.

Entspreche ich nicht mehr deinen Vorstellungen? Habe ich das je? Ist Liebe tatsächlich eine Sünde? Auch wenn sie sich so gut anfühlt?

Natürlich kriege ich keine Antwort auf meine Fragen. Zumindest nicht so, wie ich es mir erhofft habe.

SIEBENUNDZWANZIG
—Lian

UNGEDULDIG WARTE ich darauf, dass Calvin zurückkommt. Es ist bereits vier Uhr nachmittags und er hat mir vor einer halben Stunde geschrieben, dass er gleich da ist.

Ich tigere durch meine Wohnung, staube mein Regal ab und sortiere in dem Zug meine Comics und Bücher neu. Gerade als seine Nachricht kam, habe ich einen Auftrag abgeschlossen und ihn samt Rechnung an die zufriedene Kundin geschickt. Eigentlich sollte ich mich gleich ans nächste Projekt setzen, um wieder im Zeitplan zu sein. Aber ich kann mich nicht konzentrieren, sondern muss ständig an Calvin denken. An ihn und seinen *Freund*. Ich weiß, dass er ebenfalls gläubig ist. Ich weiß nur nicht, was das Treffen für Calvin bedeutet. Wird er ihm erzählen, was wir getan haben? Wird er eine Beichte ablegen? Keine Ahnung, wie das bei ihnen funktioniert.

Auch wenn ich es mir nicht eingestehen will, habe ich Angst. Angst davor, dass sich etwas zwischen uns ändert. Dass er denkt, dass alles ein Fehler war, und die Reißleine zieht.

Als es an der Wohnungstür klingelt, erschrecke ich fast zu Tode. Gott, ich sollte nicht so in Gedanken hängen. Kopfschüttelnd betätige ich den Summer und öffne die Haustür.

»Hi«, grüßt Calvin, als er keuchend die Treppen nach oben steigt. In seinen Haaren glitzern kleine Regentropfen.

»Hab gar nicht gemerkt, dass es draußen regnet«, sage ich sehr klug und lasse ihn herein. Er streift die Schuhe ab und schält sich aus dem Jackett.

»Hast du Hunger?«, frage ich. »Ich hab Pizza gemacht.«

»Nein, wir haben gerade gegessen. Warte, ich ziehe mich kurz um.«

Er verschwindet im Schlafzimmer und ich gehe in die Küche, wo die Pizza im Ofen wartet. Ich kann seine Stimmung absolut nicht deuten. Verhält er sich ganz normal oder tut er nur so?

Heul nicht rum, mahne ich mich selbst. Sonst bin ich doch auch nicht so empfindlich. Es ist nur … bei Calvin ist das was anderes. Bei ihm habe ich das Gefühl, alles ist Sperrzone und ich muss mich vorwagen, aber damit rechnen, dass jederzeit eine Bombe hochgeht.

»Hmh, das riecht lecker.« Calvin kommt zurück und setzt sich mir gegenüber an den Tisch. Er trägt statt dem Anzug nur ein weißes T-Shirt und eine dunkle Jeans.

»Bedien dich ruhig.«

»Später vielleicht, jetzt bin ich voll. Aber danke.«

»Jon hat gefragt, ob wir heute Abend mit ihm ins Kino wollen«, teile ich ihm mit, nachdem ich einen Bissen genommen habe.

»Wir?«, fragt Calvin misstrauisch.

»Jap. Er hat geschrieben«, ich ziehe mein Handy heran und gehe noch mal auf seine Nachricht, »*hast du Lust auf Avengers heute Abend? Calvin kann ja auch mit, wenn er noch bei dir ist.*«

»Ach weißt du, eigentlich bin ich müde. Du kannst ja alleine gehen.«

Enttäuschung macht sich in mir breit, aber ich versuche, es zu überspielen, und nicke. Der Appetit ist mir vergangen, weshalb ich aufstehe und zum Kühlschrank laufe. Ich öffne ihn und hole mir eine Flasche Wasser heraus.

»Ach, das gefällt dir jetzt.« Heftig zucke ich zusammen, als Calvin plötzlich hinter mich tritt. Überrascht drehe ich mich zu ihm herum. Er hat den Kopf zur Seite gelegt und seine Augen blitzen amüsiert auf.

»Du denkst, ich lasse dich mit deinem Ex-Freund alleine ins Kino?«

»Jonathan ist nicht mein Ex«, stelle ich klar. Richtig zusammen waren wir nie.

»Habt ihr miteinander geschlafen?«

»Ja, aber …«

»Da gibt es kein Aber für mich«, unterbricht er mich. Dann legt er eine Hand an meine Wange und zieht mich zu einem kurzen Kuss heran.

Sofort schließe ich ihn in meine Arme und presse ihn an mich. »Du bist ein Idiot«, sage ich, kann jedoch nicht aufhören zu lächeln. Erleichterung macht sich in mir breit. Und Glück. Vor allem ein pures, wahnsinniges Glücksgefühl.

Calvin erwidert die Umarmung und streicht mit einer Hand meinen Rücken entlang. Innerlich erschauere ich und presse mich enger an ihn. Er hat meine empfindsame Stelle entdeckt und es scheint ihm zu gefallen, wie ich darauf reagiere.

»Also, wann gehen wir los?«

Wir treffen uns um 20 Uhr vor dem Kino mit Jon, der uns breit angrinst.

»Schön, dass ihr Zeit hattet«, meint er. »Ich habe uns Karten besorgt, wir müssen nur noch Essen holen.«

»Wohnst du hier in der Nähe?«, fragt Calvin ihn.

»Ja, mit einer Freundin zusammen in einer WG. Nicht gerade groß, aber genug, um es neben dem Studium zu finanzieren.«

»Was studierst du denn?«

»Architektur. Das Langweiligste, was ich mir hätte aussuchen können.« Jon zieht eine Grimasse. Ich weiß, dass er immer Autor werden wollte, aber seinem Vater zuliebe hat er sich für etwas *Vernünftiges* entschieden. »Und was machst du so, wenn du nicht gerade in Schwulenclubs feierst?«

Wenn es Calvin unangenehm ist, dass Jon das einfach in der Warteschlangen zur Essensausgabe herausposaunt, so lässt er sich nichts anmerken.

»Ich arbeite daheim in einem Café.«

»Wo wohnst du noch gleich?«

»In der Nähe von Chicago.«

Jon hebt vielsagend beide Brauen und sieht uns abwechselnd an. »Was tust du dann hier in Detroit?«

»Lian besuchen«, erzählt er wahrheitsgemäß. Jetzt grinst Jon dreckig.

»Ah, okay. Um Lian zu besuchen, ist kein Weg zu weit.«

Bei seinen Worten verdrehe ich die Augen. Calvin legt eine Hand auf meinen Rücken und beugt sich leicht zu mir herunter.

»Was möchtest du essen?«

Für Außenstehende mag es wie eine harmlose Geste aussehen, aber sie sehen auch nicht den brennenden Blick, mit dem er mich ansieht.

»Nachos. Dip ist egal. Ich mag alles, was du aussuchst.«

»Alles?« Der Druck an meinem Rücken verstärkt sich und ich meine, seine Wärme durch den Stoff des T-Shirts hindurch spüren zu können.

»Ja. Ohne Einschränkungen.« Ich lecke mir über die Lippen. Wir wissen beide, dass wir nicht mehr über Nachos reden.

»Vögeln ist erst erlaubt, sobald der Saal abgedunkelt wird«, murmelt Jon uns zu und tritt dann als Erster an die Theke. Calvin wirft mir ein Lächeln zu, bevor er sich zu Jon gesellt. Er lädt uns beide ein, was Jon sehr charmant findet.

»Niemand glaubt, dass Dreier-Beziehungen funktionieren, bis man es ausprobiert«, sagt Jon und amüsiert sich über die Leute, die uns komische Blicke zuwerfen. Das war schon immer seine Lieblingsbeschäftigung: Unruhe stiften.

Doch sobald wir im Kinosaal sitzen, ist er still. Er liebt die *Avengers*, sodass er die vollen drei Stunden ruhig ist und gebannt auf die Leinwand starrt. Auch ich bin nach wie vor begeistert von dem Film, obwohl ich ihn bereits einmal mit Blair und dann noch mal mit Devon im Kino angesehen habe. Blair und Devon kann man unmöglich gemeinsam in einen Film stecken. Blair redet andauernd und Devon ermahnt sie, still zu sein, bis das Ganze zu einem Riesenstreit ausartet. Habe ich schon öfters erlebt. Brauche ich kein weiteres Mal mehr.

Aber mit Cal und Jon ist es wirklich spaßig und beide können danach nicht aufhören, darüber zu diskutieren.

»Ich muss unbedingt alle anderen Teile sehen.« Calvin klopft mir grinsend gegen den Oberarm. »Wird 'ne lange Nacht.«

»Ich bin sicher, ihr findet eine bessere Beschäftigung, als die ganze Nacht Avengers-Filme zu sehen«, merkt Jon an, woraufhin Calvin schweigt.

»Willst du etwa mitmachen?«, frage ich an Jon gewandt, der mir daraufhin zuzwinkert.

»Wenn ich zu einem Dreier mit zwei heißen Kerlen jemals Nein sage, dann erschieß mich bitte auf der Stelle.«

Lachend schüttle ich den Kopf. »Heute nicht, Jon. Vielleicht ein anderes Mal.«

»Ein Anruf genügt, Engelchen.« Er knufft mir in die Seite und wirft Calvin ein versöhnliches Lächeln zu.

Da seine WG in Laufnähe liegt, bringen wir erst Jon nach Hause, bevor wir uns ein Taxi rufen. Zum Abschied umarmt Jon uns beide und Calvin sieht ihm nach, als er in das Gebäude verschwindet.

»Erzählst du mir, was zwischen Jon und dir passiert ist?« Wir sitzen schon im Taxi, als er mich fragt, und auch die Taxifahrerin blickt interessiert in den Rückspiegel.

»Ach, die alte Geschichte.« Ich weiche seinem Blick aus, aber Cal sieht mich weiterhin bohrend an.

»Wir hatten was Lockeres am Laufen. Irgendwie habe ich gedacht, es könnte etwas Festes sein. Du hast ihn ja kennengelernt, er ist einfach, wie er ist, immer einen blöden Spruch auf den Lippen. Mehrere Wochen hingen wir aneinander, bis ich ihn mit einem anderen im Bett entdeckt habe. Tja.«

Cal greift nach meiner Hand und verschränkt unsere Finger. Gequält lächle ich ihn an.

»Schon gut. Es war eine Zeit lang ziemlich schmerzhaft und impulsiv. Nach einer Zeit sind die Gefühle abgekühlt und wir konnten uns wieder normal unterhalten. Seitdem sind wir befreundet.« Ich beiße mir auf die Unterlippe und sehe ihn schuldbewusst an. »Danach haben wir einige Male miteinander geschlafen, aber das war dann wirklich von beiden Seiten nur Spaß ohne Verpflichtungen.«

»Das verstehe ich nicht.«

»Warum wir noch miteinander schlafen?«, rate ich. »Na ja, das ist so eine Sache …«

»Nein, ich verstehe nicht, wie er dich je hat gehen lassen können«, unterbricht Calvin mich, sein Blick bohrt sich in meinen. Sanft, aber nachdrücklich.

Zum ersten Mal bin ich sprachlos und weiß nicht, was ich darauf antworten soll. Cals Lippen verformen sich zu einem Grinsen.

»Tja, Pech für ihn. Jetzt hab ich dich.«

Dann lass mich nicht mehr los.

Die Worte verschlucken sich auf dem Weg zu meinen Lippen, aber es ist nicht nötig, sie auszusprechen. Wichtig ist nur, dass er sich vorbeugt und darauf wartet, von mir geküsst zu werden.

Ich fühle mich betrunken vor Glück, als wir vor meiner Wohnung ankommen. Calvin schlingt von hinten die Arme um mich, drückt sich gegen meinen Rücken und schiebt mich in die Wohnung hinein.

»Lass mich los«, lache ich, versuche aber nur halbherzig, mich gegen seinen Griff zu wehren.

»Niemals.« Er drückt seine Lippen auf meinen Hals und als er sanft hineinbeißt, erstarre ich in seiner Umklammerung und schließe genießerisch die Augen. Cal leckt versöhnlich über die Stelle und küsst mich wieder. Er will mich loslassen, aber ich halte seine Handgelenke fest.

»Mach weiter«, bitte ich ihn. »Hör jetzt bitte nicht auf.«

»Lian«, stöhnt er und drückt mich sanft von sich weg. Ich drehe mich zu ihm herum, lege eine Hand in seinen Nacken und will ihn zu mir ziehen, aber er wehrt sich.

»Ich kann nicht«, wispert er.

»Willst du denn?«, fordere ich ihn heraus. Cal schließt die Augen und nimmt einen tiefen Atemzug.

»Darum geht es nicht.«

»Genau darum sollte es gehen.« Ich nehme seine Hand und küsse sie, beschließe aber, ihn nicht weiter zu reizen.

»Lass uns ins Bett«, bitte ich ihn. Als er mir einen skeptischen Blick zuwirft, schiebe ich »Um zu schlafen« hinzu.

Es tut gut, nach Tagen auf der Couch endlich wieder in mein Bett zu fallen. Dass die Laken nach Calvin riechen, ist nur ein zusätzlicher Kick.

Wohlig seufzend kuschle ich mich in die Decke und drehe mich dann zu Cal herum, der den Kopf auf die Hand gestützt hat und mich mustert.

»Ich hatte Angst, dass sich heute etwas zwischen uns verändert«, gestehe ich ihm leise.

Cal runzelt die Stirn. »Wieso?«

»Na ja, du hast dich mit diesem Freund getroffen, ihr seid in der Kirche gewesen … keine Ahnung.«

Calvin streckt eine Hand aus und legt sie sanft auf meine Wange. Seine warme, sachte Berührung löst einen Schauer in mir aus.

»Es gibt vieles, über das ich gerade nachdenke«, gesteht er mir. »Aber dich zu küssen, steht dabei nicht zur Debatte. Ich kann nicht anders.«

Mein Herz wird schwer. Ich rutsche näher an ihn heran und schmiege meine Lippen an seine. Es ist ein kurzer, unschuldiger Kuss, bevor ich einen Arm um ihn lege und mich an ihn kuschle. Mein Kopf liegt an seinem Hals und Cal schließt mich ebenfalls in seine Arme.

In dem Moment weiß ich, dass ich verloren habe. Gegen meine Gefühle, mein Herz, meinen Verstand. Ich habe mich in ihm verloren.

ACHTUNDZWANZIG
—Lian

AM DIENSTAG will Cal unbedingt eine Museumstour machen. Ich habe ihm am Anfang versprochen, dass ich ihm auch diesen Teil von Detroit zeigen werde, aber ehrlich gesagt habe ich das nur getan, weil ich dachte, er vergisst es wieder.

Glücklicherweise kommt Blair mit, sie hat von solchen Sachen sowieso viel mehr Ahnung als ich.

Die beiden schleppen mich ins *Henry Ford Museum*, weiter ins *Detroit Institute of Art* bis hin zum *Guardian Building*. In keinem war ich davor selbst. Natürlich hätte ich auch zu Hause bleiben können, aber ich will die restliche Zeit mit Calvin verbringen, egal, was er tun möchte.

Es kommt mir so unwirklich vor, dass er am Ende der Woche zurück nach Chicago fliegt, weshalb ich die Gedanken immer wieder verdränge.

Nach den ganzen langweiligen Ausstellungen gehen wir zumindest ins Einkaufscenter, was meine Stimmung wieder hebt.

»Ich brauche unbedingt eine neue Jeans«, sagt Blair, bevor sie in dem Laden verschwindet. Das kann dauern.

»Lass uns hoch zu den Männerklamotten«, schlage ich vor und deute auf die Rolltreppe, die nach oben führt. Calvin folgt mir. Ich stehe eine Stufe über ihm und er tritt dichter an mich heran. Mein Puls beschleunigt sich, als er mir einen Kuss auf den Hals drückt. Am liebsten würde ich ihn festhalten und noch näher an mich ziehen, beherrsche mich aber.

»Danke, dass du mitgekommen bist«, flüstert Cal mir zu.

»Hab ich doch gerne gemacht.«

»Wirklich? Weil du mindestens fünfzig Mal die Augen verdreht hast.«

Ich grinse unschuldig. »Gar nicht wahr. Hast du mich etwa beobachtet?«

Er lächelt sein Grübchen-Lächeln, das mich jedes Mal aufs Neue dahinschmelzen lässt. »Immer.«

Wir kommen an der Etage an und mischen uns unter die Klamottenstände. Bei den Lederjacken bleibe ich stehen und suche mir eine in meiner Größe heraus.

»Was meinst du?«, frage ich und ziehe das Fake-Leder über. »Dann gehen wir ab sofort im Partnerlook.«

»Mir gefällt es besser, wenn du meine anhast.«

»Sage ich doch, du bist ein Macho«, necke ich ihn, streife die Jacke aber wieder ab und hänge sie zurück. »Suchst du was Bestimmtes? Blair braucht sicher eine Ewigkeit.«

»Eigentlich nicht.«

Trotzdem stöbern wir ein wenig durch die Klamotten, ich probiere mich durch alle Sonnenbrillen und wir machen lauter dämliche Fotos. Als wir bei der Unterwäsche ankommen, wird Calvin nachdenklich.

»Trägst du eigentlich manchmal die Boxershorts, die ich für dich besorgt habe?«

Bei dieser Frage muss ich kurz stutzen, aber dann fällt mir wieder ein, was er meint. Stimmt, als er mir seine Klamotten geliehen hat, war auch frische Unterwäsche dabei.

»Ja klar, die liegen in meiner Schublade. Warum fragst du?«

Calvin beißt sich auf die Unterlippe und mustert mich. »Als ich sie damals für dich ausgesucht habe … ach, das klingt jetzt blöd. Eigentlich wollte ich nur schnell was mitnehmen, doch dann stand ich plötzlich in dieser Abteilung und musste mir die ganze Zeit vorstellen, wie du in den verschiedenen Sachen aussiehst.«

Seine Stimme wird zum Ende hin immer leiser, aber ich verstehe trotzdem jedes Wort. Als Cal mich wieder ansieht, zupft ein Lächeln an seinen Mundwinkeln und in seinem Blick kann ich Sehnsucht erkennen.

»Damals waren es nur ferne Gedanken. Und jetzt …«

Er spricht es nicht aus. Aber ich kann mir denken, was er sagen will. Zumindest hoffe ich, dass ich seine ungesagten Worte nicht falsch deute.

Und jetzt habe ich die Möglichkeit, alle Fantasien wahr zu machen.

Am besten greifen wir Blair beim Jeans-Aussuchen unter die Arme. Denn plötzlich will ich nichts sehnlicher, als mit Cal alleine zu sein.

Kaum, dass die Wohnungstür hinter uns geschlossen ist, drücke ich Cal dagegen und küsse ihn. Er seufzt leise gegen meine Lippen und schiebt seine Finger in meine Haare.

Meine Hände machen sich selbstständig, fahren fiebrig über sein Hemd und nesteln an den Knöpfen herum. Als er eine Hand meinen Rücken hinabwandern lässt, kann ich nicht mehr klar denken. Es ist ein Wunder, dass ich es schaffe, die Knöpfe zu öffnen. Es fühlt sich an wie eine Erlösung, als ich endlich seine warme Haut berühre. Seine Brust hebt und senkt sich spürbar, sein Herz schlägt schnell unter meinen Fingern.

Ich löse mich von seinen Lippen und sehe ihm fest in die Augen.

»Weißt du noch, dass es etwas gab, das ich unbedingt tun wollte?«

Er öffnet den Mund, schließt ihn aber wieder. Stattdessen beißt er sich auf die Wange. Automatisch muss ich lächeln. Es ist süß, wenn er verlegen wird.

Die Tatsache, dass er nicht protestiert, gibt mir neuen Aufschwung. Ich beuge mich erneut vor und küsse sanft seine Wange, sein Kinn, runter zu seinem Hals, während meine Finger die Erkundung über seinen Oberkörper weiter fortsetzen.

Es tut so gut, ihn endlich wieder zu berühren, zu sehen, wie er darauf reagiert. Das brennende Gefühl in mir entwickelt sich zu einem Inferno, aber ich versuche krampfhaft, einen klaren Kopf zu bewahren. Ich weiß, dass bei Calvin jeder Schritt zu weit gehen könnte, und achte daher auf seine Signale. Im Moment scheint es aber ganz und gar nicht so, als wolle er aufhören.

Mit den Lippen fahre ich über seine Brust, küsse weiter nach unten, über seinen Bauch und gehe in die Hocke. Als ich seinen Gürtel öffne, stockt ihm der Atem.

»Gleich hier?!«, fragt er fast schon panisch.

»Entspann dich, mein Schatz«, hauche ich. »Schließ die Augen. Lehn dich gegen die Tür.«

»Lian, ich …« Calvin beendet den Satz nicht, sondern folgt meiner Anweisung. Meine Haut kribbelt erwartungsvoll.

Seit dem kurzen Abenteuer in der Dusche habe ich ihn nicht mehr so berührt. Die letzten Nächte habe ich ihm Zeit gegeben, mich zurückgehalten und ihn nicht bedrängt. Prüfend sehe ich noch mal in sein Gesicht, aber seine Züge sind entspannt, sein Atem geht flach.

Ich ziehe seine Jeans nach unten und massiere seinen harten Schwanz durch den Stoff der Boxershorts hindurch. Calvin stöhnt leise. Geschickt streife ich auch die Unterwäsche ab, sodass sein Penis mir entgegenspringt.

Mit der Hand streiche ich ein paar Mal darüber, sehe ihn dabei von unten an, um seine Züge zu studieren. Er kaut auf seiner Unterlippe, die Hände hat er zu Fäusten geballt.

Ohne ihn aus den Augen zu lassen, lecke ich über seine Härte und sehe zu, wie sich sein Gesicht verändert. Er keucht auf und presst die Hände nun flach gegen die Holztür. Schließlich lasse ich ihn zwischen meine Lippen gleiten, bearbeite seinen

Schwanz weiterhin mit einer Hand und nehme ihn tiefer auf. Mit der Zunge fahre ich über seine Unterseite, sauge sanft, probiere aus, was er mag.

»Scheiße, Lian«, stöhnt er und ich spüre kurz seine Hand an meinem Kopf, seine Finger, die durch meine Haare gleiten. Ich ziehe mich etwas zurück und sehe ihn funkelnd an. Im selben Moment öffnet auch er die Augen wieder und blinzelt zu mir herunter.

»Soll ich aufhören?«, frage ich und obwohl die Frage provozierend hätte klingen können, meine ich es ernst. Das Letzte, was ich will, ist, dass er wegen etwas ein schlechtes Gewissen hat, das er nur genießen sollte.

»Bitte nicht. Bitte mach weiter.«

Das ist genau, was ich hören wollte. Hören *musste*. Erneut nehme ich ihn zwischen die Lippen, wiederhole die Prozedur von eben, aber höre wieder auf, als es am intensivsten ist.

»Lian«, fleht er. Ich wiederhole das Ganze und sehe zu, wie er frustriert aufstöhnt.

»Bitte.«

»Bitte was?«, frage ich raunend.

»Weißt du doch.«

Als ich ihn erneut in den Mund nehme, greift er in mein Haar und stößt die Hüften leicht vor. Genau darauf habe ich gewartet. Dass er sich endlich gehen lässt und die Kontrolle übernimmt befriedigt mich so sehr, dass ich ihm Erlösung verschaffen will. Ich beschleunige das Tempo meiner Hand, sauge fester.

Er keucht, stöhnt meinen Namen und kommt schließlich in meinem Mund. Ich genieße den Geschmack auf meiner Zunge, als ich schlucke.

Calvin atmet schwer, während ich mich wieder auf die Beine stelle. Er greift nach meinem Nacken und zieht mich in eine Umarmung.

»Ich liebe dich«, murmelt er. Ich schließe die Augen und versuche krampfhaft, die Worte nicht zu ernst zu nehmen. Das sagt man nun mal nach seinem ersten Blowjob. Ich habe schon öfter ein *Ich liebe dich* direkt nach dem Sex gehört. Aber bei Cal fällt es mir schwer, es einfach zu ignorieren.

Er streift mit seinen Lippen meinen Hals, meine Wange, bis er an meinen Lippen ankommt. Nachdem wir uns geküsst haben, verzieht Calvin das Gesicht. Ich muss grinsen.

»Das ist … ungewohnt.«

»Ich mag's.«

Ich ziehe ihn erneut zu einem Kuss heran, dieses Mal länger und langsamer. Danach lächelt er.

Vorsichtig trete ich einen Schritt zurück und drehe mich um, um zur Küche zu gehen. So gebe ich Cal die Möglichkeit, sich wieder anzuziehen und einen klaren Kopf zu bekommen. Mein eigener Schwanz drückt fordernd gegen die Jeans, aber das ignoriere ich. Darum kann ich mich später kümmern. Hier ging es nur um Calvin.

Ich nehme mir eine Flasche Wasser und trinke daraus, warte, bis er zu mir kommt. Als nichts passiert, schaue ich nach ihm. Er liegt bäuchlings auf der Couch. Ich kann nicht anders, als ihm zu folgen und mich halb auf ihn zu legen. Über seine Schulter hinweg sehe ich, dass er mit seiner Schwester schreibt.

Er legt das Handy weg und stützt das Kinn auf der Handfläche ab.

»Danke«, murmelt er. »Das war unglaublich. Du bist unglaublich.«

Sanft drücke ich meine Lippen gegen seinen Nacken. »Dafür brauchst du mir nicht zu danken, Schatz.«

Ehrlich gesagt war es nicht selbstlos. Ich möchte, dass er sich an mich erinnert, auch wenn er zurück in seiner Heimat ist. Wenn er alleine in seinem eigenen Bett liegt. Ich will einfach, dass er an mich denkt, will, dass er meine Berührungen spürt, wenn er die Augen schließt. Genauso, wie auch ich das Bild von ihm in meinem Bett nie wieder vergessen werde.

NEUNUNDZWANZIG
−CALVIN

LIAN ARBEITET bis spät in die Nacht, während ich irgendwann die Augen nicht mehr aufhalten kann und einschlafe. Als ich frühmorgens um sechs wach werde, ist er in einer ungemütlichen Position eingenickt, sein Laptop brummt noch vor sich hin.

Vorsichtig ziehe ich das Gerät von ihm weg, speichere seine letzten Entwürfe ab und fahre den Computer herunter. Gerade, als ich eine Decke über ihn lege, schreckt er auf.

»Oh Gott, ich bin eingeschlafen«, murmelt er und sieht sich nach seinem Laptop um.

»Ich habe ihn ausgemacht«, sage ich leise.

»Meine letzte Arbeit …«

»… habe ich abgespeichert.« Ich drücke seine Schultern zurück. »Du brauchst ein bisschen Schlaf, Lian.«

Er reibt sich müde die Augen. »Ich habe eine Deadline.«

»Wann läuft die ab?«

»Heute Abend.«

»Na, dann hast du noch genug Zeit. Schlaf, wenigstens ein paar Stunden.«

Seufzend lässt er sich zurücksinken und vergräbt das Gesicht im Kissen.

Ich lege mich zu ihm, kuschle mich an seinen Rücken und schlinge einen Arm um ihn.

Wir schlafen noch zwei Stunden, dann ist Lian wieder halbwegs ausgeschlafen und auch ich nicht mehr müde.

Da ich ihn in Ruhe arbeiten lassen will, verabrede ich mich mit Blair. Sie geht auf die *Detroit University Mercy* und zeigt mir den Campus. Blair studiert hier Medizin und ist sichtlich begeistert davon, mich herumzuführen.

»Ich weiß nicht, ob ich wirklich Ärztin werden will«, vertraut sie mir an, als wir in einem Burgerladen zu Mittag essen. »Das Studium ist superinteressant und ich bin gut. Aber ich weiß nicht, ob ich Menschen sterben sehen kann. Das ist so furchtbar.«

»Mein bester Freund hat auch Medizin studiert und ist inzwischen Arzt in einem Krankenhaus«, erzähle ich ihr. Als Blair mich interessiert mustert, muss ich mich sofort korrigieren. »Ehemaliger bester Freund, wir haben nicht mehr so viel Kontakt. Er hat oft gesagt, dass ihm das zu Anfang nicht leichtgefallen ist.«

Jedes Mal, wenn ich an Theo denke, fühle ich mich schlecht. Wird das jemals aufhören?

Blair verzieht das Gesicht. »Ich glaube daran, dass alles seinen Grund hat. An Schicksal und Vorbestimmung. Aber habe ich als Ärztin nicht die

Macht, ein Leben zu verlängern oder zu beenden, wenn ich einen Fehler mache? Das ist etwas, das mich die ganze Zeit nicht loslässt.« Unsicher kaut sie auf ihrer Unterlippe. »Wie denkst du darüber?«

»Ich glaube, dass wir einen freien Willen haben und dadurch selbst entscheiden, wie es vorangeht.«

Sie lächelt mich an. »In gewisser Weise, ja. Aber denkst du nicht, es ist Schicksal, wenn bestimmte Menschen in unser Leben kommen? Oder ist das alles nur Zufall?«

Darüber muss ich länger nachdenken. »Ich würde eher zu Zufall tendieren.«

Interessiert legt sie das Kinn auf der Faust ab und mustert mich. »Ich mag es, mit dir zu reden, Calvin. Wenn du nicht zu Lian gehören würdest, würde ich dich vom Fleck weg heiraten.«

Daraufhin lache ich. Mit Blair wäre tatsächlich alles einfacher. Aber wenn ich mich zwischen *leicht* und *Lian* entscheiden müsste, fällt die Wahl definitiv immer auf ihn.

»Auch wenn ich etwas eifersüchtig bin.« Blair grinst. »Immerhin hat Lian *mir* im Kindergarten bei unserer Hochzeit geschworen, mir auf ewig treu zu bleiben.«

Gespielt schockiert fasse ich mir an die Brust. »Ich bin mit einem verheirateten Mann zusammen? Das wird ja immer schlimmer.«

Sie wirft mit einer Pommes nach mir. »Siehst du mal. Aber jetzt ist er dein Problem, ich habe ihn über 20 Jahre lang ertragen.«

»Kann ich ihn dir abkaufen? Was willst du, so hundert Dollar?«

Sie lacht laut. »Du bist schlimm! Lass das bloß Lian nicht hören.«

Jap, das würde er mir garantiert übel nehmen.

Am Nachmittag fährt Blair mich zurück zu Lians Apartment.

»Willst du mit hochkommen?«, frage ich sie, doch Blair verneint, da sie schon verabredet ist. Wir verabschieden uns und als ich auf die Straße trete, klingelt mein Handy. Es ist meine Mutter.

Mit einem mulmigen Gefühl nehme ich ab. Mom möchte wissen, wie es mir geht und wann mein Flieger startet. Die Vorstellung, morgen schon wieder zurückzufliegen, bereitet mir Bauchschmerzen.

Davon lasse ich mir vor meiner Mutter aber nichts anmerken und beantworte geduldig ihre vielen Fragen, während ich nach oben jogge. Ich habe heute Lians Schlüssel mitgenommen, weshalb ich mit der freien Hand aufschließe und eintrete.

Sofort rutscht mein Blick zu ihm. Er trägt nur eine Jogginghose und rubbelt sich die Haare trocken, die danach in alle Richtungen abstehen. Mein Mund wird trocken, als meine Augen über seine nackte Haut wandern.

»Ja, Walt geht es auch gut«, sage ich zu meiner Mutter am anderen Ende.

»Ach wie schön. Richtest du …«

»Ja, ich richte ihm schöne Grüße aus«, vollende ich schnell ihren Satz. Lian kommt mit einem funkelnden

Blick auf mich zugelaufen und sieht so aus, als wolle er mich gleich küssen. Mein Herz macht schon einen erwartungsvollen Satz. »Okay, Mom, ich muss jetzt auflegen. Wir sehen uns, ja?«

»Okay mein Junge, pass auf dich auf.«

»Tschüss!« Ich lege auf, kurz bevor Lian vor mich tritt und mir einen Kuss auf die Lippen drückt, wie ich es bereits vermutet habe.

»Hi«, raunt er. »Wer ist Walt?«

»Der Freund, mit dem ich am Sonntag weg war«, teile ich ihm mit und streiche seine nassen Haare glatt. Zu gerne würde ich meine Finger auch über seine nackten Schultern gleiten lassen, wo einzelne Wasserperlen glänzen, aber ich kann mich gerade noch beherrschen.

»Ach so. Hast du noch mal vor, ihn zu besuchen?« Er lässt von mir ab und läuft Richtung Couch, wo sein Laptop steht. Ich folge ihm.

»Eigentlich nicht. Warum fragst du?«, hake ich nach und lasse mich neben ihn fallen.

»Na, du hast deiner Mutter gerade gesagt, dass du ihm Grüße ausrichtest. Wie willst du das machen, wenn du ihn nicht mehr siehst?«

Seine Frage verwirrt mich etwas. »Keine Ahnung. War doch nur so dahergesagt.«

Lian kneift die Augen zusammen. »Deine Eltern wissen, dass du bei mir bist, oder?«

»Na ja, nicht so richtig …«

»Was hast du ihnen erzählt?«

»Dass ich bei Walter schlafen werde. Das hat er mir auch angeboten. Aber, du weißt schon.«

Er legt den Laptop zur Seite und dreht sich ganz zu mir herum. »Warum hast du sie angelogen?«

»Ich habe sie nicht angelogen. Ich habe nur … etwas verschwiegen.« Ja, das ist mindestens genauso schlimm wie lügen. Einem Teil von mir ist das sehr wohl bewusst. »Es wäre schwer, zu erklären, warum ich bei dir schlafe.«

»Du bist einundzwanzig, du brauchst deinen Eltern gar nichts erklären. Du kannst tun und lassen, was du willst«, meint Lian nüchtern. Es gefällt mir ganz und gar nicht, wie die Stimmung plötzlich umschlägt.

»Das ist nicht so einfach, Lian.«

Fest sieht er mir in die Augen und ich halte seinem Blick stand.

»Und was sagst du ihnen, wenn du zurück bist? Was für eine tolle Zeit du mit Walt hattest?«

»Nein, ich … keine Ahnung.« Ehrlich gesagt habe ich mir noch nicht überlegt, was ich tun werde. Die Zeit hier ging so rasend schnell vorbei. Ich habe keinen Gedanken daran verschwendet, was danach passiert.

Lian neigt den Kopf zur Seite, auf seinem Gesicht zeichnet sich so viel Traurigkeit ab, dass sich alles in mir schmerzhaft zusammenzieht. Seine Stimme klingt eisig, als er spricht: »Wirst du einfach zurück in deine Gemeinde gehen und vergessen, was wir hatten? Ist es das für dich – ein kleines, spaßiges Abenteuer, mehr nicht?«

Ich öffne den Mund zu einem Protest, doch es kommen keine Worte heraus. Er legt eine Hand an meine Wange und streicht mit dem Daumen darüber. Seine Berührung ist so endlich sanft, ganz im Kontrast zu seinen harten Worten.

»Willst du das, Calvin? Willst du ein pseudo-perfektes Leben führen, irgendeine Frau heiraten und dein ganzes Leben lang langweiligen Blümchensex haben, der dich nicht wirklich befriedigt? Sei ehrlich. Mir kannst du immer die Wahrheit sagen.«

Ich weiß. Aber das macht es so schwer.

»Das will ich nicht«, gestehe ich ihm leise. »Aber ich habe so Angst, alles zu verlieren. Meine Familie. Meine Freunde. Mein ganzes bisheriges Leben. Niemand aus meinem Umfeld wird akzeptieren können, wenn ich mit einem Mann zusammen bin.«

Lian stößt die Luft aus, seine Hand rutscht von meinem Gesicht. »Nur du kannst wissen, was richtig für dich ist.«

Aber wie soll ich wissen, was richtig ist? Mein Gefühl und all die Prinzipien, mit denen ich aufgewachsen bin, führen Krieg in meinem Inneren. Mein Kopf sagt mir, dass es falsch ist, was ich mit Lian getan habe. Was ich mit Lian tun will. Aber mein Herz … mein Herz ist ganz anderer Meinung.

Lian reibt sich die Stirn und erhebt sich abrupt. »Sorry, ich muss meinen Auftrag abschließen. Tut mir leid, ich brauche kurz Ruhe zum Arbeiten. Lass uns danach reden«, sagt er und packt seinen Laptop. Seine Stimme klingt so belegt, dass ich kurz erwäge, ihn aufzuhalten, entscheide mich aber dagegen. Sobald er die Schlafzimmertür hinter sich geschlossen hat, habe ich das Gefühl, nicht mehr atmen zu können. Ich brauche frische Luft, ein bisschen Zeit alleine mit meinen Gedanken.

Eilig greife ich mir mein Handy, Lians Schlüssel und verlasse leise die Wohnung. Als ich nach draußen trete, beschließe ich, Lian kurz eine Nachricht zu schreiben, damit er sich keine Sorgen macht.

Calvin, 16:58

Bin kurz an der frischen Luft. Komme später wieder.

Planlos laufe ich durch die Stadt, biege in Gassen ein und streife durch die belebten Straßen Detroits. Es hilft, mich unter die Menschen zu mischen und sie zu beobachten. Manche unbeschwert, andere ruhig, wieder andere am Streiten. Alle haben ihre eigenen Probleme und Päckchen zu tragen. Das zu begreifen, hilft mir, meine eigene Situation nicht mehr ganz so ausweglos zu sehen.

Lian hat recht, sobald ich daheim bin, muss ich meinen Eltern erzählen, was ich die letzten Tage getan habe. Ich kann es nicht verschweigen und so tun, als wäre nichts gewesen. Das lässt mein Gewissen nicht zu. Abgesehen davon, dass ich Lian unbedingt wiedersehen will. Das ist das Einzige, bei dem ich mir zu hundert Prozent sicher bin.

An einer Ecke bleibe ich ruckartig stehen und sehe ungläubig zu der Aufschrift des Ladens. *Rooftop*.

Ein überraschtes Lachen entfährt mir. Als ich das Café betrete, fühle ich mich zurückversetzt nach GLC. Von den roten Tischen bis hin zur Kaffee- und Desserttheke sieht alles identisch aus.

Ich reihe mich in die Schlange, bestelle mir ein warmes Getränk und setze mich an einen freien Tisch. Selbst der Kaffee schmeckt so, wie ich ihn sonst immer trinke. Zwei Schuss Karamell mit extra viel Zucker.

Alles hier ist so vertraut, dass ich mir vorkomme, als wäre ich schon wieder daheim. Es ist ein schreckliches Gefühl. Natürlich vermisse ich Phoebe und in gewisser Weise auch meine Eltern. Elena und die Arbeit fehlen mir ebenfalls, aber ansonsten gibt es nichts, auf das ich mich freue. Im Gegenteil, am liebsten würde ich hierbleiben. Ich werde Blair und Devon vermissen. Ich werde das Gefühl vermissen, mich nicht mehr verstecken zu müssen. Die Freiheit, einfach sagen zu können, was ich denke und fühle. Und am allermeisten werde ich Lian vermissen. Ich werde vermissen, neben ihm aufzuwachen, mit ihm herumzualbern, ihn zu küssen.

Wenn ich das aus dieser Perspektive sehe, ist es klar, was ich als Nächstes tun muss. In diesem Moment fühlt es sich nur wie eine Unmöglichkeit an. Ich bin religiös aufgewachsen, habe schon von klein auf die Werte und Regeln meine Eltern, die der Bibel, auferlegt bekommen. Aber wenn ich nur eine Sekunde daran denke, wie es wäre, wenn all das außer Kraft gesetzt ist, fühle ich mich … frei.

Lange sitze ich einfach nur da, bestelle mir einen weiteren Kaffee und dann noch ein Wasser. Gedanklich gehe ich jedes mögliche Gespräch durch, das ich in meiner Heimat führen muss, grübele und komme schließlich zu dem Schluss, dass keines dieser Unterhaltungen positiv verlaufen kann.

Als es langsam dunkel wird, beschließe ich, zurückzugehen. Ich bestelle für Lian noch einen Caramel macchiato und einen Donut zum Mitnehmen und mache mich auf den Weg. Ich bin weiter gelaufen als gedacht, aber schließlich stehe ich wieder vor seiner

Tür. Ich schließe sie auf und stelle die Tüte sowie den Becher vom *Rooftop* in der Küche ab. Dort öffne ich die Schränke auf der Suche nach einem Thermobecher, in den ich den noch warmen Macchiato umfüllen kann. Doch stattdessen fällt mir in einem Schrank ein vertrautes Logo auf. Dort steht ein leerer Pappbecher vom Rooftop, auf dem *Liam* steht.

Natürlich erkenne ich meine eigene Schrift sofort wieder. Bei seinem ersten Besuch in GLC und im *Rooftop* habe ich seinen Namen falsch auf den Becher geschrieben. Nur zu gut erinnere ich mich an seine Worte – *kannst du mir was Süßes und Heißes geben?* – und an seinen herausfordernden Blick, dem ich damals nicht standhalten konnte.

Lian hat den Becher behalten. Diese Tatsache löst etwas in mir aus, das mich einen Moment überwältigt.

Ich stelle ihn zurück und laufe ins Wohnzimmer. In dem Moment geht die Tür zum Schlafzimmer auf. Ruckartig bleibe ich stehen und starre Lian an.

»Hi«, sage ich vorsichtig. »Bist du gut vorangekommen?«

»Ja.« Er reibt sich den Nacken und wirkt fast nervös. So kenne ich ihn gar nicht. »Tut mir leid. Ich hätte dich nicht mit deinen ganzen Gedanken und Gefühlen alleine lassen sollen.«

Schnell schüttle ich den Kopf. »Schon gut, deine Arbeit ist wichtig. Außerdem hat es gutgetan, ein paar Stunden über alles nachzudenken.«

Zögerlich macht er ein paar Schritte auf mich zu. »Hast du dich entschieden, wie es weitergeht?«

Knapp nicke ich, Lian atmet tief durch. »Gut. Kann ich dir noch etwas sagen, bevor du mir deinen Entschluss mitteilst?«

»Natürlich.« Ich verschränke die Hände hinter meinem Rücken und sehe ihn gespannt an. Er beißt sich auf die Wange. Das ist eine Gewohnheit, die er von mir übernommen hat, nur sieht sie bei ihm unglaublich süß aus.

»Du hast gesagt, dein Umfeld würde nicht akzeptieren, wenn du mit einem Mann zusammen wärst. Aber du wärst nicht mit irgendeinem Mann zusammen. Sondern mit *mir*, wenn du es willst.« Lian tritt noch einen Schritt auf mich zu, inzwischen trennt uns nur noch eine Armlänge. Sein Blick ist voller Hoffnung. »Du hättest mich. Du hättest Devon und Blair und glaub mir, du würdest so viele andere gute Freunde finden, die dich akzeptieren, genauso, wie du bist.«

Seine Worte berühren mich so sehr, dass mir Tränen in die Augen schießen. Für einen Moment wende ich den Blick ab und blinzle, um sie zu unterdrücken.

»Und ich möchte dir noch etwas zeigen«, fährt Lian fort. Er überbrückt den letzten Abstand und drückt mir einen Kuss auf die Lippen. Kurz und unschuldig, so wie auch unser erster Kuss damals im Auto. Es kommt mir vor, als wäre der Moment schon eine Ewigkeit her. »Fühlt sich das falsch an?«

Leicht schüttle ich den Kopf. »Ganz und gar nicht. Dich zu küssen hat sich noch nie falsch angefühlt, Lian.«

Er öffnet die Lider und sieht mir wieder fest in die Augen. »Und wie hast du dich jetzt entschieden?«

Tief atme ich durch und umfasse sein Gesicht. »Ich möchte mit dir zusammen sein, auch wenn ich zurück nach GLC fahre«, stelle ich klar. »Ich will keine Frau an meiner Seite, ich will meine Gefühle nicht mehr unterdrücken. Erst recht nicht meine Gefühle für dich. Ich liebe dich, Lian.«

Er atmet aus. Fast erleichtert. Dann streift er meine Hände ab und beugt sich vor, um mich zu küssen. Wir teilen ein paar langsame, intensive Küsse, ohne Hast, ohne den Wunsch nach mehr. Er greift nach meinen Händen und verschränkt unsere Finger.

»Lass uns morgen den Tag zusammen verbringen, nur wir beide«, schlägt er vor.

Mein Herz wird plötzlich schwer und ein Kloß bildet sich in meinem Hals. »Du weißt, dass mein Flug morgen Mittag geht?«

Lians Augen werden groß. »Scheiße«, flucht er. »Daran habe ich nicht mehr gedacht.« Er vergräbt das Gesicht an meiner Schulter.

»Ich möchte nicht, dass du gehst«, haucht er.

»Wir sehen uns wieder. Ich komme nach Detroit oder du nach Chicago …«

»Versprochen?«

»Natürlich.« Ich streiche über seinen Rücken. Er drückt sich an mich.

»Ich will trotzdem nicht, dass du gehst.«

Er löst sich von mir, aber nur, um mich zur Couch zu ziehen. Eng aneinandergeschmiegt setzen wir uns darauf.

»Wenn wir zusammen sein wollen, musst du dich erst von deiner Frau trennen«, sage ich leise, in der Hoffnung, damit die Stimmung aufzulockern.

»Was?«, fragt Lian verwirrt.

»Blair hat mir von eurer Kindergarten-Hochzeit erzählt.«

Er ächzt gespielt. »Die Ehe haben wir schon lange annulliert, die war rechtsungültig.«

Ich lache leise und streiche ihm über den Nacken. Er pustet mir sanft gegen den Hals. Der Gedanke, mich morgen von ihm trennen zu müssen, bringt mich fast um. Es gibt so vieles, das mir in der Heimat bevorsteht.

Aber jetzt zählt nur noch das: Lian, der ganz nah bei mir ist. Die Gefühle, die er in mir auslöst und die sich richtig und gut anfühlen.

Ich wünschte, ich könnte diesen Moment, in dem ich alles so klar sehe, festhalten, mit nach GLC nehmen und ihn rausholen, wann immer ich am Zweifeln bin.

Aber so funktioniert das leider nicht.

DREISSIG

—Lian

»WIR MACHEN keine kitschige Flughafen-Abschiedsszene«, warne ich Calvin vor, als wir in der Parkgarage des Flughafens ankommen.

»Nicht?«, fragt er schmunzelnd.

»Nein. Weil das hier kein Abschied ist«, konkretisiere ich. »Wir sehen uns bald wieder.« Ich stütze den Kopf gegen die Lehne und blinzle ihn an. »Oder?«

»Ja. Natürlich.« Er beugt sich vor und küsst mich kurz.

»Und wir schreiben.«

»Und Facetimen«, fügt er hinzu. Erneut küsst er mich. »Ich lie…«

»Nein«, unterbreche ich ihn. »Sag es mir nicht. Das klingt verdammt nach Abschied.«

Es würde mich zerreißen, wenn seine letzten Worte *Ich liebe dich* wären.

Cal lächelt sanft und nickt.

Wir steigen gemeinsam aus. Ich hole seinen Koffer heraus und er schultert seine große Sporttasche. Mittlerweile kenne ich mich gut genug aus, um gleich den Weg zur Kofferaufgabe zu finden.

»Schreib mir sofort, nachdem du gelandet bist«, bitte ich ihn, als wir uns ans Ende der Schlange stellen.

»Klar. Was machst du heute noch?«

»Arbeiten und darauf warten, dass du mir schreibst.«

Calvins Blick wird weicher, ich sehe schon, dass er mich küssen will, weshalb ich den Kopf wegdrehe. Keine Abschiedsszene. Kein Abschiedskuss. Cal seufzt leise und knufft mir vorwurfsvoll in die Seite.

»Du wusstest, worauf du dich einlässt«, sage ich scherzhaft.

Dann sind wir an der Reihe, Calvin gibt seinen Koffer auf und holt sein Ticket ab.

»Sie können direkt zu Gate 42A«, teilt die Dame uns mit. Auf dem Weg dahin schweigen wir. Irgendwie habe ich gehofft, dass der Flug Verspätung hat, sodass ich mehr Zeit mit ihm habe. Aber nun sind es nur noch wenige Schritte, bis ich ihn gehen lassen muss. Ich komme mir vor wie im falschen Film.

Wir haben den ganzen Vormittag gemeinsam im Bett verbracht, geredet, uns geküsst oder einfach nur dagelegen. Die Stunden sind an mir vorbeigezogen wie ein Tornado. Die ganze Woche mit ihm war viel zu kurz, wir hatten einfach zu wenig Zeit.

Schließlich kommen wir am Gate an. Gleich muss er die Sicherheitskontrolle über sich ergehen lassen und im abgetrennten Bereich auf seinen Flug warten. Ab hier kann ich ihn nicht mehr begleiten.

Calvin bleibt stehen und dreht sich zu mir herum. »Dann wird es wohl Zeit für unseren Nicht-Abschied.«

Ich klopfe ihm auf die Schulter. »Guten Flug, Alter. Man sieht sich.«

Er lächelt traurig. »Ernsthaft? Nicht mal eine Umarmung?«

»Calvin, bring mich nicht in Versuchung«, warne ich ihn.

»Na schön. Danke fürs Fahren, *Alter*. Ich schreibe dir.«

Ich drehe mich herum und mache einige Schritte Richtung Ausgang. Mit jedem schlägt mein Herz schmerzhafter gegen meinen Brustkorb, mit jedem Atemzug wird es schwerer, Luft zu kriegen.

Ganze sieben Schritte schaffe ich, bis ich umdrehe. Er hat sich ebenfalls schon abgewandt, doch ich brauche nur drei große Sätze, bis ich wieder bei ihm bin. Seine Augen weiten sich, aber ich schlucke jede Frage mit einem Kuss.

Kurz ist er perplex, dann legt er mir eine Hand ins Kreuz und erwidert den Kuss mit der gleichen intensiven Leidenschaft.

»Steig nicht in diese Höllenmaschine«, bitte ich ihn atemlos. »Bleib hier. Bei mir.«

»Ich muss gehen«, haucht er. »Es geht nicht anders.«

»Nein. Du musst bei mir bleiben.« Erneut küsse ich ihn. Wünsche mir so sehr, dass meine Worte die Kraft haben, ihn zum Bleiben zu bewegen. Gleichzeitig weiß ich, dass es nur Wunschdenken ist. Er wird gehen, egal, was ich sage oder tue.

»Lian, wir sehen uns wieder. Versprochen.«

Jetzt kann er dieses Versprechen geben. Noch ist er sich dessen selbst sicher. Ich versuche wirklich, ihm zu glauben, aber in Wahrheit habe ich Zweifel. Was passiert, wenn seine Eltern ihn umstimmen? Wenn sie ihn davon überzeugen, dass Gott oder die Bibel oder sonst was die Macht haben, ihm zu helfen? Mich zu vergessen? Seine Gefühle zu verdrängen?

Ich kralle mich in seiner Jacke fest und sehe abwechselnd in seine Augen. »Bitte bleib«, sage ich erneut.

Calvin umarmt mich fest. »Ich liebe dich, Lian. Daran wird sich nichts ändern.«

»Ich liebe dich auch.« Die Worte sind schneller gesagt, als ich darüber nachdenken kann. Ich wollte sie nicht sagen, nicht, wenn ich nicht weiß, ob er wiederkommt. Aber es ist sinnlos, ich fühle sie mit jeder Faser meines Körpers. Ich liebe ihn, verdammt.

Erneut küsse ich ihn. Dann noch einmal. Und noch mal.

»Das war eine dramatische Flughafen-Abschiedsszene«, raunt er mir zu.

»Das liegt nur daran, dass die Chance besteht, dass dein Flugzeug abstürzt.«

»Danke, jetzt kann ich beruhigt einsteigen.«

Ich lächle leicht und löse mich endgültig von ihm. Oh Gott, warum habe ich das getan? Nun zerreißt es mich innerlich noch mehr als zuvor. Calvin scheint es ähnlich zu gehen. Er schluckt merklich, ehe er sich umdreht und geht. Ich mache einige Schritte rückwärts, ohne ihn aus den Augen zu lassen. Ein letztes Mal dreht er sich herum und lächelt mich unsicher an.

Ich lege eine Hand auf meine Brust, an die Stelle, wo mein Herz sich schmerzhaft nach ihm verzehrt. Dann ist er verschwunden.

EINUNDDREISSIG
–CALVIN

ICH KANN nicht glauben, zurück in Grand Lake City zu sein. Der Flug verlief gut, die Taxifahrt von Chicago nach GLC reibungslos. Es ist schon dämmrig draußen, als ich vor meinem Haus ankomme.

Ich fühle mich nicht bereit, da reinzugehen. Zurück in die vertrauten vier Wände. Zurück in mein altes Leben. Aber ewig im Hof herumstehen kann ich auch nicht.

Nach einem tiefen Atemzug wage ich mich hinein. Kaum, dass ich die Tür aufgeschlossen habe, höre ich Phoebes begeisterte Stimme.

»Calvin!« Sie stürmt auf mich zu und fällt mir in die Arme. Lachend fange ich sie auf und drücke sie fest an mich. Wenn ich etwas vermisst habe, dann ist es meine Schwester. Sie hat mich schon lange nicht mehr so euphorisch umarmt.

»Endlich bist du zurück! Ich freue mich so!«

»Und ich erst«, sage ich zu ihr und presse sie enger an mich.

»Calvin, Schatz!« Die Stimme meiner Mutter lässt mich zusammenzucken. Ich löse mich von Phoe und umarme sie ebenfalls. Natürlich freue ich mich auch, sie zu sehen, aber andererseits drückt die Last eines schlechten Gewissens auf meinen Schultern.

»Wie geht es dir? Hattest du einen guten Flug?«

»Danke, ja. Ich bin nur total müde.«

»Das glaube ich dir. Ruh dich ein wenig aus, wir fahren gleich zum Gottesdienst. Vermutlich willst du nicht mit?«

»Eher nicht, ich will einfach nur ins Bett.«

Sie streicht mir liebevoll über die Wange und nickt. »Das habe ich mir gedacht. Ruh dich aus. Morgen will ich unbedingt hören, wie es in Detroit war.«

Ihre Worte versetzen mir einen Stich. Sie hat recht, auch ich muss mit ihnen reden. Aber es wird sicher nicht so, wie sie denkt. Ein Teil von mir möchte es endlich loswerden, ein anderer es so lange wie möglich aufschieben.

»Wo ist Dad?«, frage ich schließlich.

»Er ist schon mal vorgefahren. Er wollte dich unbedingt selbst begrüßen, leider ist eine Sitzung der Ältesten dazwischengekommen.«

»Na ja, ich sehe ihn ja morgen.«

Noch mal lächle ich meine Mutter und Schwester gekünstelt an und verziehe mich dann in mein Zimmer. Eigentlich müsste ich meine Sachen auspacken und duschen, aber stattdessen falle ich einfach in mein Bett und seufze. Die Bettwäsche ist frisch und riecht nach Waschmittel. Meine Lider fallen flatternd zu.

Schon jetzt vermisse ich Lian, obwohl es erst wenige Stunden her ist, seitdem wir uns gesehen haben. Wenn ich an seinen letzten Kuss zurückdenke, stockt mir automatisch der Atem. Alles zwischen uns war so intensiv. Und es ging so schnell vorbei.

Die innerliche Zerrissenheit droht mir aus ganz anderen Gründen die Luft zu nehmen. Seufzend vergrabe ich den Kopf im Kissen. Hoffentlich bringt ein wenig Schlaf mir Klarheit.

Ich schlafe länger, als ich es sonst tue. Irgendwie habe ich mir das Ausschlafen in Detroit angewöhnt. Seufzend reibe ich mir das Gesicht, während ich langsam wach werde.

Müde hieve ich mich aus dem Bett und beschließe, die Dusche von gestern nachzuholen. Ich bleibe extra lange unter dem warmen Strahl stehen, versuche, meine Gedanken zu sortieren. Es gelingt mir absolut nicht.

Trotzdem kann ich es nicht länger aufschieben. Wie erwartet, hantieren Mom und Dad gemeinsam in der Küche herum. Sie sehen dabei so harmonisch aus, dass ich einen Moment im Türrahmen stehen bleibe und sie beobachte.

Dad bemerkt mich scheinbar aus dem Augenwinkel, denn er dreht sich um und seine Züge erhellen sich.

»Calvin, wie schön, dich zu sehen.« Er kommt auf mich zu und umarmt mich. »Wir haben dich vermisst. Wie war es in Detroit? Was treibt Walter so? Hast du die Brüder und Schwestern aus der Detroiter Versammlung kennengelernt?«

Zu viele Fragen, die auf mich hereinprasseln. Während er mich interessiert mustert, glaube ich, in einem Kanister zu stecken, der sich nach und nach mit Wasser füllt.

»Walter geht es gut«, fange ich mit etwas Einfachem an. »Er ist inzwischen verlobt, aber leider wohnt seine Zukünftige in New York. Vielleicht zieht er um.«

»Ach, das sind doch schöne Neuigkeiten. Hast du sie auch kennengelernt?«, fragt Mom.

»Nein, sie war zu dem Zeitpunkt nicht bei ihm.«

»Calvin, was ist los?«, fragt Dad, eine Augenbraue skeptisch nach oben gezogen. Nervös beiße ich mir auf die Unterlippe. »Ich sehe, dass dich etwas beschäftigt. Ist irgendetwas passiert?«

»Ja.« Jetzt gibt es kein Zurück mehr. »Ich muss mit euch reden.«

Sofort schlägt die freudige Stimmung um und die Mienen meiner Eltern verdüstern sich.

»Setzen wir uns ins Wohnzimmer«, bittet Dad besorgt und deutet mir, vorneweg zu laufen. Ich entscheide mich für den Sessel, in dessen Lehne ich mich krallen kann. Mom und Dad lassen sich zusammen auf das Sofa mir gegenüber nieder.

Mein Vater nickt mir aufmunternd zu, doch ich finde keinen Anfang. Der Moment war vor zwei Wochen noch so weit entfernt. Obwohl die Zeit so schnell vergangen ist, ist viel passiert. Es hat sich einiges geändert, vor allem in mir.

»Calvin, du machst mich ganz nervös.« Mom lacht leise, aber es klingt alles andere als amüsiert. »Du weißt doch, dass du uns alles sagen kannst.«

»Ich habe viel Zeit mit Lian verbracht«, platzt es aus mir heraus. Meine Eltern sehen verwirrt aus.

»Lian Cantial? Louises Neffe?«, hakt Dad nach. »Hast du ihn noch mal in Detroit getroffen?«

»Ja, in gewisser Weise ...« Okay, ich sollte aufhören, Halbwahrheiten zu erzählen, und die Fakten endlich auf den Tisch legen. »Nein, die Sache ist die: Ich habe Walter in Detroit getroffen. Einmal. Bei Lian habe ich die restliche Zeit verbracht.«

Stille. Mom sieht Dad an und dieser weiß sichtlich nicht, was er darauf erwidern soll.

»Warum hast du uns das verschwiegen?«

»Ihr hättet mich nicht gehen lassen, wenn ihr das gewusst hättet«, sage ich. Dads Blick verändert sich und er schüttelt fassungslos den Kopf.

»Natürlich hätte ich das nicht gutgeheißen, Calvin. Er ist ungläubig. Warum wolltest du überhaupt Zeit mit ihm verbringen?«

»Weil ich ihn mochte. Ich war gerne mit ihm zusammen.« *Die Wahrheit, Calvin. Erzähl ihnen endlich die Wahrheit.*

Aber ich kann nicht. Ich bringe es nicht über die Lippen. Warum ist das nur so verflucht schwer? Geht es anderen vor ihrem Coming-out auch so oder liegt das an meiner speziellen Situation? Vermutlich ist es nie einfach. Besonders nicht, wenn man schon weiß, wie die Reaktion ausfallen wird.

Mom und Dad sehen sich einen Moment lang an. Dann seufzt mein Vater, atmet tief durch und legt sich seine Worte zurecht. Sein Blick fällt wieder auf mich.

»Habt ihr etwas getan, das gegen Gottes Regeln ist? Zu viel Alkohol getrunken, wart ihr in Clubs oder sonst wo?«

Oh weißt du, Dad, ich war in einem Schwulen-Club, habe Dragqueens angefeuert, habe Lian einen runtergeholt, er hat mir einen geblasen …

Ich entscheide mich für eine harmlose Variante. »Wir haben uns geküsst.«

Damit mache ich meine Eltern erneut sprachlos. »Wen hast du geküsst?«, fragt Mom irritiert. Aber an ihrem Gesichtsausdruck sehe ich, dass sie genau weiß, wen.

»Lian«, sage ich trotzdem.

Dad rutscht unruhig auf seinem Platz und stützt das Kinn auf den Händen ab. Er ringt nach Worten.

»Calvin … seit wann hast du diese Gefühle? Seit er hier aufgetaucht ist?«

»Nein, schon viel länger. Seit meiner Pubertät würde ich sagen. Ich habe es immer verdrängt und nicht mehr darüber nachgedacht … aber dann kam Lian.«

»Wieso hast du denn nie mit uns darüber geredet?«, fragt Mom, in ihren Augen glitzern ungeweinte Tränen.

Humorlos lache ich auf. »Was hätte ich sagen sollen? Mom, Dad, ich bin schwul?«

Bei dem Wort zucken beide zusammen.

»Du hättest mit uns darüber reden sollen. Wir hätten diese … Situation vermeiden können. Ach, Calvin. Du hättest mit allem zu uns kommen können!«

Dad streckt die Hand aus, lässt sie auf halbem Weg jedoch wieder sinken. Ich will so gerne den Blick senken, halte seinem dennoch stand.

»Habt ihr miteinander geschlafen?« Seine nächste Frage wirft mich etwas aus der Bahn. Hohle Phrasen liegen mir auf der Zunge.

Nicht so richtig. Eigentlich nicht. Wir haben nur … Aber sie sind alle nicht wahr.

»Ja«, lautet deshalb meine Antwort.

Nun schluchzt Mom endgültig auf und hält sich sofort eine Hand vor den Mund. »Calvin, wie konntest du es nur so weit kommen lassen? Du warst sonst immer so gewissenhaft und beherrscht.«

Jetzt muss ich doch die Augen schließen, spüre schon das Brennen hinter den Lidern, dränge die aufkommenden Tränen jedoch zurück »Weil ich ihn liebe, Mom. Ich habe mich einfach in ihn verliebt.«

»Calvin. Sieh mich an«, bittet Dad. Ich öffne die Augen wieder und begegne seinem Blick. Er ist voller Schmerz, aber eindringlich. »Es gibt keine Liebe in dieser unreinen Welt. Wahre Liebe gibt es nur dort, wo Gott anwesend ist.«

Seine Worte machen mich nicht wütend. Weil ich weiß, dass sie nicht wahr sind. Er fühlt nicht, was ich fühle.

»Du weißt, was Gott zur Homosexualität sagt«, setzt mein Vater wieder an. »Es ist eine Sünde.«

»Damals war alles anders«, sage ich. »Zu der Zeit, als die Bibel geschrieben wurde, war alles anders. Das ist heute gar nicht mehr so …«

»Calvin«, unterbricht Vater mich energisch. »Hör auf, Ausreden zu erfinden. Satan möchte, dass du so denkst. In deinem Inneren weißt du selbst, dass das nicht wahr ist.«

Aber was ist, wenn ich tief in meinem Inneren immer so gedacht habe, dass es schon immer Dinge gab, die ich an unserer Religion nicht verstanden habe?

Fest presse ich die Lippen zusammen, schweige. Dad seufzt tief.

»Gibt es noch etwas, das du uns sagen willst?«

Stumm schüttle ich den Kopf.

»Wir müssen uns bereden. Du weißt, dass ich auch mit den Ältesten reden muss.«

»Ja.« Damit habe ich gerechnet. Schwerfällig erhebe ich mich und sehe auf die Uhr am Wohnzimmer. »Ich muss zur Arbeit. Elena erwartet mich im Laden.«

Keiner sagt etwas dazu. Eigentlich hätte ich heute noch frei, aber ich ertrage es nicht, länger hier herumzusitzen.

Dankbar darüber, dass niemand mich aufhält, beeile ich mich, nach draußen zu gelangen. Ich habe gehofft, das Gespräch mit meinen Eltern verschafft mir Klarheit. Dass ich danach genau wüsste, in welche Richtung ich muss.

Aber in Wahrheit fühle ich mich noch zerrissener, noch schlechter als ohnehin schon. Ich wünschte, zurück in Detroit zu sein. Bei Lian.

Er einen Arm um mich geschlungen, mein Rücken gegen seine Brust gedrückt. Sein warmer Atem in meinem Nacken, seine Finger, die leicht an meinem Bauch zucken.

Damals bei ihm im Bett war alles klar. Einfach. Ohne Zweifel, vollkommen ohne Reue.

Ich wünsche mich so sehr an diesen Moment zurück, dass es wehtut.

ZWEIUNDDREISSIG
—CALVIN

ALS ICH das *Rooftop* betrete und mir der vertraute Duft nach Kaffee und Gebäck entgegenkommt, fühle ich mich automatisch etwas besser. Elenas Augen weiten sich, als sie mich sieht, dann erhellen sich ihre Züge.

»Calvin, wie schön, dich zu sehen.« Ich komme zu ihr hinter die Theke und sie umarmt mich kurz, aber herzlich. »Was tust du hier? Wolltest du nicht erst morgen wieder da sein?«

»Ich musste einfach raus«, sage ich und greife nach meiner Schürze, die an ihrem gewohnten Platz hängt.

»So schlimm?«, murmelt sie, wendet sich dann aber den Kunden zu, um sie zu bedienen. Ich mache ihr die Getränke fertig, die vorne bestellt werden, und stelle sie auf der Theke ab, während Elena abkassiert.

»Wie war es in Detroit?«, fragt sie mich, sobald wir ungestört sind.

»Es war wirklich toll. Die Stadt ist wundervoll. Aber jetzt bin ich zurück und alles ist wieder schwer.«

»Seid ihr euch nähergekommen?«, will sie flüsternd wissen. Als ich nicke, lächelt sie.

»Dann lass es dir nicht kaputt machen. Lass es dir nicht schwer machen, Calvin.«

Ich bin dankbar für ihre Worte, aber sie sind nun mal viel leichter dahergesagt, als umgesetzt.

Hinten ist ein Haufen Arbeit liegen geblieben und ich bin froh, dass Elena mich fragt, ob ich Ordnung schaffen will. Ich erledige Bürokram, bringe das Lager wieder auf Vordermann und kümmere mich um kleinere Handwerkerarbeiten, die ich ohne fachliche Hilfe hinbekomme. So bin ich den ganzen Tag gut beschäftigt.

Gegen Abend verlasse ich gemeinsam mit Elena den Laden. Daheim begegne ich zum Glück meinen Eltern nicht mehr, sondern kann unbemerkt zurück in mein Zimmer verschwinden.

Als ich auf dem Bett liege und mein Handy herausziehe, bemerke ich erst, dass ich zwei ungelesene Nachrichten habe.

Lian, 14:33

Gut geschlafen, so ganz ohne mich?

Lian, 18:09

Wie geht es dir, Schatz?

Bei den Worten muss ich automatisch lächeln. Statt ihm zurückzuschreiben, rufe ich ihn an. Er geht sofort ran.

»Schatz?«

»Ja, hi. Tut mir leid, ich habe deine Nachrichten erst jetzt gelesen.«

Es rauscht kurz am anderen Ende, dann höre ich ihn wieder klar. »Was hast du heute so getrieben?«

»Ich war ab Mittag bei Elena im Laden und habe bis eben gearbeitet.«

»Hast du schon mit deinen Eltern geredet?«

»Ja.« Seufzend schließe ich die Augen und massiere mir die Nasenwurzel. »Es lief … na ja, suboptimal. Aber das war zu erwarten. Wenigstens wissen sie alles.«

»Was haben sie gesagt? Hassen sie mich jetzt?« Er klingt vorsichtig.

»Ach, Quatsch. Dich kann man nicht hassen, Lee-Lee.«

»Ich lasse dir den Spitznamen nur durchgehen, weil ich dich so vermisse«, murrt er. Augenblicklich schießt Wärme durch mein Innerstes.

»Ich vermisse dich auch. Was treibst du gerade?«

»Ich liege im Bett, habe eben noch am Laptop gearbeitet.« Ich stelle mir vor, wie er auf dem Bett sitzt, das Handy am Ohr, genauso wie ich. Wie seine freie Hand auf seinem Bauch ruht, er zur Decke schaut, sein Laptop neben ihm brummt, wie er sich über die Lippen leckt …

»Ich vermisse dich so unglaublich sehr«, wiederhole ich mit heiserer Stimme. »Ich wünschte, ich wäre bei dir.«

»Lass uns facetimen«, bittet Lian prompt.

»Lieber nicht.« Wenn ich ihn sehe, wird das Gefühl nur schlimmer.

»Calvin.« Die plötzliche Ernsthaftigkeit in seiner Stimme lässt mich aufhorchen. »Ich stelle dir jetzt eine Frage und du wirst sie ehrlich beantworten. Klar?«

Stirnrunzelnd richte ich mich im Bett auf. »Ja«, sage ich schlicht. Warum sollte ich ihn auch anlügen?

»Wurdest du geschlagen?«

Diese Frage überrascht mich ebenso, wie sie mich verwirrt.

»Was redest du da?«

»Beantworte meine Frage, Cal«, warnt Lian immer noch ernst.

»Nein, ich wurde nicht geschlagen. Wie kommst du darauf?«

Er atmet aus. »Du hast deinen religiösen Eltern erzählt, dass du schwul bist, und sie haben nicht gut reagiert. Außerdem willst du nicht facetimen. Das ist das naheliegendste.«

Seine Sorge rührt mich wirklich.

»Da kann ich dich beruhigen. Meine Eltern sind nicht gewalttätig. Ich will dich nur nicht durchs Handy sehen, weil ich dich sonst noch mehr vermisse.«

»Gut. Aber ich muss dich trotzdem anschauen, um mich zu vergewissern, dass es stimmt.«

Mit einem Lächeln verdrehe ich die Augen. »Meinetwegen.«

Wir legen auf, damit er mich per Videochat zurückrufen kann. Ich nehme den Anruf entgegen und kurz darauf taucht er auf meinem Bildschirm auf. Mein Herz setzt einen Schlag aus.

»Das ist unfair!«, protestiere ich. Er hält das Handy so, dass ich ihn bis zur Brust sehe. Seine nackte Brust. »Zieh dir sofort ein T-Shirt an.«

Lian grinst frech. »Zieh du doch dein Shirt aus.«

»Idiot.« Ich fahre mir durch die Haare. »Können wir wieder auflegen, nachdem du dich von meiner Unversehrtheit überzeugt hast?«

»Nein. Ich muss deinen ganzen Körper kontrollieren. Also stell das Handy irgendwo ab und zieh dich gaaaanz langsam aus, damit ich auch alles checken kann.«

Zuerst blicke ich ihn skeptisch an, gegen Ende hin verdrehe ich die Augen. »Das hättest du wohl gerne.«

»Aber so was von. Dann darfst du mir auch dabei zusehen, wie ich es mir selbst mache.«

Unwillkürlich muss ich daran zurückdenken, wie ich das zu ihm gesagt habe.

Du willst, dass ich mir einen runterhole?

Ja. Ich will dir zusehen.

Lian verlagert sein Gewicht, wechselt die Hand, mit der er das Handy hält, die andere verschwindet aus meinem Blickfeld. Ein Gürtel wird geöffnet.

»Hör auf«, warne ich ihn. »Ernsthaft, sonst lege ich auf.«

Er lacht dreckig. »Komm schon, Schatz. Unterstütz mich mit ein bisschen Dirty Talk.«

»Du bist unmöglich.« Trotzdem muss ich grinsen. Fünf Minuten mit ihm und ich fühle mich wieder absolut großartig. Mit ihm ist alles so einfach.

»Rede weiter, deine Stimme turnt mich an.« Er leckt sich über die Unterlippe und fixiert mich.

»Du verarschst mich, oder?«

»Niemals.«

»Hör auf damit!«

Erneut grinst er. Ein Klopfen an meiner Zimmertür lässt mich zusammenfahren. Mein Blick huscht zu der geschlossenen Tür und zurück zu Lian. Er hat plötzlich eine ernste Miene aufgelegt, da er es anscheinend ebenfalls gehört hat.

»Ich ruf dich später wieder an«, sage ich mit gedämpfter Stimme.

»Okay. Ich liebe dich.« Seine Züge werden sanft. »Bis später.«

»Liebe dich auch. Bis dann.«

Wir beenden den Videoanruf und ich schiebe das Handy unters Kopfkissen, als ich sage: »Herein.«

Überraschenderweise sind es nicht meine Eltern, sondern Phoebe, die in mein Zimmer schlüpft. Zum Glück – ich habe jetzt keine Lust, mit Mom oder Dad zu reden.

»Komm rein«, sage ich, als Phoe unsicher im Türrahmen stehen bleibt. Sie hat sonst auch keine Scheu, in mein Zimmer hereinzuplatzen. Doch nun läuft sie zaghaft auf mein Bett zu und lässt sich darauf fallen.

»Was ist los?«

»Dasselbe wollte ich dich fragen«, entgegnet sie. »Seit ich von der Schule zurück bin, benimmt Mom sich komisch. Dad habe ich noch gar nicht gesehen.«

»Was hat Mutter zu dir gesagt?«, hake ich unsicher nach und verschränke die Hände ineinander.

Phoe zuckt mit den Schultern. »Sie sagt, ich soll Dad fragen. Ist was passiert?«

»So könnte man es auch sagen.«

Ihre großen braunen Augen mustern mich voller Besorgnis. »Was?«

Sie sieht so ängstlich aus, dass ich es nicht übers Herz bringe, sie zu vertrösten.

»Okay, komm her.«

Ich setze mich im Schneidersitz aufs Bett und sie tut es mir gleich, sodass wir uns nun gegenübersitzen. Als sie noch klein war und abends nicht einschlafen konnte, saßen wir immer so in meinem Bett und ich habe ihr vorgelesen, bis ihr die Augen zugefallen sind. Das haben wir aber schon eine gefühlte Ewigkeit nicht mehr gemacht.

»Ich habe etwas getan, das die Bibel nicht gutheißt«, beginne ich. »Das … Sünde ist in Gottes Augen. Das habe ich Mom und Dad heute erzählt, deshalb ist die Stimmung so angespannt.«

Ihre Augen weiten sich schockiert. »*Du* hast etwas Verbotenes getan?« Sie klingt, als würde sie mir nicht glauben. »Was denn?«

»Ich habe mit Lian geschlafen.«

Einen Moment lang ist sie verwirrt, dann klärt sich ihr Gesichtsausdruck. Sie versteht, dass ich zweierlei damit sage. Zum einen ist es verboten, Sex vor der Ehe zu haben. Zum anderen ist Lian ein Mann.

»Warum … warum hast du das getan?«, fragt Phoebe verunsichert.

»Weil ich ihn liebe.«

Ihre nächste Reaktion überrascht mich: Meine kleine Schwester greift nach meinen Händen und umschließt sie vorsichtig. Obwohl es nur eine schlichte Geste ist, geht es mir automatisch besser.

»Und jetzt?«, fragt Phoe.

»Ich weiß es nicht, Phoebe. Ich weiß es wirklich nicht.«

Sie lässt meine Hände los, rutscht neben mich und legt stattdessen den Kopf auf meiner Schulter ab. »Ich wusste gar nicht, dass du auf Jungs stehst«, murmelt sie.

»Ja. Das hat unsere Eltern auch überrascht«, erwidere ich trocken.

»Aber habt ihr euch so richtig …?«

»Wir müssen nicht ernsthaft über mein Sexleben reden, oder?«, unterbreche ich sie.

Darüber kichert sie tatsächlich. »Ich meine: Habt ihr euch so richtig ineinander verliebt?«

Hoppla. »Ja, ja das haben wir«, sage ich schnell und beiße mir auf die Wange.

»Ich mag Lian«, sagt Phoebe daraufhin.

»Ich mag ihn auch.«

Eine Weile sitzen wir nur da, ihr Kopf ruht immer noch auf meiner Schulter.

»Es tut mir leid, Phoe«, flüstere ich leise.

»Wieso?«

»Ich bin dir ein schlechtes Vorbild. Du sollst nicht denken, dass … keine Ahnung, dass alles, womit wir aufgezogen wurden, falsch ist. Dass wir uns erlauben können, was wir wollen. Dass wir nicht mehr auf Mom und Dad oder auf Gott hören sollen, es ist nur …« Stockend hole ich Luft und überlege, wie ich den Satz beenden soll. »Es ist nur so, dass wir irgendwann anfangen müssen, eigene Entscheidungen zu treffen.«

Sie verschließt ihre Finger mit meinen, ihre kleine Hand versinkt fast in meiner. »Ich weiß, Calvin. Und mir ist egal, was alle anderen sagen, ich werde den Kontakt nicht zu dir abbrechen. Du bist mein großer Bruder, egal, ob du schwul bist oder nicht. Bitte versprich mir, dass wir uns ganz normal sehen und unterhalten können, auch wenn du ausgeschlossen wirst.«

Wenn du ausgeschlossen wirst. Ich weiß selbst nicht, warum diese Worte mir so wahnsinnig Angst machen. Das ist die einzig logische Konsequenz, die folgt. Trotzdem finde ich es erschreckend, dass ich von meiner Familie, meinen Freunden und meinem ganzen Umfeld plötzlich ausgeschlossen werde.

»Versprochen«, wispere ich und drücke ihre Hand ein wenig fester. »Ich liebe dich, Phoebe. Danke für dein Verständnis. Und deine Nähe.«

»Ich liebe dich auch«, schluchzt sie und vergräbt das Gesicht in meiner Schulter. Ich drehe mich so, dass ich sie vollends in die Arme schließen kann. Ich wünschte, meine Eltern hätten so reagiert, wie Phoebe es getan hat. Dann wäre alles so viel leichter.

DREIUNDDREISSIG
—Lian

ES IST SAMSTAGABEND und ich hänge mit meinen Freunden im *Saints*. Unsere zu Anfang kleine Gruppe hat sich ausgeweitet, Blairs Freundinnen sind dazugestoßen sowie Jon mit seinen Kumpels. Alle sind in bester Laune, außer mir.

Sie sind auf der Tanzfläche, während ich alleine an der Bar sitze und trinke. Wenigstens für ein paar Stunden möchte ich aufhören, an Calvin zu denken und mir den Kopf zu zermartern.

Es ist mehr als das bloße Gefühl des Vermissens, das an sich bereits schlimm genug ist. Heute Morgen bin ich in meinem großen, viel zu leeren Bett aufgewacht und war einen Moment lang so verwirrt, dass ich geglaubt habe, Cal würde gleich wieder zu mir unter die Decke kriechen. Es war schön, sich vorzustellen, wie er sich an meine Seite schmiegt, den Kopf auf meine Schulter gebettet, seine Hand sacht über meinen Bauch Kreise malt. Mit der Erinnerung an seine heißen Küsse und sein sexy Grübchen-Lächeln bin ich fast eine Stunde im Bett gelegen und habe mir gewünscht, ihn ganz nah bei mir zu haben. Danach war das zehrende Gefühl in meinem Inneren noch heftiger.

Aber viel schlimmer ist der Gedanke daran, dass er dort drüben alleine ist und alle auf ihn einreden. Was, wenn er sich umentscheidet? Wenn die Trennung von mir ihm dabei hilft, seine Gedanken zu sortieren, und er mich das nächste Mal anruft, um mir mitzuteilen, dass er mich nicht mehr sehen will?

»Warum so grüblerisch?« Jon taucht plötzlich neben mir auf.

»Ach, ich bin nicht in Feierlaune«, sage ich, wobei ich mich ein Stück zu ihm vorbeuge, damit er mich versteht. Ein träges Lächeln erscheint auf seinen Lippen. Es ist sein Verführerlächeln.

»Kann ich dich vielleicht in Stimmung bringen?« Er leckt sich vielsagend über die Lippen. »Ich vermisse deinen Geschmack.«

»Ich bin mit Calvin zusammen«, stelle ich klar.

Jon stößt ein überraschtes Lachen aus. »Wie bitte? Der verklemmte Kleinstadtjunge?«

»Nenn ihn nicht so«, knurre ich. Jon schüttelt lachend den Kopf.

»War doch nicht so gemeint. Ich mag ihn.«

Ich trinke meinen Cocktail aus und wiege das Glas hin und her, sodass die Eiswürfel aneinanderklirren. Jons Aussage lasse ich unkommentiert.

»Lässt er sich von dir ficken?«, bohrt Jon weiter nach, als er merkt, dass ich nicht antworten werde. »Oder fickt er dich? Ich weiß zumindest, was du lieber tust.«

»Das geht dich gar nichts an«, schnaube ich. Verständnis huscht über seine Züge.

»Ah, so weit seid ihr also gar nicht. Sieht dir gar nicht ähnlich, mit einem Kerl zusammen zu sein, mit dem du noch nicht geschlafen hast.« Jon grinst dreckig. »Kann er wenigstens gut blasen?«

»Nerv mich nicht, Jonathan. Ich habe keine Lust, mit dir darüber zu reden.«

Er zwinkert mir unverschämterweise zu. »Wenn du willst, lerne ich ihn an.«

»Du wirst ihn sicher nicht anrühren«, stelle ich klar. Ich hasse es, wenn Jon mich auf die Palme bringt. Noch mehr hasse ich aber, dass ich mich von ihm provozieren lasse.

Mit einem weiteren Lachen stößt er sich von der Bar ab und verschwindet wieder in der Menge. Stattdessen kommt Devon an seine Stelle. Ich wünschte, sie würden mich alle in Ruhe trinken lassen.

»Warum ziehst du so ein Gesicht?«, motzt er und boxt mich in die Seite.

»Ich bin nicht in Stimmung.«

»Ach komm, Schmollen bringt Cal auch nicht zurück nach Detroit.«

»Lass gut sein, Devon«, bitte ich ihn. Natürlich hat er recht, aber ich möchte keine gute Laune vorspielen, wenn es mich in Wahrheit innerlich zerreißt.

»Du siehst ihn doch bald wieder, oder nicht?«

»Vielleicht. Er hat noch nichts in die Richtung gesagt und ich will ihn nicht drängen.«

Devon schwingt sich auf den Barhocker neben mich und mustert mich ernst. »Er will dich bestimmt auch gerne sehen. Du kannst von überall aus arbeiten, warum fliegst du nicht rüber nach Chicago?«

So einfach ist das nicht. Abgesehen davon, dass ich zum Ende des Monats hin nicht mehr so flüssig bin, um ein Flugticket nach Chicago plus Hotelkosten zu bezahlen, weiß ich nicht, ob Calvin mich überhaupt sehen möchte. Er sagt zwar, dass er mich auch vermisst, aber ob meine Anwesenheit ihm wirklich hilft, weiß ich nicht.

Kurz gesagt: Es ist kompliziert. Sehr sogar.

VIERUNDDREISSIG
–CALVIN

DEN GANZEN SAMSTAG verbringe ich mit der Arbeit, damit ich mir den Sonntag über freinehmen kann.

Den frühmorgendlichen Rhythmus – aufstehen, duschen, Anzug anziehen, mit der Familie frühstücken – bringe ich hinter mich wie in Trance. Obwohl alles wie immer ist, fühle ich mich wie ein Puzzleteil, das an die falsche Stelle gedrückt wird.

Erst, als wir den Versammlungssaal betreten, der vertraute Geruch nach Möbelpolitur mir entgegenkommt und das Stimmengewirr mich begrüßt, streife ich die Benommenheit ab wie einen Rucksack. Heute ist es so weit, das Gespräch mit den Gemeindeältesten – inklusive meines Vaters – steht an. Ich habe mich nicht darauf vorbereitet oder mir überlegt, was ich sagen soll. Das alles erschien mir so unwirklich, als würde es in einer fernen Zukunft liegen, die ich ohnehin nie erreiche. Doch jetzt gibt es kein Zurück mehr.

Zuerst allerdings muss ich mich zu einem Lächeln zwingen, alle Brüder und Schwestern begrüßen und anderthalb Stunden Programm hinter mich bringen.

Eigentlich sollte Dad mit einer Predigt auftreten, aber für ihn springt jemand anders ein. Fragend sehe ich meinen Vater von der Seite an. Er hat die Lippen zu einem ernsten Strich verzogen, unter seinen Augen liegen leichte Augenringe. Er bemerkt mein Starren und sieht mich ebenfalls an. In den letzten zwei Tagen habe ich kaum mit ihm geredet, genauso wenig wie mit meiner Mutter.

Er schenkt mir ein kleines Lächeln und legt mir kurz die Hand auf die Schulter. Eine tröstliche, aufmunternde Geste. Doch sie hinterlässt einen bitteren Beigeschmack. Denn sie verheißt, dass alles gut werden wird. Aber in welcher Hinsicht?

Nach der Versammlung unterhalte ich mich mit Gemeindemitgliedern, lasse mich nur allzu gerne in Dialoge verwickeln, um die Zeit bis zum Gespräch hinauszuzögern. Erst, als die meisten schon gegangen sind, taucht mein Vater neben mir auf und nickt mir zu.

Ohne etwas zu sagen, folge ich ihm. Wir haben in dem Saal ein kleines Nebenzimmer, in dem Bücher und Broschüren gelagert werden. Durch die hohen, vollgestellten Regale wirkt der Raum winzig wie eine Gefängniszelle. In der Mitte gibt es einen rechteckigen Tisch mit mehreren Stühlen drumherum.

»Hallo Calvin.« David Lawton, ein alter Mann, der schon gefühlt sein ganzes Leben lang Gott dient, reicht mir freundlich die Hand, obwohl wir uns heute schon mal gesehen haben. Brian, Dads langjähriger Freund und engster Vertrauter, sowie Oskar sitzen bereits am

Tisch. Letzterer hat seine Frau vor Jahren bei einem schrecklichen Autounfall verloren. Seitdem habe ich ihn nur selten mit einem Lächeln gesehen.

Schnell setze ich mich den Ältesten gegenüber.

»Lass uns erst ein Gebet sprechen«, sagt David gutmütig. Ich verschränke die Hände und schaue zu Boden, während Davids kräftige Stimme sanft den Raum erfüllt.

»Amen«, schließt er nach einigen Worten und ich blicke wieder auf. Da ich keinem von ihnen ins Gesicht sehen möchte, blinzle ich zwischen Dad und Oscar vorbei auf ein gegenüberliegendes Bücherregal.

»Dein Vater hat uns schon informiert, Calvin«, beginnt David. Anscheinend wird er hier die Führung übernehmen. »Aber ich bitte dich, es noch mal zu wiederholen.«

Ich räuspere mich und setze zum Sprechen an, als mir klar wird, dass ich nicht weiß, was ich dazu sagen soll.

Wenn ihr es eh alle schon wisst, warum soll ich es dann noch mal wiederholen?!

Die frechen Worte bringe ich ebenso wenig über die Lippen wie alles andere.

»Also … ich habe mich verliebt.«

»Das tut hier nichts zur Sache«, erwidert Oscar kühl und ich rutsche unruhig auf meinem Platz umher.

»Ich habe mit einem Mann geschlafen«, platzt es aus mir heraus.

»Gut.« David nickt. »Du weißt, was die Bibel zur Homosexualität sagt?«

Schwach nicke ich. Trotzdem schlägt der Älteste seine Bibel auf und weist uns an, die entsprechende

Stelle rauszusuchen. Ich habe mein eigenes, gebundenes Buch dabei und öffne es wie in Trance.

Lasst euch nicht täuschen: Personen, die sexuell unmoralisch handeln, Götzendiener, Ehebrecher, Männer, die sich für homosexuelle Handlungen hergeben, Männer, die Homosexualität praktizieren, Diebe, Habgierige, Trinker, Menschen, die andere übel beschimpfen, und Erpresser werden Gottes Königreich nicht erben.

»Die Bibel sagt nichts darüber, ob Homosexualität angeboren ist«, sagt David ruhig. »Doch sie gibt ganz klar vor, dass wir nicht allen unseren Neigungen nachgehen können. In Sprüche 29:22 heißt es nicht umsonst: *Wer zur Wut neigt, begeht so manche Übertretung.* Wut ist eine tief verankerte Eigenschaft, die wir dennoch nicht ausleben dürfen.«

Ich verstehe den Vergleich zur Homosexualität nicht. Schwul zu sein, ist doch nicht das Gleiche, wie mal wütend zu werden. Aber ich schweige, nicke nur.

»Bitte denk dran, mein Sohn«, Davids Stimme ist weich, aber unnachgiebig. Er wartet, bis ich den Kopf drehe und ihm direkt ins Gesicht sehe. »Wir verurteilen dich nicht für deine Neigung. Wir verurteilen homosexuelles Verhalten. Das ist ein großer Unterschied. Nur, weil jemand homosexuell ist, heißt das nicht, dass er ein schlechter oder unreiner Mensch ist. Das bist du nicht, Calvin. Du hast Gott dein ganzes Leben lang schon gedient und wir schätzen dich sehr.«

Seine Worte sollten mich beruhigen oder mir Mut machen, aber sie bewirken nur das Gegenteil.

»Verstehst du, was ich damit sagen will?«, fragt David nach.

»J-ja«, stottere ich und umklammere die Kante meines Stuhls. »Ja, ich verstehe.«

Kurz blicke ich zu meinem Vater, der mich warm und verständnisvoll mustert. Dadurch fühle ich mich nur noch schlechter.

»Wir alle können dir helfen. Und vor allem kann Gott dir helfen«, fährt David fort. »Du weißt, dass Gott uns nur so viel zumutet, wie wir ertragen können. Er ist sich sicher, dass du diese Krise überstehen und gegen deine Neigung ankämpfen kannst. Das hast du all die Jahre schon erfolgreich getan.«

Aber ich habe versagt. Es hat nur einen charmanten, gut aussehenden Mann gebraucht, um alle Mauern einreißen zu lassen. Um zu vergessen, wie meine Gemeinde über das Thema denkt, um all meine Selbstbeherrschung in Stücke zu reißen. Und ich? Ich habe den Sturm, den Lian mit sich gebracht hat, willkommen geheißen.

»Jetzt, wo wir Bescheid wissen, können wir dir helfen«, springt Dad ein, als habe er mir meine Gedanken abgelesen. »Es ist wichtig, allen Versuchungen aus dem Weg zu gehen, viel zu beten, dich mit Dingen zu umgeben, die dir guttun. Wir können dir alle helfen.«

»Wenn du das möchtest«, fügt David leiser hinzu und sieht mich bohrend an. »Möchtest du es denn?«

Schweigen.

»Andere Frage«, sagt nun Oscar. »Hast du noch Kontakt zu diesem Lian?«

Ich hasse es, wie abfällig er seinen Namen ausspricht. *Dieser Lian* ist ein guter Mensch. Er ist besser als manche in unseren Kreisen.

Ich umklammere den Stuhl unter mir fester. »Ja«, presse ich die Wahrheit hervor.

»Den musst du umgehend beenden«, sagt David ruhig. »Es ist wichtig, einen klaren Schlussstrich zu ziehen.«

Der Älteste blickt in die Runde und nickt meinem Vater zu. »Wir haben im Voraus schon entschieden, dass du nicht ausgeschlossen wirst. Noch nicht.«

Die Erleichterung will sich nicht einstellen. Ich warte einfach darauf, was als Nächstes passiert.

»Aber dir werden ein paar Privilegien entzogen. Zum einen darfst du vorerst nicht in den Predigtdienst.«

Das kann ich verkraften. Sehr gut sogar.

»Zum anderen wollen wir, dass du dir Gedanken machst, wie du solche Situationen in Zukunft vermeiden kannst. In einer Woche treffen wir uns wieder, dann besprechen wir alles, in Ordnung?«

»Ja.«

David nickt aufmunternd. »Du kriegst das hin, Calvin. Wir alle glauben an dich. Möchtest du noch ein Gebet sprechen, Alan?«

Mein Vater erhebt sich und betet laut. Dann löst sich die Gemeinschaft langsam auf.

»Komm, mein Junge.« Liebevoll legt Dad mir eine Hand auf die Schulter und führt mich nach draußen. Inzwischen ist der Saal so gut wie leer. Genauso wie mein Kopf, während meine Gefühle wild durcheinanderwirbeln.

»Es tut mir leid, Dad«, hauche ich, als wir uns auf den Weg zum Auto machen. Vor dem Wagen bleibt Dad stehen und dreht sich zu mir herum.

»Komm her«, murmelt er und zieht mich in eine Umarmung. »Ich glaube fest daran, dass du das Richtige tun wirst.«

Verzweifelt klammere ich mich in sein Jackett und vergrabe mein Gesicht an seiner Schulter, atme den vertrauten Duft ein.

Es tut mir so leid. Ich wünschte, du wärst stolz auf mich. Ich wünschte, ich könnte dich stolz machen, ohne dass es mich zerreißt.

Ich höre, wie die Autotür aufgeht, kurz darauf schlingen sich zierliche Arme um meinen Rücken. Phoebe. Jetzt kann ich die Tränen nicht mehr zurückhalten.

»Ich hab dich lieb, großer Bruder«, murmelt sie. »Entschuldige, dass ich dir in letzter Zeit so viel Sorgen bereitet habe.«

Trotz der Traurigkeit und dem bleiernen Gefühl der Schuld muss ich plötzlich lachen. Ich löse mich von meinem Vater und drehe mich zu Phoebe, um sie aufs Haar zu küssen.

»Kommt Kinder, steigt ein«, sagt Dad und wir tun wie geheißen. Mom dreht sich zu mir herum, ihre Augen sind gerötet.

»Und?«

Als ich schweigend in Dads Richtung nicke, erzählt dieser glücklicherweise.

»Er wird nicht ausgeschlossen. Nächste Woche werden wir uns wieder zusammensetzen und alles Weitere besprechen. Vorerst muss er einen klaren Strich ziehen und den Kontakt zu Lian Cantial beenden.«

»Du … du hast noch Kontakt zu ihm?«, fragt Mutter entsetzt und dreht sich erneut zu mir herum. In ihren Augen schimmert Unverständnis und ein stiller Vorwurf. »Wie kannst du nur?«

»Ich …« *Ich liebe ihn*. Die Worte haben erschreckend wenig Bedeutung für meine Eltern und den Rest hier. Sie gucken mich danach an, als wäre ich nur ein dummer Junge, der nicht versteht, wovon er redet. Aber sie haben Lian nicht kennengelernt, wie ich es getan habe. Die sexuelle Anziehung ist nicht das Einzige, was mich mit ihm verbindet, auch wenn sie sehr stark ist. Es ist seine lockere Art, das Leben zu betrachten. Seine konzentrierte Miene, wenn er arbeitet, wie er lächelt, wie er spricht. Über was er spricht. Seine blöden Sprüche, sein Humor, wie seine Augen aufleuchten, wenn ihn etwas glücklich macht, auch wenn es nur Kleinigkeiten sind. Ich habe mich nicht in sein Geschlecht verliebt, obwohl das natürlich auch eine Rolle spielt. Aber größtenteils mag ich einfach Lian, den Menschen.

»Er hat sich halt verliebt, das ist nicht so leicht«, murmelt Phoe an meiner Stelle.

»Bitte halte dich da raus, Schatz«, bittet Mom und fixiert weiterhin mich. »Du weißt, was du tun musst. Lösch seine Nummer, blockiere ihn, vernichte alle Bilder. Ich kenne Männer wie ihn, schwul oder nicht. Er wird dich schnell ersetzt haben. Glaubst du ernsthaft, er ist es wert, all das hier aufzugeben?«

»Rica«, unterbricht Dad sanft. »Lass gut sein. Calvin weiß selbst, was zu tun ist.«

Meine Mutter muss sich sichtlich auf die Zunge beißen, um darauf nichts mehr zu erwidern. Ich hingegen rutsche in meinen Sitz und hoffe, damit verschmelzen zu können.

Wir bestellen uns Pizza und wollen uns einen gemütlichen Familienabend machen, doch alles wirkt gezwungen und die Gespräche kommen nicht richtig in Fahrt.

Später liege ich einfach nur auf meinem Bett, die Augen geschlossen. Das Handy liegt auf meinem Bauch, ich halte es fest umklammert, traue mich aber nicht, es zu entsperren.

Lösch seine Nummer. Blockier ihn. Vernichte alle Fotos.

Das sagt sich so leicht. Scheiße, ich kann das nicht. Alles ist einfach gesagt, wenn es einen nicht selbst betrifft.

Mein Bauch vibriert und lässt mich zusammenfahren. Ich öffne die Augen und greife nach meinem Handy. Eine Nachricht von Lian.

Lian, 19:30

Ich vermisse dich so sehr, mein Schatz.

Mein Herz wird schwer und in meinem Magen befindet sich plötzlich ein eisiger Klumpen. Ich starre minutenlang auf die Nachricht, bis eine weitere eingeht.

Lian, 19:34

Flüge nach Chicago sind gar nicht sooo teuer …

Ergeben schließe ich die Augen und presse das Mobiltelefon an meine Brust. Wenn Lian herkommt … Nein, das darf er nicht. Das würde alles nur so viel schlimmer machen.

Seufzend drehe ich mich auf den Bauch und tippe eine Nachricht.

Calvin, 19:36

Ich vermisse dich auch. Jede verdammte Minute. Wenn wir uns nicht bald sehen, drehe ich durch. Ich will dich so gerne

Stockend halte ich inne und lese mir die paar Sätze noch mal durch, ohne sie abzusenden. Davids Worte und die meines Vaters kommen mir wieder in den Sinn.

Wir alle glauben an dich, Calvin.
Ich glaube fest daran, dass du das Richtige tun wirst.

Ein erstickter Laut kommt über meine Lippen. Ich lösche die Sätze und tippe stattdessen etwas anderes.

Calvin, 19:39

Ich muss gerade über vieles nachdenken.

Dieses Mal dauert es länger, bis ich eine Antwort bekomme, obwohl ich sehe, dass er online ist.

Lian, 19:44

Auch über uns?

Calvin, 19:44

   Unter anderem.

Ich warte 20 Minuten auf eine Reaktion darauf, bekomme aber keine mehr. Frustriert lege auch ich mein Handy weg und vergrabe das Gesicht im Kissen. Das ist so unglaublich schwer. Ich kann das nicht. Schon alleine das lässt mein Herz schmerzhaft pochen, so sehr, dass es mich fast lähmt. Wie soll ich ihm dann sagen, dass ich ihn nicht mehr sehen kann? Dass wir nicht einmal mehr schreiben können, sondern einfach getrennte Wege gehen?

   Vielleicht hat Mom recht und er wird mich schnell ersetzt haben. So ein gut aussehender, perfekter Mann wie Lian hat sicher keine Probleme damit, einen anderen zu finden. Allein dieser Gedanke zerreißt mich innerlich.

   Es klopft leise an meine Tür, doch ich rühre mich nicht. Ich habe keine Lust, mit irgendjemand zu reden. Aber die Tür geht trotzdem einen Spalt auf und Phoebe huscht herein.

   »Hey«, wispert sie. Sie hält etwas an ihre Brust gedrückt. Halb richte ich mich auf und runzle die Stirn.

   »Alles okay?«

   »Das ist für dich.« Sie hält mir einen großen Umschlag vor die Nase, der offensichtlich schon mal geöffnet wurde. Misstrauisch nehme ich ihn entgegen.

   »Was ist das?« Als ich ihn herumdrehe, erkenne ich in fein säuberlicher Handschrift unsere Adresse. Der Absender ist Lian Cantial, Detroit.

   »Das kam mit der Post«, erklärt Phoebe, immer noch flüsternd. »Ich habe ihn im Müll gefunden und heimlich rausgenommen. Ich fand es unfair, ihn dir nicht zu geben.«

»Danke«, sage ich überrascht und drehe ihn auf den Kopf, damit der Inhalt auf mein Bett fallen kann. Interessiert schielt Phoebe zu mir herüber und ich deute mit einer Handbewegung, dass sie sich setzen soll. Währenddessen inspiziere ich das Heftchen, das im Umschlag lag. Es ist ein Comic, auf Kopierpapier gedruckt und mit einer Schnur zusammengeheftet. Selbst gemacht.

Gay Shapeshifter Detective, lautet der Titel. Überrascht lache ich auf.

»Wow«, flüstere ich, als ich ihn bedächtig aufblättere. Aber mein Lachen vergeht mir, als ich die Widmung auf der ersten Seite lese.

Für Calvin. Die allererste und letzte Ausgabe, so besonders wie du.

Mein Herz pocht wild und schmerzhaft in meiner Brust, als könne es sich nicht entscheiden, ob es vor Glück überschäumen oder sich doch lieber zusammenziehen will.

»Was ist das?«, fragt Phoebe.

»Ein Comic, den Lian selbst gezeichnet hat. Er hatte ihn nur auf dem Tablet, aber hat ihn für mich gedruckt.«

»Darf ich sehen?«

Ich rutsche näher an sie heran und blättere durch die Seiten. Muss bei meinen Lieblingsstellen lächeln und seufzen, als ich das zweite Mal zusehen muss, wie Roy angeschossen wird. Doch ganz am Ende gibt es noch Zeichnungen, die ich nicht kenne. Lian hat ein neues Ende hinzugefügt.

Roy wacht im Krankenhaus auf, sein Partner ist an seinem Bett. Er enttarnt ihn als Verräter und dieser wird von seinen Kollegen abgeführt. Bedächtig schließe ich das Heft wieder und drücke es an meine Brust.

»Danke, dass du es gerettet hast.« Die Vorstellung, dass Lians Arbeit bei uns im Müll lag, macht mich wütend. Es war ein Geschenk für mich, meine Eltern hatten kein Recht, es mir vorzuenthalten.

»Du hast dich schon entschieden, oder?«, fragt Phoe unsicher. »Für ihn, oder?«

Ich schüttle den Kopf. »Ich weiß es wirklich nicht, Phoebe.«

Ich habe das Gefühl, wir waren von Beginn an zum Scheitern verurteilt. Dass unsere Beziehung, unsere Liebe, von Anfang an ein Spiel war, in dem wir nur verlieren konnten. Indem *ich* nur verlieren konnte, egal, wie ich die Züge setzte.

Wie aber geht es jetzt weiter? Wie soll ich mich weiter entscheiden, wenn jeder Schritt in einer Sackgasse endet?

FÜNFUNDDREISSIG
—Lian

ICH HABE das Gefühl, nicht mehr atmen zu können. Mitten zwischen den Leuten bleibe ich ruckartig stehen und starre ins Leere.

Blair, die nicht bemerkt, dass ich nicht mehr neben ihr herlaufe, hopst fröhlich auf den nächsten Klamottenhaufen zu, um ihn zu durchforsten.

Es ist Montagmittag und sie hat mich überredet, mit ihr einkaufen zu gehen. Es gibt heute irgendeinen Ausverkauf, bei dem es super Angebote geben soll. Mir war es egal, Hauptsache, ich konnte raus aus meiner Bude.

Kurz vergessen, was mich gerade belastet, ein bisschen Spaß mit meiner besten Freundin haben. Aber als ich eben die Nachricht gelesen habe, sind die nagenden Gefühle von gestern zurückgekehrt.

Calvin, 13:43
Können wir reden?

Er will Schluss machen. Am Telefon. Warum sonst sollte er gestern noch nicht mit mir sprechen wollen und heute so etwas fragen? *Können wir reden* ist doch der lahmste Anfang einer Trennung überhaupt. Aber das kann er ja nicht wissen.

Ich dränge mich an den Leuten vorbei und suche mir eine ruhige Ecke. Zwischen Klamottenständer und ausgestellten Tischen drücke ich mich in die kleine Nische und tippe eine Antwort.

Lian, 13:50
Ruf an.

Als zwei Sekunden später das Handy klingelt, lasse ich es vor Schreck beinah fallen. Eilig nehme ich ab.

»Hallo Calvin.« Meine Stimme klingt ruhig, ganz anders, als es in mir aussieht.

»Hi«, sagt er zurück, fast vorsichtig.

»Was gibts?«

»Ähm, also … Danke für den Comic. Das war … Danke.«

»Gerne.« Nervös schlinge ich einen Arm um meinen Oberkörper und presse mich fester gegen die harte Wand in meinem Rücken.

»Und, also ich wollte mich entschuldigen. Für gestern. Wenn ich dich damit verletzt habe.«

Tief atme ich durch.

»Lian?«, fragt Calvin, als ich nicht antworte.

»Ja, ich höre dich. Aber was soll ich dazu schon sagen, Cal?«

»Nichts, ich … es tut mir leid.«

»Das hast du schon mal gesagt.« Nervös trete ich auf der Stelle. »Und jetzt?«

Calvin seufzt leise. » Ich wünschte, ich könnte bei dir sein. Aber hier ist gerade viel los. Ich weiß nicht, was ich denken soll.«

Verdammt, ich kann ihn ja verstehen, und das ist das Schlimme. Sein ganzes Leben, seine Aufgaben und auch seine zukünftigen Ziele waren nach seiner Religion und Gemeinde ausgerichtet. Es ist schwer, das einfach hinter sich zu lassen.

»Möchtest du Schluss machen?«, frage ich ihn gerade heraus.

»Nein.« Er zögert, was mich fast umbringt. »Nein, das möchte ich nicht.«

»Aber?«

»Ich weiß nicht, Lian. Ich bin gerade sehr verwirrt.«

Das ist definitiv nicht das, was ich von ihm hören wollte. Für einen kurzen Moment schließe ich die Augen, um meine Gefühle zu sortieren.

Ich liebe dich. Bleib bei mir. Wie kannst du das, was wir haben, nur wegwerfen wollen?

Alles Sachen, die ich nicht ausspreche.

»Hör zu, ich mache es dir einfach«, sage ich stattdessen mit fester Stimme. »Am Samstag findet ein Clubkonzert in Chicago statt, zu dem Blair unbedingt möchte. Wir fahren zu dritt.« Das war eigentlich noch nicht beschlossen, auch wenn Blair uns damit in den Ohren hängt. Aber vorher wollte ich die Sache mit Calvin ausloten, gucken, wie er dazu steht, wenn ich einfach nach Chicago komme.

»Ihr kommt hierher?«, fragt Cal überrascht. Ich kann absolut nicht deuten, ob seine Stimme erfreut oder panisch klingt. Es ist eine Mischung aus beidem.

»Ich schicke dir die Adresse. Wenn du mich sehen möchtest, dann komm auch. Wenn nicht, weiß ich, dass es aus zwischen uns ist.«

»Was?« Jetzt klingt er wirklich schockiert.

»Dieses hin und her tut uns beiden nicht gut, so können wir nicht weitermachen. So mache ich es dir nicht noch schwerer. Du hast fast fünf Tage, um darüber nachzudenken.«

»Aber …« *Aber ich liebe dich. Aber ich will bei dir bleiben. Aber so können wir nicht auseinandergehen.* Alles Worte, die ich so gerne von ihm hören will, die er jedoch nicht sagt. Stattdessen kommt ein »Okay« von ihm.

Ich glaube, durchzudrehen, behalte aber meine beherrschte Stimme. »Gut. Ich schreibe dir.«

Ohne auf seine Erwiderung zu warten, lege ich auf und wische mir meine feuchten Handflächen an der Jeans ab.

»Meinst du, das ist eine gute Idee?«

Erschrocken fahre ich herum und sehe zu Blair, die mich traurig mustert. Seufzend stoße ich die Luft aus.

»Er liebt dich doch, Lian. Er wird kommen.«

Da bin ich mir nicht so sicher. Ich glaube ihm, wenn er sagt, dass er mich liebt. Das Problem liegt nicht an seinen Gefühlen für mich. Die Frage ist nur, welches Leben er in Zukunft führen will.

—CALVIN

Nachdem ich mit Lian telefoniert habe, fängt direkt im Anschluss meine Schicht im *Rooftop* an. Meine Brust zieht sich so schmerzhaft zusammen, dass ich mich am liebsten hinsetzen und die Arme um den Oberkörper schlingen will, weil ich das Gefühl habe, zu zerbrechen.

Aber irgendwie schaffe ich es, auf den Beinen zu bleiben, sogar ein Lächeln aufzusetzen, während ich die Kunden bediene. Nur Elena kann ich nichts vormachen.

»Ich sehe deinen Schmerz, Calvin«, murmelt sie mir zu. Ich gehe nicht darauf ein, sondern nehme ein freies Tablett und beginne damit, die dreckigen Tische abzuräumen.

In dem Moment bimmelt die Tür und kündigt einen neuen Besucher an. Es ist Tanja, Ginas Mutter, die hereinstürmt. Perplex bleibe ich stehen, weil ich sie noch nie hier gesehen habe.

»Oh. Hi Tanja«, grüße ich. Sie fixiert mich und stapft auf mich zu. Ihr Gesicht ist wutverzerrt.

»Ist alles okay? Willst du was trinken?«, frage ich irritiert.

»Wie konntest du nur, Calvin?!«, zischt sie mir zu. Verwirrt sehe ich mich zu den Seiten um, greife dann nach ihrem Arm und ziehe sie ein Stück abseits.

»Was ist denn los?«

»Das weißt du ganz genau. Was ist nur in dich gefahren? Mit einem Mann?!«

Die letzten Worte sind nicht mehr als ein gehauchtes Flüstern, aber ich höre sie trotzdem. Das Blut gefriert in meinen Adern und ich fühle mich unfähig, etwas dazu zu sagen. Ihre Augen funkeln angriffslustig.

»Du hast Gina Hoffnungen gemacht«, knurrt sie schon fast. »Und dann betrügst du sie mit diesem … diesem Kerl.«

»Ich … was, *betrügen*? Tanja, so ist das doch gar nicht, Gina und ich …«

»Lass das. Du bist ein schlechtes Vorbild für uns alle. Halte dich bloß von meiner Tochter fern.«

»Und Sie halten sich von meinem Laden fern.«

Ich bin so schockiert, dass ich Elena erst bemerke, als sie spricht. Auch Tanja fährt zusammen.

»Bitte?«, fragt sie.

»Wer meine Mitarbeiter anschreit, hat hier nichts zu suchen. Gehen Sie, bevor ich die Polizei rufe.«

Poli… was? Sofort schüttle ich den Kopf, aber auch Tanja bemerkt, dass Elena es ernst meint. Sie schnaubt, wendet sich schwungvoll herum und verlässt den Laden. Mit großen Augen und klopfendem Herzen sehe ich ihr nach.

»So eine Schnepfe«, schimpft meine Chefin. »Die spinnt doch! Alles gut, Calvin?«

»Ja«, hauche ich und fahre mir übers Gesicht, um wieder einen klaren Kopf zu bekommen. »Alles gut.«

Dann mache ich mich wieder an die Arbeit, ignoriere die Blicke der anderen Gäste und räume konzentriert die Tische ab. Ich frage mich, woher Tanja es weiß. Irgendjemand muss geplaudert haben.

Ihre Worte – egal, wie gehässig sie waren – machen mich nachdenklich. Habe ich Gina falsche Hoffnungen gemacht? Zwischen uns ist nie etwas gelaufen, wir haben uns noch nicht einmal alleine, fernab von der Gemeinde, getroffen.

Ich versuche ernsthaft, Tanja diese Reaktion nicht übel zu nehmen, aber es gelingt mir nicht. Erst das Gespräch mit Lian, der Schmerz und jetzt das. Es fühlt sich an wie der schlimmste Tag in meinem Leben.

SECHSUNDDREISSIG
−Lian

Es ist Mittwoch, was bedeutet, dass ich fast zwei Tage lang nichts mehr von Calvin gehört habe. Aber dann, am frühen Abend, ploppt plötzlich seine Nachricht auf.

Calvin, 19:01
  Was machst du gerade?

Mein Herzschlag beschleunigt sich und ich muss tief durchatmen, um runterzukommen.

Lian, 19:03
  Bin mit Jon essen. Du?

Das stimmt. Jonathan sitzt mir gegenüber und isst genüsslich seinen Burger.

»Der ist so gut hier«, murmelt er mit vollem Mund und wischt sich mit einer Hand Mayonnaise vom Mundwinkel, bevor er die Finger ableckt. Als er bemerkt, dass ich ihn anstarre, wird sein Blick lasziv und seine Zungenspitze schnellt vor.

»Hör auf«, lache ich und klaue ihm eine Fritte. Mein eigenes Essen habe ich schon vertilgt. Ich hatte wirklich großen Hunger und Jon ist eher der Genießer.

Erneut summt mein Handy.

Calvin, 19:14

Gefällt mir nicht. Lässt er auch schön seine Finger bei sich?

Ich hebe eine Braue und mustere Jon, der einen großen Schluck von seiner Cola nimmt.

Lian, 19:15

Noch, ja.

Calvin, 19:16

Was soll das denn heißen?

»Schreibst du mit Calvin?«, fragt Jon beiläufig und wirft mir einen bösen Blick zu, als ich noch eine Pommes wegnehme.

»Hmh«, mache ich kauend. Obwohl seine Nachrichten ein Flattern bei mir verursachen, bin ich unsicher, weil er sich so lange nicht gemeldet hat. Hat er nicht auch jede verdammte Sekunde an mich gedacht? Der Schmerz ist wieder so real und vielleicht lasse ich mich deswegen dazu hinreißen, ihm einen provozierenden Text zu schreiben.

Lian, 19:18

Mal sehen. Irgendwo muss ich ja Druck ablassen.

Zwei Sekunden, nachdem ich sie weggeschickt habe, bereue ich sie sofort wieder. Warum lasse ich mich auch zu so was hinreißen? Das ist gemein.

Lian, 19:20
    Sorry, war blöd. Hab es nicht so gemeint.

Calvin, 19:20
    Ach ja?

Na super. Jetzt habe ich ein schlechtes Gewissen. Dabei ist er doch derjenige, der mich nicht sehen möchte. Aber manchmal bin auch ich ein Arsch.

    »Wieso guckst du so?«, fragt Jon.

    »Geht dich nichts an«, brumme ich. Er zerknüllt seine Serviette und wirft sie nach mir.

    »Sag schon. Streit im Beziehungsparadies?«

    »Du hast ja keine Ahnung«, murmle ich.

    Nun ist seine Neugier endgültig geweckt. »Ernsthaft? Ihr wart doch so vernarrt ineinander.«

    »Ja, aber manchmal reicht das scheinbar nicht aus.« Mein Tonfall ist gröber als gewollt, was Jons Augen groß werden lässt.

    »Erzähl es mir.«

    »Ach, das ist eine lange Geschichte.«

    Er blickt auf seine Armbanduhr. »Ich hab Zeit. Du weißt doch, dass ich auf Geschichten stehe. Und lass ja kein schmutziges Detail aus.«

    Schmutzige Details gibt es eher weniger, aber ich erzähle ihm alles von Anfang an. Wie ich ihn kennengelernt habe, wie wir uns langsam angefreundet haben. Dann mein abrupter Rückzug in die Heimat, unser zweites Treffen. Der erste Kuss. Wie er zu mir nach Detroit gekommen ist, die schönen, unbeschwerten Tage mit ihm bis hin zum heutigen Tag.

»Krasser Scheiß«, kommentiert Jon ernst. »Du glaubst doch nicht wirklich, dass er am Samstag nicht kommt, oder?«

Ich zucke mit einer Schulter.

»Lian, ich habe den Blick gesehen, mit dem er dich angesehen hat. Dein verklemmter Kleinstadtjunge wird nie wieder etwas anderes wollen.« Verschwörerisch beugt Jon sich vor und senkt die Stimme. »Und er wird nie wieder einen besseren Blowjob bekommen, Süßer.«

»Ach, komm«, seufze ich. »Ich habe mich zurückgehalten.«

Er grinst schief. »Trotzdem. Er wird da sein.«

»So einfach ist das nicht«, murmle ich. »Die dort drüben sind wirklich religiös. Wenn er sich für mich entscheidet, verliert er seine Familie und seinen ganzen Freundeskreis. Sie haben extrem strenge Regeln.«

Ich habe mich eingelesen. Es ist scheinbar tatsächlich so, dass bei solchen Vergehen – Sex vor der Ehe, Sex mit einem Mann sowieso – das Mitglied ausgeschlossen wird, wenn es sein Verhalten nicht ändert. Um die anderen zu schützen, wie es hieß. Für mich klingt das einfach nur grausam.

»Das ist abartig. Ist das irgendeine kranke Sekte?«

»Ich glaube nicht. Nein. Sie sind alle furchtbar gläubig, aber der Gemeinde nicht finanziell verpflichtet.«

Jon lehnt sich seufzend zurück. »Na, das war mal eine interessante Geschichte«, murmelt er. »Warum suchst du dir auch den kompliziertesten Kerl in ganz Amerika aus?«

Darüber muss ich sogar lachen. »Tja. So läuft das manchmal.«

Ich schiele auf mein Handy, aber immer noch keine Nachricht von Cal.

Lian, 20:17
Bist du böse auf mich?

Calvin, 20:19
Nee, alles gut.

Lian, 20:20
Hast du mich noch lieb?

Calvin, 20:20
Immer.

Etwas in meinem Herzen schmilzt. Vielleicht liegt es daran oder an Jons Worten, dass ich mich die nächste Nachricht traue.

Lian, 20:23
Wir sehen uns doch am Samstag, oder?

Aber darauf bekomme ich keine Antwort.

—CALVIN

Nachdenklich starre ich auf mein Handy, das vor mir auf dem Tresen liegt. Ich bin noch im Rooftop, aber um diese Uhrzeit ist nicht mehr viel los. Eigentlich warte ich drauf, dass die letzten Gäste verschwinden, damit ich abschließen und aufräumen kann. Diese Aufgabe hat Elena heute mir überlassen, sie ist bereits vor einer halben Stunde gegangen.

»Kriege ich noch ein Kaffee?«, fragt Mr. Travell, der an einem der Tische sitzt. »Oder schließen Sie?«

»Nein, ich mache Ihnen einen«, rufe ich zurück und begebe mich ans Werk. Es ist mir nur recht, wenn ich länger im Laden bleibe. Vielleicht schlafen meine Eltern dann schon, bevor ich nach Hause komme. Seit ich nicht mehr in den Predigtdienst darf, habe ich eine Menge freie Zeit und so übernehme ich viele zusätzliche Schichten. Es ist nicht nur gut für meinen Geldbeutel, sondern hält mich auch beschäftigt.

Ich bringe dem Kunden seinen weiteren Kaffee und verziehe mich hinter den Tresen. Ein Ehepaar verabschiedet sich und geht, sodass nur noch Mr. Travell da ist.

In meinem Kopf zeichnen sich wieder Bilder ab, die ich am liebsten verdrängen würde. Lian, wie er gegen die Wand gedrückt und geküsst wird. Von Jon. Wie Jonathan sich über Lian beugt und seine Hüften vorstößt …

Fest beiße ich die Zähne zusammen und sehe noch mal auf mein Handy. Das würde Lian nicht machen, da bin ich mir sicher. Doch allein die Vorstellung lässt heiße Eifersucht durch meinen Körper strömen.

Als die Tür einen neuen Gast ankündigt, blicke ich eher desinteressiert nach vorne, aber dann werden meine Augen groß. Es ist Gina, die sich etwas hilflos umsieht und ein paar vorsichtige Schritte auf mich zumacht.

»Hi«, sagt sie.

»Hallo. Was darf es sein?«

»Können wir kurz reden?«

Unwohlsein macht sich in mir breit. Aber davon lasse ich mir nichts anmerken. »Klar. Willst du was dazu trinken?«

»Irgendetwas ohne Koffein. Kakao vielleicht?«

»Mach ich dir. Setz dich doch schon mal.«

Sie nickt mir dankbar zu und verzieht sich an einen Tisch. Ich lasse mir Zeit damit, zwei heiße Getränke für uns zuzubereiten. Wird sie mich auch so anschreien wie ihre Mutter? Das kann ich mir bei Gina nicht vorstellen. Sie ist immer so ruhig und zurückhaltend.

Ich nehme zweimal Kakao mit Sahne und bringe es zu ihrem Tisch. Kurz überprüfe ich, ob Mr. Travell noch bedient ist, bevor ich mich zu ihr setze.

»Wie geht es dir?«, frage ich, um ein Gespräch anzukurbeln.

»Ich möchte mich für meine Mutter entschuldigen«, platzt es sogleich aus ihr heraus. »Ihr Auftritt hier ist ihr furchtbar peinlich. Sie hat das nicht so gemeint.«

»Schon in Ordnung«, sage ich und rühre in meinem Getränk herum. Aus dem Augenwinkel sehe ich, wie Gina sich auf die Lippe beißt.

»Du und Lian also …«

Abrupt sehe ich auf und sie verstummt sofort. »Sorry. Du willst sicher nicht darüber reden.«

»Eher nicht.«

Sie errötet und blickt nach unten. Trinkt einen Schluck. Spielt nervös mit ihren Haaren. Ich warte geduldig darauf, was sie noch sagen will.

»Also … ich finde es unfair, wie du behandelt wirst. Dass du sofort ausgeschlossen wirst, obwohl … na ja, obwohl andere auch schlimme Sachen machen.«

Ihre Worte überraschen mich mehr als Tanjas Auftritt vor ein paar Tagen.

»Jeder hat sein Päckchen zu tragen«, fährt sie fort. »Wir sind doch nicht perfekt. Jeder hat irgendetwas, das er falsch macht. Lästereien sind genauso verboten und trotzdem hat jeder scheinbar nur noch ein Thema.«

Ihre Worte trösten mich irgendwie.

»Stimmt, Habgier wird zum Beispiel in der Bibel auf eine Stufe mit Homosexualität gestellt«, erwidere ich leise. »Aber niemand wird ausgeschlossen deswegen.«

»Genau das meine ich! Ich finde es einfach bescheuert, dass du jetzt so an den Pranger gestellt wirst. Wie … wie Theo damals.«

Die letzten Worte sind mehr gehaucht als gesagt. Irgendwie glaube ich, sie hat Theo genauso sehr gemocht wie ich.

»Danke, Gina«, seufze ich. »Ich will nicht sagen, dass das, was ich gemacht habe, richtig war – zumindest nach biblischen Grundsätzen –, aber ich komme mir vor wie ein Schwerstverbrecher.«

»Wie geht es denn jetzt weiter?«, fragt sie mich. »Gehst du weiterhin zum Gottesdienst? Triffst du Lian wieder?«

»Noch wurde ich nicht ausgeschlossen, ich darf nur nicht in den Predigtdienst. Den Kontakt mit Lian sollte ich abbrechen. Am Sonntag habe ich noch mal ein Gespräch mit den Ältesten.«

Sie wirkt traurig darüber, was wiederum mich auch wehmütig macht.

»Was ist denn dein Päckchen?«, lenke ich daher das Thema von mir ab. Erschrocken blinzelt sie mich an.

»Was?«

»Du hast gesagt, jeder hat ein Päckchen zu tragen. Was ist deins, perfekte kleine Gina?«

Sie wird rot, grinst aber dabei. »Versprichst du, mich nicht zu verurteilen?«

»Versprochen.«

»Also, ich … liebe Bücher. Früher habe ich hundert Mal den ersten Teil Harry Potter gelesen – damals hatte ich nur den –, bevor meine Mutter es mir verboten hat. Du weißt schon, es geht um Magie, das verherrlicht Okkultismus, das wiederum den Teufel.«

Ja, man hat uns gelehrt, dass die meisten Bücher und Filme nicht gut sind, da sie falsche Vorstellungen von Liebe, Sex, Gewalt oder Okkultismus wecken könnten. Es gibt keine rote Liste, aber manche bekannte Titel sind inoffiziell verboten. Ich selbst durfte auch keine Comics mehr lesen, weil Dad meinte, sie beinhalten zu viel Gewalt.

»Dann habe ich herausgefunden, dass man supergut am Handy oder Tablet lesen kann, ohne dass andere es mitbekommen. Ich habe sie alle verschlungen. Harry Potter, Twilight, Tribute von Panem, Chroniken der Unterwelt. Sogar … Sogar Fifty Shades of Grey.«

»Das ist hinreißend«, grinse ich. »Wirklich.«

Gina lächelt verschmitzt. »Meine Mutter würde mich umbringen. Aber ich liebe einfach diese Flucht aus der Realität.«

Mr. Travell verlässt, einen Abschied brummend, den Laden. Nun sind wir beide alleine und ich werde wieder ernst.

»Deine Mutter hat da noch was gesagt. Ich hätte dir Hoffnungen gemacht. Wenn das wirklich so war …«

Hektisch schüttelt sie den Kopf. »Nein, das hast du nicht. Irgendwie war es für viele selbstverständlich, dass wir uns näherkommen und heiraten, nur, weil wir im gleichen Alter sind. Meine Mutter hat wohl einfach in dir die Chance gesehen, mich unter die Haube zu kriegen.«

»Dabei möchtest du doch lieber einen glitzernden Vampir, richtig? Oder eher einen Mr. Grey, der dich in sein Spielzimmer einlädt …«

Lachend tritt sie mir unter dem Tisch gegen das Schienbein. »Hör auf! Das bleibt unser Geheimnis, bitte!«

»Natürlich«, versichere ich ihr. »Danke, Gina. Für alles. Das Gespräch mit dir hat mir wirklich geholfen.«

SIEBENUNDDREISSIG
−CALVIN

AM DONNERSTAG ist es so weit, der Gottesdienst steht bevor. Nervös binde ich meine Krawatte, blicke mir im Spiegel in die Augen und spüre die schlechten Gefühle in meinem Bauch kribbeln.

Bis dato bin ich den anderen Gemeindemitgliedern aus dem Weg gegangen – bis auf Gina und Tanja – und fühle mich jetzt noch nicht bereit dazu, allen wieder gegenüberzutreten.

»Calvin, bist du so weit?«, fragt Mom und späht in mein Zimmer herein. Sie mustert mich von oben bis unten.

»Ja. Ich komme.«

Das Verhältnis zwischen uns ist angespannt. Sie strahlt nicht mehr, wie sie es sonst getan hat. Anders als mein Vater scheint sie auch jeden Körperkontakt zu vermeiden.

Ich trete in den Flur und lächle meine Schwester an. Diese trägt ein Kleidchen, von dem ich weiß, dass sie es hasst. Sanft streiche ich ihr übers Haar und sie schlingt die Arme um mich. Uns hat diese ganze Sache in gewisser Weise noch näher zusammengeschweißt.

»Lasst uns gehen«, befiehlt Mom und stapft nach draußen. Phoebe rollt mit den Augen und drückt mir einen Kuss auf die Wange.

»Auf in den Kampf«, murmelt sie, was mich zum Schmunzeln bringt.

Das vergeht mir allerdings, als wir alle gemeinsam den Versammlungssaal betreten. Ich habe das Gefühl, alle Blicke kleben auf mir. Als ich die Leute grüße, wird mir bei den meisten Misstrauen und Argwohn entgegengebracht. Manchmal auch Bedauern und Verständnis.

Einige wenige verhalten sich normal, fragen mich, wie es mir geht und wie die Arbeit läuft. Trotzdem bin ich froh, als der Gottesdienst beginnt und jeder still auf seinem Platz sitzt. Die Predigten ziehen wie im Rausch an mir vorbei, ohne dass wirklich etwas hängen bleibt.

Als es vorbei ist und alle wieder in Gespräche fallen, halte ich es nicht mehr aus. Ich nehme mir die Autoschlüssel und verziehe mich auf die Rückbank unseres Autos. Der Rest meiner Familie wird vermutlich noch gut eine halbe Stunde bleiben, vielleicht sogar bei den Aufräumarbeiten helfen. Das kann dauern.

Ich sinke tiefer in meinen Sitz und schließe die Augen. Zwischen meinen Glaubensbrüdern und Schwestern fühle ich mich plötzlich verloren. Nicht mehr passend.

In Detroit bei Lian und seinen Freunden habe ich mich besser und verstandener gefühlt als jemals in der Gemeinde. Dort konnte ich sein, ohne die Luft anhalten zu müssen.

Warum muss es auch so schwer sein, Gott? Warum darf es nicht leicht sein? Willst du wirklich, dass ich allem, was ich fühle, den Rücken kehre, nachdem du mich so erschaffen hast? Ist die Liebe nicht für alle da? Warum kann ich dann nicht einen Mann lieben?

Das Atmen fällt mir plötzlich schwer. Schnell blinzle ich die Tränen weg, ehe sie den Weg über meine Wangen finden können.

Liebst du mich noch, wenn ich gegen deine Prinzipien verstoße? Hörst du dir meine Gebete an, selbst wenn ich mich für ihn entscheide?

Mit einem Seufzen fahre ich mir übers Gesicht. Als die Beifahrertür aufgeht, zucke ich zusammen. Mom rutscht auf den Sitz.

»Was ist los?«, fragt sie und dreht sich zu mir herum.

»Ich musste einfach raus«, sage ich wahrheitsgemäß.

Sie schüttelt missbilligend den Kopf.

»Unterhalte dich mit den anderen. Das ist wichtig, Calvin.«

»Habe ich doch. Aber sie wissen alle Bescheid und … na ja, ich fühle mich unwohl.«

Ihr Blick wird einen Hauch sanfter. »Das hast du dir selbst zuzuschreiben, oder nicht?«

»Ist Lästerei nicht genauso verboten?«

Daraufhin presst Mom die Lippen zusammen und weicht meinem Blick aus.

»Dein Großvater und deine Großmutter waren auch religiös, das weißt du ja, oder?«, fragt sie plötzlich.

Stirnrunzelnd nicke ich. Meine Großeltern mütterlicherseits sind früh gestorben, ich kann mich kaum an sie erinnern.

»Was ich dir aber nie erzählt habe, ist, dass mein Vater unsere Familie verlassen hat, für eine andere Frau, für eine Ungläubige.«

Sie schließt die Augen und atmet tief durch, als würde ihr der Gedanke daran immer noch Schmerzen bereiten.

»Das wusste ich nicht«, murmle ich. »Und dann?«

»Ich musste mich mit meiner Mutter und den vier Geschwistern alleine durchschlagen. Sie alle sind auf die schiefe Bahn geraten und haben meiner Mutter solche Sorgen bereitet. Einzig ich bin an ihrer Seite jedes Mal zum Gottesdienst gegangen und wir haben uns gegenseitig unterstützt.«

Sie wischt sich eine Tränenspur von der Wange. »Du weißt ja, dass dein Onkel an einer Überdosis Heroin gestorben ist. Meine Schwestern haben sich, sobald sie erwachsen waren, durch die ganze Welt verstreut. Und dein Großvater …« Sie seufzt laut. »Zehn Jahre, nachdem er unsere Familie verlassen hat, ist er zurückgekommen. Du weißt ja, dass Sündiger, die ihre Taten ehrlich bereuen und sich bessern, wieder in die Gemeinde aufgenommen werden können. Nur meine Mutter konnte ihm nie verzeihen. Genauso wenig wie ich.«

»Das tut mir leid, Mom.« Ich beuge mich vor, um ihr eine Hand auf die Schulter zu legen. Sie tätschelt sie geistesabwesend.

»Sei nicht wie dein Großvater«, bittet sie mich dann mit tränenerstickter Stimme. »Er hat uns allen so viel Leid zugefügt, nur um es zehn Jahre später zu bereuen. Aber da war das ganze Chaos schon angerichtet.

Entscheide dich für deine Familie, deinen Glauben, für das Richtige, mein Sohn.«

Sie schnieft und ich ziehe meine Hand wieder zurück. Ich komme nicht umhin, mich zu fragen, was meinen Großvater dazu veranlasst hat, seine Familie zu verlassen. War es der Wunsch nach Freiheit, der Ruf des Verbotenen?

Ich weiß, dass ich meiner Familie viel Kummer bereite, aber ich war auch all die Jahre ein perfekter Mustersohn. Haben sie sich nicht denken können, dass ich irgendwann mal ausbreche?

Bei den Gedanken muss ich fast schmunzeln. Es ist keine verspätete Rebellion, es ist bloß der unerträglich starke Wunsch nach Freiheit. Ich habe sie gekostet, ich habe einmal im Leben alles getan, was ich schon immer tun wollte. Gesagt, was ich schon immer sagen wollte, gelebt, wie ich schon immer leben wollte. Und ich habe geliebt, wie ich schon immer lieben wollte.

Ich weiß nicht, ob ich noch mal zurück kann. Tatsache ist, dass ich mich nicht zwischen Lian und meiner Familie entscheiden muss. Ich muss mich für mich selbst entscheiden. Dafür, was ich für ein Leben führen möchte.

ACHTUNDDREISSIG
−Lian

ER WIRD nicht kommen.

Dieser Gedanke pocht durch mein Hirn, seit wir am Samstagvormittag mit dem Zug Richtung Chicago fahren. Devon und Blair haben gemeckert, warum wir nicht das Flugzeug nehmen, aber ich bestehe darauf. Menschen sind einfach nicht dafür gemacht, die Lüfte zu erobern!

Die fünfeinhalbstündige Zugfahrt ist dann doch nicht ganz so schlecht. Wir spielen Schach, eine halbe Runde Monopoly, bis jeder wütend auf den anderen ist, und im Anschluss versöhnen wir uns mit einer Runde überteuerter Zug-Cola. Den Rest der Fahrt sehen Devon und Blair einen Film, während ich am Laptop arbeite.

Mit Calvin habe ich seit Mittwoch nicht mehr geschrieben und das führt zu einem logischen Gedanken: Er wird nicht kommen.

Zwar habe ich gesagt, dass, falls er nicht kommt, es aus zwischen uns ist, aber jetzt bereue ich es. Grand Lake City ist nicht so weit von Chicago. Wie soll ich am Sonntagabend zurück nach Detroit, wenn ich ihn nicht noch einmal gesehen habe?

»Erde an Lian.« Devon schnipst mir vors Gesicht und ich schrecke aus den Gedanken. Inzwischen sind wir in unserem Hotelzimmer angekommen und Blair steht schon unter der Dusche.

»Was?«, frage ich.

»Ob du auch ein Sandwich willst. Ich hole eins vom Zimmerservice«, wiederholt Devon mit einem nachsichtigen Lächeln.

»Klar.«

»Schreib ihm einfach und frag nach«, meint er ruhig, doch ich schüttle den Kopf.

»Ich habe ihn schon mal gefragt und er hat mir nicht geantwortet. Das ist ein eindeutiges Zeichen.«

Trotzdem kann ich nicht verhindern, dass noch ein Funken Hoffnung in meiner Brust glimmt.

Am Abend stehen wir schon um zehn Uhr vor dem *Rhenos*, in dem Blairs Lieblingssänger heute auftritt. Ich selbst kenne ihn nicht, aber Blair hat seine Songs auf dem Weg hierher rauf und runter geträllert.

Da wir einen Tisch reserviert haben, werden wir direkt hereingelassen und durch den großen Club geführt. Noch spielt normale Partymusik, die Show beginnt erst um Mitternacht, dennoch ist der Club bereits gut besucht.

Blair holt uns etwas zu trinken, während Devon und ich es uns an dem Tisch gemütlich machen. Mein Magen dreht sich vor Aufregung. Von unserem Platz aus habe ich den perfekten Blick zum Eingang und ich kann nicht aufhören, die hereinkommenden Leute zu beobachten. Keiner von ihnen ist Calvin. Mein Freund, der doch nicht mein Freund ist. Nicht, wenn der heutige Abend vorbei ist.

»Alles in Ordnung?«, fragt Devon besorgt.

Benommen schüttle ich den Kopf. »Nein. Weil er nicht kommen wird.«

NEUNUNDDREISSIG
−CALVIN

Nach dem Gottesdienst am Donnerstag sehe ich meinen Vater gar nicht mehr, da er übers Wochenende zu einer Gemeinde Richtung Indianapolis gefahren ist, um dort auszuhelfen. Der Trip war schon länger geplant und ich bin froh, dass er ihn meinetwegen nicht abgesagt hat.

Erstaunlicherweise geht es mir besser, nachdem ich Donnerstagnacht meine Entscheidung getroffen habe. Seitdem fühle ich mich, als habe ich einen Rucksack voller Steine abgelegt. Frei. Leicht. Gut.

Noch habe ich keinem von meinem Entschluss erzählt, denn in gewisser Weise hatte ich Angst, mir alles noch mal zu überlegen und einen Rückzieher zu machen. Aber das ist nicht passiert, ganz im Gegenteil. Die zwei Tage haben mir geholfen, mich in meiner Meinung zu festigen.

Es ist Samstagabend, als ich meiner Mutter endlich davon berichten will. Immerhin wartet Lian bereits auf mich.

Sie sitzt gemeinsam mit David in der Küche, beide haben ihre Bibeln aufgeschlagen, doch unterbrechen abrupt ihre Unterhaltung, als ich in den Türrahmen trete. Ich weiß nicht, ob sie den Ältesten eingeladen hat oder ob Dad ihn darum gebeten hat, aber das tut nichts zur Sache. Er wird an meiner Entscheidung nichts ändern können.

Moms Augen werden groß. »Hast du noch vor, wegzugehen?«

»Ja«, sage ich. »Ich fahre nach Chicago, um Lian zu treffen.«

Schweigen.

»Also gut, dann. Bis morgen.«

Ich will mich gerade wegdrehen, als meine Mutter von ihrem Platz aufspringt.

»Du willst zu ihm? Wieso?«

»Weil wir verabredet sind«, sage ich schlicht und schiebe die Hände in die Taschen meiner Lederjacke. Ich habe sie extra angezogen, weil ich weiß, dass sie Lian gefallen hat. Weil ich hoffe, dass sie ihm immer noch gefällt.

»Calvin, bitte setz dich einen Moment«, bittet David gutmütig. Ungeduldig sehe ich auf die Küchenuhr. Eigentlich müsste ich schon los, aber ich gebe mir einen Ruck und setze mich zu ihm an den Tisch.

»Ich habe meine Entscheidung getroffen«, erkläre ich ihm. »Ich kann den Kontakt zu Lian und den anderen aus Detroit nicht abbrechen. Es ist nicht das Leben, das ich führen möchte.«

Tränen quellen aus den Augen meiner Mutter und sie hält sich die Hand vor den Mund, kann mich nicht mehr ansehen.

»Hast du gebetet?«, fragt David.

»Ja. Andauernd.«

»Und du bist trotzdem zu dem Ergebnis gekommen?«

»Ja.«

»Du weißt, was für Folgen das hat«, erinnert er mich. »Du wirst ausgeschlossen. Du verlierst den Kontakt zu deiner Familie.«

»Ja. Das ist mir durchaus bewusst.«

»Calvin!«, schluchzt Mom. »Wie kannst du das sagen? So haben wir dich nicht erzogen.«

Ruhig ergreife ich Moms zitternde Hände. »Ihr habt mich zu einem eigenständig denkenden Menschen erzogen. Der eigene Schlüsse ziehen kann, der eigene Entscheidungen trifft. Und genau das tue ich.«

Fest sieht sie mir in die Augen, ungläubig, als würde sie erwarten, ich mache nur Scherze und überlege es mir gleich anders. Als sie merkt, dass nichts mehr kommt, entzieht sie mir ihre Hände.

»Geh auf dein Zimmer.«

»Ich muss jetzt fahren. Tut mir leid, Mom. Ich komme bald wieder.«

Ohne auf ihren Befehl einzugehen, erhebe ich mich und reiche David zum Abschied die Hand.

»Du kannst das nicht einfach ohne deinen Vater entscheiden«, versucht Mutter es erneut. »Denk doch dran, wie enttäuscht er ist.«

»Ich hab dich lieb, Mom. Ich liebe euch beide. Aber ich kann nicht länger so leben, wie ihr es für richtig haltet.«

Darauf erwidert sie nichts mehr, wischt sich nur die Tränen weg und weicht meinem Blick aus. Es tut weh, sie so zu sehen, doch ich möchte keine Zeit mehr verlieren. Die Fahrt nach Chicago kostet mich immerhin fast eine Dreiviertelstunde.

Kurz bevor ich das Haus verlasse, treffe ich noch auf meine Schwester. Mit verschränkten Armen und einem wissenden Lächeln steht sie im Flur.

»Grüß Lian von mir, Bruderherz.«

Dankbar drücke ich ihr einen Kuss auf die Wange, dann mache ich mich endlich auf den Weg zu Lian. Ich kann es kaum erwarten, ihn zu sehen.

Ich stehe im Stau. Im gottverdammten Stau. Keine Ahnung, warum ich das nicht mit eingerechnet habe, aber daran habe ich einfach nicht gedacht, obwohl es sich auf der Strecke andauernd staut. Tief durchatmend gucke ich alle zwei Sekunden auf die Uhr. Es ist schon nach zehn und ich bin immer noch nicht in Chicago.

»Bleib ruhig«, murmle ich mir zu. »Es ist nicht mehr lange.«

Außerdem wird Lian mit seinen Freunden die ganze Nacht da sein, oder? Bestimmt.

Es dauert eine geschlagene halbe Stunde, bis ich aus dem Stau raus bin und dann weitere 15 Minuten, ein Parkhaus zu finden, das nicht überfüllt ist. Schließlich parke ich meinen Honda in einem winzigen Spot, das eigentlich für Smarts gedacht ist. Egal, Hauptsache, ich komme endlich zu dem Club, in dem Lian auf mich wartet.

Da ich ein Stück abseits geparkt habe, muss ich das Navi auf meinem Handy anschmeißen, um das *Rhenos* zu finden. Kribbelnde Aufregung durchfährt mich, wenn ich daran denke, ihn gleich wieder zu sehen.

Meine Schritte werden schneller und fester, die Vorfreude steigt. Gleich werde ich Lian wieder sehen. Gleich ... nach etwa hundert Menschen.

Fassungslos starre ich auf die lange Schlange, die sich vor dem *Rhenos* gebildet hat. Wer tritt hier auf? Justin Bieber? Nein, irgendein Künstler, dessen Name ich vergessen habe. Zum Glück hat Lian mir geschrieben, dass er einen Tisch hier reserviert hat. Entschlossen laufe ich an den wartenden Leuten vorbei, nach ganz vorne zum Türstehen.

»Hi«, sage ich und muss gegen die Musik anschreien, die durch die offenen Türen wummert. »Ich hab hier einen Tisch.«

»Auf welchen Namen?«, fragt er schlicht und zückt seinen Block.

»Devon Darring.«

Er blättert und sucht, dann schüttelt er den Kopf. »Der Name ist durchgestrichen.«

»Ja, meine Freunde sind schon drin, ich bin etwas spät«, erkläre ich.

»Ich kann dich nicht reinlassen. Ihr hättet alle zusammen kommen müssen.«

»Aber ... mein Freund ist da drin.«

Unbeeindruckt sieht der Türsteher mich an. »Du musst dich hinten anstellen.«

»Nein, Sie verstehen nicht, ich muss meinen Freund sehen, sonst denkt er, es ist aus.«

Das entlockt dem muskulösen Mann tatsächlich ein leises Lachen. »Ich höre viele Geschichten, aber diese hier ist wirklich interessant.«

»Das ist die Wahrheit!«, stelle ich klar. »Es ... bitte. Lassen Sie mich zu ihm.«

»Wenn ich dich reinlasse, dann muss ich alle reinlassen«, seufzt er.

»Nein, nur mich«, versichere ich ihm, möglichst überzeugend. Er verdreht die Augen.

»Hinten anstellen oder du kommst gar nicht mehr rein.«

Zweifelnd sehe ich die vielen Menschen an, die alle vor mir hereingelassen werden. Zähneknirschend trete ich einen Schritt zurück und will Richtung Ende der Schlange trotten.

»Hey, du!«

Ich blicke zu der jungen Frau, die an circa fünfter Stelle der Reihe steht. *Bride to be* prangt auf ihrem knappen Top gedruckt, sie trägt ein Krönchen in den blonden Locken.

»Hi. Glückwunsch zur Hochzeit.«

Sie kichert. »Komm mal näher. Stimmt es, was du dem Türsteher gesagt hast?«

»Ja.« Ich trete einen Schritt vor. Auch ihre zwei Freundinnen blicken mich interessiert an. »Wir haben gerade eine komplizierte Phase durch und … na ja.«

»Oh.« Sie seufzt theatralisch. »Bleib bei uns stehen, dann kommst du schneller rein.«

»Ehrlich?« Unsicher sehe ich mich zu den Seiten um. »Ist das nicht verboten?«

»Ach, quatsch. Die sollen sich nicht mit einer betrunkenen Braut anlegen! Wir sind heute im Auftrag der Liebe unterwegs.«

Erleichtert atme ich aus. »Danke! Wann ist es denn so weit?«

»Nächste Woche Samstag. Heute lasse ich noch mal die Sau raus.« Sie kichert. Lächelnd greife ich nach meinem Handy und schreibe Lian eine Nachricht.

Calvin, 23:01
Ich bin da, aber stehe draußen in der Schlange. Ich hoffe, ich komme gleich rein. Ich freue mich so, dich zu sehen.

Calvin, 23:02
Ich hoffe, es ist noch nicht zu spät. Ich liebe dich.

Beide Nachrichten senden zwar ab, aber erreichen ihn nicht. Er hat vermutlich keinen Empfang.

»Scheiße«, fluche ich und lasse das Handy sinken. »Kein Empfang.«

»Wir kommen sicher gleich rein«, versichert die Fast-Ehefrau mir. »Wie heißt du?«

»Calvin, und ihr?«

»Ich bin Leona, das sind Thalea und Fiona. Und wie heißt dein Freund?«

»Lian«, antworte ich, woraufhin Leonas Augen groß werden.

»Nein! Das gibt es doch nicht. Mein Verlobter heißt Caden. Das sind die gleichen Initialen. CL. Ach wie romantisch!«

Ich muss grinsen. »Ist wohl Schicksal.«

Das findet Leona ganz entzückend. Sie beginnt mir zu erzählen, wie sie ihren Caden kennengelernt hat, und das hilft mir, mich etwas abzulenken. Es dauert nämlich eine gefühlte Ewigkeit, bis die Schlange sich endlich wieder bewegt.

»Scheint, als hättest du neue Freunde gefunden«, schmunzelt der Türsteher, als er uns noch hereinwinkt. Ich zahle den Eintritt für Leona und ihre Mädels mit.

»Danke euch«, sage ich noch mal, umarme sie kurz, ehe unsere Wege sich trennen. Als ich das Innere des Clubs betrete, fühle ich mich sofort wie erschlagen. Es sind so unglaublich viele Menschen da. Die Luft ist stickig, die Musik laut. Okay, wo soll ich mit dem Suchen anfangen?

Umständlich dränge ich mich durch die Leute, sehe mich immer wieder nach Lian oder seinen Freunden um, entdecke natürlich keinen. Schließlich erklimme ich die Treppe, um nach oben in den Raucherbereich zu kommen. Der Zigarettengeruch brennt mir in der Nase, aber ich ignoriere es und trete vor ans Gitter. Von hier aus kann man über die tanzenden Menschen hinwegschauen.

Angestrengt kneife ich die Augen zusammen und sehe von links nach rechts. Es ist das reinste Gedränge auf der Tanzfläche, was sicher daran liegt, dass der Star der Stunde in fünfzehn Minuten auf die Bühne kommt.

Dann, endlich, entdecke ich einen blonden Haarschopf an der Bar. Blair? Als sie sich herumdreht und ich ihr Profil betrachten kann, bin ich mir sicher, dass sie es ist. Perfekt. Sie kann mir bestimmt sagen, wo Lian ist.

Mit neuer Aufregung jogge ich die Treppen wieder herunter und dränge mich durch bis zu der Bar, an der ich Blair gerade gesehen habe. Aber als ich dort ankomme, kann ich sie nirgends mehr sehen.

Scheiße. Ich brauch einen neuen Plan. Vielleicht … ich werde einfach vor den Toiletten warten, irgendwann muss er ja pinkeln. Leider gibt es ganze drei Toiletten im Club und ich kann mich nicht entscheiden, vor welcher ich kampieren soll. Es frustriert mich. Da bin ich ihm schon so nah und finde ihn trotzdem nicht.

Unschlüssig stehe ich etwas abseits von der Tanzfläche und beschließe, noch mal oben nachzusehen. Dieses Mal laufe ich den langen Gang durch den Raucherbereich komplett durch und entdecke die verschiedenen Lounges mit Sitzecken und Tischen. Als ich am Ende der Etage ankomme, bleibe ich ruckartig stehen. Denn endlich habe ich ihn gefunden.

Lian steht mit dem Rücken zu mir, aber ich erkenne ihn sofort wieder. Blair, die ihm gegenübersteht, sieht mich ebenfalls und ihre Augen werden groß. Ich sehe, wie sich ihre Lippen bewegen, dann dreht auch Lian sich ruckartig um.

Unsere Blicke treffen sich. Meine Haut kribbelt, während sich in meinem Inneren ein Feuerwerk entzündet. Ich habe ihn so lange nicht gesehen. All die Zweifel, die anstrengenden Gespräche und das schreckliche Gefühl, ihn zu verlieren, sind vergessen.

Lian bewegt sich als Erster wieder, er hat mich innerhalb weniger Sekunden erreicht und fällt mir in die Arme. Mit so einer Heftigkeit, dass mir die Luft wegbleibt.

»Gott, Calvin«, keucht Lian und krallt verzweifelt die Hände in meine Jacke. »Scheiße, du bist hier.«

Ich drücke meine Lippen gegen seinen Hals und inhaliere seinen Duft. Wie habe ich sein Parfüm vermisst, wie habe ich das Gefühl seines Körpers vermisst. Wie aus Reflex streiche ich über seinen Rücken und genieße, wie er erschauert. Es geht nichts über dieses Gefühl, das Knistern und Brodeln, das irre Glücksgefühl. Es ist, als wäre ich im freien Fall.

Und dann, endlich, küsst er mich. Stürmisch, ohne Hemmung. Seine Zunge findet den Weg in meinen Mund und streicht fordernd über meine. Sein vertrauter Geschmack bringt meine Nerven zum Glühen und verschafft mir weiche Knie.

Lian lässt von mir ab und fährt über meine Schultern, als müsse er sich vergewissern, dass ich wirklich vor ihm stehe.

»Hallo Fremder«, murmle ich und streiche mit den Fingerkuppen über die Stoppeln an seiner Wange. Die sind neu.

Lian atmet schwer, aber er strahlt. »Komm mit«, sagt er und nimmt meine Hand. Er führt mich zu der Sitznische, an der er eben noch stand. Von Blair ist nichts mehr zu sehen und ich bin froh, Lian für einen Moment nur für mich zu haben.

»Du bist hier, du … ich kann es gar nicht glauben«, stammelt Lian, als wir uns setzen. Sofort greife ich an seine Wange und ziehe ihn erneut zu einem leidenschaftlichen Kuss heran.

»Hat ein bisschen länger gedauert, als gedacht.« Noch ein Kuss. Noch ein Streichen über seine raue Wange. »Du bist heißer, als ich dich in Erinnerung habe.«

Lian lacht leise und schmiegt sich an mich, haucht mir sanfte Küsse auf den Hals, die mich schier verrückt machen.

»Calvin!«

Devons Stimme lässt mich aufhorchen. Er kommt auf unsere Nische zu mit einem breiten Strahlen auf dem Gesicht. Als er mir die Hand hinhält, ergreife ich sie. Doch ich hätte nicht damit gerechnet, dass er mich ruckartig auf die Beine und in eine halsbrecherische Umarmung zieht.

»Ich wusste, dass du dich für mich entscheidest!«, säuselt er. »Ich wusste, dass unsere Bromance dir etwas bedeutet!«

Er küsst mich stürmisch auf beide Wangen. Hilfesuchend sehe ich zu Lian, der mich nur angrinst und mit den Schultern zuckt.

»Okay, genug!« Lachend schiebe ich Devon von mir. »Ich hab dich ja auch vermisst.«

Blair schiebt sich zwischen uns und umarmt mich ebenfalls.

»Danke«, flüstert sie mir zu.

»Wofür?«, frage ich.

»Weil du Lian so glücklich machst.« Sie deutet mit einem Kopfnicken nach unten und ich folge ihrem Blick. Lian blickt mit einem strahlenden Lächeln zu mir auf und seine Augen … Meine Knie werden weich, als ich den verliebten Ausdruck bemerke.

Ich hauche Blair einen Kuss auf die Stirn und setze mich zurück zu Lian, der sofort meine Hand ergreift und unsere Finger verschränkt.

Ich klaue mir einen Kuss. Dann noch einen. Nur ein sanftes Stupsen, nicht so stürmisch wie vorhin. Ich genieße einfach, wie seine Lippen sich auf meinen anfühlen, wie intensiv das Gefühl durch meinen Körper strömt.

»Komm mit«, raunt Lian und schiebt mich hinaus. »Wir sind gleich zurück«, sagt er zu seinen Freunden und läuft voraus.

Er nimmt meine Hand und führt mich zu den Toiletten. Verwirrt will ich ihn fragen, was er vorhat, aber da drängt er mich schon in eine freie Kabine. In dem winzigen Raum haben wir gerade so Platz, ich höre durch die dünnen Wände das Lachen und die Gespräche der anderen Gäste.

Lian presst mich gegen die geschlossene Tür und küsst mich. Seine Hände fahren über meinen Körper, er zieht mein Hemd aus der Hose, kurz darauf streichen seine kühlen Finger über meine nackte Haut. Zischend hole ich Luft, atme schwer.

»Was tust du da?«, frage ich.

Lian lacht leise. »Lass dich überraschen.«

Ungeduldig knöpft er mein Hemd auf und küsst meine Brust. Sein herrlich warmer Mund schließt sich um einen Nippel, er leckt und saugt, bis ich aufkeuche.

»Lian …«

Er achtet nicht auf meinen Protest, sondern küsst weiter herunter zu meinem Bauch und macht sich an meinem Gürtel zu schaffen.

»Ähm, nein, stopp!«

Mein Freund funkelt mich herausfordernd an. »Immer noch verklemmt?«

»Ich bin nicht … nein, komm her.« Mit einem unzufriedenen Brummen stellt er sich wieder auf die Beine. Als ich sein Gesicht umschließe und ihn hart auf den Mund küsse, seufzt er zufrieden.

»Ich bin nicht verklemmt«, stelle ich klar. Er grinst schief.

»Natürlich nicht, Schatz.« Seine Hände fahren über meinen nackten Bauch. Seine Augen glitzern herausfordernd. »Willst du mir dann einen blasen?«

»Ja, unbedingt.«

Sein Mund klappt auf und innerhalb von einer Sekunde hat er seinen Gürtel geöffnet.

»Aber nicht hier«, füge ich hinzu. »Nicht auf einer dreckigen Club-Toilette.«

Er seufzt frustriert. »Kommst du dann heute mit in mein Hotelzimmer?«

»Ja, wenn du mich lässt.«

»Was für eine dämliche Frage.« Er schnaubt und küsst mich noch mal kurz. »Also wird hier jetzt echt nichts geblasen?«

Darüber muss ich lachen. »Du bist ein Idiot.«

»Dein Idiot«, haucht er, was mein Herz erneut zum Beben bringt. Etwas unsicher huscht sein Blick über mein Gesicht. »Oder?«

»Nur meiner«, versichere ich ihm.

VIERZIG
-CALVIN

WIR GEHEN zurück zu den anderen, ich hole Drinks für das Trio und für mich nur eine Cola. Ich fühle mich so beflügelt, dass ich gar keinen Alkohol brauche.

Gemeinsam tanzen wir, feuern Blairs Lieblingssänger während seines Auftrittes an und haben die beste Zeit, die leider viel zu schnell vergeht.

Um fünf Uhr morgens machen wir uns auf den Weg zum Hotelzimmer. Es ist in Laufnähe, sodass wir kein Taxi brauchen. Nur eine Viertelstunde, sagen die anderen. Devon und Blair lachen um die Wette. Lustig, wie sie nur aufhören können zu streiten, wenn sie betrunken sind.

Lian läuft neben mir her und sieht verträumt in den sternenklaren Himmel. Weil ich immer noch nicht glauben kann, dass er direkt vor mir steht, lege ich einen Arm um seine Schulter und ziehe ihn näher an mich heran.

Er lächelt und küsst mich auf die Wange. »Ich liebe dich.«

»Ja, ich weiß.«

Vorwurfsvoll kneift er mich in die Seite, lacht aber. »Wie haben deine Eltern eigentlich reagiert? Das hast du mir nie richtig erzählt.«

»Na ja, nicht sehr verständnisvoll. Anders als Phoe, sie hat sogar deinen Comic aus dem Müll gerettet.«

»Ich liebe deine Schwester.«

»Ja, ich auch«, lächle ich.

Blair trällert lautstark irgendeinen Popsong und eine Gruppe Männer feuert sie an. Sie bleibt stehen, wirft die Haare zurück und imitiert eine Luftgitarre.

Wir brauchen also länger als fünfzehn Minuten, bis wir das Hotel erreichen. Als wir alle gemeinsam zu einem Hotelzimmer trotten, bin ich etwas verwirrt.

»Wie, ihr habt nur ein Zimmer?«, frage ich.

Devon holt die Zimmerkarte raus und scannt sie ab, um die Tür zu öffnen. »Mit Verbindungstür, keine Sorge«, grinst er mich an und ich kratze mich verlegen am Kopf. Lian lacht nur.

»Darf ich zusehen?«, kichert Blair.

»Wehe, ihr kommt rein«, warnt mein Freund. Blair und Devon verziehen sich in das Zimmer nebenan. Ich bleibe mit Lian in dem größeren stehen. Es ist schlicht eingerichtet, doch bietet einen tollen Blick auf die Stadt und die morgendliche Dämmerung. Das Doppelbett steht in der Mitte des Raumes.

Leichte Aufregung flutet meinen Bauch, als Lian sich das T-Shirt abstreift und es achtlos auf den Boden fallen lässt. Er stöhnt leise, als er sich zu mir herumdreht. Seine Augen funkeln, locken mich. Und natürlich kann ich nicht widerstehen.

Innerhalb zwei großer Schritte bin ich bei ihm, ziehe ihn in meine Arme und küsse seinen Hals. Lian seufzt wohlig, legt den Kopf schief, damit ich besseren Zugang bekomme.

»Ich habe dich so vermisst«, schnurrt er.

»Leg dich aufs Bett«, bitte ich ihn sanft. Er gehorcht ohne Widerworte und ich stütze mich über ihn. Küsse und lecke seine salzige Haut, sauge den männlich-herben Geruch ein, arbeite mich langsam von seinem Hals bis zu seiner Brust.

So oft habe ich mir vorgestellt, wie sich das anfühlt. Habe mich in Detroit nicht getraut, weil ich wusste, dass ich dann komplett die Kontrolle verliere. Aber die Realität ist noch so viel besser als jede Fantasie. Weil ich sehe und spüre, wie er auf meine Berührungen reagiert. Wie er bebt, zischt, seufzt, zusammenzuckt.

Er erschauert, wenn ich mit den Fingerspitzen über seine Seite fahre. Wenn ich die leichten Muskeln auf seinem Bauch küsse, spannen sie sich an. Als meine Zunge vorschnellt und über sein Schlüsselbein leckt, krallt er die Finger ins Laken …

»Cal«, stöhnt er. »Weiter unten spielt die Musik.«

»Ungeduldig?«

»Nur ein wenig.«

Ich lache leise und öffne seinen Gürtel, dann den Knopf seiner Jeans. Lian hebt die Hüften, damit ich ihm Hose samt Unterwäsche abstreifen kann. Sein harter Penis kommt mir schon entgegengesprungen. Lian zieht mich zu einem langsamen Kuss zu sich nach oben, während er mein Hemd aufknöpft. Auch das fällt zu Boden.

Mit einer Hand umschließe ich seinen Schwanz und fahre sacht auf und ab. Mein Freund stöhnt in meinen Mund, bewegt die Hüften.

»Lust, was Neues auszuprobieren?«, fragt er, seine Stimme klingt rau vor Begierde. Er streicht mir die Haare aus der Stirn.

»Wie wäre es, wenn wir bei Altbewährtem bleiben? Peinliche, schnelle Handjobs?«, erwidere ich.

»Also, das ist auch eine Möglichkeit.«

Ich lache erneut. »War nur ein Spaß.«

»Mit dir ist es mir egal, Cal.« Er sieht mir fest in die Augen. »Hauptsache, wir sind zusammen.«

Mein Blick wird weich und ich nehme mir einen Moment, um die Konturen seines Gesichtes nachzufahren.

Dann rutsche ich weiter nach unten und fahre noch mal mit einer Hand über seine Härte, bevor ich leicht darüberlecke. Der salzige Geschmack explodiert auf meiner Zunge.

Während Lian mich ganz genau mustert, nehme ich seine Eichel in den Mund und sauge sanft daran.

»Scheiße, ja«, stöhnt Lian. Ich nehme ihn tiefer in den Mund, streiche mit der Zunge über die Unterseite und sauge.

»Ja, das ist gut«, murmelt Lian. »Mach ruhig fester. Nimm die Hand dazu.«

Sein Geschmack wird intensiver, als erste Lusttropfen von seiner Eichel in meinen Mund fließen.

Ich befolge seine Anweisung, spüre, wie er die Hüften vorstößt. Fast verschlucke ich mich und ziehe mich wieder zurück, lasse die Zungenspitze über seine Eichel tanzen. Es hat etwas, ihn zu schmecken, ihm Lust zu bereiten. Etwas Erregend-verbotenes, was die ganze Sache noch schärfer macht.

»Oh Gott ja, das ist perfekt. Verdammt perfekt.« Erneut stößt er in meinen Mund, sein Körper erzittert. Das ist der Moment, in dem ich mich zurückziehe.

»Warum … warum hörst du auf?«, fragt er mit einem heiseren Stöhnen.

»Ich will einen Schritt weitergehen«, sage ich zu ihm, während ich meine Lippen auf seinen Bauch drücke. Die Erregung, die durch meinen Körper strömt, verhindert, dass ich Nervosität verspüre.

Lian hebt den Kopf und mustert mich mit verschleiertem Blick. »Ich habe Kondome und Gleitgel da. Brauchst du eine Anweisung?«, fragt er.

Nun zögere ich doch. »Eigentlich habe ich mir immer vorgestellt, dass du mich …«

Lian richtet sich endgültig auf und ich tue es ihm gleich. Er umschließt mein Gesicht mit beiden Händen.

»Wir müssen es nicht überstürzen, Schatz.«

»Ich will es überstürzen. Ich habe mich so lange zurückgehalten. Lass es uns tun.« Ich lecke mir über die Lippen. »Ich will dich spüren, Lian. Voll und ganz.«

Seine Augen weiten sich, sein Mund öffnet sich einen Spalt.

»Wow. Das hat mir jetzt die Sprache verschlagen.« Er lacht leise und drückt mir einen schnellen Kuss auf den Mund. »Diesen Wunsch kann ich dir nicht abschlagen. Nie.«

Erneut finden seine Lippen meine. »Gut. Zieh die Hose aus und leg dich auf den Bauch.«

Er springt aus dem Bett und ich befolge seine Anweisung. Vorfreude, Aufregung, Nervosität, Freude. Alle Gefühle werden überlagert von brennender Lust.

Ein sanfter Lufthauch lässt mich zusammenfahren, als Lian sich neben mich legt. Ich drehe den Kopf und begegne seinem Blick. Er hat sich auf einen Arm aufgestützt und fährt mit der anderen über meinen nackten Rücken.

»Dich nackt in meinem Bett zu haben, ist alles, was ich jemals wollte«, haucht er. »Ich kann nicht glauben, was für ein Glück ich habe.«

Ich bin derjenige, der Glück hat, will ich sagen, aber da hat er sich über mich geschwungen und verschwindet aus meinem Blickfeld.

»Schon mal Bekanntschaft mit deinem Hintern gemacht?«

»Nein.«

»Hätte mich auch gewundert.« Ein sanfter Kuss auf meinen unteren Rücken. Dann spüre ich etwas Feuchtes an meinem Eingang.

»Entspann dich«, raunt Lian und als ich es tue, durchdringt sein Finger den Schließmuskel.

»Oh«, kommentiere ich. »Fühlt sich komisch an.« Leicht schmerzhaft und befremdlich. Er bewegt den Finger und …

»Ohscheißeohmeingott«, murmle ich, als ein heftiger, elektrisierender Blitz durch meinen Körper fährt und direkt in meinen Unterleib schießt.

»Ja, genau.« Lian stößt ein kehliges Lachen aus. »Gut, ja?«

»Jaaaa!«, seufze ich lang gezogen. Er bewegt den Finger in mir erst langsam, dann schneller, während er immer wieder diesen bittersüßen Punkt in meinem Inneren trifft.

Als er einen zweiten hinzunimmt, erhöht sich der Druck für einen Moment lang. Nach einem tiefen Atemzug geht es und das Gefühl entwickelt sich zu einem wahren Inferno.

Lian lässt sich Zeit, streichelt meine Schultern und meinen Rücken mit der freien Hand, während seine Finger von einem schnellen zu einem langsamen Rhythmus wechseln.

»Ich glaube, es reicht«, keuche ich. Die ersten Lusttropfen sickern ins Laken vor mir, meine Hoden fühlen sich voll und prall an. Ich bin so erregt wie schon lange nicht mehr. Das letzte Mal, kurz bevor ich in seinem Mund gekommen bin.

Lians leises Lachen kitzelt mein Ohr. »Nein, das reicht noch nicht.«

»Wenn du so weitermachst, komme ich gleich«, keuche ich im Gegenzug. Er haucht mir einen sanften Kuss auf die Stelle hinter meinem Ohr.

»Das wäre schon okay. Ich will dir nicht wehtun. Vertrau mir.«

»Ich vertraue dir mehr als jedem anderen.«

»Das ist gut«, sagt er. Währenddessen hört er nicht auf, mich vorzubereiten, nimmt einen weiteren Finger hinzu und macht mich fast verrückt. Um mir Erlösung zu verschaffen, komme ich seinem Rhythmus entgegen, kralle die Finger ins Laken und muss die Zähne zusammenbeißen.

»Okay«, sagt Lian schließlich – endlich – und seine Finger verschwinden. Ich höre das Reißen eines Kondompäckchens, kurz darauf spüre ich bereits seine Eichel an meinem Eingang. Langsam schiebt er sich in mich hinein.

Oh, scheiße. Das ist ein anderes Kaliber als seine Finger. Ich beiße die Zähne zusammen und vergrabe das Gesicht im Kissen, um das schmerzhafte Stöhnen zu unterdrücken.

Lian über mir keucht schwer und hält inne. »Gehts?«

»Ja«, wimmere ich.

»Tut es weh?«

»Ja.«

»Soll ich aufhören?«

»Nein!«

Obwohl ich dachte, dass er mich schon komplett ausfüllt, schiebt er sich noch ein Stück weiter in mich hinein und das Brennen und der Schmerz nehmen noch mal zu. Einzig die rohe Lust kämpft gegen das Gefühl an, es ist eine explosionsartige Mischung aus gut und schlecht, heiß und kalt. Erneut kommt ein Wimmern über meine Lippen und ich kann beim besten Willen nicht sagen, ob es aus Lust oder vor Schmerz entsteht.

Lians Finger graben sich in meine Hüften. »Das fühlt sich wahnsinnig gut an«, sagt er genießerisch. »Darf ich mich bewegen?«

»Ja«, keuche ich. Als er sich in mir langsam vor- und zurückschiebt, gewinnt die Lust die Oberhand. Das Reiben, das Brennen, der elektrisierende, alles verzehrende Lustpunkt in mir.

Das Kissen dämmt meinen Schrei, mein Stöhnen und Keuchen, während vor meinen Augen Sterne tanzen. Jetzt ist es so gut, wie ich es mir vorgestellt habe, sogar besser. So intensiv. So berauschend. Ich weiß nicht mehr, wo oben und unten ist.

Ich weiß nur, dass seine Stöße fester und schneller werden und mit jedem bringt er mein Innerstes zum Klingen. Als ich den Druck nicht mehr aushalte, greife ich nach meinem eigenen Penis und umfasse ihn, beginne zu reiben, spüre, wie ich mich dem Orgasmus nähere.

Innerhalb von wenigen Pumpstößen explodiert das Gefühl in mir, treibt mich in eine schwerelose Zone, die alle meine Nervenenden zum Beben bringt. Mein Körper bebt unter den Nachwehen des Orgasmus, als Lian mit einem lauten Stöhnen ebenfalls kommt. In mir. In das Kondom.

Sein keuchender Atem trifft meinen Nacken, während mein eigener Herzschlag noch in den Ohren dröhnt. Als Lian sich aus mir herauszieht und sich neben mich rollt, wende ich mich ihm zu. Seine Augen glänzen befriedigt. Ohne etwas zu sagen, küsse ich ihn und er schlingt beide Arme um mich.

Wir brauchen keine Worte nach dem, was soeben passiert ist. Mit einem zufriedenen Seufzen kuschle ich mich an seine Seite. Es ist gut. In diesem Moment ist alles so perfekt, dass mein Herz vor Glück überzulaufen droht.

EINUNDVIERZIG
–CALVIN

AM NÄCHSTEN MORGEN werde ich träge wach, kneife sofort wieder die Augen zusammen und drehe mich seufzend auf den Bauch. Meine Finger tasten nach Lian und schon spüre ich seine nackte Haut. Ohne die Augen zu öffnen, rutsche ich dichter an ihn heran, fahre seine Seite entlang und küsse ihn in den Nacken.

Fast drifte ich zurück in den Schlaf, als die Matratze unter mir vibriert. Verwirrt hebe ich den Kopf und blicke mich um. Mein Handy. Es ist irgendwie unter mein Kopfkissen gerutscht und hat mich geweckt. Es ist erst neun Uhr am Morgen.

Müde reibe ich mir die Augen, während ich die Tastensperre löse. Ich habe mehrere verpasste Anrufe und einige Nachrichten von meiner Mutter.

Mom, 07:34
   Wo bist du? Warum bist du noch nicht daheim?

Mom, 08:01
   Ruf sofort an.

Mom, 08:15
   Calvin?! Melde dich!

338

Mom, 08:34

Dein Vater möchte mir dir reden. Er ist außer sich vor Sorge.

Mom, 08:59

Calvin, ich meine es ernst. Komm nach Hause. Es ist ein Notfall.

Ist das ihr Ernst? Zweifelnd sehe ich von meinem Handy zu Lian, der immer noch schläft. Er hat das Kissen fest umklammert, die Decke liegt verheddert um seinen schönen, nackten Körper.

Ich habe dummerweise keine Wechselklamotten eingepackt, was bedeutet, dass ich sowieso demnächst nach Hause müsste.

Calvin, 09:09

Komme. Gib mir eine Stunde.

Wehmütig werfe ich ihm einen letzten Blick zu und erhebe mich dann, um schnell zu duschen. Mangels Auswahl schlüpfe ich wieder in meine Klamotten von gestern. Sie stinken nach abgestandenem Rauch und Alkohol, obwohl ich selbst weder geraucht noch getrunken habe. Egal, daheim kann ich mich zumindest umziehen.

Bevor ich gehe, knie ich mich noch mal vors Bett auf Lians Seite. Betrachte ihn und verspüre das Gefühl der puren Liebe. Liebe für ihn. Verlangen. Leidenschaft.

»Ich will mit dir nach Detroit«, hauche ich mehr zu mir selbst als zu ihm. Es gibt vieles, das ich mir für die nächsten Tage ausmale. Hier in GLC zu bleiben, während er zurück nach Detroit geht, kommt für mich unter keinen Umständen infrage. In GLC hält mich nichts mehr, nicht, nachdem meine Familie und mein ganzes Umfeld mich verstoßen werden. Ich brauche einen neuen Job, eine bezahlbare Wohnung und natürlich Lians Zustimmung.

Aber dieses Gespräch liegt ferner in der Zukunft.

»Lian?«, flüstere ich und streiche ihm über den Kopf. Seine Lider flattern, er streckt sich und leckt sich über die Lippen.

»Hmmh«, macht er. »Wie gehts deinem Hintern?«

Ungewollt muss ich grinsen. »Dem gehts prima. Hör mal, ich muss los.«

Mit einem Schlag reißt er die Augen auf und starrt mich an, der zufriedene, schläfrige Ausdruck ist verschwunden.

»Wohin?«

»Nach Hause. Meine Mom sagt, es gibt einen Notfall.«

»Was ist passiert?«, fragt er sofort.

Ich verdrehe die Augen. »Vermutlich nichts, aber ich muss ohnehin heute noch zurück nach GLC.«

»Aber …« Er beißt sich auf die Lippe. »Ich dachte, wir verbringen den Tag zusammen.«

»Tun wir auch«, versichere ich ihm. »Schlaf einfach noch zwei bis drei Stunden und wenn du wach bist, bin ich wieder da und bringe Frühstück mit. Okay?«

Er schüttelt leicht den Kopf, sagt aber: »Okay.«

Sacht streiche ich seine Haare zurück und drücke ihm einen Kuss auf die Wange. »Bis dann.«

Er blickt zu mir hoch und der Ausdruck auf seinem Gesicht ist wie ein Schlag in den Magen. Er sieht aus, als würde er mir nicht glauben. Deshalb beuge ich mich noch einmal zu ihm herunter und hauche einen Kuss auf seine leicht geöffneten Lippen.

»Bis später«, sage ich erneut. Er schließt die Augen und dreht sich zur Seite. Es tut mir im Herzen weh, ihn zurücklassen zu müssen. Aber wenn ich nicht nach Hause fahre, werde ich den ganzen Tag lang darüber nachdenken.

Da fahre ich jetzt lieber die vierzig Minuten hin, rede kurz mit meinen Eltern und bin dann zurück in Chicago, wenn die anderen wach werden.

Ein perfekter Plan. Glaube ich zumindest.

Ich brauche nur einen kurzen Fußmarsch bis zu dem Parkhaus, in das ich gestern Abend mein Auto abgestellt habe.

Kaum, dass ich die Innenstadt verlassen habe, klingelt mein Handy. Da ich nicht sehe, wer mich anruft, nehme ich das Gespräch über die Freisprechanlage an.

»Hallo Calvin, ich bin's.« Die dunkle Stimme meines Vaters lässt mich innerlich aufseufzen.

»Hi Dad, ich bin gerade auf dem Weg nach Hause.«

»Wo hast du die Nacht verbracht? Als deine Mutter mich gestern völlig verstört angerufen hat, bin ich sofort losgefahren und habe die ganze Nacht gewartet.«

Ein leises schlechtes Gewissen macht sich in mir bemerkbar. »Tut mir leid, Dad. Wir reden gleich noch mal, ich muss mich jetzt auf die Straße konzentrieren.«

»War er bei ihm?«, höre ich im Hintergrund Moms besorgte Stimme.

»Calvin ist schon auf dem Weg«, informiert mein Vater sie. »Bis gleich, mein Junge.«

Gerade, als er die Worte ausspricht, bemerke ich es.

Der Lkw, der auf meine Spur ausschert, obwohl ich unmittelbar in seinem Windschatten liege. Einen schrecklich langen Moment weiß ich nicht, ob ich bremsen oder doch Gas geben soll. Ich drücke auf die Hupe, entscheide mich fürs Bremsen. Aber es ist zu spät, Metall knirscht auf Metall, der Wagen gerät ins Schleudern und dann höre ich nur noch meinen eigenen Herzschlag in den Ohren dröhnen.

ZWEIUNDVIERZIG
—Lian

ALS ICH das nächste Mal wach werde, ist Calvin natürlich nicht da. Aber es sind auch erst anderthalb Stunden vergangen, seit er gegangen ist. Unruhig wälze ich mich hin und her, doch es hat keinen Sinn. Ich bin viel zu aufgekratzt, um zu schlafen.

Ich nehme aus der Minibar eine Flasche Wasser und kippe es in einem Zug herunter. Die kühle Flüssigkeit beflügelt meine Lebensgeister. Während ich trinke, laufe ich zur Verbindungstür und klopfe bei meinen Freunden.

Überraschenderweise bekomme ich sofort ein »Herein!« und spähe in ihr Zimmer. Blair springt auf und kommt zu mir getrabt. Devon liegt noch im Bett unter einem Haufen Decken und Kissen begraben, um die Morgensonne auszuschließen. Vorhänge zuziehen, schien ihm nicht als Idee zu kommen.

»So früh habe ich gar nicht mit dir gerechnet«, grinst sie. »Wie war es? Wo ist Calvin?«

»Calvin ist nicht mehr da. Irgendeine Familienangelegenheit. Er kommt später wieder.«

Meine beste Freundin sieht mich zweifelnd an. »Ist etwas zwischen euch vorgefallen?«

»Na, sie haben gevögelt«, kommt es brummend vom Devon-Kissenberg. »Man hat euch bis hierher gehört.«

»Warum ist er dann gegangen?«, fragt Blair.

Tja, das ist die Frage. Ich würde ihm so gerne glauben, dass er gleich wiederkommt und alles beim Alten ist. Aber ich verstehe einfach nicht, warum er überhaupt zurück nach GLC gefahren ist.

Bereut er, was wir getan haben. Bereut er, hergekommen zu sein?

Diese Überlegungen drehen mir den Magen um. Als ich ihn gestern im Club entdeckt habe, ist meine Welt stehen geblieben. Ich war so glücklich wie schon lange nicht mehr, ihn endlich bei mir zu haben. Ich würde es nicht ertragen, wenn diese Ungewissheit, dass er sich doch für seine Religion entscheidet, wieder von vorne losgeht.

»Weil Lian es nicht gebracht hat«, schlägt Devon vor, als ich nicht antworte.

Empört greife ich nach Blairs Kopfkissen und schmeiße es nach Devon. Er reagiert nicht. Also stapfe ich zu ihm herüber und zerre die Decke weg. Da kommt Leben in ihn, er wehrt sich und kämpft um seine Decke wie ein Löwe um seine Beute.

Aber schließlich gewinne ich und schlage ihn mit einem Kissen.

»Soll ich dir mal zeigen, wie gut ich vögeln kann?!«, knurre ich.

Aus verschlafenen, amüsierten Augen blitzt Dev mich an. »Warum so empfindlich?«

»Weil ich dich hasse!«

»Nein, du liebst mich«, widerspricht Dev und reißt mir sein Kissen aus den Händen. »Und aus irgendeinem Grund liebt Calvin dich, also hör auf, dir ins Hemd zu machen.«

Seufzend lasse ich mich neben ihn ins Bett fallen.

»Aber was, wenn er es sich anders überlegt hat?«, spreche ich meine Befürchtung das erste Mal laut aus.

Devon dreht den Kopf und sieht mir in die Augen. »Glaubst du das wirklich?«

»Keine Ahnung. Wenn er bei mir ist, habe ich keine Zweifel. Das zwischen uns fühlt sich so richtig und gut an, es wäre unmöglich, das einfach wegzuschmeißen. Aber ich kann nicht in seinen Kopf gucken.«

Devon denkt kurz über meine Worte nach, will zum Sprechen ansetzen, als mein Handyklingeln ertönt.

»Ich gehe schon«, flötet Blair, als ich mich erheben will, und verschwindet im Verbindungszimmer.

Mit gerunzelter Stirn kommt sie wieder zurück. »Ein Alan Archer ruft dich an«, informiert sie mich.

Sofort springe ich auf und nehme mein Handy entgegen. Ich habe ganz vergessen, dass Alan und ich zu Anfang Nummern ausgetauscht haben. Warum zur Hölle sollte er mich anrufen?

»Ja?«, gehe ich misstrauisch ran.

»Lian, hier ist Phoebe«, erklingt eine weibliche Stimme am anderen Ende der Leitung. Meine Miene erhellt sich sofort.

»Phoe, hi. Wie geht es dir? Ist alles in Ordnung?«

»Nein, es ist etwas passiert«, sagt sie weiter und erst jetzt höre ich das unterdrückte Beben in ihrer Stimme.

In mir gefriert alles zu Eis, als ich auf ihre nächsten Worte warte.

»Calvin hatte einen Autounfall. Wir sind im Lakeshor Hospital. Ich glaube, sie müssen ihn operieren. Bitte komm schnell, Lian.« Gegen Ende schluchzt sie auf und ich selbst spüre, wie meine Augenlider anfangen zu brennen.

»Wir sind schon auf dem Weg«, sage ich und lege auf.

»Was ist los?!«, fragt Blair und auch Devon fasst an meine Schulter und sieht mich besorgt an. Für einen Moment lang kann ich nicht sprechen.

Zwei Sekunden. Zwei winzige Sekunden haben ausgereicht, um meine Welt endgültig aus den Angeln zu reißen.

DREIUNDVIERZIG
−Lian

ICH STEHE völlig neben mir, als ich das Lakeshor Hospital betrete. Wie in Trance halte ich an, sehe auf die vielen Leute, die hektisch hin- und herlaufen, blicke auf die Beschriftungen, ohne dass die Worte für mich Sinn ergeben, und höre die Stimmen wie durch einen Trichter.

Zum Glück sind meine Freunde an meiner Seite. »Hier lang, Lian«, murmelt Devon und dirigiert mich mit sanftem Druck zum Empfangstresen. Ich blinzle und mit einem Schlag löse ich mich aus der Lethargie. Es ist, als hätte jemand einen Lautsprecher angestöpselt und mit einem Mal prasseln alle Geräusche wieder auf mich ein.

»Hallo«, sage ich zu der Krankenschwester am Tresen. »Mein Freund wurde vor wenigen Stunden hier eingeliefert, sein Name ist Calvin Archer. Er hatte einen Autounfall.«

»Ihr Name? Sind Sie ein Angehöriger?«, fragt sie im Gegenzug.

»Lian Cantial, ich bin sein Freund, seine Familie hat mich informiert.«

Die Schwester nickt und tippt etwas in ihrem Computer herum. Dann greift sie zum Hörer.

»Dr. Gibson, ein gewisser Lian Cantial ist hier, wegen des Patienten Archer … Ja, okay, ich schicke ihn zu Ihnen.« Sie legt auf und sieht wieder zu uns. »Gehen Sie in den zweiten Stock, Abteilung C, dort treffen Sie Dr. Gibson.«

Ich bedanke mich schnell bei ihr, bevor wir die Treppe nehmen. Mein Herz hämmert schmerzhaft gegen meine Rippen, während ich Mühe habe, die Panik zu unterdrücken.

In Abteilung C angekommen, treten wir in einen großen, geräumigen Flur. Ich entdecke sofort den jungen Arzt im weißen Kittel, der zielstrebig auf uns zuläuft.

»Lian Cantial?«, fragt er und als ich nicke, reicht er mir die Hand. »Dr. Theodore Gibson, hallo. Phoebe hat mir berichtet, dass ihr auf dem Weg hierher seid.«

»Das sind Devon und Blair«, stelle ich meine Freunde vor, die links und rechts an meiner Seite stehen. »Wir sind Freunde von Calvin. Was ist mit ihm? Geht es ihm gut?«

Dr. Gibsons Züge bleiben ernst und ich glaube sogar, Wehmut darin zu sehen. »Leider nicht. Zuerst konnten nur oberflächige Verletzungen und eine starke Gehirnerschütterung diagnostiziert werden, aber durch eine Ultraschallaufnahme konnten wir einen Milzriss feststellen. Calvin ist nicht ansprechbar und der Chirurg hat vor wenigen Minuten entschieden, dass operiert werden muss.«

Der Arzt holt tief Luft und gibt uns einige Sekunden, um das Gesagte zu verarbeiten, bevor er fortführt: »Aber da gibt es ein Problem.«

Er zieht etwas aus seinem Kittel, es ist ein Stück eingeschweißtes Papier.

Dokument zur ärztlichen Versorgung, steht oben geschrieben. Es folgen Calvins Name, Geburtsdatum und Adresse.

Ich ordne an, dass keine Transfusion von Vollblut oder irgendeinen der Hauptbestandteile des Blutes gegeben wird. Diese Verfügung gilt unter allen Umständen, selbst wenn Ärzte zur Erhaltung meines Lebens oder meiner Gesundheit die Gabe von Blut für erforderlich halten sollten …

Ich höre abrupt auf zu lesen und starre den Arzt an. »Was soll das heißen? Was ist das für ein Wisch?!«

»Ihre Religion verbietet eine Bluttransfusion. Wir haben es in seinem Geldbeutel gefunden und müssen uns daran halten. Das macht die bevorstehende Operation natürlich viel komplizierter und risikoreicher.«

In meinem Hirn wirbeln die Gedanken. »Warum … was …« Ich schüttle heftig den Kopf. »Das hat keine Bedeutung, er würde ohnehin aus der Gemeinschaft ausgeschlossen werden, er wollte auch gar nicht mehr dazu gehören … Dieses Dokument ist wertlos, tun Sie alles, um sein Leben zu retten! Das ist doch verrückt, dass …«

Devon legt mir eine Hand auf die Schulter und ich breche ab. Alles in mir bebt.

»Calvin ist nicht ansprechbar und wir müssen uns an diese Verfügung halten. Es gibt ein Schlupfloch, ist aber etwas gewagt. Wenn seine Eltern bestätigen, dass Calvin die Patientenverfügung ihnen gegenüber – zumindest mündlich – widerrufen hat, würde der behandelnde Arzt das akzeptieren und na ja, hoffen, dass Calvin uns im Endeffekt nicht verklagt. Mr. und Mrs. Archer sind allerdings sehr uneinsichtig. Vielleicht schafft ihr es, sie zu überzeugen. Wir haben 15 Minuten, dann müssen wir es ohne Transfusion probieren.«

Seine Eltern. Sie sind hier, natürlich, immerhin hat Phoebe mich aus dem Krankenhaus angerufen. Wie können sie zulassen, dass ihr eigener Sohn womöglich stirbt, nur, weil sie irgendwelchen verqueren Vorstellungen folgen?

»Wo sind sie?«, frage ich kühl.

»Den Gang runter, dann links.«

Dr. Gibson tritt zur Seite und ich setze mich in Bewegung. Doch kaum, dass ich zwei Schritte gemacht habe, spüre ich, wie Devon mich zurückhält.

»Warte, Lian.« Mein bester Freund stellt sich vor mich, die Hände auf meinen Schultern, um mich zurückzuhalten. »Ich weiß, du bist wütend. Aber bitte brich keinen Streit vom Zaun. Das kann keiner gebrauchen.«

»Devon, sie wollen ihren Sohn lieber sterben lassen, als diese dämliche Patientenverfügung zurückzunehmen. Wie soll ich da nicht wütend werden? Es geht um sein Leben, verdammt!«

»Ich weiß. Ich weiß, Lian. Aber atme zweimal tief durch. Komm schon. Einatmen, ausatmen.« Wir nehmen zusammen einen tiefen Atemzug. Dann noch mal.

»Gut«, sage ich und fühle mich tatsächlich ruhiger. Devon nickt, drückt noch mal aufmunternd meine Schultern und tritt zur Seite. Ich sehe von ihm zu Blair, die mich zwar anlächelt, aber deren tränennasse Wangen sie verraten.

Seite an Seite laufen wir den Gang entlang, biegen links ab und kommen in eine Art Wartebereich, in dem mehrere Stuhlreihen aufgestellt sind. Mein Blick fällt sofort auf die Archers, die in der linken Ecke zusammensitzen. Phoe springt auf, als sie mich erkennt, und meine Schritte werden schneller.

Sie fällt mir in die Arme, drückt sich fest an mich und vergräbt das Gesicht an meiner Schulter. Ihr zierlicher Körper bebt vor unterdrückten Schluchzern.

»Es wird alles gut«, flüstere ich heiser und sehe über ihren Kopf hinweg zu Calvins Eltern. Rica und Alan – Mrs. und Mr. Archer – sitzen nebeneinander, die Hände ineinander verknotet, und blicken mir stumm entgegen. Rica hat gerötete Augen und auch Alan sieht so aus, als müsste er sich arg zusammenreißen.

»Phoebe«, sagt Alan, was die Kleine dazu veranlasst, sich von mir zu lösen.

»Danke, dass du mich angerufen hast«, sage ich zu ihr und streiche ihr die Tränen von der Wange. Sie nickt und tritt von mir zurück. Ich räuspere mich und wende mich ihren Eltern zu.

»Hallo«, grüße ich.

»Hallo Lian«, erwidert Alan. Sein Ton ist der eines strengen Vaters, der genau weiß, dass sein Sohn etwas ausgefressen hat. Aber ich habe ihm keine Rechenschaft abzulegen.

»Das sind meine Freunde Devon und Blair«, stelle ich vor und bin dankbar, dass Blair nach meiner Hand greift. Sie gibt mir den Halt, den ich so dringend benötige. »Sie sind auch Calvins Freunde«, füge ich hinzu, woraufhin Rica missbilligend den Blick abwendet.

Ich atme tief durch, bevor ich die nächsten Worte ausspreche. »Dr. Gibson hat mich über Cals Patientenverfügung informiert. Wenn von Ihnen in den nächsten fünfzehn Minuten kein Widerruf kommt, wird die OP ohne durchgeführt.«

Alan seufzt hörbar, löst sich von seiner Frau und steht auf. »Lian, für Gott ist Blut heilig, denn es bedeutet Leben. Die Bibel verbietet uns Christen, Blut zu uns zu nehmen, auch nicht in Form von Bluttransfusionen.«

Seine Worte machen mich nur noch wütender, als dass sie irgendetwas erklären. Zum Glück drückt Blair mahnend meine Hand und erinnert mich daran, nicht auszuflippen.

»Das können Sie ihm nicht antun«, flehe ich. »Überlegen Sie doch mal, welche Entscheidung er selbst treffen würde, wenn er wach wäre. Er wäre ohnehin aus Ihrer Gemeinschaft ausgeschlossen worden.«

»Es ist eine Sünde«, sagt Rica barsch und mustert mich scharf. »Willst du ihm eine weitere aufdrängen?«

»Jeder kann Fehler machen«, erwidert Alan ruhig. »Wichtig ist nur, dass man diese einsieht und zurück auf den richtigen Pfad kommt. Es hat einen Grund, warum Calvin seine Patientenverfügung nach wie vor in seinem Geldbeutel getragen hat. Das können wir nicht ignorieren.«

Er hat es vergessen!, würde ich ihm am liebsten entgegenrufen. Ich weiß selbst nicht, was alles in meinem Portemonnaie liegt, gottverdammt, wir haben uns gestern erst wiedergetroffen! Aber ich fühle mich ausgebrannt. Es hat keinen Sinn, auf sie einzureden, egal, wie sehr ich es mir wünsche.

»Ich liebe Ihren Sohn. Ich will nichts anderes, als ihn glücklich zu machen. Und ich will, dass er überlebt.«

Alans Blick verdüstert sich. »Das wollen wir auch. Aber nicht um jeden Preis. Bitte geht jetzt, wir haben es schon schwer genug.«

Ich blicke zu Phoebe, die mir leicht zunickt, fast bittend.

»Setzen wir uns in den Gang«, schlägt Devon vor. Ein letztes Mal sehe ich zu den Archers, dann wende ich mich ab.

Wir verlassen den Warteraum und gehen zu den Plastikstühlen, die an der Wand stehen. Ich kann mich nicht hinsetzen und warten, sondern tigere stattdessen hin und her.

»Schon okay, Lian. Du hast es versucht«, sagt Devon aufmunternd, aber ich kann nicht darauf antworten. Ich kann gar nichts sagen.

VIERUNDVIERZIG
—Lian

DIE NÄCHSTEN fünf Minuten vergehen quälend langsam, bis ich endlich Dr. Gibson erkenne, der auf uns zukommt. Er sieht uns hoffnungsvoll entgegen, weshalb ich einfach nur den Kopf schüttle.

»Das habe ich mir schon gedacht«, sagt er mit gedämpfter Stimme. »Ich bin gleich wieder bei euch.«

Er verschwindet in den Wartebereich und es dauert einige Minuten, bis er zurückkommt.

»Wir müssen operieren, ohne Bluttransfusion«, teilt er uns mit ruhiger Stimme mit. »Calvin wird gerade in den OP-Saal gefahren.«

Ich schlucke hart und nicke. »Sollten Sie dann nicht auch dort sein?«

Dr. Gibson lächelt schwach. »Ich bin kein Chirurg, das übernimmt mein Kollege Dr. Berk. Calvin ist bei ihm in guten Händen.«

Mein Herz zieht sich schmerzhaft zusammen bei der Vorstellung, dass ich in dieser Sekunde nicht bei ihm sein kann. Er ist nicht bei Bewusstsein und hat hoffentlich keine Schmerzen, trotzdem macht mich der Gedanke fertig, dass er das ganz alleine durchstehen muss. »Sagen Sie mir die Wahrheit, wie hoch sind die Chancen?«

Obwohl ich die Frage an den Arzt stelle, sehe ich dabei Blair an, in der Hoffnung, meine Freundin kann mir etwas Mut machen. »Bei Bauchoperationen ist die Gefahr hoch, andere Organe zu verletzen. Es kann zu unkontrollierten Blutungen kommen«, erklärt Blair und der Doktor hebt anerkennend eine Augenbraue. »Es gibt die Möglichkeit, die Transfusion im Notfall durch eine Kochsalzlösung zu ersetzen.«

»Das ist richtig. Medizinstudentin?«, fragt Dr. Gibson und Blair nickt traurig lächelnd.

»Gehen wir ein Stück«, bittet der Arzt und sieht auf seine Armbanduhr. »Ich habe ohnehin Pause. Wollen wir an die frische Luft?«

Nein, ich will hierbleiben, so nah bei Calvin wie möglich. Aber Devon und Blair stehen schon auf und der Arzt guckt so auffordernd, dass ich doch mitgehe.

»Ich bin ein alter Freund von Calvin«, berichtet Dr. Gibson überraschend, als wir nach draußen treten.

»Theo, richtig?«, fragt Blair stirnrunzelnd. »Er hat von dir erzählt.«

Sie hat recht. Theodore Gibson, so hat er sich vorgestellt, aber in dem ganzen Trubel habe ich die Schlüsse nicht ziehen können.

»Ich war früher einmal auch Teil der Gemeinde. Cal und ich haben uns direkt angefreundet. Er war anders, wenn wir zu zweit waren. Gelöster, freier und vor allem frecher.« Theo lacht leise und schüttelt den Kopf. »Aber dann wurde ich ausgeschlossen und Calvin hat den Kontakt abgebrochen.«

Nachdenklich betrachte ich ihn von der Seite. Ich hätte ihn mir anders vorgestellt, nicht so … attraktiv. Kurz frage ich mich, ob die Gefühle, die Cal für seinen ehemaligen besten Freund gehegt hat, über Freundschaft hinausgegangen sind.

»Kann ich dich was fragen, Lian?« Der Arzt bleibt stehen und mustert mich mit schief gelegtem Kopf. »Was hat Calvin angestellt? Du hast erwähnt, dass er sich von seiner Religion abgewandt hat.«

»Wusstest du, dass er schwul ist?«, stelle ich eine Gegenfrage. Theos Augen werden groß und er schüttelt den Kopf.

»Tja, das ist passiert.«

»Als du gesagt hast, er wäre dein Freund, meintest du …«

»Fester Freund, ja«, vervollständige ich seinen Satz.

Theo blinzelt, schüttelt den Kopf und lächelt dann. »Gut für ihn.«

Ich vergrabe die Hände in den Jackentaschen und sehe an ihm vorbei zu dem tristen grauen Gebäude. »Gut für mich«, erwidere ich. »Ich habe mich so Hals über Kopf in ihn verliebt, wie ich es noch nie getan habe. Er war alles wert.«

Blair hakt sich bei mir unter und schmiegt sich an meine Seite. »Es wird alles gut, versprochen.«

Das kann sie nicht wissen. Es gibt nichts, was wir jetzt für ihn tun können. Wir können nur noch abwarten und hoffen.

Theo muss weiterarbeiten, weshalb wir uns in den Wartebereich setzen, wo auch Cals Familie ausharrt. So bekommen wir gleich mit, wenn sich etwas Neues ergibt. Phoe wirft uns ein verlegenes, fast entschuldigendes Lächeln zu, aber keiner der Archers spricht mit uns.

Mir ist das nur recht, ich kann nicht einmal mit meinen Freunden reden, da die Nervosität mir den Magen umdreht. Es dauert eine geschlagene Stunde, bis sich endlich was tut. Ein hochgewachsener, älterer Arzt im weißen Kittel kommt auf uns zu. Rica springt sofort auf und läuft ihm entgegen.

»Mrs. Archer?«, rät der Arzt und reicht ihr die Hand. »Wir haben die Operation durchgeführt. Sie war erfolgreich.«

Ein erleichtertes Aufatmen geht durch die Runde. Ich spüre, wie die Last von meinen Schultern verschwindet und ich tief durchatmen kann. Calvin geht es gut. Er hat die OP überstanden.

Für einen Moment sehe ich zu Alan und Rica und wir lächeln uns an. In dieser Sekunde zählt nur noch, dass Calvin wohlauf ist, es gibt keine Differenzen oder böses Blut.

Doch dieser Moment hält nicht lange.

»Er befindet sich momentan im Aufwachzustand und sollte keinen Besuch empfangen. Je nachdem, wie es ihm geht, können Sie später aber noch mal bei Ihrem Sohn vorbeischauen. Fragen Sie einfach eine der Schwestern.«

Der Blick des Arztes huscht zu uns herüber. »Besuch von Freunden sollte heute besser vermieden werden. Er braucht viel Ruhe.«

»Ich möchte nur kurz zu ihm, damit er weiß, dass wir da sind«, bitte ich.

»Wie gesagt: Umso weniger Trubel, desto besser. Die Schwestern informieren Sie, sobald er richtig wach ist.«

Dankbar nicke ich dem Doktor zu und er verabschiedet sich mit einem Lächeln. Rica fährt zu mir herum.

»Lass ihn in Ruhe, Lian. Ich möchte nicht, dass irgendeiner von euch ihn besucht.«

Obwohl ich ihre abwehrende Haltung gewohnt sein müsste, zucke ich bei dem groben Tonfall zusammen.

»Das können Sie nicht entscheiden«, erwidere ich.

Tränen schimmern in ihren Augen. »Ich habe meinen Sohn beinah verloren. Das will ich kein zweites Mal.«

Wie kann sie so etwas sagen? Wie kann sie meinen, sie würde Calvin verlieren, nur, wenn er sich gegen seine Religion entscheidet? Gerade jetzt, da sie ihn wirklich fast verloren hätte, machen mich ihre Worte noch wütender.

»Das liegt nur an Ihnen«, meine ich. Rica schnaubt, dreht sich verärgert herum und verschwindet aus dem Wartebereich.

Alan erhebt sich ebenfalls und seufzt leise. »Gib Calvin einfach ein paar Tage Ruhe, bitte. Wir haben es gerade alle schwer.«

»Wenn er mich sehen möchte, bin ich da«, gebe ich zurück. Einen Moment lang starren wir uns in einem stillen Duell an, aber dann wendet sich Cals Vater ab und folgt seiner Frau.

Phoebe verabschiedet mich mit einer flüchtigen Umarmung und einer Entschuldigung, bevor sie ihren Eltern hinterherhechtet.

Zum ersten Mal, seit ich die Nachricht von dem Unfall gehört habe, frage ich mich, ob er etwas zwischen uns verändert hat. Überlegt er es sich doch anders? Bereut er, mit mir geschlafen zu haben?

Die quälende Ungewissheit beginnt erneut, aber dieses Mal ist sie ganz anderer Natur. Ich weiß, dass es Calvin den Umständen entsprechend gut geht. Ich weiß, dass er wieder gesund wird. Ich weiß nur nicht, ob ich dann noch Teil seines Lebens bin.

FÜNFUNDVIERZIG
-CALVIN

ALS ICH das erste Mal wach werde, weiß ich weder, wo ich bin, noch, was passiert ist. Meine Lider sind schwer wie Blei und egal, wie sehr ich es versuche, ich kann sie nicht offen halten.

Eine bekannte Stimme redet ruhig auf mich ein, ich spüre die Anwesenheit mehrerer Personen, kann sie aber nicht zuordnen, geschweige denn antworten. Ich sacke zurück in einen tiefen Schlaf, fühle mich schwerelos und losgelöst.

Als ich das nächste Mal die Augen öffne, ist dieses Gefühl wie weggeblasen. Blinzelnd nehme ich wieder Umrisse wahr, erkenne die weiße Decke über mir, drehe leicht den Kopf und sehe den Tropf mit der durchsichtigen Flüssigkeit. Meine Kehle fühlt sich staubtrocken an, ich lecke mir über die Lippen und schlucke wieder.

»Calvin?«

Es ist Moms Stimme, die mich endgültig in die Realität zurückbringt. Ich spüre, wie sie ihre Hand in meine schiebt und sie fest drückt.

»Geht es dir gut? Soll ich den Arzt rufen?«

Den Arzt. Das Krankenhaus. Der Unfall kommt mir schlagartig wieder ins Gedächtnis und Hitze schießt durch meine Adern.

Was ist danach passiert? Ich versuche herauszufinden, was mir wehtut, aber mein ganzer Körper fühlt sich wie betäubt.

»Mir geht es gut«, krächze ich und schließe die Augen, amte tief durch. »Was ist … was haben sie gemacht?«

»Du hattest einen Milzriss und musstest notoperiert werden«, erklärt meine Mutter ruhig. »Es wird alles gut, mein Junge.«

Mir liegen so viele Fragen auf der Zunge, doch ich bin zu müde, um sie zu stellen. Ich schaffe es nicht einmal, wieder die Augen zu öffnen. Um eines muss ich sie noch bitten.

»Kannst du Lian Bescheid geben, was passiert ist?«

Keine Ahnung, wie viel Zeit vergangen ist, aber ich ertrage den Gedanken nicht, dass er auf mich wartet und ich nicht mehr zurückkomme.

Mom streicht mir die Haare aus der Stirn. »Mach dir darüber keinen Kopf, Calvin. Bist du durstig? Brauchst du sonst noch was?«

Darauf erwidere ich nichts mehr, sondern drifte wieder in einen traumlosen Schlaf.

Am nächsten Morgen fühle ich mich schon deutlich besser. Die Schwester zeigt mir, wie ich das Bett verstellen kann, und bringt mir Frühstück. Zwar schaffe ich nur einen halben Bagel, aber er hilft mir, allmählich wieder zu Kräften zu kommen.

Ich hänge noch am Tropf, in dem mir eine Kochzahllösung verabreicht wird. Das Ziehen in meiner Magengegend wird stärker und die Schwester verspricht, den Arzt zu mir zu schicken.

Ungeduldig warte ich, versuche, mich wach zu halten, und zappe durch die Fernsehsendungen, bis endlich die Tür aufgeht und ein bekanntes Gesicht erscheint. Mein Herzschlag setzt einen Moment aus.

»Guten Morgen, Mr. Archer«, grüßt Theo fröhlich. Das Funkeln in seinen Augen ist nicht weniger strahlend, als ich es in Erinnerung habe. Er ist älter geworden, seine Gesichtszüge haben das Jungenhafte verloren und in dem weißen Arztkittel sieht er furchtbar erwachsen aus.

»Hat es dir die Sprache verschlagen?«, fragt er amüsiert. »Dabei bist du doch mich besuchen gekommen.«

»Hast du meine OP durchgeführt?«, ist das Erste, was ich frage, weil mir sonst nichts anderes einfällt.

»Ist das wirklich, was du als Erstes wissen willst, nachdem wir zwei Jahre lang nicht miteinander geredet haben?«

»Ähm … ja?«

Theo lächelt und tritt näher an mein Bett heran. »Nein, ich habe dich nicht operiert. Aber ich übernehme die Visite. Wie geht es dir?«

»Gut, es schmerzt ein bisschen«, antworte ich, kann meinen Blick jedoch nicht von ihm lösen.

»Ich erhöhe deine Schmerzmitteldosis. Die Schwester wird gleich deinen Verband wechseln und dich vom Tropf nehmen.«

»Sind meine Eltern da?«

»Ab neun ist Besuchszeit, da wollten sie wieder da sein.« Theo setzt sich an meine Bettkante und sein Lächeln verblasst. »Du hast uns einen ganz schönen Schock eingejagt. Wir mussten operieren, allerdings ohne Bluttransfusion. Das war riskant.«

Meine Augen werden groß. »Ihr habt den ›Kein Blut‹-Ausweis gefunden?«

Er nickt. »Er war noch in deinem Geldbeutel. Vielleicht solltest du ihn entsorgen, sonst bringt Lian dich womöglich eigenhändig um.«

»Du hast Lian kennengelernt?«, frage ich sofort. Bei seiner Erwähnung geht mir ein Ruck durch den Körper und trotz der anschwellenden Schmerzen richte ich mich kerzengerade auf.

Theo schmunzelt. »Deine Freunde waren die ganze Nacht da. Ich habe sie gerade in die Cafeteria geschickt, damit sie etwas essen, aber ich bin sicher, sie wollen zu dir, sobald die Besuchszeit beginnt.«

»Ich will sie auch sehen«, sage ich und kann ein Lächeln nicht unterdrücken. »Wie geht es ihnen?«

»Sie waren sehr besorgt, aber soweit gut.« Theo mustert mich mit einem warmen Ausdruck. »Ich bin froh, dass du glücklich bist und dass du deinen Weg gefunden hast.«

»Theo, ich … es tut mir leid.«

»Hör auf, Calvin, das ist Schnee von gestern.«

»Ich habe so oft an dich gedacht, seit du weggegangen bist«, spreche ich unbeirrt weiter. »Es war nicht richtig von mir, dich alleine zu lassen. Ich weiß jetzt, wie es sich anfühlt, wenn plötzlich jeder gegen dich ist, nur weil du etwas tust, das in ihren Augen nicht korrekt ist. Wir waren beste Freunde, ich hätte für dich da sein sollen.«

Theo schüttelt den Kopf. »Ich kenne diesen Druck. Jeder hat dir gesagt, dass es das Richtige war, den Kontakt mit mir abzubrechen. Und du warst kaum achtzehn.«

»Nein, ich war *bereits* achtzehn. Ich hätte schon damals eigene Entscheidung treffen sollen.«

Wir sehen uns einen Moment lang ernst an, dann grinst Theo mich an. »Du bringst mich in Verlegenheit, Calvin.«

Ich boxe ihm freundschaftlich gegen die Schulter und er erhebt sich wieder. »Ich muss weitermachen, Kleiner. Wir reden später.«

Ich habe ihn vermisst, mehr, als ich gedacht habe. »Eine Sache noch«, bitte ich. »Verzeihst du mir?«

»Steht etwas über Vergebung nicht in der Bibel?«, fragt Theo sinnierend.

»Theo«, bitte ich. Er verdreht die Augen.

»Ich verzeihe dir, wenn du versprichst, dass wir ab sofort wieder in Kontakt bleiben. Immerhin sind wir jetzt beide Sünder.«

Seine letzten Worte sind spöttisch, aber der Rest ernst. Und dieses Versprechen gebe ich ihm nur allzu gerne.

Als kurz nach neun meine Tür aufgeht, rechne ich mit Lian, doch es sind Mom und Dad, die das Zimmer betreten.

»Dir geht es besser«, stellt Mom erfreut fest und ich zwinge mich zu einem Lächeln.

»Ja, der Arzt war heute Morgen schon da«, informiere ich. »Was ist mit meinem Auto?«

»Mach dir keine Sorge, darum kümmert sich die Versicherung«, winkt Dad ab. Er zieht zwei Stühle zu meinem Krankenbett. »Wir sind einfach nur froh, dass du es gut überstanden hast.«

Mom greift nach meiner Hand. »Phoebe wäre so gerne mitgegangen, aber wir haben sie zur Schule geschickt.«

»Schon gut, wir können uns ja später sehen und telefonieren. Die Schwester hat mir mitgeteilt, dass ich mindestens eine Woche zur Beobachtung dableiben muss.«

»Ja, das Gleiche haben sie uns auch gesagt.«

Schweigen kehrt ein. Ich weiß, dass ich das unvermeidbare Thema früher oder später anschneiden muss. Deshalb sehe ich meinen Dad direkt an.

»Ich konnte nicht mehr mit dir sprechen, bevor ich am Samstag nach Chicago bin.«

»Wir müssen nicht darüber reden«, unterbricht Mom. »Das ist vorbei. Du kannst dich Gott wieder öffnen und er wird dir deine Sünden verzeihen.«

Ich entziehe ihr meine Hand und runzle die Stirn. »Ich will mich nicht mehr verstellen. Ich kann nicht zurück in das Leben, das ich bisher geführt habe. Der Unfall hat nichts an meiner Einstellung geändert.«

Mom sieht erst mich ungläubig an, dann meinen Vater. Keiner sagt etwas.

»Nein«, beharrt meine Mutter. »Du wirst ihn nicht mehr sehen. Du hast Hausarrest. Wir nehmen dir dein Handy weg und du wirst auch nicht mehr im Café arbeiten. Wir helfen dir, allen Versuchungen aus dem Weg zu gehen.«

Ich hole tief Luft, weiß allerdings nicht, ob ich dazu noch etwas sagen soll. Zum Glück legt Dad ihr eine Hand auf die Schulter und hält sie zurück.

»Rica, ist schon gut. Wir können ihn nicht zwingen.«

Tränen schimmern in den Augen meiner Mutter. »Das kann so nicht zu Ende gehen.«

»Es ist kein Ende, Mom. Ich bin immer noch derselbe.«

Sie weicht meinem Blick aus und wischt sich stumm die Tränen von den Wangen. Dad seufzt lang gezogen und tätschelt Mutters Schulter.

»Wenn du weiterhin zu deiner Entscheidung stehst, müssen wir besprechen, wie es weitergeht.«

Obwohl ich damit gerechnet habe, zieht sich nun mein Magen zusammen. »Sobald ich aus dem Krankenhaus raus bin, kümmere ich mich um alles. Ihr werdet mich nicht lange im Haus haben, keine Sorge.«

Der vage Wunsch, nach Detroit zu ziehen, besteht nach wie vor, jetzt noch stärker als zuvor. Vor diesem Schritt gibt es einiges, das geklärt werden muss. Vor allem muss ich darüber mit Lian reden. Aber egal, wie die Zukunft aussieht, ich werde nicht mehr lange bei meinen Eltern leben.

Dad reibt sich die Schläfen. »Mein Junge, du weißt, dass es nicht darum geht. Wir möchten dich nicht loswerden. Aber es gibt gewisse Regeln, die wir befolgen müssen. Was nicht heißt, dass es mir nicht sehr, sehr schwerfällt.«

Mir fällt es auch schwer. Aber ich weiß, wofür ich es tue. Für das Leben, das ich schon immer führen wollte.

SECHSUNDVIERZIG
—Lian

ICH KANN kaum mehr klar denken, als wir endlich zu Calvin dürfen. Theo überreicht mir die Botschaft mit einem Lächeln, doch ich schaffe es nicht, diese Geste zu erwidern. Dafür bin ich viel zu nervös vor dem, was mich gleich erwartet.

Ich klopfe an seine Zimmertür, bevor ich sie aufschiebe und vorsichtig hineinspähe. Das rechte Bett ist leer, aber auf der linken Seite erkenne ich meinen Freund. Calvin ist wach, er sitzt aufrecht in dem Krankenhausbett und lächelt, als er mich sieht.

»Komm ruhig rein«, meint er amüsiert, als ich mich nicht von der Stelle rühre. Blair drängt sich ungeduldig an mir vorbei.

»Oh mein Gott, wie geht es dir?«, fragt sie aufgeregt und hüpft zu seinem Bett. Sie beugt sich herunter und schließt ihn in eine stürmische Umarmung.

»Wir haben uns so Sorgen gemacht!« Auch Devon drückt sich an mir vorbei und tritt an Calvins Bett.

»Mir geht es besser. Wer braucht schon eine Milz?«

»Na ja, die Milz dient der Vermehrung der Lymphozyten und spielt daher eine Rolle bei der Abwehr von Antigenen. Zweitens ist sie ein wichtiger Speicherort für die ebenfalls zu den weißen

Blutkörperchen zählenden Monozyten«, rattert Blair herunter.

»Okay, Frau Doktor«, schmunzelt Cal. »Lernt man das im Medizinstudium?«

»Nein, das stand bei Wikipedia. Echt peinlich, dass ich das erst nachlesen musste.«

Meine Freunde lachen, während ich mich weiterhin nicht von der Stelle rühren kann. Wie ein Idiot stehe ich nur da und starre sie an.

Calvins Blick fällt schließlich auf mich, sein Lachen verebbt und er neigt den Kopf.

»Bist du festgewachsen?« Als ich nichts erwidere, runzelt er die Stirn. »Alles in Ordnung, Lian?«

Sag du es mir.

Ich gebe mir einen Ruck und laufe auf ihn zu. Ohne etwas zu sagen, beuge ich mich vor und küsse ihn. Ein kurzer, unschuldiger Kuss, bevor ich sein Kinn umfasse und ihm fest in die Augen sehe.

»Ich hatte so verflucht Angst um dich.«

Er umfasst mein Handgelenk. »Tut mir leid.«

»Tu das nie wieder.«

»Habe ich nicht vor.«

Ich atme tief durch. »Ich liebe dich.«

»Wir müssen reden.«

»Nein.« Ich küsse ihn erneut, um ihn zum Schweigen zu bringen. Fahre mit der Zunge über seine Unterlippe, schmecke ihn.

»Okay, immer ruhig, Jungs.« Devon packt mich an der Schulter und zieht mich zurück. »Du überforderst ihn, er hatte vor weniger als vierundzwanzig Stunden eine Operation.«

Ich sehe zu Calvin, der auflacht, abrupt stoppt und sich an den Bauch fasst. »Schon gut, Devon, mir geht es gut. Von Lian geküsst zu werden, ist ohnehin die beste Medizin.«

»Du kannst mich wieder loslassen«, meine ich genervt. Devon hat immer noch den Arm um mich geschlungen und hält mich fest, als habe er Angst, ich würde jeden Moment über Cal herfallen. Devon tut mir den Gefallen, boxt mir aber als Strafe gegen die Schulter.

»Worüber willst du reden?«, frage ich schließlich ernst.

»Sollen wir euch alleine lassen?«, schlägt Blair vorsichtig vor, doch Calvin schüttelt den Kopf. Er zupft nervös an seiner Decke und sieht zu mir hoch.

»Ich … also, ich habe überlegt, ob ich nach Detroit ziehe.«

Stille.

»Natürlich bräuchte ich vorher einen Job und eine Wohnung«, fährt mein Freund fort. »Aber ich wollte erst mal wissen, was du davon hältst.«

Ungläubig blinzle ich ihn an. Erkenne, was das bedeutet. Er will nicht Schluss machen. Er will zu mir ziehen.

»Du … scheiße, ja! Du willst in meine Stadt ziehen. Was soll ich davon halten? Natürlich will ich, dass du mit nach Detroit kommst! Was ist das denn für eine Frage?!« Ich setze mich aufgeregt an seine Bettkante und greife nach seiner Hand. »Am besten sofort, nachdem du gesund bist. Zieh einfach zu mir und das mit dem Job wird sich dann schon ergeben.«

»Ich will dir nicht auf der Tasche liegen«, erwidert er. »Vielleicht kann ich Elena fragen, ob sie mich jemand empfehlen kann.«

»Perfekt! Und wenn nicht, ist es mir egal. Ich stelle dich als Assistenten ein und du kannst mir Limo bringen und mir Luft zufächeln.«

Bei der Vorstellung muss selbst ich lachen und auch Calvin schmunzelt.

»Zieh besser nicht zu Lian«, merkt Devon an. »Er ist ein richtiger Workaholic und unordentlich noch dazu. Wenn du nicht ständig hinter ihm herräumen und ihn vom Laptop wegzerren willst, rate ich dir dringend davon ab.«

»Das stimmt doch gar nicht«, brumme ich unzufrieden, aber Devon ignoriert mich.

»Zieh lieber zu mir.«

»Zu dir?«, fragt Calvin skeptisch. »Wie eine WG?«

»Ja. Ich habe noch ein kleines Gästezimmer und unter der Woche bin ich sowieso in Yale. Nur an Wochenenden oder Semesterferien bin ich in der Heimat. Die ersten Monate brauchst du mir keine Miete zahlen und sobald du dich im Job gefestigt hast, können wir noch mal darüber reden. Wir kommen sicher auf einen gemeinsamen Nenner.«

»Das ist … tatsächlich eine gute Idee«, stimme ich widerwillig zu. »Aber du kannst natürlich jederzeit zu mir kommen.«

Calvin schenkt mir sein sexy, süßes Grübchen-Lächeln und am liebsten würde ich ihn um den Verstand küssen, wären die anderen nicht da.

Blair klatscht freudig in die Hände. »Ich freue mich so, dann ist die ganze Familie zusammen.«

»Komm her, kleine Schwester«, scherzt Devon und zieht Blair an seine Seite, um einen Arm um sie zu legen. Ich lächle in mich hinein und küsse Calvins Handrücken.

»Kleine Schwester?«, meint Blair empört. »Wenn, dann sind wir die Eltern und Lian und Cal sind unsere Kinder.«

»Du bist jünger als ich«, erinnere ich sie.

»Zwei Monate! Ich könnte schon deine Mutter sein.«

»Okay, ich glaube, Blair braucht ihre Dosis Schokolade für den heutigen Tag«, schmunzelt Devon. »Wir gehen kurz runter an den Kiosk, sollen wir euch was mitbringen?«

Wir verneinen und sehen ihnen nach, wie sie verschwinden. Nachdem wir alleine sind, klaue ich mir noch einen keuschen Kuss von Cal.

»Irgendwie hatte ich Angst davor, dass du mich verlässt«, gestehe ich ihm.

»Wieso?«, fragt er verwirrt.

»Am Samstag haben wir kaum darüber gesprochen und danach warst du im Krankenhaus und deine Eltern haben gesagt, ich solle dich in Ruhe lassen …«

Calvin verdreht die Augen. »Hör nicht auf meine Eltern. Meine Mutter wollte mir ernsthaft Hausarrest geben und mir mein Handy wegnehmen. Aber das wird nicht passieren. Ich habe meine Entscheidung bereits getroffen.«

»Wirklich?«

Er sieht mir fest in die Augen. »Wirklich. Ich liebe dich. Ich liebe mein Leben mit dir. Daran wird sich nichts ändern.«

Mir fällt ein Stein vom Herzen. Erneut küsse ich ihn und lege meine Stirn an seine.

»Eine Frage hätte ich dann noch.«

»Ja?« Cal klingt misstrauisch.

»Standst du jemals auf Theo?«

Calvin lacht leise, fast verlegen. »Es gab eine Zeit, da könnte ich eventuell ein klein wenig in ihn verknallt gewesen sein.«

»Na gut.« Widerwillig löse ich mich von ihm. »Entweder du überredest ihn zu einem Dreier oder du kannst ihn vergessen.«

Calvin lacht und verzieht dann schmerzerfüllt das Gesicht. »Hör auf, mich zum Lachen zu bringen, das tut verdammt weh.«

»Tut mir leid«, schmunzle ich. »Darf ich dich noch einmal küssen, bevor Devon wiederkommt und es mir verbietet?«

Calvin leckt sich über die Lippen, lächelt.

»Dazu könnte ich niemals Nein sagen.«

SIEBENUNDVIERZIG
—CALVIN

ICH MUSS noch ganze acht weitere Tage im Krankenhaus verbringen, bis ich entlassen werde.

Devon und Blair sind bereits zurück in Detroit, nur Lian wollte nicht gehen. Er hat in einem Hotel in der Nähe übernachtet und war tagsüber immer bei mir. Auch Elena kam mich zweimal besuchen, wohingegen meine Eltern kein weiteres Mal da waren.

Genau genommen ist keiner aus der Gemeinde vorbeigekommen. Eigentlich wusste ich, dass es so kommt. Ich wurde ausgeschlossen, sie dürfen keinen engeren Kontakt mehr mit mir pflegen. Für sie bin ich das schwarze Schaf, das sich für den falschen Pfad entschieden hat, anstatt mit der Herde zu laufen.

Es tut weh, immerhin kenne ich einige von ihnen mein ganzes Leben lang. Außerdem fühle ich mich mieser, denn genauso habe ich es damals auch mit Theo gemacht.

Dieser zumindest scheint keinen Groll mehr gegen mich zu hegen. Er sieht jeden Tag bei mir vorbei, versorgt mich mit Tratsch aus dem Krankenhaus und wir können lachen und scherzen wie früher.

»Sicher, dass ich nicht mit reinkommen soll?«, fragt Lian, als er mich vor meinem Haus absetzt.

»Schon gut«, versichere ich ihm. »Du hast noch einen weiten Weg vor dir.«

»Es sind nur fünf Stunden nach Detroit«, widerspricht er. »Und am liebsten würde ich dich direkt mitnehmen.«

Lächelnd beuge ich mich vor und küsse ihn kurz. »Bald. Schreib mir zwischendurch, damit ich weiß, dass du noch lebst. Aber nicht während des Autofahrens, das ist gefährlich.«

»Mach ich.« Wir küssen uns erneut. Dann noch mal. Ehrlich gesagt will ich gar nicht aussteigen und zurück in mein Elternhaus. Doch daran führt kein Weg vorbei.

»Okay, jetzt aber wirklich Tschüss.« Ich reiße mich von meinem Freund los und steige aus seinem Wagen. Zum Abschied winke ich ihm zu und warte, bis ich sein Auto nicht mehr sehe, bevor ich hineingehe.

Ich schließe die Tür auf und lausche, ob jemand da ist. Das Klappern von Geschirr dringt aus der Küche, ich vernehme leise Stimmen. Meine Eltern sitzen gemeinsam am Frühstückstisch und verstummen, als ich im Türrahmen auftauche.

»Hi«, sage ich. »Theo hat mich entlassen.«

»Wie geht es dir?«, fragt Dad und faltet sachlich die Hände ineinander.

»Gut.« Zumindest habe ich kaum noch Schmerzen und Theo hat gesagt, die Naht verheilt gut. »Ich will euch nicht beim Essen stören, ich gehe auf mein Zimmer.«

Keiner sagt etwas oder hält mich zurück. Merkwürdigerweise fühlt es sich an wie ein Abschied, obwohl ich sie noch eine Weile sehen werde. Aber ich weiß, dass meine Eltern sich schon von mir verabschiedet haben.

Es ist komisch, wieder in meinem Zimmer zu stehen. Alles ist so vertraut und gleichzeitig so fremd, als wäre ich diesem Zimmer entwachsen.

»Nicht mehr lange«, murmle ich. Ich werde nicht mehr lange hierbleiben.

Die Tür fliegt auf und Phoe steht hinter mir. Meine Stimmung erhellt sich sofort, als ich meine Schwester sehe. Ich breite die Arme aus und schließe sie in eine freudige Umarmung.

»Wie geht es dir?«, fragt sie aufgeregt. »Ich wollte dich so gerne besuchen, aber niemand hat mich gefahren.«

»Schon gut. Es war ja nichts Tragisches, mir geht es besser. Und Lian war jeden Tag bei mir.«

Phoe löst sich von mir und wischt sich unauffällig über die Wange. Sie schnieft, kaschiert es aber mit einem Lächeln. Meine Alarmglocken schrillen auf.

»Was ist los? Ist alles in Ordnung?«

»Ich habe Angst«, gesteht sie mir. »Angst davor, was als Nächstes mit unserer Familie passiert.«

Fest schließe ich die Arme um sie und drücke sie an mich. Diesen Schmerz, das nagende Gefühl, kann ich ihr nicht nehmen, obwohl ich es gerne würde.

»Ich habe mein Versprechen nicht vergessen«, flüstere ich.

Bitte versprich mir, dass wir uns weiter ganz normal sehen und unterhalten können, auch wenn du ausgeschlossen wirst.

»Das will ich doch hoffen«, sagt sie erstickt. Ich weiß, dass es ihr schwerfällt. Zu gut erinnere ich mich noch daran, wie es für mich war, als Theo ausgeschlossen wurde. Nur hat Phoebe schon die Reife, weiterzudenken. Ganz anders als ich damals, obwohl sie jünger ist, als ich es war.

»Ich bin stolz auf dich, kleine Schwester«, meine ich und streiche ihr übers Haar. »Ich werde nach Detroit ziehen, doch ich werde dafür sorgen, dass du mich besuchen kannst, wann immer du willst.«

»Detroit? Wow. Aber das habe ich mir fast gedacht.« Sie lächelt mich traurig an.

»Komm, setz dich«, biete ich ihr an und schiebe sie Richtung Bett. »Erzähl mir, was in den letzten Tagen so los war.«

»Hast du Theo im Krankenhaus gesehen?«, fragt Phoebe sofort. »Er sieht gut aus, oder?«

Lachend erzähle ich ihr von dem Aufeinandertreffen mit ihm und sie berichtet im Gegenzug, was passiert ist, bevor ich operiert wurde.

Das ist eine der wenigen Sachen, die ich hieran vermissen werde: Das Reden und Lachen mit meiner Schwester, gemeinsam Zeit miteinander zu verbringen. Aber wenn ich mich erst mal in Detroit eingelebt habe, werden unsere Treffen noch besonderer, weil sie seltener werden, da bin ich mir sicher.

Ich bin bereit dafür, dass ein neuer Lebensabschnitt beginnt. Einer, in dem ich sein kann, was immer ich möchte. Vor allem frei.

ACHTUNDVIERZIG
−LiaN

Vier Wochen später

Heute ist Freitag und damit der große Umzugstag. Ich habe einen Transporter gemietet und fahre gemeinsam mit Devon und Blair nach Grand Lake City.

Nichts kann heute meine gute Laune trüben. Auch nicht, dass zum gefühlt hundertsten Mal *Hundred Miles* rauf und runter läuft.

Es ist erst fünf Tage her, seit ich Calvin gesehen habe, aber ich vermisse ihn bereits wie verrückt. Letztes Wochenende hat er zwei Tage bei mir in Detroit verbracht, doch wie immer habe ich das Gefühl, die Zeit mit ihm ist nicht genug. Es ist nie genug. Aber bald wohnt er nur zwei Blöcke von mir entfernt und dann können wir uns sehen, wann immer wir wollen.

»Meint ihr, Theo kommt auch?«, fragt Blair und dreht die Musik leiser. Wir fahren gerade in GLC rein und Nervosität flutet meinen Bauch. Gleich werde ich Calvins Eltern das erste Mal wieder gegenübertreten. Vorausgesetzt, sie sind überhaupt da. Fast wünsche ich mir, dass sie es nicht sind.

»Du schreibst doch ununterbrochen mit ihm«, schmunzelt Devon. »Sag du es uns.«

»Stimmt gar nicht«, murmelt Blair und versinkt in ihrem Sitz. Grinsend sehe ich sie durch den Rückspiegel hinweg an. Theo ist genau Blairs Typ und ein Arzt noch dazu. Es war für mich keine Überraschung, als sie damals Nummern ausgetauscht haben. Es wundert mich nur, dass sie kaum etwas über ihn preisgibt. Normalerweise erzählt sie uns immer jedes Detail über ihre Männer. Aber ich vertraue darauf, dass er ein guter Kerl sein muss, wenn er mit Calvin befreundet ist.

Ich parke den Transporter rückwärts in Cals Einfahrt und stelle den Motor ab. Bevor ich aussteige, nehme ich einen tiefen Atemzug. Auf in den Kampf.

Meine Freunde folgen mir, als ich zur Haustür trete und klingle. Wir werden hereingelassen und bereits von Calvin erwartet. Dieser strahlt, als er uns sieht.

»Hey! Da seid ihr ja endlich!«

Er macht einen Schritt auf mich zu, legt die Hände in meinen Nacken und zieht mich zu einem kurzen Kuss heran.

»Hi«, sage ich zurück. »Ich hab dich vermisst.«

»Ich dich auch.« Er küsst meinen Hals. Federleicht, sodass ich eine Gänsehaut bekomme. »Und ich konnte nicht aufhören, an Samstagabend zu denken.«

»Was war denn Samstagabend?«, fragt Devon laut, der uns offensichtlich belauscht. »Wenn ich schon keine Sexgeschichten von Blair bekomme, dann brauche ich wenigstens deine, Lian.«

Calvin muss sichtlich ein Lachen unterdrücken. »Kommt rein«, bietet er an, öffnet die Tür vollständig und ich trete als Erster in den Flur ein. Von hier aus kommt man links in sein Zimmer oder rechts zur

Küche und Wohnzimmer. Das weiß ich noch von meinem letzten Besuch, obwohl er schon eine Weile her ist.

Ich erkenne seine Mutter im Türrahmen zur Küche, sie hat missbilligend das Gesicht verzogen. Vermutlich hat sie Devon gehört. Oder sie ist einfach sehr unglücklich über meinen Besuch.

»Hallo Mrs. Archer«, sage ich höflich. Irgendetwas sagt mir, dass ich sie nicht mehr Rica nennen darf.

»Calvin«, meint sie vorwurfsvoll, ohne auf mich oder unsere Freunde zu achten. »Du brauchst das doch nicht vor den Augen deiner Schwester zu tun.«

Das? Einen Mann küssen? Versaute Sachen sagen? Ich hebe provozierend eine Augenbraue, aber Phoebe kommt mir zuvor.

»Ach, Mom«, seufzt sie, quetscht sich an ihrer Mutter vorbei und tritt auf uns zu. »Lass sie. Das ist doch süß!«

Automatisch heben sich meine Mundwinkel wieder, ich drehe mich zu ihr herum und breite die Arme aus.

»Hey, Kleine.«

Sie umarmt mich stürmisch. »Ach, Lian«, seufzt sie. »Wie kannst du mir nur meinen Bruder wegnehmen?«

»Tut mir leid, aber er ist einfach so heiß«, scherze ich und sehe meinen Freund über ihren Kopf hinweg an. Er lächelt mir zu. Das sexy Grübchen-Lächeln, das ich so an ihm liebe. Das mein Herz immer wieder zum Stolpern bringt.

Phoebe löst sich von mir und seufzt theatralisch.

»Du kennst sicher noch Devon und Blair«, sage ich und deute auf meine Freunde.

»Hi, na klar. Calvin erzählt auch viel von euch«, sagt Phoe und streckt beiden die Hand aus.

»Gehen wir in mein Zimmer«, schlägt Cal vor und läuft vorneweg. Dort steht schon alles voll zusammengepackter Kartons. Nur Bett und Kleiderschrank wollten wir noch gemeinsam abbauen und verstauen, aber das dürfte nicht allzu viel Zeit in Anspruch nehmen.

Calvin nimmt einen Karton und drückt ihn Devon in die Hand, einen leichteren für Blair.

»Ich kann auch schwere nehmen«, beschwert sie sich und fragt dann sofort: »Kommt Theo auch?«

»Nein, er muss arbeiten.« Cal hält Blairs Karton fest und sieht sie herausfordernd an. »Willst du denn, dass er kommt?«

»Ist mir eigentlich egal.« Von wegen!

»Ah. Verstehe.« Cal grinst und lässt sie gehen. Sie streckt ihm die Zunge heraus und verschwindet.

»Weißt du, was mir gerade einfällt?«, murmle ich und trete näher an ihn heran.

»Was denn?«, fragt er misstrauisch.

»Wir hatten nie Sex in deinem Bett.«

Calvin wirft mir einen feurigen Blick zu. »Bring mich nicht auf falsche Gedanken.«

Ich fahre mit den Fingerspitzen über seinen Nacken. »Warum?«, frage ich unschuldig.

Ein Räuspern lässt uns beide auseinanderstieben. Cals Vater steht im Türrahmen und mustert uns ernst.

»Ich packe mit an«, sagt er, schnappt sich einen Karton und verschwindet wieder.

»Weihen wir das Bett lieber ein, wenn es in Detroit steht«, flüstert Cal mir amüsiert zu. Das ist eine gute Idee.

Wir kommen superschnell voran, stapeln Kiste für Kiste in den Transporter und auch Cals Kleiderschrank ist im Nu zerlegt und verstaut.

Bevor sein Bett an der Reihe ist, machen wir eine kurze Pause an der frischen Luft. Ich schmiege mich an Cals Seite, er legt den Arm um mich und drückt mir einen Kuss auf die Wange.

Phoe kommt aus dem Haus und bringt Getränke für uns alle.

»Du bist ein Schatz«, flötet Devon und lächelt sie charmant an, was Phoe die Röte auf die Wangen treibt. Ich werfe meinem Freund einen warnenden Blick zu, den er geflissentlich ignoriert. Blair tippt schon wieder etwas auf ihrem Handy.

»Jetzt nur noch das Bett, dann sind wir fertig«, sage ich in die Runde, aber hauptsächlich zu Cal.

»Ja, ging schneller als geplant. Ich dachte, wir brauchen den ganzen Tag.« Seine Hand streicht über meine Wirbelsäule, was die gleiche Wirkung auf mich hat wie immer: Ich erschaure und drücke mich enger an ihn.

Nach einer kurzen Pause ist das Bett an der Reihe. Gemeinsam schaffen wir es innerhalb weniger Minuten, es abzubauen und zu verstauen. Als wir in seinem leeren, kahlen Zimmer stehen, ist es für Calvin an der Zeit, sich von seiner Familie zu verabschieden.

»Wir gehen schon mal runter«, schlägt Blair vor und zieht Devon am Arm mit nach draußen. Ich blicke zu Cal und stelle ihm eine stumme Frage. *Soll ich bleiben oder dich alleine lassen?*

Er nimmt meine Hand und führt mich mit ins Wohnzimmer. Er lässt sie auch nicht los, als seine Mutter uns einen missbilligenden Blick zuwirft, die Lippen zusammenpresst und demonstrativ wegsieht.

»Also, wir fahren dann. Danke für eure Hilfe.«

Phoe steht als Erste auf und umarmt ihren großen Bruder stürmisch. Dafür lasse ich ihn los und betrachte die Geschwister lächelnd.

»Denk an dein Versprechen«, flüstert sie ihm zu.

»Immer«, erwidert er, küsst sie auf beide Wangen und lässt sie dann los. Phoebe kommt auch auf mich zu und schließt mich in eine kurze Umarmung.

»Pass auf meinen Bruder auf.«

»Mache ich. Und du auf dich selbst, klar?«

»Natürlich.« Als wir uns voneinander lösen, wischt sie sich Tränen aus den Augenwinkeln.

Calvin verabschiedet sich währenddessen von seinem Vater.

»Du kannst jederzeit anrufen, wenn du reden willst«, höre ich ihn sagen. Er klopft ihm auf die Schulter und macht dann Platz für seine Frau. Sie umarmt ihn kurz.

»Wenn du zurückkommen willst, kannst du das jederzeit tun«, sagt sie. »Wir werden auf dich warten.«

»Mom, ich …«, setzt Calvin an, aber sie schüttelt den Kopf. Sie will es offensichtlich nicht hören.

»Du wirst zurückkommen wollen, wenn er dich ausgetauscht hat.« Ich schiebe die Hände in die Hosentaschen und balle sie zu Fäusten, um meine Wut zu unterdrücken. »Dann werden unsere Türen jederzeit für dich offen stehen.«

Calvin sagt nichts mehr dazu, löst sich aus ihrem Griff und dreht sich zu mir herum. Sein Blick ist entschuldigend, weswegen ich mich zu einem Lächeln zwinge.

»Gehen wir?«

»Ja.«

Wir lassen seine Familie zurück und laufen gemeinsam die Treppe nach unten. Bevor wir in den Transporter steigen, halte ich ihn auf und drehe ihn herum. Streiche über seine Wange, bis zu seinem Nacken und ziehe ihn zu einem Kuss heran.

»Du solltest dich besser anstrengen, bevor ich dich durch ein jüngeres Exemplar austausche«, raune ich ihm zu.

Cal zieht mich enger an sich, schiebt die Zunge in meinen Mund, seine Finger kneten meinen Hintern.

»Das ist besser«, keuche ich, sehe ihm fest in die Augen und sage: »Ich liebe dich.«

»Ja. Okay. Gut«, schmunzelt Cal und drückt mir einen weiteren, flüchtigen Kuss auf die Lippen. »Denn ich liebe dich. Und jetzt lass uns gehen, Devon und Blair beobachten uns.«

Lachend folge ich ihm auf die enge Rückbank des Transporters. Wir haben kaum Platz und Devon schaltet wieder *Hundred Miles* ein, aber dennoch würde ich gerade nirgends anders sein wollen.

Für Calvin beginnt ein neuer Lebensabschnitt. Nächste Woche schon startet er im Detroiter *Rooftop* – einen Job, den er dank Elena bekommen hat –, er wird in einer WG wohnen und vor allem gut fünf Fahrstunden von zu Hause entfernt.

Und auch für mich ist es besonders. Meinen Freund in meiner unmittelbaren Umgebung zu haben war immer selbstverständlich, jetzt fühlt es sich großartig an. Wie der Hauptgewinn.

Cal legt den Kopf an meine Schulter, der Fahrtwind von den geöffneten Fenstern weht mir um die Ohren und Yalls Stimme dröhnt durch das Auto. Es gibt absolut keinen Ort, an dem ich lieber wäre.

EPILOG
–CALVIN

Ein Jahr später

»LASS UNS ANSTOßEN!«

Blair hebt ihr Glas und grinst in die Runde. »Auf dass wir heute alle zusammen sind!«

Wir anderen prosten ihr zu, ich muss lächeln, während ich mir das Glas an die Lippen halte. Heute sind wir im *Saints* und die Dragqueens *Burnin'♀ Babes* haben gleich ihren Auftritt. Irgendwie ist es Tradition geworden, dass wir jeden Monat hier sind.

Generell treffen wir uns jeden Freitag, mindestens, wie es eben bei Lian und seinen Freunden schon immer war. Nur, dass sich unsere Gruppe vor etwa einem halben Jahr um Theo erweitert hat.

Dieser ext sein Glas und lacht, als Blair begeistert in die Hände klatscht. Der verliebte Blick, den sie sich daraufhin zuwerfen, spricht Bände. Er hat vor sechs Monaten eine Stelle im Detroiter Krankenhaus angeboten bekommen. In Chicago hat ihn nichts gehalten und er wollte näher bei mir sein, meinte er. Eher näher bei Blair, wie es aussieht. Aber ich freue mich einfach, dass wir an unsere Freundschaft von damals wie selbstverständlich anknüpfen konnten.

»Schatz.« Lian zupft ungeduldig an meinem Ärmel. »Komm.«

Mit hochgezogener Augenbraue sehe ich ihn an. Er zieht einen Schmollmund. »Du hast es versprochen, du Lügner.«

Dabei muss ich lachen, fasse mir aber theatralisch an die Brust. »Ich würde niemals ein Versprechen brechen, Lian.«

Er steht von seinem Platz auf und zerrt an meiner Hand. »Dann los!«

»Wir sind gleich wieder da«, sage ich in die Runde, gebe mich geschlagen und folge Lian zu den Toiletten. Er hält meine Hand fest umschlungen, als er auf die freie Kabine zuschlendert. Ich sehe mich kurz nach links und rechts um. Es ist schon auffällig, wenn wir beide darin verschwinden. Aber meinen Freund scheint das nicht zu kümmern.

Er schließt die Tür hinter uns und küsst mich stürmisch. Es ist wahnsinnig eng hier. Ich schlinge die Arme um ihn, drehe uns und drücke ihn gegen die geschlossene Tür. Irgendwie werde ich nie genug von seinen Lippen bekommen. Ihn zu küssen, ist solch eine Selbstverständlichkeit. Etwas, das ich am Tag oft tue. Das ich oft tue, wenn wir miteinander schlafen. Dennoch hat der Moment, wenn seine Lippen auf meine treffen, etwas Elektrisierendes.

»Jetzt aber schnell«, keucht Lian und drückt meinen Kopf nach unten. »Ich platze gleich.«

Ehrlich gesagt bin ich immer noch kein Fan davon, es ihm in der dreckigen Toilette eines Clubs zu besorgen. Unglaublich, dass es schon über ein Jahr her ist, dass wir uns – damals im Club im Chicago –

getroffen haben und das über den weiteren Verlauf unserer Beziehung entschieden hat. Damals war ich so voller Zweifel und widersprüchlicher Gefühle. Heute ist alles so viel leichter. So viel besser. Na ja, nur die Toiletten-Situation ist noch nicht optimal.

Aber Lian hat recht, ich habe es versprochen. Deshalb gehe ich nur allzu gerne auf die Knie, küsse dabei seine Brust und seinen Bauch oberhalb des T-Shirts. Als ich den Gürtel öffne, stöhnt Lian auf. Er ist bereits hart.

Kurz bevor wir losmussten, hat er mir mit seinem Mund Erlösung verschafft und eigentlich wollte ich mich zu Hause revanchieren. Ich habe sogar schon angefangen, als Blair und Devon geklingelt haben. Kein Wunder, dass er es kaum noch erwarten kann.

Ich fahre mit der Hand über seine Härte und sehe grinsend zu ihm auf.

»Da ist aber jemand scharf auf mich.«

»Immer. Und jetzt fang an, bevor ich dir ins Gesicht spritze.«

»Wäre auch nichts Neues«, murmle ich mehr zu mir selbst. Lian hat es anscheinend trotzdem gehört.

»Das war ein Versehen! Und du mochtest es!«

»Schon gut«, lache ich. »Entspann dich.«

»Fang. Endlich. An.«

Okay, das wird nichts mehr mit entspannen. Ich lecke über seine Spitze und nehme dann die Eichel in den Mund. Lian stöhnt genüsslich. Die ersten Tropfen benetzen meine Zunge und ich nehme ihn tiefer auf.

»Oh Gott, ja.« Lian greift in mein Haar und stößt tiefer. Vorsichtig, aber dennoch besitzergreifend. Ich liebe es, lasse zu, dass er den Rhythmus angibt, während meine Zunge ihn weiter verwöhnt.

Es dauert nicht lange, bis er fast so weit ist. Mittlerweile weiß ich, dass er den Kopf zurückwirft, sich auf die Lippe beißt und unterdrückt stöhnt, jedes Mal, wenn er kurz davor ist. Ich blicke zu ihm auf, er zerwühlt mein Haar und in dem Moment spritzt er ab.

Ich schlucke, warte, bis er fertig ist und einigermaßen wieder bei klarem Verstand. Erst dann lasse ich von ihm ab und wische mir über den Mund. Lian zieht mich auf die Beine und küsst mich zärtlich.

»Weißt du noch, wie eklig du den Geschmack von Sperma am Anfang fandst?«, lacht er.

»Ich fand es nicht eklig. Nur ungewohnt«, verbessere ich ihn. Bis ich herausgefunden habe, dass es auch für mich sehr erregend sein kann. Es gibt so einiges, das ich gemeinsam mit Lian herausgefunden habe.

»Ist klar. Jetzt bist du ein echter Profi, was?«

Ich kneife ihm in die Seite. »Sei nicht so frech, sonst mache ich dir gar nichts mehr.«

Mit einem Lachen küsst er mich noch mal. »Gehen wir zurück zu den anderen. Jetzt bin ich tiefenentspannt.«

Wir verlassen die winzige Kabine und ich ignoriere die Blicke der anderen, als ich mir die Hände wasche. Es ist ja nicht so, als wären wir die Einzigen, die in der Toilette rummachen. Trotzdem wird das niemals mein Lieblingsort.

Ich folge Lian zurück zu unserem Tisch, an dem wir auch auf Jon treffen.

»Hey, Jungs!«, grüßt er und umarmt uns beide zur Begrüßung. »Wo wart ihr?« Er mustert Lian abschätzend. »Das ist dein Gerade-Gekommen-Gesicht. Sag bloß, du hast deinen verklemmten Kleinstadtjungen zu Toilettensex überreden können?«

»Hey«, beschwere ich mich und stoße ihn spaßeshalber in die Rippen, bevor ich zurück auf die Bank rutsche. Lian lacht leise und flüstert Jon etwas zu, woraufhin beide lachen. Ich sehe sie gespielt böse an und mein Freund fährt mir durch die Haare, um sie wieder zu ordnen. Ich lasse ihn gewähren, immerhin hat er sie auch durcheinandergebracht.

Blair und Theo mir gegenüber unterhalten sich gerade über ihr Studium, schmeißen mit Fachbegriffen um sich, von denen ich nur die Hälfte verstehe.

»Ich freue mich schon darauf, Phoe den Campus zu zeigen«, wendet Blair sich schließlich an mich.

»Ja, ich auch. In zwei Wochen ist sie eine komplette Woche bei mir.«

Ich weiß nicht wie, aber Phoebe hat meine Eltern überreden können, dass sie nach der Highschool auf das Detroit Mercy gehen darf. Sie hat schon die Zusage für einen Studienplatz und fängt nächstes Jahr im Sommer an. Ich kann nicht glauben, dass ich meine Schwester bald um mich herum haben werde. Sie ist die Einzige, die ich seit meinem Auszug schrecklich vermisse. Wir sehen uns viel zu selten.

Zu den restlichen Leuten aus meinem früheren Leben habe ich kaum Kontakt. Mit Gina schreibe ich hin und wieder – sie hat inzwischen einen Verlobten – und manchmal ruft Dad an, um mit mir über die Bibel zu reden. Er fragt allerdings nie nach Lian oder meinem Leben hier. Mit meiner Mutter hingegen habe ich, seit ich aus GLC weggezogen bin, kein einziges Mal mehr gesprochen. Ich würde lügen, wenn ich sage, es tut nicht weh. Immerhin ist es meine Mutter. Meine liebevolle Mom, die sonst immer für mich da war. Früher einmal.

»Woran denkst du?«

Lian reißt mich aus Gedanken und ich schüttle die trüben Gedanken ab. Setze stattdessen ein Lächeln auf und sehe zu ihm.

»Gehst du mit mir tanzen?«

»Nein.«

»Doch.«

Ich schiebe ihn von der Sitzbank. Er wehrt sich halbherzig, aber lässt zu, dass ich ihn auf die Tanzfläche ziehe. Die Dragqueens werden für fünfzehn Minuten angekündigt und zur Einstimmung läuft *I kissed a Boy* in einer rauchigen, männlichen Version.

Wie kann ich anders, als Lian zu mir zu ziehen und ihn zu küssen. Leidenschaftlich, heiß. Seine Augen funkeln belustigt.

»Hör auf, mich scharfzumachen«, raunt er mir zu. Das sind die gleichen Worte, die er vor über einem Jahr schon mal zu mir gesagt hat. Später am Abend haben wir das erste Mal miteinander geschlafen. Zumindest wenn man gegenseitige Handjobs dazu zählen kann.

»Ich mache doch gar nichts«, erwidere ich ebenso unschuldig wie damals. Lian scheint das gar nicht lustig zu finden, denn er zieht mich zu sich und beißt mir etwas zu fest auf die Unterlippe.

»Lass das«, knurrt er. »Der Abend wird nicht so laufen wie damals.«

»Wieso nicht?«, frage ich glucksend.

»Weil du mich danach verlassen hast.«

Seine Worte treffen mich mehr, als er es vermutlich beabsichtigt hat. Aber Lian hat recht. Als ich zurück in GLC war, habe ich mich von ihm distanziert, was alles andere als fair ihm gegenüber war. Ich hatte so viel mit meinen eigenen widersprüchlichen Gefühlen zu tun, dass ich vergessen habe, dass ich auch ihn damit verletze.

»Stimmt, es wird nicht so laufen wie damals«, gebe ich zu und ziehe ihn enger an mich. Sein Blick wird weicher. In dem Moment lässt sich mit Worten nicht beschreiben, wie sehr ich ihn liebe. Ich habe es ihm so oft gesagt. Und doch ist es nie genug.

Die anderen kommen zu uns auf die Tanzfläche und der intensive Moment ist vorbei. Ich löse mich von meinem Freund und lasse mich von Devon tiefer in die tanzende Menschenmenge ziehen. Die *Burnin' Babes* betreten endlich die Bühne und die Show beginnt.

Als ich mich nach Lian umsehe, steht er direkt hinter mir. Lächelt, als er meinen Blick bemerkt. Ich ziehe ihn neben mich, damit er etwas von der Show sieht.

»Ich habe es schon so oft gesehen«, rufe ich Lian durch die Musik zu. »Aber ich bin jedes Mal geflasht.«

»Ja, ich auch«, gibt Lian zurück, doch er sieht dabei nicht zu den Drags. Er sieht nur mich an.

Später am Abend liegen wir gemeinsam in Lians Bett. Die Wochenenden verbringe ich eigentlich immer hier bei ihm, obwohl ich mich in Devons Wohnung auch gut eingelebt habe. Aber bei Lian ist es irgendwie immer besser.

Besonders, wenn ich steinhart bin und meine Finger in seinem Hintern habe.

»Oh ja«, stöhnt Lian. Er liebt es, von mir genommen zu werden. Und ich habe herausgefunden, dass das auch mir besser gefällt. Ich liebe es, ihn lange vorzubereiten, uns beide heißzumachen, um dann in ihm zu kommen.

Ich bewege meine Finger weiterhin in ihm und küsse seine Wirbelsäule entlang. Mein Freund erschauert, drückt den Oberkörper fest in die Matratze und streckt mir gleichzeitig den Hintern entgegen. Ich halte ihn in dieser Position und ziehe meine Finger heraus. Nur, um sie durch meinen Schwanz zu ersetzen.

Lian ist vollkommen entspannt und vertraut mir, weshalb ich keine Mühe habe, ihn in einzudringen. Die Enge und Hitze rauben mir für einen Moment den Atem. Wie jedes verdammte Mal.

»Gott, Cal, ja«, seufzt Lian. »Das tut so gut. Schneller.«

»Noch nicht«, murmle ich und behalte meinen langsamen, fast quälend trägen Rhythmus bei. Lian stöhnt ins Kissen.

»Bitte«, fleht er.

»Gleich.«

»Jetzt!«

Ich lege eine Hand auf seinen Rücken und drücke ihn herunter, als er sich aufbäumen will. Ziehe mich bedächtig heraus und stoße langsam zu. Mein Freund krallt sich im Laken fest. Es ist auch für mich eine bittersüße Qual, aber ich genieße jede Sekunde.

»Ich liebe dich«, wimmert Lian.

Jetzt werde ich schneller, spüre das erlösende Ziehen schon, verlangsame, werde wieder schneller. Dann greife ich nach Lians Härte, um auch ihn gleich kommen zu lassen.

Ein paar Stöße später sind wir beide so weit und ich bringe erst ihn zum Höhepunkt, bevor ich selbst loslasse.

Als ich mich keuchend neben ihn fallen lasse und in meine Arme ziehe, flüstere ich: »Ich liebe dich auch.«

Lian dreht sich herum, sodass wir uns ansehen können, und kuschelt sich an meine Brust. Ich ziehe ihn fest an mich, kümmere mich nicht um das Sperma auf seinem Bauch. Wir müssen ohnehin gleich duschen.

»Das war fantastisch«, seufzt Lian und streckt sich. Gähnt, schließt die Augen.

»Nicht einschlafen«, warne ich ihn.

»Hmh.«

Er wird sowieso gleich einpennen. Wie jedes Mal. Lächelnd drücke ich ihm einen Kuss aufs Haar und streiche ihm über die Seite.

Wie jedes Mal, nachdem wir miteinander geschlafen haben, genieße ich das Nachklingen. Genieße, dass ich kein schlechtes Gewissen haben muss wie damals. Genieße, tun zu können, was ich für richtig halte. Nicht, was mir vorgeschrieben wird.

Ich weiß, dass meine Eltern hoffen, dass ich zurückkomme. Aber wie könnte ich zurück zu den strengen Normen und Gesetzen, wo ich einmal die Freiheit gekostet habe? Eigentlich war ich schon verloren, als ich Lian das erste Mal halb nackt gesehen habe.

Mit einem Lächeln denke ich daran zurück und mustere den schlafenden Lian in meinen Armen. So lange ist das Ganze noch nicht her, aber es kommt mir vor wie ein anderes Leben. Ich war damals jedenfalls ein anderer.

»Cal?«

Offensichtlich schläft Lian doch nicht, obwohl er beide Augen geschlossen hat. Er merkt immer, wenn ich grübele, selbst wenn er mich nicht ansieht.

»Ja, Lian?«, frage ich sanft.

»Woran denkst du?« Ich wusste, dass er mich das fragt. Und ich muss lächeln.

»Daran, wie glücklich ich bin.«

NACHWORT
-Nala

Es heißt, in jedem Buch steckt ein bisschen Wahrheit. Dieses hier hat besonders viel davon.

Einigen mögen die vielen Regeln und Sitten von Calvins Religion übertrieben vorkommen – nicht mehr zeitgemäß, zu überzogen dargestellt, vielleicht sogar grausam. Aber alles davon ist wahr und für einige tausend Menschen harte Realität.

Um Devons Worte zu benutzen: »*Wenn du dein Leben in einer religiösen Gemeinde verbringen willst und dich das glücklich macht, dann tu das. Aber wenn du hier bei Lian glücklicher bist ...*« Na ja, ihr wisst schon.

Es ist in meinen Augen nicht falsch, wenn man Schutz und Nähe in seiner Religion sucht. Wenn man den strengen Regeln folgen will, weil man daran glaubt. Glaube kann ein unglaublich starker Antrieb sein.

Aber dann gibt es eben auch die Kehrseite. Junge Menschen wie Calvin, die in solche Regeln und Normen von Geburt an gezwungen werden. Die durch emotionale Erpressung gezwungen werden, sie zu befolgen. Es kann nicht richtig sein, seine Freunde und Familie zu verlieren, nur weil man den *biblischen Grundsätzen* nicht mehr folgt. Damit will ich keinesfalls sagen, dass es generell falsch ist, die Bibel seinem Leben zugrunde zu legen – solange man auch andere so leben lässt, wie es ihnen gefällt.

Niemand sollte dafür verurteilt oder bestraft werden, was oder wer er ist. Genau das sollte die Botschaft dieser Geschichte sein, Lian und Cals Geschichte – meiner Geschichte.

Lange habe ich mit mir gerungen, ob ich dieses Buch wirklich veröffentlichen will. Es ist nicht nur sehr persönlich, ich habe Lian und Cal auch wahnsinnig tief in mein Herz geschlossen.

Aber ich habe mich dennoch dazu entschieden, dieses Buch – ihre Geschichte – in die Welt zu entlassen. Warum? Weil ich darauf hoffe, Menschen zu erreichen, die vielleicht in derselben oder einer ähnlichen Situation wie Calvin stecken. Ihr seid nicht alleine, auch wenn es sich manchmal so anfühlt. Versprochen.

Natürlich hoffe ich auch, Menschen zu erreichen, die mit Religion nichts am Hut haben und einfach nur ein paar Lesestunden genossen haben. Danke, dass ihr Lian und Calvin bis hierhin begleitet habt.

Wenn euch das Buch zum Nachdenken, Schmunzeln, Lächeln oder auch nur zu einem Seufzen verleitet hat, bin ich froh, denn dann hat es sein Ziel erreicht.

Ich drücke euch fest!

Nala

DANKSAGUNG
-Nala

Danke Sweta, mein Schwesterherz. Für alles, für immer.

Danke an meine wunderbaren Testleser. Becci, Lisa, Micky. Ihr ertragt meine erste Version und helft mir, das Beste rauszuholen. Ohne euch wäre das alles nicht machbar.

Danke an euch, danke tausendmal, dass ich bis hierin gelesen habt. Ohne euch Leser würde keines meiner Bücher veröffentlicht werden.

Danke an alle, die Rezensionen schreiben, dieses Buch in den sozialen Medien teilen und mir helfen, Lian uns Cals Geschichte zu verbreiten.

Danke an alle, die mich auf Instagram und Facebook verfolgen, meine Beiträge liken und kommentieren. Ohne euch wäre mein soziales Leben verdammt einsam.

Können wir uns jetzt alle mal für eine große, kuschelige Gruppenumarmung zusammentun?

Und wie immer: Schreibt mir unter nalalayoc@web.de

Habt ihr Lust, über Detroit zu quatschen? Wollt ihr mir eure Meinung zum Buch mitteilen? Oder einfach nur mal Hallo sagen? Ich freue mich über jede Nachricht.

Wir sehen uns ganz bald wieder! Für alle, die ein Herz für echte Bad Boys und actionreiche Liebesgeschichten haben, gibt es bereits im Herbst neuen Lesestoff von mir. Folgt mir am besten auf Facebook oder Instagram, um nichts zu verpassen!

Alles Liebe,

Nala